Peggy Sue et les fantômes

LE JOUR DU CHIEN BLEU

L'auteur

Serge Brussolo est né en 1951. Après des études de lettres
et de psychologie, il décide de se consacrer entièrement
à la littérature. Il écrit alors des romans fantastiques, récompensés
par de nombreux prix littéraires, qui lui vaudront d'être considéré
comme le Stephen King français. Une trentaine de romans
plus tard, il s'attaque à la littérature générale et surtout au thriller.
Là encore, il remporte un formidable succès. *Le jour du chien bleu*,
tome I de la série « Peggy Sue et les fantômes », est le premier livre
de Serge Brussolo pour la jeunesse.

Du même auteur, dans la même collection :

Serge BRUSSOLO

Peggy Sue et les fantômes

Le jour du chien bleu

PLON

Loi n° 49-956 du 16 juillet 1949 sur les publications
destinées à la jeunesse : juin 2002.
Publié avec l'autorisation des éditions Plon.

© 2001, éditions Plon.
© 2002, éditions Pocket Jeunesse, département d'Univers Poche,
pour la présente édition.

ISBN 2-266-12007-7

Pour Peggy Me tchum

1

Le fantôme entra dans la salle de classe alors que Flora Mitchell, le professeur de mathématiques, venait de poser une question à laquelle seule Peggy Sue était capable de répondre.

L'adolescente s'appliqua à ne pas tressaillir ; elle était depuis longtemps habituée aux incursions des « Invisibles » dans la vie quotidienne, pourtant, se trouver face à face avec l'un d'entre eux était toujours pour elle une expérience *ex-trê-me-ment* désagréable.

La créature avait passé sa tête au travers de la porte comme si celle-ci était composée d'un matériau mou, facile à crever. C'était un personnage de petite taille, blanchâtre, qui semblait sculpté dans de la crème fouettée.

— Peggy Sue, lança le professeur de mathématiques, tu allais dire quelque chose ?

L'adolescente se préparait à répondre quand le fantôme sauta sur ses genoux… et lui posa la main sur la bouche pour la bâillonner. Peggy essaya de le repousser ; c'était, hélas, impossible ! Les Invisibles possédaient une force effrayante, contre laquelle il s'avérait inutile de lutter. Autant s'appliquer à soulever un éléphant à bout de bras ! Peggy Sue savait qu'elle avait l'air idiote, la bouche ouverte, muette… et le visage virant au violet parce qu'elle était en train d'étouffer !

— Si je voulais, ricana la créature laiteuse, je pourrais laisser ma main en place jusqu'à ce que tu t'asphyxies. Personne ne comprendrait ce qui t'arrive, et tu roulerais sur ton pupitre, la figure toute noire. Ce serait drôle, *non* ?

Peggy Sue tenta une nouvelle fois de l'éloigner d'elle, mais ses mains passèrent au travers du corps de l'immonde petit bonhomme. Les humains ne pouvaient toucher les Invisibles, c'était une règle fondamentale. En revanche, les Invisibles avaient tout pouvoir sur les hommes. Ils pouvaient les pétrir telle de la pâte à modeler. D'ailleurs, pour les Invisibles, le monde entier était pâte à modeler. Peggy Sue en avait vu certains aplatir une voiture à coups de poing, sans difficulté. Ensuite, on avait attribué l'état du véhicule à un accident de la route.

Elle commençait à prendre peur. L'affreux lutin ne relâchait pas son étreinte et Peggy sentait le sang lui bourdonner aux tempes.

— Tu sais que je pourrais te tuer ? continua à ricaner le fantôme. Je ne le ferai pas… parce que aujourd'hui je suis d'humeur joviale et que je me sens ex-cep-tion-nelle-ment bon.

Il mentait. En partie, du moins. Peggy Sue savait que les Invisibles ne pouvaient pas la tuer de leurs propres mains. Un charme puissant et secret la protégeait. Un charme qui faisait bouillir de rage ses ennemis.

Le visage de la chose ne cessait de se modifier à chacune de ses répliques.

Les Invisibles avaient cette déplorable manie de n'avoir pas de physionomie précise. Ils grandissaient, rapetissaient, changeaient de figure, voire imitaient l'apparence d'un objet ou d'un animal si l'envie les en prenait. Celui qui était assis sur les genoux de Peggy Sue s'amusait à adopter successivement la tête des différents présidents des États-Unis dont les portraits ornaient les murs de la classe. C'était une impression très gênante de tenir contre soi un George Washington ou un Abraham Lincoln de la taille d'un enfant de cinq ans.

— Peggy Sue ! intervint Flora Mitchell, arrête de faire des grimaces ! Tu es congestionnée, es-tu certaine d'aller bien ? Veux-tu qu'on te conduise à l'infirmerie ?

Dans la classe, les garçons ricanaient. Personne ne pouvait comprendre ce qui se passait en réalité car seule Peggy avait le triste privilège de voir les Invisibles. Pour le commun des mortels, il n'y avait rien de particulier, et cette heure de classe était semblable à toutes les autres… à part le fait que cette dingue de Peggy Sue Fairway était encore en train de piquer sa crise !

Enfin, la créature ôta sa main du visage de l'adolescente, lui permettant de reprendre sa respiration. La jeune fille hoqueta, telle une nageuse restée trop longtemps sous l'eau. Les autres élèves lui jetèrent des regards dégoûtés. On la jugeait « bizarre », « pas fréquentable ». Son comportement déroutait les gens de son âge, mais aussi les adultes.

— Peggy ? répéta Mme Mitchell qui s'énervait. Quand tu auras fini de te donner en spectacle, tu passeras au tableau pour écrire la formule que je t'ai demandée.

Peggy aurait voulu obéir, mais la créature assise sur ses genoux refusait de bouger, la clouant sur place. Les Invisibles étaient ainsi : tantôt ils s'allégeaient jusqu'à peser moins qu'une plume, tantôt ils modifiaient leur densité de manière à devenir plus lourds qu'un rocher.

— J'attends ! gronda le professeur.

Le bonhomme laiteux consentit enfin à mettre pied à terre. Sa composition caoutchouteuse lui faisait une démarche tressautante ; on aurait dit qu'il y avait des ressorts sous ses chaussures… à ceci près qu'il n'avait pas de chaussures. Comme ses semblables, il ne portait pas de vêtements. Il aurait été impossible de déterminer s'il était fille ou garçon. Les Invisibles n'avaient pas de sexe. S'ils apparaissaient à Peggy Sue sous une apparence plus ou moins humaine, c'était davantage par commodité que par nécessité génétique.

Personne ne les voyait… *sauf elle*. Et cela depuis qu'elle était toute petite.

— Au tableau ! grogna Mme Mitchell en lui tendant un morceau de craie. Vite, tu crois que nous sommes à ta disposition ?

L'adolescente s'empara de la craie. Elle avait les mains moites. Elle connaissait la formule ; l'écrire ne posait aucun problème, toutefois, elle se demandait quelle initiative allait prendre le lutin laiteux embusqué derrière elle.

Il l'avait suivie jusqu'au tableau en se dandinant et en étirant de façon grotesque certaines parties de son corps. Son bras droit mesurait à présent cinq mètres de long, et il l'avait lancé par-dessus la tête des élèves pour aller tirer les cheveux de Linda Browning qui se tenait assise près de la porte. C'était stupide. Des blagues de sale gosse !

Peggy Sue en avait assez. Elle aurait voulu entendre sonner la fin du cours et prendre la fuite. Les doigts crispés sur la craie, elle se mit à écrire. Aussitôt, la main de l'Invisible vint se plaquer sur la sienne, la serrant à la broyer. L'adolescente comprit ce qui allait se passer et gémit de désespoir. *La créature était en train de l'obliger à tracer des lettres, des mots, qu'elle n'avait jamais eu l'intention d'écrire.*

Des cris de surprise éclatèrent dans la salle. Horrifiée, Peggy Sue lut au fur et à mesure ce que la craie dessinait sur le tableau :

Flora Mitchell est raide dingue amoureuse du directeur !

Les filles pouffaient de rire, les garçons se tenaient les côtes. La prof, elle, était devenue livide. Bondissant sur l'éponge, elle se dépêcha d'effacer l'affirmation qui barrait le tableau en lettres énormes.

— Ça ne se passera pas comme ça, haleta-t-elle, la gorge nouée par la colère. Tu passeras en conseil de discipline. J'exigerai ton renvoi !

La main de l'Invisible, toujours serrée sur les doigts de Peggy Sue, l'obligeait à gribouiller d'autres mots, plus infamants. L'adolescente sentit les larmes embuer ses lunettes, ses grosses lunettes dont toutes les filles se moquaient.

— Ça suffit ! hurla le professeur. Tu perds la tête !

La créature ricana contre l'oreille de sa victime. Les Invisibles avaient une voix sifflante comparable au bourdonnement d'un insecte. Ils parlaient si vite que seule Peggy Sue pouvait déchiffrer leurs propos là où les gens normaux ne percevaient que le zon-zon irritant d'un moustique en maraude.

— Tu vois, dit le monstre. Tu vois comme on s'amuse bien. Si j'étais vraiment méchant je te ferais écrire des horreurs qui te conduiraient en prison. Tu imagines un peu ce que nous pourrions faire sur les murs de la ville avec un bon stylo-feutre ? Toutes les abominations que tu pourrais gribouiller sur le maire, le shérif… Il me suffirait de ne pas lâcher ta main.

— Non, faillit supplier l'adolescente, pas ça.

Elle se mordit les lèvres juste à temps. Personne n'aurait compris à quoi elle faisait allusion.

Les cris du professeur attirèrent le conseiller d'éducation qui se précipita vers Peggy. Aussitôt, l'Invisible s'éloigna de sa victime, lui rendant sa liberté de mouvement.

La suite ne différa en rien de ce que la jeune fille avait connu dans d'autres établissements. Dans toutes les écoles où ses parents l'inscrivaient, elle arrivait précédée d'avis défavorables. Pour les psychologues scolaires, elle était l'exemple même de l'adolescente dérangée sujette aux hallucinations. Les Invisibles s'amusaient de cette situation qu'ils avaient créée de toutes pièces. Leur stratégie était aussi simple qu'efficace : plus ils poussaient Peggy Sue à se ridiculiser, moins ils couraient le risque qu'on prête attention à ses propos.

*

Quand elle était plus jeune — vers six ans — Peggy Sue avait commis l'erreur de parler autour d'elle de ce qu'elle voyait, cela l'avait conduite chez le médecin.

— Ce n'est pas grave, avait grommelé ce dernier. Les enfants solitaires passent par une période d'affabulation. Ils s'inventent des compagnons imaginaires. Cela ne dure qu'un temps.

Mais, chez Peggy Sue, cette fâcheuse manie s'était installée de façon permanente, et jamais, au grand jamais, elle n'avait cessé de voir des fantômes.

— « Fantôme » est le nom stupide que nous donnent les humains, lui avait expliqué l'une des premières créatures qu'elle avait rencontrées. Dans leur grande bêtise, tes semblables nous prennent pour des revenants, des morts décidés à les hanter. D'autres voient en nous des extraterrestres. Ce qui est tout aussi idiot. Nous ne sommes ni l'un ni l'autre.

— Alors, qui êtes-vous ? Comment on peut vous appeler ? interrogea Peggy Sue.

— Les Invisibles ou les Transparents, ces deux termes nous agréent. Celui de « fantômes » nous horripile, il est tellement vulgaire.

*

Le surveillant général conduisit Peggy chez le psychologue scolaire. Ce n'était pas la première fois, et l'adolescente dut remonter les couloirs de l'établissement sous les regards moqueurs des lycéens massés devant les vestiaires.

La jeune fille se recroquevilla dans l'un des fauteuils plastifiés de la salle d'attente. La créature à l'origine de ses malheurs avait disparu un instant plus tôt en lui adressant un pied de nez.

Peggy Sue ôta ses lunettes pour les nettoyer.

Sa myopie découlait des maléfices déployés par les Transparents.

— Nous voulons pouvoir faire nos farces sans témoin ! lui avait crié l'un d'eux. Nous n'aimons pas que tu sois toujours là, à nous espionner. Je sais bien que personne ne croit ce que tu dis, mais c'est désagréable !

Et il avait projeté en direction de l'adolescente un éclair lumineux qui lui avait poignardé la rétine. Depuis cette rencontre, la vue de Peggy ne cessait de faiblir. Chaque année, il lui fallait changer de verres. Les garçons la surnommaient « la Taupe ». Bien que mignonne, elle n'avait pas de petit ami et personne ne l'invitait jamais aux bals du lycée. En fait, aucun garçon ne tenait à être vu en compagnie de cette fille bizarre qui passait sa vie à scruter le paysage comme si elle voyait s'y dérouler des spectacles invisibles au commun des mortels.

Peggy chaussa ses lunettes et marcha jusqu'à la fenêtre. De l'autre côté de la pelouse s'étendait la ville de Chatauga, un ancien territoire indien où subsistaient quelques totems presque à demi dévorés par les termites. Dehors, les gens croyaient mener une existence normale dont ils étaient seuls à décider.

Ils se trompaient...

Les Invisibles étaient partout. En ce moment même, Peggy Sue les voyait traverser les murs des maisons, sortir de la chaussée au beau milieu du flot des voitures. Ils étaient à l'origine des malheurs des humains. Souvent, Peggy les surprenait, occupés à organiser un accident. Debout à un carrefour, ils sautaient dans une voiture et s'emparaient du volant en posant leurs mains sur celles du conducteur. L'automobiliste perdait alors le contrôle de son véhicule pour percuter un arbre ou renverser un piéton. Ensuite, il ne savait que balbutier :

— Je ne comprends pas… Le volant s'est mis à tourner tout seul entre mes doigts.

Et personne ne prêtait foi à ses déclarations. Sauf Peggy Sue.

Les Invisibles avaient tout pouvoir sur la matière. Ils pouvaient plonger la main dans votre poitrine à votre insu. Là, il leur suffisait d'empoigner le cœur et de le serrer pour provoquer une crise cardiaque.

« Ce sont des assassins, se répétait Peggy. Tous les jours ils commettent des milliers de crimes parfaits, et personne ne soupçonne leur existence. »

Personne, sauf elle, et ce fardeau était plutôt dur à porter.

Elle appuya son front contre la vitre. Elle oscillait entre la rage et le désespoir. La rage de voir le monde livré à ces créatures mauvaises, au rire méchant, et le désespoir de n'être pas en mesure d'y remédier.

Elle était leur bête noire. Ils la détestaient. Elle était l'unique témoin de leurs méfaits. Quand un tueur fou descendait dans la rue pour poignarder les passants, c'était la plupart du temps parce qu'un Invisible guidait ses gestes.

*

— Peggy Sue ? fit la voix du psychologue dans le dos de la jeune fille. On me dit qu'il y a eu un incident. Veux-tu que nous en parlions ?

Peggy Sue hocha la tête en gardant les yeux baissés. Il ne fallait pas décourager les adultes, si ignorants de la réalité. Le danger, c'était qu'ils se mettent à penser : « Elle est irrécupérable, autant l'enfermer avant qu'elle ne devienne dangereuse pour son entourage. »

C'était là que les Invisibles voulaient en venir.

Trois minutes plus tard, le psychologue lui signa un billet afin qu'elle puisse rentrer chez elle. La jeune fille l'en remercia. Après ce qui s'était passé, elle ne tenait pas à affronter les moqueries de ses camarades.

Serrant ses livres contre sa poitrine, elle quitta le collège. Aussitôt, les Transparents se rassemblèrent autour d'elle pour former une escorte. Ils lui criaient des injures, des moqueries. Ils sortaient des murs des maisons, de l'épaisseur des trottoirs. Certains étaient aussi petits que des souris, d'autres gros comme des éléphants. Certains se donnaient le mal d'adopter une forme humaine, d'autres flottaient tels des ballons de baudruche, mais tous avaient en commun la même texture laiteuse. Pour « s'amuser », deux d'entre eux saisirent les poignets de l'adolescente et la contraignirent à gesticuler en tous sens, comme si elle chassait des guêpes imaginaires. Livres et cahiers tombèrent sur le sol mais Peggy Sue ne put les ramasser, déjà les Invisibles la tiraient en avant. Les badauds, gênés, faisaient semblant de ne pas remarquer cette fille hallucinée qui marchait en agitant les mains au-dessus de sa tête comme si elle se prenait pour un énorme papillon trop lourd pour s'envoler.

— C'est encore la petite Fairway, murmura l'une des serveuses du drugstore, la pauvre gosse est en train de perdre la boule.

— Ses parents sont pourtant des gens très honnêtes, soupira sa collègue de comptoir.

Les Transparents escortèrent Peggy Sue à travers la ville. La jeune fille avait l'habitude de ces vexations mais une terrible envie de pleurer lui piquait les yeux.

Pour la provoquer, l'une des créatures lui montra deux Invisibles qui, dans un garage, s'apprêtaient à déclencher un incendie. Une fois, la jeune fille les avait vu empoigner par le canon la carabine d'un garçon occupé à tirer sur des boîtes de conserve, et l'obliger à tourner l'arme en direction de ses copains. Ce jour-là, la « farce » avait fait un mort.

— Pourquoi êtes-vous si mauvais ? demanda pour la millième fois la jeune fille alors que les Transparents, l'ayant enfin lâchée, s'éloignaient.

— Nous ne sommes pas méchants, répondit l'une des créatures. Nous nous ennuyons et nous avons besoin de nous distraire. Est-ce notre faute si notre sens de l'humour est différent du vôtre ?

— Mais vos blagues causent notre mort, protesta Peggy Sue. Elles ne font rire que vous !

— C'est tout ce qui compte ! s'esclaffa le gnome blanchâtre avant de s'enfoncer dans le sol.

L'adolescente soupira. Ses livres de classe étaient perdus, mais elle n'avait pas le courage de retourner sur ses pas les ramasser.

Elle avait atteint les limites de la ville. Les champs de maïs entouraient Chatauga d'une couronne dorée que le vent agitait d'un bruissement continu. Le camp des trailers se trouvait là, entouré d'une vague clôture. Des caravanes de toutes les tailles y étaient garées ; quelques-unes, rongées de rouille, ne reprendraient plus la route. Des gens très différents y vivaient. Certains ne possédaient pas d'autre logis, mais il s'en trouvait aussi qui, comme les parents de Peggy Sue dont le père était charpentier, se déplaçaient de chantier en chantier à travers le pays.

La jeune fille réalisa qu'elle n'avait aucune envie de rentrer chez elle. Le psychologue avait sûrement appelé sa mère, et elle n'échapperait pas aux cris de désespoir habituels. Pour retarder le plus possible ce moment, elle s'enfonça dans le champ de maïs. C'était un beau pays, une belle contrée, pourquoi fallait-il que les choses soient si compliquées ? Elle aurait tellement voulu n'être qu'une fille comme les autres, banale, nantie d'un petit ami boutonneux et un peu bête qui aurait essayé de l'embrasser en la raccompagnant chez elle après l'inévitable séance de cinéma… Elle aurait voulu n'avoir d'autre souci que celui de choisir une robe pour le bal de la promo, avec la coiffure et les chaussures assorties. Elle était trop jeune pour affronter de tels problèmes. Souvent, elle enviait le bonheur tranquille de ses camarades qui, bien évidemment, se croyaient malheureux ! Les imbéciles, qu'auraient-ils dit s'ils avaient dû, comme elle, affronter en permanence les vexations des Transparents ?

Elle écouta bruire les feuilles tout en sachant que ce moment de paix serait de courte durée. Elle ne se trompait pas. Une boule blanchâtre se matérialisa au niveau du sol, tel un énorme champignon. Puis le champignon grossit, palpita pour prendre la forme d'un double parfait de Peggy Sue.

— C'est dur, n'est-ce pas ? dit la créature. Tu n'en as pas assez d'être notre souffre-douleur ? Tu sais que les gens commencent à s'inquiéter de ta conduite. Tu leur fais peur.

— Pourquoi vous acharnez-vous contre moi ? demanda la jeune fille.

— *Parce que tu nous vois*, grinça l'Invisible. Ton regard nous fait mal. Il nous brûle. Nous voulons que ça cesse. As-tu pensé que si tu arrêtais de nous regarder ta vie redeviendrait normale ?

Peggy haussa les épaules.

— Je saurais tout de même que vous êtes là, soupira-t-elle.

— Au début, corrigea la créature. Mais, avec le temps, tu finirais par oublier. Tu réussirais même à te persuader que tout cela n'était qu'un mauvais rêve. Si tu cessais de nous voir, nous cesserions de te harceler.

— Tu veux conclure une sorte de pacte, c'est ça ? interrogea l'adolescente.

L'Invisible se dandina. Comme il avait conservé l'apparence de Peggy, il s'amusa à déformer ses traits, enlaidissant le visage de la jeune fille.

« C'est plus fort qu'eux, songea celle-ci, même quand ils viennent en ambassadeurs, ils ne peuvent s'empêcher d'être cruels. »

Elle s'obligea à regarder les transformations que le Transparent faisait subir à son double. Les oreilles se décollaient, le nez devenait protubérant. Puis la statue laiteuse se mit à vieillir à toute allure, prenant l'apparence d'une vieille femme, et Peggy Sue put voir comment elle serait à soixante-dix ans.

— Pas drôle, n'est-ce pas ? ricana l'Invisible. Vous êtes si fragiles, vous les humains. Un rien vous tue.

— Que me proposes-tu ? coupa l'adolescente. C'est pour ça qu'on t'a envoyé, alors, parle.

La créature redevint une boule de matière anonyme.

— Si nous pouvions t'assassiner, tout serait plus simple, et nous l'aurions fait depuis longtemps, dit-elle, mais voilà : une puissance magique te protège ; alors il nous faut jouer aux diplomates, essayer de conclure un traité. Le pacte est clair. Il tient en une phrase : si tu acceptes de devenir aveugle, nous te laisserons en paix. Plus jamais tu n'entendras parler de nous, tu mèneras la vie d'une fille normale.

— Une fille *normale* aveugle… corrigea Peggy.

— N'est-ce pas mieux que de nous voir en permanence organiser nos farces ? rétorqua l'Invisible. Tu dois y réfléchir. Là, dans l'herbe, tu trouveras un flacon muni d'un compte-gouttes. C'est un élixir spécial. Il te suffira de t'en instiller une goutte dans chaque œil pour devenir aveugle, sans souffrance. Aussitôt, nous arrêterons de te persécuter.

— Et tu juges le contrat honnête ? s'esclaffa amèrement la jeune fille. Tu n'as pas l'impression d'être en train de m'escroquer ?

— Non, déclara la créature. La cécité vaut mieux qu'une vie entière bouclée dans une cellule capitonnée au fond d'un asile d'aliénés. Or c'est ce qui se produira si tu continues à nous espionner. Pense à ce qui t'est arrivé aujourd'hui. Demain nous pouvons te forcer à empoigner un couteau et à poignarder n'importe qui. *Ta mère, ta sœur…*

(Encore une fois, il mentait. Le charme magique protégeant Peggy ne lui aurait pas permis de perpétrer de telles abominations.)

Peggy Sue fit quelques pas, fouilla dans l'herbe de la pointe de sa chaussure. Elle distingua un flacon poussiéreux qui semblait provenir d'une époque lointaine.

— C'est l'élixir, souffla le Transparent à son oreille. Une goutte, pas davantage. Tu n'auras pas mal. Une goutte dans chaque œil et tu seras débarrassée de notre présence. Réfléchis bien, cela en vaut la peine.

« Un marché de dupes », pensa Peggy en haussant les épaules. Et, d'un coup de talon, elle réduisit le flacon en miettes.

Quand elle releva la tête, le fantôme avait disparu, ulcéré par sa réaction. La jeune fille décida qu'il était temps de rentrer chez elle. Alors qu'elle émergeait du maïs, elle se trouva nez à nez avec sa sœur aînée, Julia, qui sortait du camp de caravaning. Julia avait dix-sept ans, trois de plus que Peggy Sue. Cette différence d'âge lui permettait de se prendre pour une adulte et d'abreuver sa cadette d'ordres désagréables.

— Ah ! siffla-t-elle, tu es là. Le directeur du collège vient de téléphoner. Tu es encore renvoyée. Il paraît que, cette fois, tu as écrit des saletés sur ton prof de maths ?

Quand elle était lancée, elle pouvait continuer une heure sur le même ton. Elle adorait jouer à la jeune femme responsable. Cela l'avait prise le jour où elle avait été élue meilleure employée du mois au *fast-food* où elle travaillait. Depuis, elle rêvait de fonder sa propre entreprise et affectait de porter le poids du monde sur ses épaules. C'était une grande fille blondasse, défigurée par un nez trop long. Elle s'énervait facilement et s'entraînait à sourire devant son miroir pour ne pas déplaire aux clients.

Peggy Sue la laissa s'exciter. Elle savait que ses parents avaient honte de leur cadette. C'étaient des gens simples. Honnêtes et plutôt conventionnels. Leur grand projet était de se retirer au Nebraska une fois leurs filles mariées, et de se bâtir un ranch où ils élèveraient des chevaux, pour passer le temps. Rien ne les prédisposait aux extravagances. Les « crises » de Peggy Sue les laissaient désarmés.

— Je ne comprends pas pourquoi elle se conduit comme ça, gémissait régulièrement M'man. Elle n'a même pas de mauvaises fréquentations. À ce que disent ses professeurs, elle n'a pas d'amis.

— Ça ne pourra pas continuer, renchérissait tout aussi mécaniquement Julia. Elle est en train de nous faire une réputation épouvantable… et de ruiner ma future carrière. Comment vais-je fonder mon entreprise ? Aucun banquier ne voudra prêter d'argent à la sœur d'une folle.

Peggy Sue souffrait de cette situation. Elle voyait bien que sa mère n'osait plus la regarder en face, ou employait, pour lui parler, le ton qu'on réserve aux enfants colériques dont on craint les caprices.

P'pa, lui, faisait montre de moins de patience. C'était un homme bon mais rude, plus habitué à se promener en équilibre sur une poutre d'acier à cent mètres au-dessus du sol qu'à démêler les états d'âme des gamines. Les filles, en général, lui semblaient « trop compliquées ». Il aurait, de loin, préféré que sa femme lui donne des fils avec qui il aurait pu boire de la bière et parler base-ball. L'agitation de sa cadette le mettait mal à l'aise. On jasait en ville. En quelques années il était devenu « le père de la gosse cinglée aux grosses lunettes ».

— Tu es désespérante ! se mit à hurler Julia.

Quand l'orage tombait sur sa tête, Peggy ne cherchait jamais à se protéger. Évoquer les Invisibles n'aurait servi qu'à persuader sa famille qu'elle avait définitivement pété les plombs.

Épuisée par son interminable discours, Julia se tut enfin. Posant le bras sur les épaules de sa sœur, elle la poussa vers le camp de caravaning.

— Allez, soupira-t-elle. On rentre. Essaye de ne pas trop faire pleurer Maman pour une fois.

Les choses se passèrent aussi mal que prévu. Maggy Fairway, sa mère, éclata en sanglots dès qu'elle passa le seuil. Les incidents étaient devenus si fréquents qu'elle n'avait plus le courage de se mettre en colère. Elle posa sur sa fille cadette un regard désolé et murmura :

— Ma petite, je ne sais pas ce qu'on va faire de toi.

— Va dans ta chambre, ordonna Julia qui, lorsque leur père était absent, prenait de plus en plus souvent le relais de l'autorité familiale.

Peggy Sue obéit. La caravane avait la forme d'un long wagon métallisé. Les « chambres » ressemblaient davantage aux cabines d'un sous-marin qu'aux pièces d'une véritable habitation. Les gosses de la ville trouvaient cela « super », Peggy, elle, aurait aimé vivre dans une maison dont les murs auraient été faits de briques et non de tôles rouillées.

Elle s'isola dans son repaire, un étroit carré d'un mètre cinquante de côté. Le lit était si petit qu'elle devait plier les jambes pour y tenir !

Inquiète, elle écarta le rideau masquant le hublot qui lui tenait lieu de fenêtre. Les Transparents étaient là, dans l'enceinte du camp. Ils se faufilaient dans les caravanes en traversant les cloisons métalliques. Ils la narguaient. L'un d'eux lui montra combien il lui serait facile de faire tomber un câble électrique dans une petite piscine gonflable où s'ébattaient des enfants.

Horrifiée, Peggy Sue le fixa avec une intensité toute particulière, espérant que son regard brûlerait la « peau » de la créature. Presque aussitôt, elle perçut une odeur de caramel calciné. C'était le signe que le Transparent avait eu mal. D'ailleurs, il s'éloigna en s'ébrouant.

« Je ne suis pas totalement désarmée, pensa-t-elle. Je peux leur causer préjudice, moi aussi. L'ennui, c'est que chaque fois que je m'applique à les brûler, je me fatigue les yeux. »

Elle ôta ses lunettes. Les premiers élancements de la migraine venaient de la poignarder entre les sourcils. Quel piètre chasseuse de fantômes elle faisait !

2

Peggy Sue se réveilla à l'aube, alors que le brouillard matinal noyait les champs de maïs. Elle éprouva soudain le besoin d'aller se promener dans la forêt pour profiter de ce bref instant de paix, et quitta la caravane sur la pointe des pieds.

Elle venait à peine d'entrer dans la clairière qu'une voix zonzonnante grésilla derrière elle.

— Tu as refusé le pacte, dit le fantôme d'un ton outragé. Nous t'avons tendu honnêtement la main, et tu as brisé le flacon magique. Tu as laissé passer ta chance. On ne peut pas dire que tu aies fait le bon choix. Tu n'es vraiment pas courageuse... Devenir aveugle, ce n'est rien à côté de ce qui t'attend. Puisque tu veux conserver la vue, je puis t'assurer que tu vas en voir de toutes les couleurs.

Peggy Sue pivota sur elle-même. L'Invisible suintait d'un tronc d'arbre.

« On dirait le caoutchouc qui coule des hévéas », songea la jeune fille. La créature joua à prendre le visage de Julia. Elle donnait aux traits de la sœur de Peggy une expression de méchanceté caricaturale.

— Tu n'as pas encore pris conscience de notre puissance, dit la chose laiteuse qui palpitait entre les arbres. À côté de vous, nous sommes des dieux. Nous avons créé la Terre, nous l'avons peuplée pour nous amuser. J'étais là quand nous avons pétri les dinosaures, un après-midi pluvieux où nous commencions à nous ennuyer. Nous avons lâché ces grosses bêtes pour voir comment elles se comporteraient. C'était à qui de nous inventerait la bestiole la plus cocasse… Cela nous a distraits pendant quelques milliers d'années, puis la lassitude nous a gagnés, et nous avons décidé de les détruire. Les voir s'entre-dévorer avait fini par devenir monotone.

— Tu dis n'importe quoi ! siffla Peggy Sue en essayant de crâner.

— Tu sais bien que non, lâcha l'Invisible. C'est nous qui avons lancé sur les gros lézards la météorite qui les a réduits en cendre. Alors nous avons créé une race plus intelligente, en pensant qu'elle serait plus amusante… et nous avons modelé l'Homme. Du moins ses premiers représentants. Cela nous occupait. Comme des enfants humains élevant des souris blanches dans un vivarium.

Peggy Sue sentit l'horreur s'emparer d'elle. Elle comprit que le fantôme disait vrai. Lui et les siens avaient toujours été là, depuis le début du monde, à l'insu des hommes.

— Nous vous avons tout donné, ajouta la chose. Même la science. Nous vous avons fait l'aumône de vos plus grandes découvertes ! Ce que vous croyez

28

avoir inventé, nous vous l'avons soufflé à l'oreille. Les éclairs de génie qui traversent les cerveaux de vos savants, c'est nous qui les fabriquons. Cela nous amuse de voir ce que vous en ferez. Nous vous avons donné la bombe atomique, les missiles… toute la panoplie nécessaire à votre autodestruction. Nous attendons de voir si vous irez jusqu'au bout. Nous prenons des paris. Certains pensent que vous ne survivrez plus très longtemps… C'est intéressant. Cela nous divertit.

— Vous nous utilisez comme des poupées articulées, c'est cela ? demanda Peggy.

— Oui, admit l'Invisible. Nous aimons à penser que la Terre est notre coffre à jouets.

— Et si la race humaine s'autodétruit, lança la jeune fille, que ferez-vous ?

— Nous en créerons une autre, répondit le spectre. Certains de mes amis pensent que l'Homme est démodé, qu'il est temps de passer à autre chose. C'est pourquoi ils poussent le monde au chaos, pour précipiter sa fin. Ils ont hâte de modeler une nouvelle race. Beaucoup de projets sont à l'étude. Nous nous rassemblons le soir, dans les clairières, pour débattre de l'apparence qu'auront vos successeurs. C'est passionnant.

— Vous êtes comme des gosses, siffla Peggy. Vous voulez un autre jouet, mais vous le casserez comme le précédent dès que vous y serez habitués.

L'Invisible haussa les épaules.

— Sans doute, admit-il, mais c'est tout l'intérêt du jeu.

L'adolescente allait répliquer quand sa sœur aînée surgit des buissons. Elle avait enfilé un imperméable par-dessus sa chemise de nuit et glissé ses pieds nus dans des baskets non lacées.

— Qu'est-ce que tu fiches ? lança-t-elle d'un ton ulcéré. On te cherche depuis une heure. Maman était déjà persuadée que tu avais fait une fugue.

Elle gesticulait sans se rendre compte que, dans son accoutrement, elle avait l'air de s'être échappée d'un asile.

Peggy Sue se résigna à prendre le chemin du camp. Julia ne décolérait pas. L'Invisible se déplaçait à ses côtés en ricanant. Il imitait chacune de ses mimiques en s'appliquant à la rendre plus grotesque encore. De temps en temps, il s'amusait à soulever la chemise de nuit de la grande fille hargneuse pour montrer ses fesses aux occupants du terrain de camping qui, croyant à un méfait du vent, pouffaient de rire.

M'man attendait devant la caravane, l'air peiné. Elle fit signe à Julia de se taire afin d'éviter d'ameuter le voisinage.

— Tu vois, souffla le Transparent à l'oreille de Peggy Sue, ce sera toujours comme ça… Tu vas vivre un enfer.

Puis, saisissant le poignet de Peggy entre ses doigts translucides, il l'éleva dans les airs et l'abattit sur le visage de Julia. L'adolescente n'eut pas le temps de réagir, sa paume claqua avec violence sur la joue de sa sœur qui en eut le souffle coupé. M'man poussa un gémissement de surprise. Pour tous les campeurs présents, Peggy Sue venait de gifler Julia avec assez de force pour lui décoller la tête des épaules. Personne ne pouvait soupçonner l'intervention du Transparent.

— Tu… tu as vu ? bégaya Julia en prenant sa mère à témoin. Elle… elle est folle. Un jour elle nous assassinera pendant notre sommeil.

— Tiens ! ricana l'Invisible à l'oreille de Peggy Sue, c'est une idée, ça ! Et puis ça n'étonnerait personne !

— Ça suffit, intervint M'man. Vous vous êtes assez données en spectacle, habillez-vous et grimpez dans la voiture. Nous partons. Il est hors de question de rester ici après ce qui s'est passé. J'en ai assez d'être dévisagée au supermarché comme si j'étais la mère d'une extraterrestre !

Peggy baissa la tête et obéit. Au moment où elle montait dans la caravane, l'Invisible la retint par un pan de son tee-shirt.

— Tu vas avoir une belle surprise, chuinta-t-il. Où que tu ailles, nous serons là pour t'accueillir. Nous sommes en train de mettre au point une blague formidable dont tu auras la primeur.

La jeune fille se dégagea d'un mouvement brusque. L'Invisible ricana de plus belle.

— Bonne route ! s'esclaffa-t-il. Je pense qu'il fera beau. Si tu t'arrêtes dans un drugstore, n'oublie pas d'acheter une lotion contre les coups de soleil !

3

On quitta le camp dès les dernières formalités réglées.

Mme Fairway s'installa au volant tandis que les deux sœurs se glissaient sur la banquette arrière. Peggy jeta un coup d'œil à Julia. La gifle avait laissé une marque rouge sur la joue de la jeune fille.

« Elle ne me le pardonnera jamais, pensa-t-elle. En plus, si nous quittons la ville, elle va perdre son travail au *fast-food*. »

Un lourd silence pesait à l'intérieur du véhicule. Peggy sentit qu'à la réprobation s'ajoutait une bonne dose de peur. « Je suis en train de devenir leur ennemie, se dit-elle, le cœur serré. Elles ne comprennent pas pourquoi je me comporte ainsi. »

*

Pendant le trajet, Peggy Sue s'assoupit. Comme cela lui arrivait souvent, elle rêva de la première fois où elle avait rencontré la fée…

Elle venait d'avoir six ans, M'man l'avait conduite chez un opticien pour essayer sa première paire de

32

lunettes. Tout à coup, une femme aux cheveux roux entra en souriant. Elle était vraiment belle, avec des gestes d'une rare élégance. Elle regarda Peggy, lui fit un clin d'œil et, de l'index, ébaucha une drôle de figure cabalistique. Il y eut un crépitement bleuâtre dans l'air. Aussitôt, comme s'ils avaient été changés en pierre, tous les gens présents dans le magasin se figèrent. Leurs paupières se fermèrent et ils se mirent à dormir debout, les mains arrêtées au beau milieu d'un geste.

— Écoute, fit la dame aux cheveux rouges en s'asseyant en face de Peggy Sue. Nous n'avons pas beaucoup de temps car je viens de l'autre bout du cosmos et je ne peux pas maintenir longtemps la forme que j'emprunte pour t'apparaître. Je m'appelle Azéna. Je sais que tu vois des fantômes, tu as été choisie pour cette mission par les gens qui essayent de protéger l'Univers. Ce ne sera pas facile, mais il est important que quelqu'un s'oppose aux Invisibles. Tu as ce pouvoir. Pour le moment il n'est pas très puissant mais il se développera au fur et à mesure que tu grandiras. Tu le transmettras à tes enfants, et ainsi de suite. Un jour vous serez assez nombreux et assez forts pour contrarier les manigances des spectres. Oui, un jour… mais en attendant tu seras toute seule pendant un long moment encore, et il te faudra le supporter. Les Invisibles vont te haïr, ils tenteront même de te tuer… cependant ils n'y parviendront pas car nous avons mis sur toi un charme qui te protège. Un charme puissant. Attention ! cela ne signifie pas pour autant que tu es immortelle. Les fantômes sont affreusement malins et ils s'appliqueront à te pousser au suicide, ou organiseront des accidents pour te supprimer. Quand je dis qu'ils ne peuvent pas te tuer, j'entends qu'il ne leur est pas possible de t'étrangler de leurs propres mains, ou de te pousser dans le vide du haut d'une falaise. *Toutefois, il leur reste la possibilité de convaincre quelqu'un de le faire à leur place, ou de provoquer l'éboulement de la falaise sous tes pieds.* Comprends-tu ? La distinction est subtile, mais ta survie en dépend. De même, ils ne peuvent pas te forcer à faire des choses graves : tuer quelqu'un, par exemple.

C'était compliqué ! Peggy Sue hocha la tête. À côté d'elle M'man dormait toujours.

— Je sais que c'est un mauvais cadeau que l'on te fait là, soupira encore la dame aux cheveux rouges. Il fallait choisir un enfant, et le hasard t'a désignée. Tes yeux ont le pouvoir de faire mal aux Invisibles. Ce pouvoir se développera avec le temps... si tu n'es pas devenue aveugle d'ici là. Car les fantômes le savent, et ils s'emploieront à te faire perdre la vue. En attendant d'être grande, ne dilapide pas ton énergie visuelle, apprends à t'en servir avec économie. Sois patiente.

— Pourquoi les Invisibles sont-ils méchants ? demanda Peggy.

— Parce que c'est dans leur nature, répondit tristement Azéna. Quand nous aurons mis en place beaucoup de gens comme toi, il ne leur sera plus aussi facile de s'amuser aux dépens des autres. Tu es la première, tu devras être courageuse. Il n'est pas toujours réjouissant d'être une héroïne. Nous nous reverrons chaque fois que tu devras changer de lunettes, dans des boutiques semblables à celle-ci.

Elle tira de sa poche une paire de lunettes et la substitua à celle que l'opticien s'apprêtait à poser sur le nez de Peggy Sue.

— Ce ne sont pas des lunettes ordinaires, expliqua-t-elle. Elles sont presque vivantes, et ce seront tes fidèles alliées dans le combat que tu vas mener. Les verres sont en réalité des cristaux extraterrestres ayant pour fonction d'amplifier ton pouvoir visuel. Quand ces cristaux mourront, je viendrai t'en apporter de nouveaux.

La femme aux cheveux rouges se redressa, ébouriffa tendrement les cheveux de Peggy, puis fit claquer ses doigts. Aussitôt, la vie reprit son cours, les gens de la boutique rouvrirent les yeux. Ils ne s'étaient rendu compte de rien.

Par la suite, chaque fois que Peggy Sue dut changer de verres correcteurs, Azéna apparut pour se substituer à l'opticien. Les choses se passaient toujours de la même manière : elle suspendait la vie du monde en claquant des doigts, puis examinait les yeux de Peggy avant de lui remettre de nouveaux verres magiques.

Lors de leur dernière rencontre, Peggy Sue avait été frappée par la mine fatiguée d'Azéna. Elle lui avait demandé si elle allait bien.

— Ces voyages à travers l'espace m'épuisent, avait-elle avoué en baissant les yeux. En vérité, ils me consument et abrègent ma vie de plusieurs années. Tu dois comprendre dès maintenant que je ne serai pas toujours là pour te protéger.

*

La famille Fairway roula toute la journée à travers les plaines désertes qui s'étendaient jusqu'à la ligne d'horizon. Julia pleurnichait en reniflant, M'man n'ouvrait pas la bouche, Peggy Sue essayait de se remémorer les dernières paroles de l'Invisible, ce curieux avertissement qu'il avait lancé avant de disparaître.

Quelque chose à propos du soleil ? Non, d'une lotion protectrice… un écran total ou un truc similaire.

Ça n'avait aucun sens.

Le soir, on coucha dans la caravane, au bord de la route. Le lendemain aussi, et le surlendemain encore. Peggy comprit que Maman voulait s'éloigner le plus possible de Chatauga pour échapper aux ragots. L'atmosphère était pénible car personne ne parlait.

Les Invisibles, eux, demeuraient… *invisibles* ! Depuis qu'on avait quitté le camp de trailing, la jeune fille n'en avait pas vu un seul.

« C'est vrai qu'on les trouve rarement dans les régions désertiques, se disait-elle. Là où il n'y a pas d'humains, pas de bonnes blagues en perspective. »

*

On arriva enfin à Point Bluff, une petite bourgade aux maisons fleuries. Il y avait une vieille pompe à essence à levier, un Indien en bois peinturluré devant la pharmacie. Il faisait chaud, le vent charriait une poussière jaune qui griffait la peau. C'est à cet instant que le pneu avant droit creva. En se penchant sur la roue, Mme Fairway murmura entre ses dents :

— Bizarre, on dirait qu'un animal a mordu le caoutchouc assez fort pour percer la chambre à air. On voit des traces de crocs.

Peggy Sue regarda autour d'elle. Elle devinait sans mal ce qui venait de se produire : un Invisible était sorti de terre juste devant la voiture pour crever le pneu d'un coup de dent.

« Il souhaitait qu'on s'arrête ici, conclut-elle. C'est donc dans ce village que les fantômes vont mettre en place leur prochaine farce. »

Elle n'était pas rassurée car elle soupçonnait les Transparents de vouloir frapper un grand coup avant l'hiver.

— Tant pis, marmonna M'man. On n'ira pas plus loin. L'endroit a l'air très bien. Je vais appeler votre père pour lui annoncer que nous nous installons ici.

— C'est petit, maugréa Julia. Jamais je ne réussirai à implanter une grande entreprise dans ce bled !

*

On trouva sans mal un nouveau camp de caravaning.

Julia se fit engager au *fast-food* qui jouxtait le cinéma en plein air, Maman conduisit Peggy Sue au collège de la ville et négocia son inscription auprès du directeur. Celui-ci se montra réticent. Le dossier scolaire de l'adolescente lui faisait peur. Le coup de fil passé au lycée de Chatauga ne le rassura guère.

— Point Bluff est une ville tranquille, répéta-t-il, le regard fuyant. Il n'y a ici ni drogués ni voyous. Nos élèves sont de gentils gosses.

M'man dut supplier. Le principal se laissa fléchir sous réserve d'expulser Peggy Sue sans préavis au premier incident.

Le lendemain, l'adolescente s'assit dans la salle de classe au milieu de ses nouveaux camarades. L'absence des Invisibles la désarçonnait. Que préparaient-ils ? Elle ne cessait de regarder autour d'elle pour essayer de les repérer, en vain.

— Tu cherches quelqu'un ? lui demanda Sonia Lewine, une fille rousse au visage couvert de taches de son, qui avait remarqué son manège.

— N… non, bredouilla Peggy.

— *Allez*, souffla Sonia. Avoue. C'est pour te séparer de ton petit ami que ta mère t'a amenée ici, n'est-ce pas ? Tu espères qu'il va retrouver ta trace.

Sonia adorait les complots amoureux. Elle était prête à aider quiconque se trouvait pris dans les affres d'une passion contrariée.

— Il était plus vieux que toi, c'est ça ? insista-t-elle. Oh ! je comprends. Une fille d'ici, Monica Greyhold, a subi la même chose. Ses parents n'appréciaient pas son *boy-friend*, ils l'ont exilée dans un pensionnat, à mille kilomètres de Point Bluff. Elle en a été si malheureuse qu'elle a maigri de six kilos… et qu'elle m'a donné toutes ses robes lorsqu'elle est revenue pour les vacances de Noël.

Au bout de deux semaines, Peggy Sue réalisa qu'elle aimait bien Sonia. Cela faisait des années que personne ne lui avait prodigué le moindre signe d'amitié. Ici, à Point Bluff, on ne voyait pas encore en elle une folle dangereuse, une fille infréquentable. L'absence des Invisibles lui permettait de se détendre et de se comporter normalement, sans sursauter à chaque instant.

Elle ne savait combien de temps cela durerait, mais c'était bien agréable, et elle se surprenait à rire des plaisanteries idiotes des garçons, comme toutes les filles de son âge. Il y avait Mike, Stanley, Hopkins, *Dudley…* qui tous essayaient de s'attirer ses bonnes grâces. *Dudley était incroyablement mignon*, avec juste ce qu'il fallait de timidité pour montrer que, sous son déguisement de garçon, il était gentil. Il s'épuisait à essayer de faire rire Peggy en multipliant les plaisanteries (souvent pas très drôles !). C'était assez attendrissant et la jeune fille feignait de s'esclaffer de la manière la plus convaincante qui soit.

*

À Point Bluff, on considérait Peggy comme une grande voyageuse, car aucun des adolescents du bourg n'avait jamais pris le bus. On ne cessait de lui demander « comment c'était ailleurs ? » et elle devait se retenir de répondre :

— Ailleurs c'est horrible… puisqu'il y a les Invisibles.

— Ici, grogna Sonia Lewine, c'est la cité de l'ennui. Il n'y a rien à faire, il ne se passe jamais rien.

— *Et il ne se passera jamais rien!* hurlèrent les garçons en chœur.

Peggy Sue sentit son cœur se serrer. Comme ils étaient naïfs… innocents. Elle aurait voulu partager leur insouciance, ne connaître que les minuscules problèmes qui les agitaient : *un tel inviterait-il une telle au cinéma en plein air ? X avait-il effectivement embrassé Y lors de la dernière soirée dansante ?*

— Je vois bien dans tes yeux que tu es malheureuse, lui chuchotait Sonia Lewine. Tu penses à ton amoureux ? Si tu penses très fort à lui, il finira par te retrouver, je t'assure, c'est magique. L'amour, c'est comme une émission radiophonique. Vous êtes comme deux téléphones portables qui fonctionneraient sur une fréquence que personne d'autre ne pourrait capter.

Elle était adorable, et Peggy Sue n'osait la détromper. Et puis, il ne lui déplaisait pas de s'inventer un petit ami, elle que les garçons avaient toujours fuie.

Il y avait cependant une ombre au tableau. Au collège, un certain professeur de mathématiques, nommé Seth Brunch, se révélait odieux.

C'était un homme de haute taille, chauve, d'une maigreur effrayante, et qui écrasait les élèves de son mépris.

— Il a reçu un prix de mathématiques quand il était jeune, expliqua Sonia. Ça lui a bouleversé la cervelle. Depuis, il se croit l'homme le plus intelligent de la contrée.

Elle ne mentait pas, Seth Brunch se plaisait à humilier ses élèves en leur ordonnant de venir au tableau pour résoudre des problèmes incompréhensibles. Pendant que les malheureux transpiraient, les doigts serrés sur une craie inutile, il ricanait en prenant des pauses inspirées. Au bout d'un moment, il s'écriait : « Ça suffit ! » et résolvait l'exercice en trois secondes.

— Vous êtes trop stupides, soupirait-il. C'est à pleurer de désespoir. Je suis certain que si je donnais des cours aux chiens errants dans les rues de la ville ou aux vaches ruminant dans les prés j'obtiendrais de meilleurs résultats. Un rat de laboratoire est plus intelligent que vous. On a dû vous irradier par mégarde quand vous étiez bébés. Il doit vous manquer un morceau de cervelle.

Il prenait alors une expression angoissée pour ajouter :

— Peut-être n'êtes-vous pas tout à fait humains ?

Il paraissait prendre beaucoup de plaisir à ces blagues de mauvais goût. Peggy Sue le trouvait antipathique. Elle se gardait cependant d'émettre un jugement définitif. Certains professeurs, secrètement terrifiés par leurs élèves, se conduisaient ainsi pour dissimuler leur peur, elle ne l'ignorait pas.

Un soir, en sortant du collège, elle demanda à ses nouveaux amis s'ils ne trouvaient pas que Seth Brunch allait trop loin.

Sonia Lewine haussa les épaules.

— Bof! gémit-elle, il n'a pas tout à fait tort, tu sais. C'est vrai qu'il est génial et qu'on est tous un peu crétins. Il est capable de mener dix parties d'échecs en même temps, les yeux bandés, et nous, comme on dit, on n'a pas inventé l'eau chaude. On est des gosses de Point Bluff. C'est sûr que c'est pas le pays de l'intelligence, ça se saurait.

Peggy Sue ne partageait pas leur défaitisme.

Pourtant sa vie n'était pas facile. Elle se savait jolie (dès qu'elle ôtait ses fichues lunettes!) mais cela ne lui servait pas à grand-chose car les garçons avaient peur d'elle. En règle générale, les garçons détestaient les filles *compliquées*, et elle entrait malheureusement dans cette dernière catégorie. En outre, elle avait tant de soucis qu'elle éprouvait de la difficulté à se montrer aussi enjouée, aussi amusante que ses compagnes de classe.

— T'es pas cool! lui disaient souvent les adolescents. T'as vraiment pas l'air cool! On a l'impression que t'es assise en permanence sur une bombe prête à exploser!

Comment aurait-elle pu leur révéler que c'était exactement cela?

Et puis il y avait sa famille. M'man, Julia, qui la regardaient comme un animal bizarre. P'pa toujours absent, toujours fatigué… Elle se sentait parfois très seule.

Pourtant, elle ne perdait pas courage. Elle savait qu'au loin, quelque part à l'autre bout de l'univers, des gens comptaient sur elle. Azéna, la fée aux cheveux rouges, plus particulièrement.

*

Un après-midi, après la classe, Peggy Sue, Sonia et les garçons descendirent à la rivière et se mirent en maillots de bain.

— On ne peut pas se baigner parce qu'il y a des remous dangereux, expliqua la jeune fille rousse, mais on bronze mieux ici à cause du sable blanc, qui réfléchit la lumière du soleil. Grâce à lui on arrive à brunir jusque sous le menton. Viens, je te prêterai ma lotion solaire.

Peggy sentit son estomac se nouer brutalement. Les mots « lotion solaire » lui rappelaient ceux prononcés par l'Invisible qui était venu la menacer, juste avant leur départ de Chatauga. Elle essaya de dissimuler son malaise. Sans doute s'agissait-il d'une simple coïncidence ?

— Tu as toujours un air mystérieux, lui murmura Sonia en dépliant une serviette de bain. On sent bien que tu es de ces filles qui ont beaucoup vécu. Un jour, tu me diras peut-être tes secrets ?

« Il vaut mieux pas, songea tristement Peggy, sinon tu cesserais aussitôt de rire… et pour toujours. »

Sonia s'étendit, ouvrit son livre de mathématiques et le posa sur son front pour se protéger du soleil.

— Voilà, conclut-elle, c'est ce que j'appelle ne pas bronzer idiote.

Au même instant, Peggy crut entendre ricaner derrière elle. Elle sursauta. Elle aurait reconnu cette façon de rire entre mille… *c'était celle d'un Invisible*.

Au collège, le lendemain, le professeur de mathématiques, fidèle à son habitude, remonta une à une les allées qui séparaient les pupitres. Tous les trois pas, il se penchait sur un élève et lui cognait sur le crâne avec son index recourbé.

— Toc-toc ! ricanait-il, il y a quelque chose là-dedans ? On ne dirait pas, ça sonne creux.

Quand vint son tour, Sonia Lewine devint rouge de honte. De toute évidence, elle luttait pour ne pas fondre en larmes.

*

Pendant le week-end, Seth Brunch se donna en spectacle dans la grande salle de réunion de la mairie où avait lieu un tournoi d'échecs. Là, les yeux bandés, il joua « en aveugle » contre quinze adversaires. Tout était engrangé dans sa mémoire. Il gagna les quinze parties haut la main.

— Quel cerveau ! murmurait-on dans la salle.

Peggy Sue, qui était venue assister à l'exhibition en compagnie de sa mère et de sa sœur, eut l'impression que les gens étaient à la fois fiers et honteux de la présence de Seth Brunch parmi eux. Fiers parce que l'intelligence du professeur redorait le blason de la communauté, honteux parce que tout le monde se sentait stupide en face de lui. D'ailleurs, Brunch n'avait pas le triomphe modeste. Il paradait entre les tables, une moue méprisante aux lèvres, comme s'il pensait : « C'était trop facile, vous êtes de si mauvais joueurs. »

*

Le matin suivant, le soleil de la peur se matérialisa dans le ciel, à la verticale de Point Bluff, juste au-dessus de la mairie.

Une autre partie commençait : cette fois c'était au tour des Invisibles de bouger les pions sur l'échiquier de la terreur.

4

Peggy Sue s'en aperçut en sortant de la caravane. Quelque chose d'anormal luisait au milieu des nuages, tel un éclat de miroir fiché dans le ciel.

— Il va faire beau ! s'exclamaient les gens du camping. C'est rare que le soleil brille de cette manière si tôt le matin.

Ils se trompaient, ce n'était pas le soleil qui scintillait ainsi…

« On dirait qu'une sphère flotte au-dessus de nos têtes, songea Peggy Sue. Une boule de lumière qui se serait interposée entre le *vrai* soleil et nous. »

Elle emprunta les lunettes noires de Sonia Lewine pour mieux observer le phénomène. Il lui sembla repérer d'étranges turbulences, comme si une forme bouillonnante et laiteuse cherchait à creuser un trou au milieu des nuages.

« Ça ressemble à un tourbillon, se dit-elle. Une spirale de lumière. J'ai l'impression que si je la fixais plus de cinq secondes, elle finirait par m'hypnotiser. »

— Tu cherches encore ton amoureux ? plaisanta Sonia. Tu crois qu'il va sauter en parachute dans la cour du collège ? Ce serait hyper-romantique !

— Tu ne trouves pas qu'il y a trop de lumière ? interrogea Peggy, soucieuse. On se croirait sous un projecteur. Regarde nos ombres, on les dirait peintes sur le sol.

— C'est vrai, admit Sonia. Il va faire rudement chaud.

Puis elle reporta son attention sur les garçons qui arrivaient, et, une fois de plus, tenta de déterminer lequel était « le plus mignon ». C'était son sport favori, elle pouvait passer des heures à comparer les mérites et les défauts de chaque collégien.

Peggy Sue prêta une attention distraite aux différents professeurs. Ce soleil clandestin l'inquiétait. Elle n'aimait pas sa couleur ; elle lui rappelait trop celle des Invisibles. *Que se passait-il ?*

*

Il faisait très chaud dans les salles de classe, et même Seth Brunch, tout maigre qu'il fût, ne cessait de s'éponger avec un grand mouchoir. Les têtes dodelinaient. Dudley Martin et Steve Petersky s'endormirent, la joue posée sur le pupitre. À 10 heures, le conseiller d'éducation fit une annonce par le haut-parleur. Il mit les élèves en garde contre les risques d'insolation résultant de la soudaine canicule. Dans les rues de la ville, l'adjoint du shérif circulait, mégaphone au poing, pour conseiller aux personnes âgées de rester à l'ombre.

— Protégez-vous le crâne ! répétait-il. Ne sortez pas sans chapeau ni ombrelle.

À présent, Peggy Sue avait le plus grand mal à regarder du côté du soleil clandestin qui brillait entre les nuages. Sa lumière bleutée avait pris une teinte complètement irréelle.

« Il n'est pas à la bonne hauteur, constata-t-elle. Ce n'est pas un astre normal. Il flotte à peine plus haut qu'un hélicoptère. Son rayonnement ne doit pas s'étendre au-delà des abords de Point Bluff. C'est un soleil *miniature*, qui ne brille que pour nous... mais dans quel but ? »

Agacé par l'indolence de ses élèves, Seth Brunch décida de les punir en leur infligeant une série d'exercices à rendre le lendemain.

— En chimie, déclara-t-il, il est prouvé que la chaleur accélère les échanges et donc active les processus. On verra si la canicule stimule votre activité cérébrale !

Il ponctua cette sortie de son éternel ricanement, ramassa sa sacoche et s'en alla.

À la fin des cours, Peggy, Mike, Sonia et Dudley s'immobilisèrent dans le hall, hésitant à sortir de la zone d'ombre qui les protégeait encore du soleil. Dehors, la lumière ciselait les contours avec une précision étonnante. Le moindre objet métallique scintillait comme si on l'avait astiqué pour la parade. Les voitures semblaient sur le point de se liquéfier. Les rues étaient

48

désertes. Les rares adultes qui les traversaient portaient des chapeaux de cow-boy ou des ombrelles.

— On va à la rivière ? proposa Dudley. Là-bas au moins il fera frais.

Le surveillant général se précipita vers les quatre amis pour leur ordonner de se couvrir la tête. Aidé des préposés à la sécurité, il distribuait de vieilles casquettes de base-ball récupérées dans une remise.

— Mettez ça ! commandait-il. Sinon le soleil va vous cuire la cervelle au court-bouillon.

— M. Brunch vous expliquerait qu'on ne risque rien… *puisqu'on a le crâne vide* ! rétorqua Sonia Lewine.

Et elle bondit dehors, en pleine lumière. Peggy Sue prit la casquette que lui tendait le surveillant et s'en coiffa. Les autres l'imitèrent.

— Qu'est-ce que vous êtes moches comme ça ! ricana Sonia lorsqu'ils la rejoignirent.

On eut beau insister, elle refusa de poser le moindre couvre-chef sur ses cheveux roux. Il faisait abominablement chaud. Une chaleur hostile qui paraissait vouloir vous cuire sur pied. Peggy Sue n'aurait pas été outre mesure étonnée si elle avait vu la chevelure de son amie s'enflammer. Elle renifla la manche de sa veste : elle sentait le roussi.

Un chien traversa la route en courant, comme s'il craignait que son poil prenne feu.

Au bord de la rivière on se précipita vers l'eau glacée pour s'asperger, puis les garçons se retranchèrent à l'ombre des rochers. Peggy Sue les rejoignit; seule Sonia s'obstina à demeurer en plein soleil. Elle avait tiré un flacon de lotion solaire de son sac et s'en enduisait les bras, les épaules.

— Vous êtes des dégonflés, siffla-t-elle. Moi je vais bronzer comme une star de Hollywood et vous serez tous jaloux de me voir si belle !

— C'est pas tout ça, grogna Dudley, mais faut se taper les exercices du père Brunch, sinon il nous assassinera demain matin.

Pendant que Sonia paressait au soleil, Peggy et les garçons s'absorbèrent dans l'étude des problèmes sans réussir à trouver la moindre réponse. Deux heures s'écoulèrent, en pure perte, les laissant découragés. C'est alors que Sonia, qu'on avait oubliée, s'éveilla de sa sieste. Elle avait une drôle d'expression, comme si elle était fiévreuse. Ses pupilles étaient anormalement dilatées.

— Ça va ? lui demanda Peggy, inquiète.

— Oui, répondit la jeune fille. Je m'étais endormie, c'est tout.

— Tu te la coulais douce pendant qu'on trimait, grogna Dudley.

Sonia haussa les épaules, signifiant qu'elle se désintéressait de la question. Elle avait une expression lointaine… comme si, en l'espace d'une simple sieste, elle avait soudain vieilli.

« Elle a l'air d'une adulte, réalisa Peggy Sue. Oui, c'est ça. Elle a le même regard que notre prof de maths. »

— Je rentre, décida Sonia. Je m'ennuie ici.

Peggy Sue fronça les sourcils. *Quelque chose n'allait pas.* Sonia Lewine avait changé. Il avait suffi qu'elle s'endorme au soleil pour que sa personnalité se transforme. Peggy fut sur le point de le signaler à ses amis, mais se ravisa.

On décida de rentrer. L'atmosphère était à la dispute. Avec le soir, la chaleur tomba et l'on eut presque froid. Quand elle levait le nez, Peggy Sue distinguait toujours la boule opalescente flottant au-dessus de la cité ; aucune lumière n'en émanait plus.

« Elle a besoin du soleil pour briller, pensa-t-elle. C'est une loupe qui déforme les rayons solaires et les métamorphose en quelque chose de mauvais. »

Sonia alla se tremper la tête dans l'eau et s'assit pour se recoiffer.

— Alors ? lui demanda anxieusement Peggy Sue. Comment vas-tu ?

— J'sais pas, maugréa la jeune fille. J'ai mal au crâne et l'envie de vomir me tiraille l'estomac. Allez, on y va.

Comme ils remontaient la rue principale, ils passèrent devant le *Cindy's Coffee*. Il y avait foule car les gens, fuyant la canicule, y avaient trouvé refuge devant des bocks de bière et des sodas.

Seth Brunch en avait profité pour donner l'une de ses fameuses « performances » au cours desquelles il jouait les yeux bandés contre les joueurs d'échecs de Point Bluff. Les adolescents s'approchèrent de la devanture pour regarder dans la salle. Aucun d'entre eux ne savait jouer à ce jeu qui leur semblait, à tous, affreusement rébarbatif.

— Fichons le camp, gémit Dudley. Si le prof de maths nous voit, il va encore se moquer de nous.

Peggy Sue amorça un mouvement pour le suivre, mais Sonia ne bougea pas. Les sourcils froncés, elle observait les allées et venues des pions sur les cases des différents échiquiers.

— Qu'est-ce que tu fiches ? s'impatienta Mike.

— J'apprends à jouer, répondit la jeune fille. C'est facile… Oh ! ce qu'ils jouent mal… Le père Donovan aura perdu la partie en trois coups… et lui, là, il n'a pas vu le piège que lui tendait Brunch.

— Arrête ! souffla Dudley, qu'est-ce que tu essayes de nous faire croire ? Tu perds tout le temps à la bataille navale ! Tu n'as pas pu apprendre les échecs en moins d'une minute rien qu'en regardant les gens jouer à travers la vitre.

« Bon sang ! pensa Peggy Sue, alarmée. *Et si elle disait la vérité ?* »

Déjà, sans plus s'occuper de ses camarades, Sonia était entrée dans le café. Elle s'assit à une table et réclama un échiquier, ce qui fit glousser les adultes car la petite Lewine n'était pas connue à Point Bluff pour la vivacité de son esprit.

Mike saisit Peggy par le bras.

— Tu crois qu'elle va… ? balbutia-t-il.

— Oui, fit l'adolescente d'un ton plein d'inquiétude. Je pense qu'elle va les battre, tous.

— Allons, siffla Dudley, c'est pas possible !

Mais la soirée se déroula comme l'avait annoncé Peggy Sue.

Seth Brunch, qui se promenait entre les tables les yeux bandés, mit rapidement les autres joueurs en échec. Il cessa toutefois de sourire quand il se retrouva confronté à Sonia, la seule encore en lice. Elle se jouait de lui, éventait toutes ses stratégies et le poussait dans ses derniers retranchements. Chaque fois qu'elle annonçait ses coups à voix haute, Brunch serrait les mâchoires.

— Il ne s'est pas encore rendu compte que c'est Sonia, remarqua Dudley. Vous avez entendu ? Elle déguise sa voix pour indiquer ses déplacements.

Le professeur de mathématiques commença à transpirer. Des gouttes de sueur coulaient de son front pour tacher le ridicule bandeau qu'il s'obstinait à porter sur les paupières.

Dans la salle, tous les adultes retenaient leur respiration. Le chroniqueur du journal local ne cessait plus de prendre des notes. Il allait de l'un à l'autre pour tenter de savoir qui était cette joueuse géniale dont il n'avait jamais entendu parler.

— C'est rien du tout, lui souffla l'une des serveuses. Juste une petite dinde du collège. Une bécasse sans cervelle. Je ne comprends pas comment elle s'y prend pour tricher.

— Mais c'est justement ça le plus beau, haleta le journaliste. *Elle ne triche pas !*

Seth Brunch se retrouva bientôt échec et mat. Humilié, malade de rage, il arracha son bandeau et regarda son adversaire comme s'il découvrait soudain un monstre pustuleux de l'autre côté de l'échiquier.

— Sonia... bégaya-t-il. Sonia Lewine !

Et cela sonnait dans sa bouche comme la pire des insultes.

Il chancela, livide. Titubant jusqu'à la porte, il s'enfuit dans la nuit. Dès qu'il eut disparu, la foule se précipita sur la gagnante pour l'accabler de questions techniques. Sonia les repoussa d'un air hautain. Elle annonça qu'elle donnerait une conférence de presse le lendemain matin, au même endroit, à l'ouverture du café. Elle eut du mal à s'échapper. Peggy Sue et Dudley durent intervenir pour l'arracher à ses admirateurs.

— Comment as-tu fait ? répétait sans cesse Mike. Comment savais-tu ?

Sonia ne répondit pas. Elle semblait ne rien voir. Elle avançait d'une démarche de somnambule.

— Je sais ce qui t'est arrivé, souffla Peggy Sue en saisissant son amie par le poignet. *C'est le soleil...* Tu étais la seule d'entre nous à n'avoir pas mis de casquette. Ses rayons t'ont chauffé le crâne pendant deux heures. Je ne sais pas pourquoi, mais le rayonnement a pénétré ta boîte crânienne et accéléré le fonctionnement de ton cerveau. Tu as attrapé une sorte d'insolation qui a développé momentanément ton intelligence.

Elle se mordit la langue, regrettant déjà d'avoir parlé. Elle avait tellement l'habitude de vivre au milieu de faits extraordinaires qu'elle finissait par les considérer comme relevant d'une parfaite banalité.

« Quelle idiote ! pensa-t-elle au bord des larmes, j'ai tout gâché. Maintenant ils vont me prendre pour une cinglée et ne voudront plus m'adresser la parole. Et pourtant je suis sûre d'avoir raison ! »

En effet, les adolescents la dévisageaient avec curiosité. Toutefois, ils ne semblaient pas hostiles.

— C'est drôle, ce que tu dis, chuchota Dudley. Mais j'étais en train de me faire la même réflexion.

Peggy le trouva plus adorable que jamais et se retint, à grand-peine, de lui sauter au cou.

— C'est vrai, renchérit Mike. Il est bizarre, ce soleil. C'est pas une lumière normale. Vous avez vu ? Tout paraît bleu… On se croirait dans la neige ou sur un glacier.

Malgré la moiteur du soir, un frisson parcourut l'épiderme des adolescents. Peggy Sue regarda autour d'elle. La cité, vidée de ses habituels badauds, avait quelque chose d'une ville fantôme. Les animaux — chiens, chats —, tapis sous les voitures et les charrettes, avaient l'air d'attendre l'arrivée d'un cyclone qui arracherait les maisons une à une.

— Et si Peggy avait raison ? rêva Sonia Lewine. Si c'était le soleil qui m'avait rendue intelligente ? Bon sang ! Tout le monde sait bien que je suis une écervelée, moi la première. Si j'avais été dans mon état normal je n'aurais jamais été capable de battre Seth Brunch aux échecs. C'est à peine si j'arrive à me rappeler les règles du Monopoly !

Instinctivement, ils levèrent la tête pour observer l'astre dont la lueur emplissait le ciel d'une pulsation presque vivante.

— Ce n'est pas le vrai soleil, murmura Peggy Sue. C'est quelque chose qui plane au-dessus de la ville. Une sorte de météorite… ou je ne sais quoi.

— *Alors je veux en profiter!* s'exclama Sonia en se redressant. C'est la seule chance que j'aurai jamais de devenir géniale. Seth Brunch s'est trop souvent fichu de moi, je vais le clouer au mur! Je veux devenir plus intelligente que lui.

— Non! supplia Peggy Sue. Souviens-toi comme tu avais mal à la tête tout à l'heure.

— C'était le manque d'habitude, lança Sonia. La cervelle c'est comme un muscle, au début de l'entraînement, elle souffre de courbatures.

Elle se mit à danser en s'ébouriffant les cheveux.

— Faut que le soleil pénètre jusqu'à mon cuir chevelu, dit-elle. Demain je recommencerai, et au bout de deux heures je serai capable de construire un ordinateur les yeux fermés!

La plaisanterie n'amusa personne.

— Tu es folle, chuchota Mike. Tu vas tomber raide d'insolation.

— C'est sûrement dangereux, ce truc, bredouilla Dudley. C'est comme une espèce de dopage, non? À mon avis, il ne peut rien en sortir de bon.

— De toute manière, soupira Mike, si on en parle personne ne nous croira.

Peggy Sue retint un sourire triste. Elle connaissait bien la question.

Sans un mot, ils raccompagnèrent Sonia jusque chez elle et se séparèrent. Quand Peggy essaya de téléphoner à son amie depuis la cabine du camp des caravanes, la mère de la jeune fille lui répondit que « Sonia avait la migraine et ne voulait parler à personne ».

*

À peine le jour levé, les journalistes de la station de radio locale campaient sous les fenêtres de Sonia Lewine, prêts à l'interviewer. Ils furent déçus. La vedette de Point Bluff, l'adolescente qui avait battu à plate couture le grand Seth Brunch, ne semblait rien comprendre à leurs questions. Il avait suffi d'une nuit de sommeil et de trois cachets d'aspirine pour que sa science des échecs disparaisse comme par magie. Ils s'en allèrent, mécontents, croyant à un caprice. Peggy Sue trouva Sonia en larmes, assise au pied de son lit, le visage défait.

— Je... je suis redevenue idiote, sanglota la jeune fille en se blottissant contre Peggy. Ce matin, au réveil... *Je ne savais plus rien.* Je me revois hier soir, au café, devant l'échiquier... mais je serais incapable de t'expliquer ce que j'ai fait. C'est comme si, l'espace d'une soirée, on m'avait donné le pouvoir de parler le chinois, et que j'avais oublié jusqu'au premier mot de cette langue pendant mon sommeil.

Elle gémit et se cramponna aux épaules de Peggy Sue.

— Je vais être ridicule, haleta-t-elle. Tout le monde va me croire plus intelligente que je ne le suis réellement. Ce sera horrible. Oh ! Jamais je ne me suis sentie aussi bête.

Quand les deux jeunes filles descendirent à la cuisine, elles virent que Mme Lewine était gênée. Des voisines lui avaient rapporté les exploits de sa fille lors du tournoi d'échecs, et elle avait eu bien du mal à les croire. En découvrant les voitures de presse arrêtées sous ses fenêtres, tout à l'heure, elle avait connu un début de panique qui, maintenant, se changeait en colère.

— Je ne sais pas ce que vous avez combiné, les filles, grommela-t-elle, mais je n'aime pas ça. Si vous avez imaginé une blague pour ridiculiser votre professeur, ça ira mal pour vous, et je vous conseille d'aller vous excuser au plus vite. Je vois bien que vous êtes dans vos petits souliers, alors n'essayez pas de me faire prendre des vessies pour des lanternes.

— Ooh ! gémit Sonia en sortant de la maison. Si je pouvais me mettre un sac sur la tête !

Plus tard, lorsqu'elles eurent rejoint Dudley et Mike, Sonia avoua qu'elle se sentait déprimée.

— Avant, dit-elle, ça ne me dérangeait pas d'être idiote, maintenant c'est différent. J'ai goûté à l'intelligence, je sais quel effet ça procure. *J'en veux encore.*

— Tu t'entends ? hoqueta Dudley, tu parles comme une droguée. Tu me fais peur.

— Tu ne peux pas comprendre, siffla Sonia avec un haussement d'épaules méprisant. Il m'en faut… Il m'en faut plus. Je ne peux pas rester comme ça.

— Comment « comme ça » ? aboya Mike.

— Aussi nulle que toi ! hurla Sonia. Voilà ! C'est ce que tu voulais savoir ?

Ils se mirent tous à hurler, Peggy Sue dut intervenir. Les garçons la repoussèrent ; elle faillit perdre ses lunettes.

— Arrêtez ! cria-t-elle. Au lieu de nous disputer essayons d'examiner le problème.

Instinctivement, ils levèrent la tête en direction du ciel. Il était voilé. Un brouillard de chaleur masquait la sphère lumineuse flottant au-dessus de Point Bluff, et interceptait ses rayons.

« Au moins, nous sommes protégés, songea Peggy Sue. Pour l'instant… »

— Il ne faut pas recommencer, s'entêta Dudley. C'est hyper-dangereux. Sûr et certain !

— Mais non, riposta Sonia. Je suis certaine qu'on s'y habitue et, qu'à la longue, les migraines disparaissent. Tu ne comprends pas que c'est une chance qui nous est offerte et qu'il faut en profiter ? Cette intelligence artificielle qui nous tombe du ciel, c'est une sorte de trésor, il faut s'en emparer.

— Comment ? trépigna Mike, et pourquoi ?

— Parce que nous sommes de pauvres crétins, toi, moi ! cria Sonia au bord des larmes. Si nous nous gavons d'intelligence tôt le matin, nous avons une chance de pouvoir changer le cours de notre vie dans la journée.

Peggy Sue fronça les sourcils. Elle commençait à deviner où son amie voulait en venir.

— Tu veux dire, fit-elle, que tu comptes mettre à profit la science que t'aura communiquée le soleil pour devenir riche avant la nuit… avant que le sommeil ne te réexpédie à la case départ ?

— Oui, murmura Sonia. En s'exposant tôt le matin, on peut devenir très intelligent dès 10 heures, et carrément génial à midi. Cela laisse encore plusieurs heures pour inventer quelque chose… je ne sais pas, moi : une machine incroyable, un méga-ordinateur. Cette invention, on peut la faire breveter et devenir super-riche en la vendant à une grande firme.

— Génial, riche, et de nouveau crétin dans la même journée, ricana Dudley, quel programme !

Peggy Sue hocha la tête. Elle voyait nettement se profiler le danger. Sonia avait goûté à quelque chose qui la dépassait, elle avait connu le vertige des hauteurs et ne pouvait plus s'en passer.

— C'est trop dingue, tout ça, coupa Mike. Vaut mieux faire comme si ça n'avait jamais eu lieu.

— Parle pour toi, pauvre tache ! lança Sonia en lui tournant le dos.

5

Pendant trois jours le brouillard masqua le soleil bleu, et, si la chaleur resta lourde, du moins les rayonnements néfastes cessèrent-ils de bombarder les crânes des passants. En ville, on continuait à évoquer le curieux cas de Sonia Lewine, cette adolescente qui avait brillé de mille feux l'espace d'une soirée pour retomber, depuis, dans l'anonymat complet.

Au collège, l'atmosphère des cours de mathématiques était tendue, et la pauvre Sonia n'osait plus croiser le regard de Seth Brunch.

— Tu ne peux pas savoir, confia-t-elle un soir à Peggy. Je sens que tout le monde me détaille comme une bête curieuse. Ils attendent quelque chose de moi... Les revues d'échecs n'arrêtent plus de téléphoner à la maison, des profs de fac, aussi... des organisateurs de tournois. Ils voudraient que j'accepte de me produire en public, ils me supplient d'écrire un traité, de donner des conseils à leurs lecteurs... et qu'est-ce que je dois leur répondre, moi ? Qu'en réalité j'ai le plus grand mal à jouer correctement à la bataille navale et que je ne suis géniale qu'à temps partiel ? C'est affreux. Jamais je n'aurais pensé que ce serait si dur. Il faut que le soleil revienne. Le soleil bleu. *J'en ai besoin.*

6

Dès le jeudi, les brumes se dissipèrent et tout recommença.

Un enfant de quatre ans, qui, échappant à la surveillance de sa mère, s'était exposé aux rayons, présenta des symptômes analogues à ceux de Sonia Lewine. L'ordinateur de son père étant tombé en panne, il le répara en utilisant la puce électronique d'une vieille carte de crédit périmée ! La nouvelle fit sensation, et beaucoup crièrent au canular, mais le médecin de Point Bluff se présenta au domicile des parents pour examiner le gosse. Carl Bluster, le shérif, l'accompagnait.

— Il n'est pas impossible qu'on se trouve en présence d'une fièvre méningée, marmonna le docteur. Il y a eu le cas de la petite Lewine, maintenant celui-ci… Une suractivité mentale qui s'apaise au bout de quelques heures. C'est étrange. Il faudrait faire des tests, s'assurer qu'elle ne laisse aucune séquelle.

— C'est ce foutu soleil, doc, grogna le shérif. Il déclenche des insolations en série. Va falloir verbaliser tous les gens qui se promènent sans chapeau.

Sonia, elle, devenait incontrôlable. Peggy Sue sentait bien que son amie ne résisterait plus longtemps au besoin de s'exposer aux rayonnements nocifs du soleil bleu. Elle avait beau essayer de la raisonner, rien n'y faisait. Sonia devenait de plus en plus irritable, cédait à de brusques crises de méchanceté et se tapait la tête contre les murs en criant :

— Tu entends ? Tu entends comme ça sonne creux ?

Son désespoir faisait mal. Un après-midi, elle échappa à la surveillance de ses camarades et disparut. Quand Peggy Sue et les garçons la retrouvèrent au bord de la rivière, elle était transformée. Des perles de transpiration piquetaient son front et ses pupilles étaient dilatées.

« Elle ferait presque peur, songea Peggy avec un mouvement de recul. On dirait une sorcière. »

— Bon sang ! haleta-t-elle, combien de temps es-tu restée exposée ? Nous te cherchons depuis le déjeuner.

Mais Sonia se contenta de ricaner. Elle avait repris son air hautain et toisait ses amis comme une reine découvrant, soudain, la présence d'esclaves importuns.

— J'ai faim… dit-elle d'une voix changée.

— Il doit me rester des biscuits au chocolat, proposa Dudley.

— Crétin ! siffla Sonia. *J'ai faim de connaissance.*
J'ai besoin de réfléchir à des problèmes. Ça me fait
comme un creux dans la tête… Une impression de
fringale. Oui. C'est ça. Mon cerveau réclame de la
nourriture, il a besoin de réfléchir.

Elle ne plaisantait pas. Ses traits s'étaient crispés.
Peggy Sue comprit que l'intelligence disproportionnée
qui habitait désormais sa boîte crânienne tournait à
vide… et en souffrait.

« Elle a raison, pensa-t-elle. C'est comme un
estomac creux. Au début la sensation de fringale est
agréable, puis elle devient insupportable, doulou-
reuse… et l'on commence à mourir de faim. »

Se tournant vers les garçons ébahis, elle cria :

— Vite ! il faut lui donner de quoi réfléchir, sinon
son cerveau va s'autodévorer.

— Quoi ? balbutia Dudley en écarquillant les yeux.

— Son cerveau fonctionne à présent comme un
estomac. Il a besoin de nourriture intellectuelle, il faut
lui enfourner quelque chose à digérer, quelque chose
de bien lourd, de bien compliqué qui l'occupera des
heures durant, *sinon il va se manger lui-même.*

— C'est pas vrai, bégaya Mike. Je crois que tu es
en train de devenir aussi folle qu'elle !

Comme ni l'un ni l'autre ne bougeait, Peggy Sue
ouvrit sa sacoche pour en tirer deux manuels, l'un de
chimie, l'autre de physique. Elle les jeta sur les genoux
de Sonia.

— Tiens, lança-t-elle, apprends-les par cœur et fais
tous les exercices.

— C'est trop facile, soupira Sonia. Ça ne m'occupera pas plus d'un quart d'heure.

— Il faut aller à la bibliothèque du collège, décida Peggy. On t'installera à une table et on te donnera à dévorer tout ce qu'on trouvera sur les rayons. Les trucs les plus compliqués… des manuels médicaux, d'astronomie, de géologie.

— Il y a une section consacrée à l'informatique et à l'électronique, hasarda Mike.

— C'est bien, fit Peggy Sue. Plus ce sera compliqué, mieux ça sera. Il faut que son cerveau en attrape une indigestion.

Ils revinrent sur leurs pas, le plus vite possible, pour regagner le collège. La bibliothécaire, Mlle Suzie Wainstrop, leva les sourcils en les voyant passer. Jamais elle n'avait rencontré d'élèves aussi pressés d'aller travailler et se jetant sur les livres avec une telle… voracité.

On installa Sonia dans un recoin isolé, là où l'on ne s'étonnerait pas trop de la voir feuilleter des ouvrages qui n'étaient pas au programme. Peggy Sue, Mike et Dudley entreprirent ensuite de faire la chaîne pour fournir à la jeune fille de quoi alimenter les exigences de son cerveau. Ce n'était pas facile, car Sonia résolvait les problèmes à une vitesse phénoménale et en réclamait toujours plus. Peggy eut l'idée de lui coller dans les mains plusieurs méthodes pour s'initier aux langues étrangères, avec leurs dictionnaires assortis, et lui ordonna de les apprendre par cœur.

66

— Cela nous donnera peut-être le temps de souffler, dit-elle à Dudley.

Les deux garçons étaient pâles. Ils avaient peur et regardaient Sonia à la dérobée.

— Quand est-ce que ça va s'arrêter ? murmura Mike. Est-ce qu'elle va ingurgiter tout le contenu de la bibliothèque ? Comment elle peut faire ça ? À sa place ma tête aurait déjà explosé.

Ce n'était pas ce que Peggy Sue redoutait, elle penchait plutôt pour une implosion. Si Sonia se trouvait privée de nourriture mentale, son cerveau se changerait en une sorte de trou noir cosmique aspirant tout ce qui l'entourait. La jeune fille disparaîtrait, avalée tout entière par ce puits d'antimatière. Elle serait victime de sa faim de connaissance.

— Elle me fait peur, avoua Dudley. Ce n'est plus la Sonia que nous connaissions. Tu as vu ses yeux ? Elle nous regarde comme si nous étions des chiens crevés.

Ils n'eurent pas le temps d'en parler davantage car Sonia repoussa la pile de livres qui lui faisait face pour dire quelque chose d'incompréhensible.

Peggy Sue mit deux secondes pour comprendre que son amie parlait japonais. Il lui avait fallu une heure à peine pour maîtriser cette langue ; à l'oral comme à l'écrit.

— Vite, ordonna Peggy. Trouvons-lui autre chose, de plus compliqué. Où sont les ouvrages d'électronique ?

Ils avaient beau essayer d'être discrets, leur manège ne passait pas inaperçu, et Mlle Wainstrop vint bientôt voir de quoi il retournait. Avisant les titres des volumes qui s'entassaient entre les bras de Peggy Sue, elle déclara :

— Que faites-vous avec ces manuels ? Vous êtes bien trop jeunes pour y comprendre quelque chose. À quoi jouez-vous ? C'est une blague ? Un pari stupide ?

— Non… balbutia l'adolescente, c'est… c'est pour un concours ! Oui, un concours de culture générale ! Nous essayons de trouver les bonnes réponses…

— Hum, fit la bibliothécaire. Je pourrais peut-être vous aider ?

— Merci, haleta Peggy, c'est très gentil, mais ce serait tricher. Nous préférons nous débrouiller seuls.

— Bien, bien, comme vous voulez, capitula Mlle Wainstrop en s'éloignant.

Mais on voyait qu'elle n'était pas convaincue.

L'après-midi s'écoula ainsi, dans une atmosphère de panique clandestine. À cause de Mlle Wainstrop, il fallait s'appliquer à sourire et feindre la bonne humeur alors qu'en réalité Peggy Sue tremblait de voir Sonia s'effondrer, le sang lui coulant par les oreilles. Rien ne parvenait à endiguer sa prodigieuse fringale de connaissance. Elle avalait tout et n'importe quoi : la géologie, les théories mathématiques les plus complexes, les manuels d'anatomie à l'usage des étudiants en médecine (il ne lui avait fallu que trente secondes pour mémoriser la liste des os du squelette humain et être capable de la réciter à toute vitesse).

Tout lui était facile… *trop facile.*

Elle en voulait toujours plus et se plaignait de la lenteur de ses camarades.

— J'ai l'impression d'être serveur dans un restaurant, grogna Dudley. C'est pas des livres que je transporte, mais des plats de spaghettis aux boulettes de viande !

Vers 5 heures, Sonia eut un étourdissement et faillit s'évanouir. Elle était pâle, elle transpirait. Ses mains tremblaient.

— Elle va mourir ? gémit Mike. Ça y est, sa cervelle est en train d'éclater ?

— Non, fit Peggy Sue. Je crois savoir ce que c'est. Elle est en hypoglycémie. Le cerveau consomme du sucre, et il a tant travaillé qu'il doit être à bout de carburant. Il lui faut des bonbons, des sodas, des gâteaux. Tout ce que vous pourrez dénicher de sucré.

Il fallut se remettre en quête, dévaliser les distributeurs du hall et dissimuler la nourriture sous les vêtements car il était interdit de manger dans l'enceinte de la bibliothèque. Sonia avait une tête effrayante, blême, les yeux cernés. On eût dit qu'elle était en train de mourir d'hémorragie.

— C'est formidable, balbutia-t-elle. Je comprends les choses… *l'Univers*… je commence à voir comment ça fonctionne. Vous n'avez pas idée.

69

Elle parlait à toute vitesse. Elle utilisa successivement le japonais, le grec ancien, le latin. Ses pensées déraillaient, sautant d'un sujet à un autre. Elle avait pris des notes en utilisant des idéogrammes chinois, mais les lisait à haute voix en les traduisant en allemand.

« Elle a l'air d'avoir cent ans, songea Peggy Sue avec un frisson. Elle a un regard de vieille femme. »

Quand elle eut commencé à piocher dans les sacs de bonbons, Sonia Lewine se sentit mieux et se remit au travail de plus belle.

Elle avait décidé d'inventer sa propre langue et sa propre écriture qui, affirmait-elle, permettraient des notations plus performantes. Ses camarades échangeaient des coups d'œil angoissés. L'heure de la fermeture approchait et Mlle Wainstrop allait les mettre dehors ; que se passerait-il lorsqu'on n'aurait plus rien à jeter en pâture au cerveau affamé de Sonia ?

« Il faut l'occuper, pensa Peggy. Lui donner des énigmes insolubles à résoudre. Le mouvement perpétuel, peut-être ? Ou lui demander d'inventer quelque chose d'impossible : le moteur à eau ? la pierre philosophale qui change le plomb en or ? »

Oui, c'était peut-être la solution. Dans les minutes qui suivirent, elle déploya mille ruses pour attirer l'attention de son amie.

— Tu es sûrement devenue plus intelligente que nous, ricana-t-elle, mais serais-tu capable d'inventer un moteur de voiture qui fonctionnerait à l'eau du robinet ? Hein ? Je parie que non.

Elle espérait que Sonia, piquée au vif, relèverait le défi. C'est ce qui se passa.

Aussitôt, Sonia Lewine se lança dans des calculs et des croquis compliqués. Au même moment la sonnerie annonça la fermeture de la bibliothèque. Il fallut se résoudre à partir. Sonia se laissa entraîner par ses amis. Elle était dans un état second et marmonnait en prenant des notes. Quand elle n'eut plus assez de papier, elle se mit à écrire sur ses bras, ses vêtements.

Ses camarades s'empressèrent de la reconduire chez elle. Par bonheur, sa mère assurait une garde de nuit à l'hôpital.

— Qu'est-ce qu'on fait si son père nous pose des questions ? demanda Peggy Sue.

— C'est un voyageur de commerce, répondit Mike, il ne rentre que tous les quinze jours.

On dut soutenir Sonia dans l'escalier. Elle semblait épuisée. Une fois étendue sur son lit, elle ferma les yeux et sombra dans le sommeil.

— Ça va ralentir, maintenant, hasarda Dudley. L'autre fois, ça s'est arrêté avec le coucher du soleil.

Peggy Sue eut une moue dubitative.

— Ça dépend quelle dose de rayonnement elle a absorbée, observa-t-elle. Je crois qu'elle est restée des heures sous un soleil de plus en plus fort, c'est là le problème. Elle est comme ces piles électriques rechargeables qu'on branche sur le secteur pour les remplir quand elles sont usées.

Ils s'étaient assis sur la moquette, autour du lit. Ils se sentaient, eux aussi, très fatigués. Sonia dormait, mais sa main, dont les doigts étaient restés crispés sur un stylo, continuaient à écrire sur les draps, couvrant le tissu d'équations incompréhensibles.

— Si ça se trouve, gémit Dudley, elle va bel et bien découvrir le secret du moteur qui marche à l'eau du robinet !

Peggy Sue ne répondit pas. Elle était horrifiée par l'état de Sonia Lewine. La jeune fille avait dû maigrir de dix kilos au cours de l'après-midi. La prodigieuse activité cérébrale dont elle avait été victime s'était nourrie de son corps, puisant son carburant partout où c'était possible.

— Son organisme est à bout de force mais son cerveau ne parvient pas à ralentir son activité, soufflat-elle. Il continue ses calculs pendant qu'elle dort. C'est comme si elle était somnambule.

— Une somnambule qui passerait des examens pour être ingénieur de l'atome ! ricana Mike pour masquer sa peur.

Il n'y avait plus d'encre dans le stylo-feutre, mais Sonia continuait à écrire sans réaliser que le crayon griffait le drap en pure perte. Enfin, aux alentours de minuit, sa main cessa de bouger. Les trois adolescents échangèrent un coup d'œil. Peggy Sue se pencha sur son amie pour vérifier qu'elle respirait toujours.

— Elle dort, annonça-t-elle d'une voix mal assurée. C'est fini, son cerveau a enfin usé sa réserve d'énergie.

— Bon sang ! souffla Dudley. Si tu n'avais pas eu la présence d'esprit de l'embarquer sur cette histoire de moteur à eau je crois qu'elle serait morte.

« C'est bien possible », songea Peggy en se redressant.

Les trois amis descendirent l'escalier en silence.

— Nos parents doivent nous chercher partout, haleta Mike. J'avais complètement perdu la notion du temps. Ça va être ma fête !

Ils se séparèrent, sachant qu'ils ne disposaient d'aucun alibi vraisemblable pour excuser leur retard.

7

Les jours qui suivirent, les « miracles » se firent plus fréquents ; quelque chose d'anormal était en train de se produire. Le cas de Sonia Lewine n'avait plus rien d'isolé. Des enfants en bas âge, des livreurs de pizzas se métamorphosaient brusquement en d'effrayants génies capables de battre de vitesse les ordinateurs. L'hypothèse de la fièvre méningée fut adoptée par les autorités, même si le médecin de Point Bluff n'était lui-même qu'à demi convaincu par cette explication.

Au collège, les élèves commençaient à beaucoup parler du « Mystère Lewine ». Certains garçons s'avouaient très tentés par l'expérience.

— Une espèce d'insolation, murmuraient-ils. Ça te file un bon coup sur l'occiput, et après tu deviens plus intelligent qu'un ingénieur de la NASA.

— Ça paraît super pour passer les examens, renchérissaient leurs copains. Tu vas bronzer dix minutes, tu rentres en classe et tu es capable de répondre aux questions qu'on te pose, *sans jamais avoir rien appris* !

Plus que tout, la perspective de battre les professeurs sur leur propre terrain excitait particulièrement les collégiens. C'est ainsi que « l'épidémie d'intelligence spontanée » se développa. Beaucoup d'élèves prirent l'habitude d'aller s'exposer au soleil pour s'offrir le plaisir de narguer les profs. Le cerveau bouillonnant, ils rentraient en classe et s'amusaient à défier les professeurs de mathématiques, de physique ou de chimie, en calculant plus vite qu'eux. Dans la cour, on voyait désormais des garçons — qui jusque-là n'avaient jamais rien lu d'autre que des BD — en train de dévorer des ouvrages de mathématiques supérieures empruntés à la bibliothèque.

Une griserie, analogue à celle qu'avait connue Sonia, s'emparait alors d'eux, et, pendant une heure, ils couvraient les tableaux noirs d'équations qui laissaient Seth Brunch pantois.

— Vous êtes des tricheurs ! hurla-t-il un jour. Vos connaissances s'effacent avec la nuit et vous vous réveillez aussi stupides que vous l'étiez avant d'avoir pris le soleil. Vous n'avez qu'une fausse intelligence… rien de plus. Elle s'épuise au fur et à mesure que vous vous en servez, comme le carburant d'une moto.

— Quelle importance ? ricana Jude Hopkins, un cancre notoire, puisqu'on peut refaire le plein sans problème !

Et, d'un coup de pouce, il désigna le soleil qui brillait, bleuâtre, au-dessus de Point Bluff.

Ce duel verbal sonna le début d'une véritable escalade, car les professeurs, ne supportant pas d'être humiliés, décidèrent eux aussi d'aller prendre le soleil.

— C'est un cas de légitime défense ! tempêta Seth Brunch. Il n'est pas question de nous laisser manger la soupe sur la tête par des imbéciles qui se dopent la cervelle à coups de rayons solaires ! Nous devons être en mesure de répliquer ! L'honneur du corps enseignant en dépend.

Dès lors, on put voir les profs se précipiter dans la cour dès que le soleil bleu faisait son apparition. Seth Brunch, chauve, était bien sûr avantagé, et brunissait plus vite. Ses collègues, malheureusement nantis de cheveux, n'hésitèrent pas à se raser la tête, exhibant des « boules à zéro » pour le moins surprenantes.

— C'est de la folie, observa Peggy Sue. Vous ne voyez pas que tout est en train de se dérégler ? Il faut arrêter ça.

Mais personne ne l'écouta. En classe, on assistait à des duels effrayants, des combats de génies se lançant équations et théories scientifiques au visage. Peggy, Dudley et Mike, qui continuaient à se protéger du soleil, ne comprenaient rien à ce qui se disait. Quant à Sonia, depuis l'après-midi délirant de la bibliothèque, elle stagnait, prisonnière d'une espèce de somnambulisme dont rien ne parvenait à la tirer.

— Je me demande si son cerveau n'a pas été endommagé, avait confié Peggy Sue à Dudley. Tu as remarqué comme elle est… molle ?

— Oui, avoua le garçon. Elle cherche ses mots. L'autre matin, elle ne se rappelait même plus mon nom.

— C'est ce qui va leur arriver à TOUS ! explosa Peggy en désignant élèves et professeurs occupés à bronzer dans la cour. Nos cerveaux ne sont pas conçus pour supporter de telles tensions. Ils s'usent, comme les pneus d'une voiture qu'on ferait rouler à tombeau ouvert.

*

Une atmosphère bizarre s'installa en ville. Si certains feignaient de ne pas croire à l'histoire du soleil miraculeux, beaucoup commençaient à penser qu'il y avait quelque chose à tirer de tout cela.

Au drugstore, Peggy surprit une curieuse conversation entre l'épicier et l'une de ses clientes.

— Pourquoi faudrait-il rester idiot alors que l'intelligence est à la portée de tout le monde ? grommelait-il. Mes parents n'étaient pas assez riches pour m'envoyer à l'université, mais je vois bien que ceux qui ont fait des études s'en mettent aujourd'hui plein les poches. Ce soleil bleu, c'est une bonne aubaine pour nous les pauvres, il nous redonne une chance, il rétablit la justice ! (Empoignant par les épaules la pauvre femme qui l'écoutait, il vociféra :) Ça ne vous plairait pas, madame Bowers, de construire des fusées spatiales au lieu de continuer à faire des ménages ?

— *Des fusées spatiales ?* gémit la vieille dame.

— Le soleil bleu, c'est notre revanche, gronda l'épicier. Faut pas que ça sorte de chez nous. C'est pour les gens de Point Bluff qu'il brille, pas pour les autres. C'est une aubaine, je vous dis. Une aubaine !

Bien que la voiture du shérif continuât à patrouiller en répétant qu'il était interdit par décret de se promener sans chapeau, Peggy Sue voyait de plus en plus de gens se hasarder sur le seuil de leur maison, la tête découverte. Ils s'avançaient timidement, regardaient en l'air, puis ôtaient leur casquette de base-ball ou leur chapeau de cow-boy. Durant la première minute, ils restaient crispés ; enfin — constatant que leurs cheveux ne s'enflammaient pas ! — ils se détendaient et restaient là, le couvre-chef à la main, laissant le rayonnement bleuâtre les pénétrer.

Généralement, ils ne s'attardaient guère et rentraient chez eux avant que le shérif ne les interpelle.

— Ça marche ! confia la vieille Mlle Lizzie à Peggy. Je n'y croyais pas, mais je suis restée un quart d'heure tête nue, hier après-midi. En rentrant, j'ai rempli toutes mes grilles de mots croisés en dix minutes. À mon âge, c'est un prodige. Pour les vieilles gens comme moi qui perdent la mémoire, ce soleil bleu est une bénédiction.

*

Un matin, alors qu'elle sortait de la caravane, Peggy détecta le mouvement fluide d'un Invisible derrière un arbre. Elle se précipita dans sa direction. Des ricanements la conduisirent au milieu d'une clairière. Un groupe de Transparents l'attendait là. Ils avaient joué à prendre l'apparence des amis de l'adolescente.

Utilisant la plasticité de leurs formes, ils avaient modelé une Sonia, un Mike et un Dudley laiteux comme des ectoplasmes. Peggy Sue eut un mouvement de recul. L'espace d'une seconde, elle avait eu l'illusion d'être en train de contempler les fantômes de ses camarades. Ce n'était pas une impression très agréable. Leurs yeux blancs la fixaient avec une expression morbide, comme si leurs propriétaires revenaient d'entre les morts.

— Ça suffit ! lança-t-elle aux Invisibles, vous ne me faites pas peur.

(Ce en quoi elle ne disait pas tout à fait la vérité.)

Les Transparents ne cessèrent pas pour autant leur horrible manège et jouèrent même à se dandiner comme l'auraient fait des morts vivants. Peggy Sue essaya de ne pas laisser voir son malaise.

— Le soleil bleu, siffla-t-elle, c'est vous qui l'avez fabriqué, bien sûr.

— Bien sûr, ricana l'un des Invisibles. Nous t'avions prévenue que nous préparions une farce de grande envergure. Quelque chose comme un super Halloween.

— Ça va dégénérer, soupira-t-elle. Vous savez bien que la situation va se dégrader.

— Exact, fit le fantôme de Sonia. C'est ce qui nous amuse. Assister à l'explosion finale, voir comment les gens de ta race se dévoreront entre eux.

— Vous êtes immondes ! cracha l'adolescente.

— Nous sommes les Invisibles, riposta la créature. Nous nous amusons à notre manière... Après tout vous avez bien inventé la pêche, la chasse. Ces « jeux » d'humains sont-ils vraiment moins cruels que les nôtres ? Je n'en suis pas certain. Tout dépend du point de vue : celui du chasseur ou celui de la victime.

— Je suppose qu'il est inutile de vous supplier ? lança Peggy Sue. Vous ne renoncerez pas ?

— Bien sûr que non ! cria le fantôme de Dudley. Ce serait du gâchis. Les choses sont si bien engagées ! Tu as vu ? La guerre a commencé. Ces professeurs et ces élèves qui rivalisent d'intelligence, c'est tellement drôle ! Tu vas t'agiter en vain, tu essayeras de les convaincre, mais personne ne t'écoutera… Tu n'as que quatorze ans, pourquoi les adultes écouteraient-ils une fille aussi jeune ? Ils n'accepteront pas que tu leur fasses la leçon.

La jeune fille tourna les talons. Il était inutile de se mettre à genoux, elle n'obtiendrait rien.

Désespérée, elle regagna le camp de caravaning.

Sa mère l'attendait, près de la voiture, l'air inquiet.

— Je n'aime pas beaucoup ce qui se passe ici, dit-elle. J'ai essayé de joindre ton père sur son chantier, mais les lignes téléphoniques sont coupées. Même les portables ne fonctionnent plus. Je ne sais pas ce qui se prépare mais ça me fait peur. En faisant les courses, j'ai rencontré des gens, ils m'ont tenu des propos bizarres. Des histoires invraisemblables de soleil bleu.

Elle se tordait les mains et regardait Peggy Sue en coin, comme si celle-ci était responsable de la tournure des événements. L'adolescente grimpa dans la caravane. Sa sœur Julia l'attendait à l'intérieur, grignotant un sandwich du bout des dents.

— C'est vrai ce qu'on raconte ? attaqua-t-elle. Qu'il suffirait de s'exposer au soleil pour devenir géniale ? (Ne laissant pas à Peggy le temps de répondre, elle dit :) Tu sais, j'ai une idée. Si je bronzais quelques heures, je deviendrais peut-être assez intelligente pour trouver le moyen de faire fortune, non ?

— C'est dangereux, souffla Peggy. C'est vrai que le cerveau est comme dopé, mais ensuite ça retombe, comme un soufflé au fromage, et on ne se rappelle aucune des idées géniales qu'on a eues.

Julia fit la grimace. D'un geste agacé, elle reposa son sandwich dans l'assiette.

— Tu dis ça pour me décourager, siffla-t-elle. En réalité tu n'as pas envie que je réussisse. Tu préférerais que je reste serveuse de *fast-food* toute ma vie.

Peggy Sue posa sa main sur celle de sa sœur.

— Je ne veux pas que tu deviennes folle, dit-elle doucement. C'est tout. N'écoute pas les gens de la ville. Ce n'est pas inoffensif. C'est un piège. Quand on y met le doigt, on y passe tout entier.

Julia se dégagea et s'en alla bouder à l'autre extrémité de la caravane.

M'man vint prendre sa place.

— J'ai décidé qu'on partirait demain au lever du soleil, annonça-t-elle. Je ne veux courir aucun risque. Je ne sais pas ce qui brille dans le ciel au-dessus de Point Bluff, mais j'ai bien peur qu'il s'agisse d'une cochonnerie nucléaire. S'il était là, votre père me donnerait raison. Nous allons descendre vers le sud, pour le rejoindre sur son chantier.

On alla se coucher. Peggy Sue ne parvint pas à s'endormir. Il lui était insupportable d'abandonner ses amis. Elle ignorait comment convaincre sa mère de rester. D'ailleurs, elle savait que M'man avait pris une décision raisonnable. S'attarder à proximité du soleil bleu aurait relevé de la folie.

*

Le lendemain matin, quand la famille Fairway quitta le camp de caravaning, ce fut pour se heurter à un barrage posé en travers du chemin menant à la route principale. L'un des adjoints du shérif montait la garde sur le bas-côté, le fusil à l'épaule.

— Désolé, m'dame, grogna-t-il, personne ne quitte Point Bluff sans autorisation spéciale.

— Comment ? s'exclama M'man. Qu'est-ce que ça veut dire ? Nous ne sommes plus dans un pays libre ?

— Désolé, m'dame, répliqua l'adjoint, mais c'est rapport à cette épidémie de fièvre méningée. On a reçu des directives pour contenir les malades dans un certain périmètre. Personne ne doit sortir du cordon sanitaire.

— Mais ni moi ni mes filles ne sommes malades ! protesta M'man.

— Vous n'en savez rien, m'dame, ricana l'adjoint. Ça, y a que le docteur qui pourrait vous le dire. En attendant, faites demi-tour et rentrez gentiment au camp.

Il ne plaisantait pas. Mme Fairway le sentit et fit marche arrière.

— Que se passe-t-il ? haleta Julia en se rongeant les ongles. J'ai cru qu'il allait nous tirer dessus.

— Je ne sais pas, souffla M'man, mais j'ai eu peur, moi aussi.

— Vous ne comprenez pas, dit Peggy Sue. Ce sont les gens de Point Bluff. Ils ne tiennent pas à ce que ça se sache. Ils veulent rester les seuls à profiter des « bienfaits » du soleil bleu.

8

Peggy Sue constata que les adultes s'enhardissaient. S'apercevant que leur cervelle n'explosait pas après quinze minutes d'exposition, ils augmentèrent chaque jour les séances de bronzage. Leurs facultés mentales se développant proportionnellement au temps passé tête nue sous le soleil, ils devenaient peu à peu plus ambitieux. Au début, ils se contentaient de lire des livres compliqués, de réparer eux-mêmes leur téléviseur, leur ordinateur... puis, très vite, la fringale de connaissance s'emparait d'eux, et ils voulaient en savoir plus. Ne pas tout connaître leur paraissait inadmissible. Chacun voulait être plus intelligent que son voisin. Ils couraient à la bibliothèque municipale qui ne désemplissait plus. Peggy Sue avait vu le facteur et l'épicier se battre au rayon « ouvrages techniques » pour la possession d'un manuel d'astronomie relatif au calcul de la courbure de l'espace-temps.

— Il est pour moi ! hurlait l'épicier, vous n'y comprendrez rien !

— C'est faux ! vociférait le facteur, je suis bien plus bronzé que vous !

*

À force de s'exposer au soleil, les gens devenaient de plus en plus bleus. Leur épiderme virait à l'indigo. Cela commençait par la tête, et s'étendait au reste du corps. On eût dit qu'ils étaient tombés dans un baquet de teinture ou qu'un peintre en carrosserie les avait maladroitement aspergés avec son pistolet.

Plusieurs familles décidèrent de quitter la ville en forçant les barrages, ou en coupant à travers bois. Cela se termina chaque fois assez mal.

— Les Borowsky, murmura Dudley un matin. Ils sont morts. Le père, la mère et les deux fils. Leur voiture est sortie de la route pour percuter un arbre. Elle a pris feu. C'est horrible. Ils essayaient de s'enfuir. C'est comme si on avait voulu les en empêcher.

— Et ce n'est pas la faute des gardes, ajouta Mike. Mon père était là quand ça s'est produit. Il dit qu'il a vu la voiture sortir toute seule de la route, comme ça. De façon inexplicable. Comme si le conducteur avait délibérément choisi de se jeter contre un arbre.

Peggy Sue se mordit les lèvres. Elle n'avait pas de mal à comprendre ce qui s'était passé. Une fois de plus, les Invisibles avaient pris les choses en main. Se glissant à l'intérieur du véhicule, ils avaient empoigné le volant pour provoquer la collision.

« Ils veulent nous dissuader de fuir, songea-t-elle. Ils n'ont pas envie que la partie s'interrompe faute de joueurs. Tous ceux qui tenteront de s'échapper seront assassinés. »

Deux jours plus tard, il y eut un nouvel accident mortel. Une famille, qui essayait de fuir à bord d'une camionnette, bascula dans un canyon sans qu'on puisse comprendre comment le conducteur avait pu perdre le contrôle de son véhicule.

Au demeurant, l'agitation à l'intérieur de la cité était telle qu'on se souciait fort peu de ces broutilles.

— Après tout, ricana l'épicier, s'il se trouve des gens trop bêtes pour tourner le dos à la chance, ça les regarde !

Deux clans se formèrent : ceux qui, effrayés par le phénomène, refusaient obstinément de prendre le soleil… et les autres qui en abusaient. Les premiers allaient, portant chapeaux, chemises à manches longues et gants de coton, les seconds se promenaient en caleçons de bain, bikinis, et devenaient… *bleus*.

— C'est simple, décréta l'épicier qui virait lui aussi à l'indigo. Dans quelque temps, il y aura deux partis à Point Bluff : l'élite et les crétins. Les crétins n'auront aucune excuse, parce qu'ils auront choisi d'être ainsi. Rien ne justifie l'obscurantisme quand il suffit d'ôter son chapeau pour se sentir redevenir génial chaque matin.

— Ils sont tous en train de devenir dingues, gémit la mère de Peggy. C'est affreux. Et dire qu'il n'y a plus moyen de communiquer avec l'extérieur. Cela finira mal. En attendant, je vous interdis de vous exposer au soleil. Vous entendez ? Si l'une de vous deux s'amuse à devenir bleue, elle aura affaire à moi !

Julia fit la grimace.

— M'man, pleurnicha-t-elle. Tu ne peux pas me demander ça. C'est une chance qui ne se représentera pas. Vous n'avez pas eu assez d'argent pour m'envoyer à la fac. OK, je comprends, mais aujourd'hui que s'offre à moi la possibilité d'échapper à mon boulot de serveuse, je ne vais pas dire non !

— Ce n'est pas naturel, gémit Mme Fairway. Tu as vu tous ces gens qui deviennent bleus ?

— Ils sont en train de se tailler la part du lion ! insista Julia. Tôt ou tard, l'un d'eux va faire une découverte géniale qui vaudra de l'or, et sa fortune sera assurée. Ensuite, il pourra redevenir idiot en toute quiétude, ça n'aura pas d'importance pourvu qu'il ait vendu son invention un bon prix.

— Ils n'inventent rien de sérieux, observa Peggy.

— D'accord ! grinça Julia. Pour l'instant ils pataugent, mais ça ne durera pas. L'étincelle va se produire et l'un d'eux gagnera le gros lot. Tout ce qui m'intéresse c'est de me gaver de science l'espace d'une journée, le temps d'inventer un truc formidable et d'en dresser les plans. Le lendemain, je prendrai un brevet sur ces plans et je les vendrai à une grosse firme.

— Une journée, fit doucement Peggy Sue, c'est suffisant pour se griller le cerveau. Si tu ne me crois pas, tu n'as qu'à aller voir ma copine Sonia Lewine. Elle ne sait même plus écrire son nom.

— Oh ! Que tu m'agaces ! lança Julia. Si tu veux faire partie des débiles, ça te regarde, mais alors ne compte pas sur moi pour te dire bonjour quand je te croiserai dans la rue.

Et elle s'en alla en claquant la porte.

— Elle va faire une bêtise, gémit M'man. Ah ! si seulement votre père était là.

*

Peggy Sue entendit Berkovitch, le plombier, déclarer :

— Je ne sais pas ce que j'étais en train d'inventer hier, mais ça avait l'air sacrément compliqué. Ce matin, je ne pouvais même plus entrer dans ma cuisine, cette fichue machine prenait toute la place ! J'ai eu beau l'examiner dessus, dessous et sur les côtés, pas moyen de savoir à quoi elle devait servir. Un vrai mystère.

La plupart des « inventeurs » menaient une course contre la montre, luttant pour mettre un point final à leur travail avant que le sommeil de l'ignorance ne vienne tout effacer. Cela les conduisait à gribouiller des plans et des calculs illisibles qu'on eût dit sortis de la main d'un chimpanzé. Hélas, les machines, abandonnées sans aucun mode d'emploi utilisable, laissaient tout le monde perplexe, on n'osait pas y toucher de peur de déclencher une catastrophe.

Les inventions, quant à elles, étaient assez inégales.

— Aujourd'hui le plombier fabrique une voiture qui, au lieu d'essence, consommerait des bananes ! annonça Dudley.

— Le facteur a décidé de transformer sa maison en vaisseau spatial, fit Mike. Il est en train d'installer des réacteurs aux quatre coins de la bicoque.

— Et le pharmacien veut mettre au point la pile électrique inépuisable, conclut Peggy Sue. Demain, ils auront chacun une autre lubie.

La vie se désorganisait. Au collège, la plupart des classes restaient vides. Pourquoi aurait-on donné des cours à des élèves qui s'appliquaient à être plus intelligents que leurs professeurs ? Même Seth Brunch ne venait plus. Il avait décidé de ne sortir de chez lui qu'à la nuit tombée. Il refusait, selon ses propres termes, de « devenir un mutant ».

Peggy Sue et ses camarades traînassaient dans les locaux déserts. Depuis une semaine, ils essayaient de réapprendre à lire à Sonia qui ne savait même plus déchiffrer les lettres de l'alphabet. C'était une grande pitié que de voir la jeune fille rousse ânonner comme une gamine sur les abécédaires utilisés par l'école maternelle. Elle oubliait tout.

— Ce qui lui rentre par une oreille ressort immédiatement par l'autre, soupira Dudley avec tristesse. Je ne crois pas qu'elle redeviendra normale.

— On ne peut pas savoir, décréta Peggy. Il faut continuer. Ce n'est peut-être qu'une confusion passagère.

— Ce qui me fait peur, chuchota Mike, c'est qu'à force de refuser de nous exposer au soleil, nous allons devenir la risée de tous. On va finir par nous considérer comme des animaux. J'ai un peu honte de faire partie de ceux qui n'inventent rien. Et si c'étaient les autres qui avaient raison ? Si nous étions en train de laisser passer la chance de notre vie ?

— Demande à Sonia ce qu'elle en pense… dit doucement Peggy Sue.

Mike baissa le nez, penaud.

*

Un soir, alors que Peggy Sue s'asseyait à la table familiale pour le repas du soir, elle constata que sa sœur Julia devenait bleue.

— Pas de commentaires ! siffla cette dernière. Je vous avais prévenues, il est hors de question que je reste sur le quai pendant que le train de la chance s'éloigne.

Il n'y avait rien à répliquer.

*

Peter Boyle, le fermier « cosmonaute », tomba du tracteur volant qu'il avait inventé. Sa machine continua à zigzaguer toute seule dans le ciel, piquant parfois comme un bombardier fou pour reprendre de l'altitude à la dernière seconde. À cours de carburant, elle finit par s'écraser dans un champ de maïs, au soulagement général.

Enfin, Billy Downing, l'aide préparateur du pharmacien, fit la découverte du siècle : au moyen d'un liquide mystérieux, il parvenait à changer le métal le plus ordinaire en or pur !

Il procéda à une démonstration sur la place de la mairie, devant toute la population rassemblée, et transforma sa vieille voiture rouillée en une magnifique sculpture d'or massif.

— C'est formidable ! bégaya le maire, voilà enfin quelque chose d'utile à la communauté. J'espère que tu as bien noté la formule et que tu seras en mesure d'en fabriquer un nouveau bidon demain matin.

— Ne vous inquiétez pas, fit Billy. Ça, je saurai le faire, ce n'est pas là que se situe le problème.

— Ah oui ? grommela le maire en fronçant les sourcils. Où est-il alors ?

— Dans la durée du phénomène, expliqua l'aide préparateur penaud. La transformation n'est pas stable. Lorsque le soleil se couche, l'objet reprend son apparence première. Cela signifie que si nous fabriquons des lingots à partir de simples briques, il faudra les vendre et empocher la monnaie avant la tombée du jour.

La foule poussa un soupir de déception.

— Évidemment, c'est embêtant, admit le maire. Si nous vendons cet or, cela fera de nous des escrocs.

Une âpre discussion s'ensuivit, chacun s'entêtant à faire valoir son point de vue. La querelle s'amplifia et l'on en vint bientôt aux mains. Peggy Sue et ses amis se retirèrent, estimant en avoir assez vu.

Ils se séparèrent. Sur le chemin menant au camp des caravanes, Peggy entendit rire les Invisibles. Le spectacle de ce soir les avait bien réjouis.

9

Ce qui devait arriver arriva. À force de vouloir développer leur intelligence, les habitants de Point Bluff se grillèrent les neurones. Leur cerveau, épuisé d'avoir engrangé tant de connaissances, se court-circuita. On commença à les voir déambuler au long des rues, le regard vide, ayant oublié jusqu'à leur nom. Beaucoup ne savaient plus ni lire ni compter, quelques-uns se révélèrent incapables de parler. Leur cerveau, brûlé par les excès, était redevenu celui d'un nouveau-né.

— Il faut arrêter ça, supplia le médecin lors d'une réunion du conseil municipal. Cette folie ne peut pas durer. Au train où ça va, Point Bluff ne comptera bientôt plus que des amnésiques. L'hôpital est plein ! Tous ces gens ont eu la cervelle effacée. Ils repartent de zéro, comme des gosses. Il va falloir tout leur réapprendre. Et pour certains d'entre eux, je ne suis même pas sûr qu'ils en soient encore capables.

L'assemblée grommela, mécontente. L'appât du gain poussait les gens à continuer dans la voie des inventions délirantes. Il y avait cette histoire de briques changées en lingots d'or…

Devait-on réellement renoncer à tout cela ?

— Donnez-nous encore un peu de temps, mendia l'épicier. Vous savez bien que nous approchons du gros coup. Jusque-là, Point Bluff était un petit village minable, rempli de gens minables condamnés à stagner. Cette épidémie de fièvre méningée est la seule chance que nous aurons jamais d'échapper à la médiocrité. Il ne faut pas s'effrayer des quelques bavures qui se sont produites. Le shérif n'a qu'à empêcher les excès, réglementer les temps d'exposition au soleil.

— Quoi qu'on invente, dit Peggy à Dudley, ce sera comme les lingots d'or du préparateur en pharmacie qui redeviennent briques en moins de douze heures. Rien ne fonctionnera.

*

On trouva l'épicier effondré dans son « laboratoire », le sang lui coulait par les oreilles. Il bredouillait comme un nourrisson et n'était plus capable de se déplacer sur ses jambes. L'aide-pharmacien mourut d'un transport au cerveau. Les commères qui assistèrent à sa fin prétendirent qu'elles avaient vu ses cheveux s'enflammer sur son crâne.

— Sa cervelle a pris feu ! radotait la vieille Mme Pickins. Comme je vous le dis. D'ailleurs, la fumée lui sortait par les narines.

Au conseil, Seth Brunch exigea qu'on réclame l'aide du gouvernement.

— Toutes les lignes téléphoniques sont coupées, gémit le shérif. Les ondes sont brouillées. Mon émetteur-récepteur n'accroche aucune fréquence.

— Alors il faut envoyer un messager, à pied, gronda le professeur de mathématiques, à travers bois. Nous lui confierons une lettre contresignée par le maire, le médecin… et moi-même, pour faire bonne mesure. Il n'aura qu'à filer jusqu'au comté voisin et la remettre au shérif de l'endroit.

L'idée souleva un enthousiasme modéré. Sans oser le dire, beaucoup songeaient à ce qui était arrivé aux gens fuyant la ville. *Tous ces accidents de voiture, si peu naturels…* Un messager aurait-il plus de chances de passer au travers du filet invisible qui semblait emprisonner Point Bluff ?

Une ordonnance du maire fut apposée sur les édifices. Désormais, il était interdit de s'exposer au soleil. Ceux qui passeraient outre seraient emprisonnés.

— C'est inadmissible ! tempêta Julia, alors que j'approchais de la conclusion de mes travaux.

— Je pense que c'est mieux ainsi, soupira M'man d'une voix tremblante. Regarde ta figure. On dirait une Martienne dans l'un de ces vieux films qui passent à la télévision.

— Justement ! siffla Julia. Si tu regardais mieux les films en question, tu te réjouirais moins de la décision du maire. Tu veux savoir ce qui va se passer ? L'armée va boucler le territoire, puis l'on nous enfermera dans un laboratoire secret pour faire des expériences sur nous. On nous coupera le cerveau en tranches pour essayer de déterminer ce qui nous est arrivé. Oui, c'est ainsi que ça se passera, et tu rigoleras moins quand des types en blouse blanche commenceront à te scier la boîte crânienne ! Sûr que tu feras des économies de coiffeur après ça !

— Arrête de raconter des horreurs ! glapit M'man qui était devenue livide.

*

Il fallut désigner un messager. Le shérif proposa qu'un tirage au sort soit organisé parmi ses adjoints, aucun de ceux-ci ne s'étant porté volontaire.

Un certain Tommy Balfour se vit confier la délicate mission de traverser les bois pour rejoindre la grand-route. On lui avait déconseillé de partir en voiture. Peggy Sue remarqua que personne n'osait vraiment parler du péril qui semblait rôder à la périphérie de Point Bluff.

« Ils sentent qu'il y a quelque chose, se dit-elle, mais ils n'ont pas le courage de l'évoquer. Cela leur fait peur, pourtant ils s'obstinent à le nier. »

C'était là une attitude fréquente chez les adultes, elle l'avait noté. Dans le cas présent, elle savait que le danger était réel. Jamais les Invisibles n'accepteraient qu'une initiative humaine vienne écourter le spectacle qu'ils s'étaient donné tant de mal à préparer. L'estomac serré, elle regarda le pauvre Tommy Balfour, un grand jeune homme un peu prétentieux (comme la plupart des garçons!) qui essayait de sourire de toutes ses dents en assurant qu'il serait à la hauteur.

On lui confia un document officiel, signé par les autorités de Point Bluff. Un SOS qui — du moins l'espérait-on — serait pris au sérieux par les habitants du comté voisin.

— Ces gens-là ne nous aiment pas beaucoup, grommela la vieille Mme Pickins, et nous n'avons jamais eu de contact avec eux, je ne vois pas pourquoi ils viendraient à notre secours aujourd'hui.

Dans son ensemble, la population de Point Bluff traînait les pieds. On n'était pas convaincu du prétendu « danger » dénoncé par Seth Brunch et le maire.

On se rassembla pour regarder partir Tommy Balfour. Le jeune homme, gêné par l'attention dont il était la cible, agita gauchement la main, et coupa à travers champs pour gagner la forêt.

— Tu crois qu'il va réussir? chuchota Dudley à l'oreille de Peggy Sue.

L'adolescente haussa les épaules. Elle s'attendait au pire. Du coin de l'œil, elle observa les visages autour d'elle. L'inquiétude de la foule était manifeste. Tous savaient que quelque chose de menaçant se tenait dans la forêt, encerclant la ville. Quelque chose qui, d'ici peu, prendrait Tommy Balfour en chasse, comme un vulgaire lapin… et lui ferait un mauvais sort.

Elle entendit le shérif murmurer à Seth Brunch :

— Tommy est armé. Je ne l'ai pas laissé partir sans biscuit. Il a emporté son revolver de service et cinquante cartouches. J'ai confiance, c'est un bon chasseur. Il ne lui arrivera rien. Dans quarante-huit heures, toute cette histoire sera réglée.

La foule restait agglutinée, alors même que Tommy avait disparu au milieu du maïs. On attendait, angoissé. Le shérif dut ordonner aux gens de se disperser.

— Et que personne ne sorte sans chapeau ! grondat-il. Je vous ai tous à l'œil ! Si d'ici à trois jours quelqu'un présente encore des traces de bronzage bleu, il aura affaire à moi.

Il y eut des grommellements. Cette histoire de pigmentation ennuyait les tricheurs qui avaient espéré continuer à prendre des bains de soleil en cachette.

*

Peggy Sue et Dudley allèrent rendre visite à Sonia. La jeune fille les reconnut et parut heureuse de les voir. Elle recommençait à parler, mais sa conversation était celle d'un enfant de cinq ans. Sa mère expliqua qu'elle passait beaucoup de temps à visionner des cassettes vidéo destinées aux tout-petits, et qu'elle s'appliquait, avec plus ou moins de bonheur, à en fredonner les ritournelles.

En disant cela, Mme Lewine avait les larmes aux yeux.

— Cela prendra du temps, mais elle regagnera le terrain perdu, assura Peggy Sue d'un ton désolé.

Les deux adolescents passèrent l'après-midi avec Sonia, mais la communication s'avéra difficile. La jeune fille rousse était devenue capricieuse et s'irritait de n'être pas comprise assez vite. Elle voulut jouer à la poupée, puis improvisa une dînette. Peggy Sue maudit les Invisibles d'avoir réduit son amie à cet état d'infantilisme.

« Une fois le soleil bleu éteint, songea-t-elle, les choses redeviendront peut-être normales ? »

Oui, mais d'ici là, resterait-il encore un être vivant à Point Bluff ?

*

Douze heures plus tard, on eut une mauvaise surprise. En sortant du bureau pour entamer sa première ronde, le shérif distingua une forme insolite sur la cime d'un arbre, à la lisière de la forêt. Saisissant ses jumelles, il étouffa un cri de frayeur.

La tache claire piquée au sommet d'un grand pin était le corps de Tommy Balfour. Le jeune homme avait été accroché là, tel un pendu, les bras ballants, le menton touchant la poitrine. À l'angle inhabituel que faisait sa tête, on devinait sans mal qu'on lui avait tordu le cou. Quelqu'un l'avait tué dès son entrée dans la forêt.

La nouvelle fit le tour de la ville, plongeant les habitants dans la consternation. Maintenant on ne pouvait plus le nier : il y avait bel et bien quelqu'un dans les bois. Un mystérieux ennemi qui veillait à ce que personne ne puisse s'enfuir de Point Bluff.

Plus que tout, on était horrifié par la manière dont avait été exécuté le pauvre Tommy.

— Qui a pu aller l'accrocher tout là-haut? chuchotait-on. Cet arbre mesure vingt mètres!

Seule Peggy Sue savait que, pour les Invisibles, ce tour de force ne présentait aucune difficulté.

— Bon sang! haleta le shérif. On nous encercle…

— Il est hors de question de demeurer les bras croisés, vociféra Seth Brunch. Nous allons former une milice d'hommes armés, et nous explorerons les bois. Si un tueur s'y cache, nous le trouverons… et nous nous en débarrasserons séance tenante!

Peggy Sue le jugea pitoyable. Il n'avait aucune idée de ce à quoi il s'attaquait. Elle eut envie de crier: « Ne faites pas ça! Si vous envoyez des gens dans la forêt, ils se feront tuer, comme Tommy! Ce n'est pas de cette manière qu'on peut lutter contre les Invisibles. »

Mais qui l'aurait écoutée?

Les exhortations du professeur de mathématiques tombèrent à plat. Personne n'avait envie de s'enfoncer dans les bois. Le shérif eut d'ailleurs beaucoup de mal à convaincre ses adjoints d'aller décrocher la dépouille de Tommy.

Quand on descendit le cadavre, on trouva la lettre dans sa poche. Le fameux SOS qu'il avait pour mission de porter à la ville voisine. La missive avait été déchirée en mille morceaux.

« C'est la réponse des Invisibles, pensa Peggy Sue. Ils nous font comprendre qu'il serait inutile de recommencer. »

10

Sous la pression de Seth Brunch, le shérif expédia dans la forêt une troupe d'hommes armés. Peggy Sue les regarda partir avec désespoir. Une heure après, des coups de feu éclatèrent comme si une bataille rangée se déroulait sous le feuillage.

Malgré la distance, on entendait les cris de terreur des patrouilleurs. Puis les détonations s'espacèrent, le silence revint.

« Ils sont tous morts, pensa l'adolescente. Cette fois les Invisibles auront tenu à frapper fort pour nous donner une leçon. »

Un seul homme sortit du bois, le visage et les vêtements lacérés. Il tituba à travers le champ de maïs, hagard, pour s'effondrer aux abords de la ville. Quand on le releva, il ne sut que bredouiller :

— Les… les créatures invisibles… elles nous ont attaqués… Elles sortaient du néant…

— Et les autres gars ? demanda Seth Brunch. Où sont les autres ?

— Morts… balbutia l'homme. Tous morts.

On l'emmena. Toute la soirée il s'agita, en proie au délire, expliquant au médecin debout à son chevet qu'il voyait des spectres sortir des murs. Des spectres qui se moquaient de lui. Puis il mourut, sans doute de frayeur.

— Cette fois c'est sûr, dit le shérif. Nous sommes encerclés. Il y a, dans les bois, quelque chose qui veut notre peau.

*

Les rues se vidèrent, chacun se barricada. Partout on s'embusquait pour guetter par les fentes des volets ce qui allait sortir d'entre les arbres.

Au camp de caravaning, M'man se tordait les mains de désespoir.

— Nous ne sommes pas en sécurité à l'intérieur de cette vieille ferraille, se lamentait-elle. Oh ! Il nous faudrait une vraie maison.

Peggy Sue se garda de hausser les épaules. Une vraie maison n'aurait servi à rien puisque les Invisibles pouvaient traverser n'importe quel obstacle. D'ailleurs, les « fantômes » ne monteraient pas à l'assaut de Point Bluff. Ce qu'ils désiraient, c'était rester embusqués dans les bois, les champs de maïs, tels des spectateurs sur les gradins d'une arène.

« Ils veulent regarder la suite de la corrida, songea l'adolescente. Jusqu'à la mise à mort. »

Ce qu'elle ignorait encore, c'était la forme qu'emprunterait cette mise à mort.

À la réunion du conseil, Seth Brunch fit valoir qu'il était désormais nécessaire de s'organiser en camp retranché. Point Bluff devait se changer en un fortin capable de résister aux assauts de l'ennemi.

— Il est capital de cesser de s'exposer au soleil, décréta-t-il. Nous allons inverser nos habitudes. À partir de demain, nous dormirons le jour et nous travaillerons la nuit. Ainsi le rayonnement néfaste ne perturbera plus les cerveaux ; les gens redeviendront normaux. Toutes les inventions absurdes, qui encombrent les rues, devront être détruites.

— Vivre la nuit ? chuchota Dudley à l'oreille de Peggy. Comme les vampires ?

— Nous posterons des sentinelles aux abords de la ville, décida Seth Brunch comme s'il était devenu le maître de Point Bluff. À part ces guetteurs, personne n'aura le droit de marcher dans les rues pendant la journée. Tous ceux qui seront pris à le faire seront fusillés.

Un tumulte de protestations accueillit ces paroles. Seth Brunch tapa du poing sur le bureau.

— J'exige l'application de la loi martiale ! tonna-t-il. Ceux qui appartiennent à la Garde nationale devront se présenter en uniforme d'ici à une heure, à la salle des fêtes.

— Ça prend mauvaise tournure, grommela Dudley. Je sens qu'on ne va pas beaucoup s'amuser dans les semaines à venir.

*

M'man, Julia et Peggy Sue durent quitter la caravane. Le camping fut évacué car le shérif l'estimait situé dans une zone trop exposée « aux créatures des bois ». Il fallut se résoudre à s'installer dans la salle des fêtes qu'on avait, pour la circonstance, transformée en dortoir. Des lits de camp s'alignaient d'un bout à l'autre du hangar, séparés par de petits paravents. L'ambiance n'avait rien de réjouissant.

— Tu as vu ? murmura Julia en désignant les fenêtres. Ce cinglé de Brunch a fait peindre les vitres en bleu foncé ! Bon sang ! On n'y voit plus rien.

Dans son obsession du soleil, le professeur de mathématiques avait obtenu des autorités de Point Bluff que tous les carreaux soient badigeonnés avec une peinture opaque, empêchant les rayons nocifs de pénétrer dans les bâtiments. La plupart des fenêtres avaient été cadenassées. Les gardes qui patrouillaient au-dehors portaient des combinaisons intégrales, en toile blanche. Une cagoule et de grosses lunettes noires complétaient cet inquiétant déguisement.

— On se croirait dans une ville contaminée par les radiations atomiques, grommela Julia. Je ne sais pas de qui il faut avoir le plus peur... des créatures de la forêt ou de Seth Brunch.

Peggy Sue savait que les précautions déployées par le professeur de mathématiques étaient inutiles, elles ne contribuaient qu'à amplifier le climat d'angoisse pesant sur la cité.

Prisonniers de leur propre maison, les gens devenaient maussades. Beaucoup, privés des vertiges scientifiques que leur avait fait connaître le soleil bleu, éprouvaient d'immenses difficultés à reprendre une existence normale

— J'ai toujours été une mauvaise élève, marmonnait la vieille Mme Pickins. Je détestais l'école, jamais je n'aurais imaginé qu'apprendre pouvait être aussi excitant. Aujourd'hui, je suis bien forcée de reconnaître que ça me manque cruellement.

On vivait dans la semi-obscurité diffusée par les vitres opaques, au milieu des ronflements des autres réfugiés. Il fallut s'habituer à dormir le jour entouré d'une foule d'inconnus. Ce n'était guère agréable. Julia perdait son bronzage. Toutes les ouvertures sur l'extérieur étaient verrouillées, on n'ôtait les cadenas qu'à la tombée de la nuit pour permettre aux prisonniers de vaquer à leurs occupations professionnelles.

C'était assez étrange de voir la ville rester illuminée jusqu'aux premières lueurs de l'aube. Dans les champs, les fermiers travaillaient à la lueur de lampes torches ou de projecteurs. On finissait par se demander quelle curieuse moisson se faisait ainsi, au cœur des ténèbres.

La population tentait de faire bonne figure, mais le cœur n'y était pas. Les communications n'avaient pas été rétablies. Quant au soleil bleu, il brillait maintenant au-dessus d'une ville aux rues désertes.

« Les Invisibles avaient sans doute prévu cela, pensait Peggy Sue. C'est donc qu'ils ont organisé d'autres réjouissances pour la seconde partie du programme. »

Dans l'un des couloirs de la salle des fêtes, elle avait gratté la peinture recouvrant une fenêtre pour se ménager un petit « trou de serrure » par où scruter l'extérieur. Elle attendait, persuadée que le danger allait venir de là où personne ne l'attendait.

11

Peggy Sue avait le plus grand mal à dormir le jour. Elle ne s'habituait pas à l'inversion du rythme de vie promulguée par Seth Brunch. Et puis, il était difficile de trouver le sommeil dans ce dortoir rempli de ronflements, où les lits de camp se côtoyaient. Le manque d'intimité la gênait. Souvent, alors que tout le monde dormait, elle se relevait et s'en allait déambuler en pyjama à travers les couloirs du bâtiment, un ancien gymnase communal transformé en salle des fêtes.

C'est ainsi qu'elle rencontra le chien bleu...

Il fouillait dans les poubelles du réfectoire, essayant de déchirer à coups de dent les sacs à ordures. C'était un petit corniaud de race indéterminée, une sorte de fox-terrier à poil ras. Son pelage blanc laissait deviner une peau bleuâtre, « bronzée » par le soleil maléfique qui planait sur Point Bluff.

En le voyant, Peggy Sue réalisa que personne n'avait songé à protéger les animaux du rayonnement néfaste. À aucun moment l'on n'avait même envisagé que les bêtes puissent être, elles aussi, victimes des sortilèges de l'astre artificiel fabriqué par les Invisibles.

Quand Peggy pénétra dans la cuisine, le petit chien releva le museau pour la dévisager, et son regard se planta dans celui de l'adolescente avec une fixité étrange.

Son apparence était plutôt comique : torse épais, courtes pattes, petite queue en virgule dressée. Il avait tout pour faire un bon compagnon de jeu, jusqu'à la petite tache noire sur l'œil droit, et les deux oreilles taillées en triangle équilatéral, l'une levée, l'autre repliée. Mais il y avait ce regard... gênant, insistant.

— Que fais-tu là ? lança Peggy d'une voix mal assurée. Tu as faim sans doute. Attends, je vais essayer de te trouver quelque chose de plus agréable à manger que de vieux déchets.

Elle se dirigea vers les placards tout en prenant conscience qu'elle avait du mal à tourner le dos au petit chien. *Pourquoi ?* C'était stupide, non ?

Elle avait beau tenter de se raisonner, elle éprouvait un réel malaise à sentir le regard du corniaud fiché entre ses omoplates.

« Il ne me regarde pas comme un chien normal... », songea-t-elle.

Oui, c'était ça. Elle avait l'impression qu'un enfant l'observait, un enfant affublé d'un masque de chien, comme pour Halloween. Cela tenait à l'expression des yeux... trop intelligents.

Elle ouvrit les placards, à la recherche de nourriture, et finit par dénicher un reste de pâté qu'elle émietta sur une assiette. Le chien la regardait faire, mais sans se livrer à cette débauche de mimiques, de trémoussements qu'on observe d'ordinaire chez les animaux à l'heure du repas.

« Il est réservé, pensa Peggy Sue. M'man dirait : *bien élevé*. Un peu trop, pour un chien des rues. »

Elle continuait à lui parler tandis que son malaise augmentait. Elle se sentait de plus en plus idiote.

Le chien mangea, sans gloutonnerie, en prenant son temps. Il s'interrompait pour regarder Peggy Sue, accroupie à ses côtés.

— Comment t'appelles-tu ? murmura-t-elle. Tu ne peux pas me le dire, bien sûr. Veux-tu que je te baptise Toby ?

L'animal grogna vilainement, comme si on venait de l'offenser. La jeune fille crut même qu'il allait montrer les crocs. Elle se préparait à le caresser mais retint son geste, de peur d'être mordue. Aussitôt, le petit chien détala, quittant la cuisine pour s'enfoncer dans la pénombre des corridors.

« Bizarre », se dit l'adolescente en se redressant.

Comment s'était-il faufilé dans l'ancien gymnase ? Par un conduit d'évacuation, probablement.

Curieuse d'en savoir plus, elle grimpa à l'étage, dans la remise où achevaient de moisir les vieux équipements sportifs. Là, elle gratta la peinture bleue d'un carreau pour regarder ce qui se passait dehors. Le petit chien blanc trottinait dans la rue principale. Cet animal minuscule errant au milieu des boutiques fermées, des façades aux volets clos, accentuait l'image de ville fantôme qu'offrait à présent Point Bluff. Arrivé à mi-chemin, le chien se retourna pour jeter un coup d'œil en arrière, et Peggy Sue eut la certitude qu'il se savait observé. En dépit de la distance, elle éprouva de nouveau le choc troublant de son regard scrutateur.

« J'ai l'impression qu'il se moque de moi, pensa-t-elle en frissonnant. Si c'était possible, je dirais qu'il sourit. »

Un drôle de sourire, torve. Un peu méchant.

Elle recula. Au carrefour, le corniaud rejoignit une meute d'autres cabots qui l'attendaient, figés, la langue pendante. Les animaux restèrent longtemps face à face, comme s'ils se concertaient. Jamais Peggy Sue n'avait observé un pareil comportement chez les chiens.

« Ils sont trop sages, songea-t-elle. Ils devraient gambader, se mordre, courir... au lieu de quoi, ils ont l'air de tenir un meeting. Bientôt ils vont voter une résolution en levant l'oreille droite ! »

Elle essayait de plaisanter mais une angoisse sourde diffusait son poison en elle. Enfin, la meute se disloqua, et le vent recommença à souffler sa poussière sur les façades de bois aux volets clos.

*

Elle revit le chien bleu deux jours plus tard. Incommodée par l'horrible chaleur qui régnait à l'intérieur du gymnase, elle était allée chercher une carafe d'eau fraîche au réfectoire. En passant devant la salle de détente, là où l'on entreposait la table de ping-pong, les damiers et les jeux de cartes, elle aperçut l'animal grimpé sur une chaise. Les pattes de devant posées sur la table, la queue frétillante, il semblait contempler un échiquier abandonné en cours de partie.

— Salut, toi ! fit l'adolescente d'un ton faussement guilleret.

Le chien lui accorda un coup d'œil rapide qui semblait dire : « Tu vas voir ce que tu vas voir ! », puis reporta son attention sur l'échiquier. Du bout de sa patte droite, il fit alors glisser une pièce d'une case à une autre. Cela fait, il sauta de la chaise et s'enfuit, comme la première fois, laissant Peggy Sue au comble de la stupeur.

La jeune fille s'assit, éberluée. Le mouvement avait été trop délibéré pour relever d'une simple coïncidence. Certes, elle ne connaissait rien aux échecs, mais elle avait bien vu que le chien bougeait le cavalier blanc d'une façon élaborée, alors même que cette pièce n'était pas la plus accessible sur l'échiquier.

— Alors, tu t'y mets, toi aussi, fit la voix de Seth Brunch derrière elle.

Peggy tressaillit et s'évertua à faire bonne figure. Le professeur de mathématiques s'approcha de la table pour contempler l'échiquier. Son sourire bonasse se figea.

— Hum… grommela-t-il. Beau coup, et qui donnera du fil à retordre à ton adversaire. Contre qui joues-tu ?

— Contre personne, bredouilla Peggy. L'échiquier était là, abandonné.

— Alors permets-moi de contre-attaquer, grinça le professeur. Que penses-tu de ça ?

Et il déplaça l'une des pièces noires avec un méchant sourire.

— Réfléchis bien avant de bouger quoi que ce soit, ricana-t-il. Tu pourrais te retrouver mat en deux coups.

Sur ce, il quitta la salle de jeux pour continuer sa ronde. Depuis qu'il avait repris la ville en main, il paradait, content de lui. Les gens commençaient à le craindre, et il appréciait cet état de choses.

Quand le soleil se coucha, on ouvrit les portes de la salle des fêtes et chacun prit le chemin de ses occupations quotidiennes. Peggy Sue retrouva Dudley et Mike. Les trois adolescents ne s'étaient pas encore habitués à se rendre au collège en pleine nuit. Il était pour le moins étrange de s'asseoir dans une salle de classe pendant que la lune brillait dans le ciel et que le cri des chouettes retentissait au milieu des interrogations écrites !

— Sonia aurait jugé cela follement romantique, soupira Mike. Dommage qu'elle ne soit plus avec nous.

— Sa mère essaye d'obtenir une dispense pour l'inscrire au jardin d'enfants, murmura Dudley. Cette histoire me déprime complètement.

« Le pire est peut-être encore à venir », faillit lancer Peggy Sue. Elle n'osait leur parler du chien bleu et du curieux comportement des animaux. Ces animaux abandonnés, qui tout le jour erraient en plein soleil et qui, peut-être, commençaient à se métamorphoser.

« Au début personne n'a fait attention à eux, réfléchissait la jeune fille. Quand le soleil bleu est apparu, leur instinct leur a soufflé que quelque chose d'anti-naturel était en train de se produire, et ils ont eu le réflexe de se terrer au fond d'une cachette, comme ils le font lorsque surgit une tornade, un typhon. Longtemps, l'ombre les a protégés des rayonnements. Puis, le temps passant, ils se sont enhardis, ils ont commencé à sortir. C'est là qu'ils se sont mis à changer… »

*

En quittant le collège — à l'aube ! — Peggy se promit de résister au sommeil et de guetter la venue du chien bleu. Elle avait la certitude qu'il se faufilerait dans le gymnase, comme les jours précédents.

« Il essaye de me dire quelque chose… », se répétait-elle.

Elle regagna son lit en bâillant. Elle avait renoncé à prendre une douche car il fallait faire la queue pour accéder aux installations sanitaires. Quand tous ceux qui l'entouraient furent endormis, elle se glissa dans le réfectoire pour boire une tasse de café noir, puis s'embusqua dans la salle de détente, près de la table sur laquelle reposait l'échiquier. Elle remarqua que le professeur de mathématiques avait collé sur le plateau un papier annonçant : *Partie en cours. Ne pas déplacer les pièces SVP. Seth Brunch.*

Elle entendit la cavalcade du chien bleu bien avant de le voir. Ses griffes cliquetaient sur le revêtement des corridors. Il entra dans la salle en coup de vent, sauta sur la chaise, bougea une pièce avec sa patte, et s'enfuit.

Seth Brunch fit son apparition une heure plus tard. Il entra en ricanant et repartit soucieux. La partie ne tournait pas comme il l'avait prévu.

Ce manège se poursuivit trois jours durant. Le professeur de mathématiques et le petit chien se livraient un duel acharné. Le quatrième jour, Seth Brunch cracha un juron, puis marcha vers Peggy Sue, l'air mauvais.

— Ça suffit ! gronda-t-il, c'est l'affaire Sonia Lewine qui recommence ! Tu as fait comme elle, c'est ça ? Tu t'es exposée au soleil pour me ridiculiser !

Empoignant la jeune fille par les cheveux, il lui tira la tête en arrière pour examiner son front, ses oreilles. Il cherchait des traces de bronzage indigo. Il fut déçu.

— Pourquoi êtes-vous en colère ? riposta l'adolescente, les larmes aux yeux.

— Comme si tu ne le savais pas ? explosa Brunch. J'ai perdu ! Quoi que je fasse je suis mat en deux coups ! Tu as gagné… Ça va, tu es contente ? Tu m'as battu !

Il était livide. Il se reprit et quitta la pièce en claquant la porte.

« Que dirait-il s'il savait qu'il a été vaincu par un chien ? » songea l'adolescente en se redressant. Elle se passa la main dans les cheveux. Seth Brunch lui avait fait mal. Elle contempla l'échiquier aux pièces renversées. Maintenant elle réalisait ce que l'animal avait essayé de lui faire comprendre. Les bêtes avaient profité du soleil bleu pour développer leur intelligence. Un point d'interrogation subsistait : comment comptaient-elles l'utiliser ?

*

La nuit même, Peggy Sue exposa la vérité à ses camarades, Dudley et Mike. Les garçons la dévisagèrent avec embarras ; elle sentit qu'ils ne la croyaient pas. Elle décida donc de mener son enquête toute seule, et de voir ce que préparaient les animaux.

Cela ne fut pas facile, car Seth Brunch l'avait à l'œil. Il s'était mis dans la tête qu'elle n'avait pu le vaincre qu'en trichant. Il la soupçonnait d'avoir eu recours à un quelconque subterfuge pour gommer sur sa peau les traces de bronzage indigo, et paraissait bien décidé à la confondre.

Il poussa l'audace jusqu'à aller interroger la pauvre Sonia afin de vérifier qu'elle n'avait pas récupéré assez d'intelligence pour souffler à son amie la manière dont elle devait jouer la partie.

*

Le chien bleu revint. Peggy le surprit assis devant un magazine, essayant maladroitement d'en tourner les feuillets. Elle lui accorda son aide, et fit ce qu'il désirait. « Est-il en train de lire ou essaye-t-il de m'impressionner ? » se demanda-t-elle.

Quand il avait fini une page, il émettait un petit grognement pour signifier à l'adolescente qu'elle pouvait passer à la feuille suivante. C'était à la fois étonnant… et un peu humiliant, car Peggy Sue se sentait dans la peau d'une esclave.

— Est-ce que tu me comprends ? lui demanda-t-elle soudain. Je sais que le soleil bleu t'a transformé. Fais attention ! Tu as vu ce qui est arrivé aux humains. Le danger est le même pour vous.

Le chien grogna et alla chercher un autre magazine. Manifestement, il avait des goûts précis. Il détestait toutes les revues du type *Nos amis les bêtes*. Quand Peggy lui en présentait un numéro, il s'empressait de le déchiqueter avec des râles de colère. Il adorait les journaux de mode, et s'abîmait dans la contemplation des catalogues vestimentaires, sans que la jeune fille puisse déterminer pourquoi.

Au fil du temps, ses habitudes évoluèrent. Il ne voulut plus s'asseoir sur le sol mais exigea de s'installer sur une chaise. Il fallait poser le magazine sur la table et en tourner les pages chaque fois qu'il hochait la tête.

« Si le père Brunch me voyait ! » se disait parfois Peggy Sue en étouffant un rire nerveux.

Un après-midi, elle découvrit le chien en train de fouiller dans les annuaires téléphoniques, et elle dut lui en tourner les feuillets, au fur et à mesure qu'il les parcourait du regard. Que cherchait-il ? Apprenait-il par cœur la liste des habitants de Point Bluff ?

Puis il cessa de venir. Du haut de la remise à matériel, elle le voyait arpenter les rues désertes, dans la lumière bleue du plein midi. Aux carrefours, il rencontrait d'autres chiens, et s'arrêtait pour « parler » avec eux. C'était du moins l'impression qu'on avait à cette distance.

Elle regrettait de ne plus le voir, même si, en vérité, il lui faisait peur.

C'est alors qu'elle commença à entendre aboyer… *à l'intérieur de sa tête.*

12

Au début, Peggy Sue crut que tout le monde entendait, comme elle, les jappements du chien bleu. Elle prit conscience du contraire un matin, alors qu'elle rentrait du collège et s'agitait sur son lit de camp, incapable de trouver le sommeil à cause des aboiements. À bout de nerfs, elle lança :

— Ce cabot me rend folle ! Si ça continue, je ne pourrai pas fermer l'œil.

— Quel chien ? maugréa Julia qui était en train de s'assoupir. Il n'y a pas de chien. Tu délires, ma pauvre fille.

Peggy fronça les sourcils. Les grognements de l'animal résonnaient pourtant dans ses oreilles ; elle les percevait distinctement. Se redressant, elle alla voir Mme Pickins, de l'autre côté de la travée. La vieille dame souffrait d'insomnie et mettait toujours une éternité à s'endormir.

— Ce chien vous dérange, vous aussi ? hasarda Peggy Sue.

— Quel chien ? s'étonna Mme Pickins qui essayait de venir à bout d'une grille de mots croisés. Je n'entends rien. Deviendrais-je un peu sourde ? C'est bien possible, ma foi, à mon âge on se délabre de partout.

L'adolescente se retira en s'excusant. *Elle commençait à comprendre que la bête qui hurlait dans sa tête ne hurlait que pour elle seule.* Sans savoir pourquoi, elle avait la certitude que c'était le chien bleu. Mais pourquoi personne d'autre ne l'entendait-il ?

« Est-ce qu'il me parlerait par transmission de pensée ? » se demanda-t-elle soudain.

Elle frissonna.

« C'est vrai qu'on n'entend plus les animaux pousser des cris, songea-t-elle. Depuis qu'ils se promènent tout seuls en plein soleil ils semblent avoir développé un autre moyen de communication. Les chiens n'aboient plus, les vaches ne meuglent pas davantage. Seraient-ils devenus télépathes ? »

Ce n'était pas impossible. Après tout on ne savait rien de la manière dont le rayonnement solaire agissait sur le cerveau des bêtes.

« Les animaux ont des pouvoirs que nous n'avons pas, observa Peggy Sue. Ils jouissent d'un instinct qui nous dépasse, leur flair est impressionnant… »

Le soleil bleu avait pu octroyer aux bêtes le pouvoir de s'introduire dans l'esprit des hommes, de s'infiltrer dans leurs pensées.

« S'ils parlaient, se dit la jeune fille, j'entendrais des mots, des phrases, mais ils ne savent qu'émettre des cris. »

Voilà pourquoi elle entendait aboyer dans sa tête !

Comprendre ce qui lui arrivait la rassurait un peu, mais ne remédiait en rien au côté pénible du phénomène car le chien bleu ne se taisait jamais.

Chaque fois qu'elle s'assoupissait, il recommençait à hurler, la réveillant en sursaut, elle bondissait alors sur son lit, le cœur battant.

— Tu as fait un cauchemar ? lui demanda un jour sa mère.

— Non, balbutia Peggy dans la confusion du réveil, c'est encore le chien…

— Il n'y a pas de chien, lui répondit M'man. C'était dans ton rêve. Essaye de te rendormir.

Pour les autres il n'y avait pas de chien, certes, néanmoins un sale petit roquet s'amusait à aboyer dans son crâne à l'insu de tous, l'empêchant de trouver le repos.

Elle eut bientôt la migraine et souffrit du manque de sommeil. Les grondements du cabot ensorcelé lui accordaient trois heures de repos par nuit, c'était peu.

« Le fait-il par méchanceté, se demanda-t-elle, ou essaye-t-il de me dire quelque chose ? »

Elle décida d'en parler à Dudley. Le garçon la regarda d'un drôle d'air. Il n'entendait rien…

— C'est peut-être toi qui t'imagines ça ? hasarda-t-il, gêné.

— Je n'imagine rien, riposta Peggy Sue. C'est une affaire entre le chien bleu et moi. Il m'a choisie comme interlocutrice, je ne sais pas pourquoi et je m'en serais bien passée, mais c'est ainsi. Il tente d'établir le contact.

Le problème c'est que je ne comprends rien à ses aboiements et que la migraine m'aura rendue folle avant que je ne sache parler « chien ».

— Ah ouais ? fit évasivement Dudley. C'est pas marrant.

Peggy sentit qu'il ne la croyait pas. Sans doute pensait-il qu'elle était en train de perdre la boule, comme Sonia Lewine ?

Il était inutile d'insister.

— Réfléchis un peu, lui lança-t-elle avant de le quitter. Tu n'as donc pas remarqué que les animaux de Point Bluff sont devenus muets ?

— Ah ouais ? répéta Dudley.

Peggy l'abandonna, les garçons étaient parfois exaspérants dans leur obstination à ne jamais rien vouloir apprendre des filles.

La nuit (c'est-à-dire pendant les heures passées au collège puisque les cours avaient désormais lieu à la lueur des étoiles !), l'adolescente connaissait une période d'accalmie.

« Probablement parce que le chien bleu est en train de dormir ! » se disait-elle. Le silence se réinstallait alors dans sa tête, bienfaisant, et elle avait tendance à s'assoupir, ce qui lui valait des remontrances de la part des professeurs.

« Quel calme, pensait-elle, indifférente à ce qui se passait autour d'elle. Quel bonheur d'être enfin seule chez soi. »

Hélas, dès que le soleil se levait, le chien bleu se réveillait et reprenait son harcèlement, n'aboyant que pour Peggy Sue Fairway. La jeune fille avait l'impression que les cris de l'animal étaient en train d'ouvrir une blessure saignante au creux de sa cervelle.

— Mon Dieu ! s'exclamait Julia, que tu as une sale tête, ma pauvre fille !

Le pire, c'est qu'elle avait raison. La privation de sommeil, les migraines infernales avaient tatoué de grands cernes bleuâtres sous ses yeux et elle finissait par se faire peur chaque fois qu'elle s'apercevait dans les miroirs de la salle des douches.

« Ce sale cabot va me tuer, se surprenait-elle à songer. Si ça continue je vais mourir d'épuisement. »

De plus, il lui était désagréable de sentir une pensée étrangère s'infiltrer dans son crâne. Les aboiements télépathiques ne faisaient pas partie de ses pensées personnelles, *ils étaient en trop*.

C'était aussi pénible que d'être épiée par un intrus, ou de découvrir que votre petit frère est venu fouiller dans vos affaires pour lire votre journal intime... et gribouiller des commentaires moqueurs dans les marges !

Un matin qu'elle se relevait, en quête d'aspirine, elle aperçut Frida Partridge, une ouvrière de la laiterie, qui se tenait elle aussi la tête à deux mains.

— Ça ne va pas ? s'enquit Peggy Sue.

— Non, grommela Frida. C'est cette vache... elle n'arrête pas de meugler pour qu'on vienne la traire. Tu ne l'entends donc pas ?

Peggy tendit l'oreille. Non, elle n'entendait pas de vache. Seulement un chien… toujours le même.

« Ça y est, pensa-t-elle. Il lui arrive la même chose qu'à moi, à cette différence près qu'elle est persécutée par une vache. Y a-t-il un sens à tout cela ? »

Elle partagea ses comprimés avec Frida Partridge et retourna se coucher.

*

La nuit même, alors que Peggy suivait un cours de mathématiques dispensé par Seth Brunch, le shérif fit irruption dans la salle de classe. Il tenait à la main le talkie-walkie qui, d'ordinaire, lui permettait de rester en relation avec ses adjoints. Des aboiements nasillards sortaient du haut-parleur.

— Écoutez ça ! lança-t-il. Bon sang, ça fait des semaines qu'on ne peut plus rien capter sur les ondes, et voilà qu'on entend aboyer dans toutes les radios.

— Toutes ? s'étonna le prof de maths.

— Oui, confirma le shérif. Les radios portatives mais aussi celles des voitures, toutes, je vous dis ! Sur la télé c'est pareil. Les appareils captent des cris d'animaux, comme si des bêtes se tenaient devant le micro du studio, là où se fait l'émission.

— Il faut que j'entende ça, gronda Seth Brunch.

Il quitta la classe en courant pour descendre dans le bureau du directeur de l'établissement. Un gros poste de radio s'y trouvait allumé. Quand on manœuvrait le bouton des stations, on passait d'un concert d'aboiements à un chœur de meuglements.

— Qu'est-ce que ça veut dire ? balbutia le prof de maths.

— J'en sais rien, bredouilla le shérif, mais toutes ces bestioles sont sur les ondes, c'est sûr. À croire qu'elles ont un poste émetteur accroché autour du cou.

Peggy Sue s'éloigna, elle savait qu'il ne s'agissait pas d'une farce. Les bêtes s'exprimaient désormais au moyen d'ondes hertziennes qu'elles projetaient dans l'espace. Les postes de radio pouvaient les capter, mais aussi les cerveaux de certains individus.

— Tu me crois, maintenant ? lança-t-elle à Dudley. Les chiens, les chats, tous les animaux... ils ne se servent plus de leurs cordes vocales, ils ont trouvé mieux. Leurs cris voyagent dans l'espace comme les ondes d'un téléphone portable. Ils n'ont qu'à choisir un destinataire pour que les sons se mettent à résonner dans sa tête. Ce n'est pas plus compliqué : directement de l'émetteur au récepteur... et nous n'avons pas la possibilité de refuser la communication. Tu comprends ce que ça signifie ?

— Non, avoua Dudley.

— Ça veut dire qu'ils peuvent nous bombarder de cris aussi longtemps qu'ils veulent... jusqu'à nous rendre fous ou nous faire mourir d'épuisement par manque de sommeil.

— Mais personne, à part toi, ne les entend... grommela le garçon.

— Ça va venir, murmura Peggy Sue. Tu peux en être certain. Ça va se généraliser. Je sais que Frida

Partridge les entend aussi. Demain ce sera quelqu'un d'autre. Et ton tour viendra.

— Mais pourquoi ? gémit Dudley.

La jeune fille haussa les épaules.

— Je crois qu'ils essayent de nous parler, soupira-t-elle. L'ennui, c'est que ça risque de prendre du temps avant que nous soyons en mesure de communiquer.

Au lever du jour, trois occupants du dortoir entendirent aboyer, miauler ou hennir dans leur tête. Comme l'avait prédit l'adolescente, le phénomène prit de l'ampleur. À midi, même Julia et M'man étaient visitées par des échos incongrus qui les faisaient tressaillir et se boucher les oreilles.

— Ça ne sert à rien de vous plaquer les paumes sur les tempes, leur expliqua Peggy Sue. Ça ne provient pas du dehors, c'est à l'intérieur de vous. Les boules Quies ne vous seront d'aucun secours.

— Je ne peux pas le supporter ! hurlait Julia. C'est affreux !

Dans le dortoir, beaucoup de gens se lamentaient en se tenant la tête à deux mains. Certains étaient persécutés par des vaches, d'autres par des porcs, quelques-uns par des moutons… Les *cris* étaient tantôt lointains, tantôt très forts.

Le médecin arriva, inquiet. Aux crispations de son visage, on voyait qu'il souffrait lui aussi du même bombardement mental.

— Je ne peux rien faire pour vous, balbutia-t-il, à part vous donner des somnifères qui vous forceront à dormir. Ce n'est qu'une solution provisoire, car ma réserve n'est pas très fournie.

On ne l'écoutait pas. Des mains avides se tendirent vers les flacons. Tout le monde voulait dormir pour échapper aux insupportables émissions télépathiques.

— Ça ne doit pas continuer ! gronda Seth Brunch. Le mieux est d'abattre ces bêtes au plus vite ! (Et, se tournant vers le shérif, il ordonna :) Rassemblez vos hommes, qu'ils prennent des fusils et suffisamment de munitions pour que nous puissions supprimer tous les animaux de Point Bluff.

— Vous n'y pensez pas ! protesta le médecin. Si vous abattez toutes les vaches, vous allez réduire nos éleveurs à la mendicité.

— Vous préférez devenir fou ? hurla le professeur de mathématiques. Combien de temps, croyez-vous que nous allons résister à ce bombardement mental, hein ? Combien de jours ?

Il avait saisi le docteur par le col et le secouait. Le shérif dut les séparer.

Peggy Sue s'était avancée pour leur dire qu'à son avis un massacre général ne constituait pas une bonne solution, mais on la repoussa sans l'écouter. Elle n'était qu'une enfant.

Le shérif rassembla ses hommes devant son bureau pour procéder à la distribution des armes. Toutefois, à peine le premier adjoint eut-il saisi son fusil qu'il s'écroula en portant les mains à ses tempes. Ceux qui l'entouraient firent de même. Plusieurs se mirent à saigner du nez.

— Que se passe-t-il ? demanda Julia qui observait la scène à travers les fenêtres écaillées du rez-de-chaussée.

— Les animaux ont compris ce qui allait se passer, lui expliqua Peggy. Je suppose qu'ils ont augmenté le volume de leurs émissions… et cela jusqu'à ce qu'elles deviennent insoutenables.

Dehors, Seth Brunch, le shérif et ses hommes se tordaient dans la poussière, se griffant le front ou s'arrachant les cheveux. Dans leur esprit, les cris d'animaux résonnaient avec la puissance d'un haut-parleur de fête foraine.

— Les bêtes ne se laisseront pas faire, chuchota Peggy. C'est plus compliqué que je ne le pensais. D'une certaine manière les ondes télépathiques leur permettent de nous contrôler.

— Tu dis n'importe quoi, siffla Julia en devenant blême.

*

Il fallut renoncer à la partie de chasse. Les gens, inquiets, se massaient derrière les fenêtres peintes en bleu du vieux gymnase. Pour voir ce qui se passait dehors, on avait gratté la peinture à maints endroits et l'on se bousculait pour jeter un coup d'œil à l'extérieur au moyen de ces « trous de serrure » de fortune.

Les animaux demeuraient invisibles.

— On dit qu'ils ont quitté leurs maîtres, expliqua Mme Gangway. Même les mieux domestiqués, les chiens, les chats les plus gentils. Ils ont pris la poudre

126

d'escampette pour rejoindre les autres... les bêtes sauvages. Les renards, les blaireaux, les lynx.

— C'est vrai, renchérit Flossie Johnson. Les vaches sont sorties des étables, elles errent dans la prairie, en compagnie des chevaux. On dirait qu'elles ne veulent plus obéir aux hommes. Jamais on n'avait vu ça.

— Le docteur dit que le soleil bleu les a peut-être rendues plus intelligentes que nous ! se lamenta Mme Pickins. C'est à vous faire dresser les cheveux sur la tête.

— C'est le monde à l'envers, conclut la docte assemblée.

Peu à peu, Peggy Sue perçut un changement à l'intérieur de son crâne. Les aboiements devinrent... *autre chose*. Une espèce de grommellement. C'était assez dur à expliquer. On eût dit que le chien essayait de prononcer des mots humains. Il en résultait une cacophonie où des syllabes identifiables s'intercalaient entre deux grondements.

— Cela me fait penser à ces films de science-fiction où des extraterrestres s'évertuent à parler notre langue, confia la jeune fille à son ami Dudley.

— Et qu'est-ce qu'il te raconte ? s'enquit le garçon avec une répugnance à peine dissimulée.

Pendant qu'il posait cette question, il scrutait le front de son interlocutrice avec une insistance gênante.

— Ne me regarde pas comme ça ! siffla Peggy Sue. Tu crois peut-être que tu vas entendre les aboiements me sortir par les oreilles ?

L'attitude du jeune homme la peinait. Elle avait un faible pour Dudley, même si elle essayait de ne pas trop y penser.

*

En fait, le chien progressait rapidement. En deux jours à peine, il fut capable d'élaborer des phrases simples.

« Il se sert de moi, réalisa l'adolescente. Il puise dans mes souvenirs, dans mes connaissances. Il me vampirise. »

Elle avait l'impression horrible qu'on perquisitionnait dans son cerveau, ouvrant un à un les tiroirs de son esprit. Le chien fouillait, renversant tout, vidant les étagères, ne gardant que ce qui pouvait lui servir.

Ce pillage épuisait tellement Peggy Sue qu'elle souffrait de trous de mémoire.

« C'est le chien, se disait-elle, il m'a encore volé un souvenir ! »

Un jour, enfin, alors qu'elle était la seule éveillée dans le dortoir rempli de ronflements, la voix résonna dans sa tête. Une curieuse petite voix, à la fois enfantine et très vieille.

« Un gnome ou un lutin s'exprimerait de cette façon », pensa-t-elle aussitôt.

C'était la voix d'une créature qui n'avait jamais parlé la langue des hommes et s'y essayait avec des hésitations attendrissantes de petit enfant. Peggy Sue grimaça cependant car les mots lui faisaient l'effet d'un citron pressé sur une écorchure.

— *C'est moi*, dit le chien bleu. *Maintenant je suis capable de parler avec tes mots… J'ai appris.*

— Je sais, répondit mentalement la jeune fille, tu as fouillé dans ma tête comme si tu cherchais de vieux os, j'ai l'impression que ma cervelle est pleine de trous.

— C'est un peu vrai, fit le chien. J'ai fait vite. Je suis plus intelligent que les autres animaux. J'ai compris comment fonctionnait ton esprit. Je sais aussi que tu n'es pas comme les filles normales. Tu connais les dieux.

— Quels dieux ? s'étonna Peggy Sue.

— Ceux qui ont créé le soleil bleu, dit le chien.

— Ce ne sont pas des dieux, riposta la jeune fille. Ce sont les Invisibles… Ils passent leur temps à faire le mal.

— *Tais-toi !* hurla le chien (et sa voix devint comme une morsure qui fit se recroqueviller l'adolescente sur elle-même). Il ne faut pas dire du mal des dieux. Ce sont eux qui nous ont donné l'intelligence.

Peggy porta les mains à ses tempes. Elle avait l'illusion que les dents de l'animal s'étaient plantées dans sa cervelle.

— Je sais que tu les vois, reprit le chien. J'ai exploré l'esprit des autres humains, autour de toi, ils n'ont pas conscience de la présence des Invisibles. C'est pour cette raison que je t'ai choisie comme interlocutrice. Tu es la seule à savoir de quoi je parle.

— Tu dois te méfier des effets du soleil, pensa Peggy Sue. Regarde ce qu'il a fait aux hommes. Ils sont devenus fous.

— Les hommes ont la tête fragile, ricana le chien. C'est une race imparfaite, débile. Ils se font la guerre, ils aiment l'argent, le luxe. Ils ont inventé le travail… rien de tout cela n'existe chez nous, les animaux. Nous vivons en accord avec la nature, nous nous contentons de peu, nous rêvons au soleil. Notre vie est courte mais nous l'employons bien, la vie des hommes est affreusement longue mais ils ne savent comment l'occuper et l'ennui les pousse aux pires sottises.

— Mais le soleil… coupa la jeune fille.

— Le soleil ne nous fera pas de mal, caqueta la voix mentale. Nos cerveaux sont mieux construits que ceux des humains. Ils fonctionnent différemment. Quand les gens de Point Bluff bronzaient pour devenir intelligents ils oubliaient chaque nuit ce qu'ils avaient appris au cours de la journée, ce n'est pas notre cas. Ce qui est acquis le reste définitivement. Cela nous donne une incontestable supériorité.

La vanité suintait de ses propos. Pour la première fois, Peggy Sue éprouva à son endroit une réelle antipathie. « Il ne s'en rend pas compte, songea-t-elle, mais il est déjà fou. »

— Attention à ce que tu penses ! siffla le chien. N'oublie pas que je suis dans ton esprit et que j'entends tout ce que tu te dis.

L'adolescente rougit, à la fois honteuse et irritée de s'être laissé surprendre.

— Comment t'appelles-tu ? demanda-t-elle pour changer de conversation. Toby ? Fido ?

Une onde de colère lui transperça le cerveau. Ce fut comme si une épingle lui rentrait par une oreille pour ressortir par l'autre.

— J'ai horreur de ces noms stupides et méprisants ! hurla le chien. Vous vous croyez drôles, vous les humains, en nous affublant de surnoms imbéciles : Kiki, Zouzou… Cela vous amuse ! Tu devras faire savoir à tes semblables que ces temps sont révolus. Nous voulons qu'on nous donne des noms honorables. Je veux m'appeler Jonas Barnstable… Jonas Henry Barnstable. Ou bien Henry James Carnaggie. J'ai trouvé ces patronymes dans l'annuaire du téléphone, mais je n'ai pas encore arrêté mon choix. Tous les animaux porteront désormais un nom précédé d'un prénom, et qui devront être consignés dans le registre d'état civil de la mairie.

Il bégayait de fureur, et sa voix était comme une lame portée au rouge qui grésillerait en plongeant dans un liquide.

— Vous allez tous changer de nom ? s'étonna Peggy Sue.

— Oui, les vaches, les cochons, les renards… confirma le chien. Nous avons hâte d'être enfin reconnus. Et ce n'est là que notre premier pas vers l'honorabilité. Bientôt nous deviendrons des citoyens à part entière. Dis-le à tes congénères. Dis-leur bien que le jour du chien bleu est venu, et que tout sera réorganisé en fonction des bouleversements des dernières semaines. Une nouvelle société va naître. Dis-leur ça.

— Ils ne m'écouteront pas, soupira la jeune fille. Pour eux je suis une gamine, il n'y a que dans les romans que les adultes obéissent aux gosses !

— Il faudra bien qu'ils t'écoutent, ricana méchamment la voix de lutin qui ricochait douloureusement dans l'esprit de Peggy Sue. Sinon nous leur ferons mal, *très mal*… Nous hurlerons dans leur tête jusqu'à leur mettre le cerveau en sang. Tu seras notre ambassadrice. Toi seule, car tu connais les Invisibles. (Le chien fit une pause avant d'ajouter :) Ah ! encore une chose : dresse-moi une liste de noms qui sonnent bien afin que je puisse faire mon choix. Par la même occasion, dis aux humains qui t'entourent qu'ils seront débaptisés. Moi et mes semblables déciderons de leur nouvelle identité. Tu peux déjà faire savoir au shérif qu'il s'appellera Zouzou. Je hais cet homme, il a essayé à trois reprises de me faire ramasser par la fourrière. On m'y aurait gazé et je serais mort à l'heure qu'il est. Zouzou… oui, c'est bien. Ça lui ira comme un gant.

Le chien riait, mais son rire était comme une scie rouillée dérapant sur un bois trop dur.

Enfin, la voix s'éteignit et la pression intolérable qui s'exerçait sur le cerveau de Peggy disparut.

« Il est parti, songea-t-elle. Peut-être ne peut-il maintenir le contact trop longtemps ? Peut-être est-ce fatigant ? »

Elle courut dans la salle des douches se passer la tête sous le jet du lavabo. L'eau froide lui fit du bien.

Pendant le reste de l'après-midi, la voix ne se manifesta plus et Peggy put enfin prendre du repos. Quand la nuit tomba et que sonna l'heure de se rendre au collège, elle se demanda comment les adultes accueilleraient sa déclaration. Elle doutait qu'on lui fasse bonne figure.

Sur le chemin de l'école, elle retrouva Dudley et Mike. Depuis quelque temps les deux garçons l'évitaient.

— Mes parents m'ont interdit de te parler, avait avoué Mike. Ils disent que tu as amené le malheur à Point Bluff et que toutes ces choses étranges ont commencé lorsque tu es arrivée.

« Tiens, pensa Peggy Suc, ils ont fini par le remarquer. Ça devait se produire. »

Pour Dudley, c'était différent. Il avait peur d'elle. Tous, ils regrettaient la petite existence ennuyeuse qui avait été la leur avant la venue de cette fille étrange aux grosses lunettes. Ils auraient donné cher pour revenir à l'époque où Seth Brunch les accablait de sarcasmes.

Pendant qu'ils se rendaient au collège elle leur communiqua les exigences du chien bleu. Ils la dévisagèrent, les yeux aussi ronds que des boules de billard.

— Tu… tu plaisantes ? bégaya Mike.

— Le shérif va s'appeler Zouzou ? pouffa nerveusement Dudley. Et c'est toi qui vas le lui annoncer ? Bonne chance !

— Je n'y peux rien, lâcha la jeune fille. Je crois que le chien bleu est atteint de folie des grandeurs mais qu'il n'en a pas conscience. C'est cela qui le rend dangereux. Si on ne lui passe pas ses caprices, il va s'acharner sur nous et nous mettre la cervelle en pièces. Êtes-vous capables de comprendre ça ?

— Ça va, soupira Dudley, ne te fâche pas.

Une fois arrivée au lycée, Peggy Sue demanda à rencontrer Seth Brunch pour lui transmettre les exigences du représentant des animaux. Le professeur de mathématiques réagit assez mal à cette annonce.

— Alors, comme ça, ricana-t-il, ce chien te parle, à toi… *à toi seulement*, une gamine de quatorze ans ! Comme c'est bizarre. Et pourquoi ne s'adresse-t-il pas plutôt à moi, l'homme le plus intelligent de Point Bluff ?

Peggy sentit la lassitude la gagner. Pour ne rien arranger, le shérif fit irruption dans la salle des professeurs, et l'adolescente se vit contrainte d'évoquer le problème épineux des noms.

— Alors, hoqueta ce dernier en devenant rouge piment, je n'aurais plus le droit de m'appeler Carl Bluster ? Je devrais accepter de porter un sobriquet stupide ?

Il s'était mis à hurler. Seth Brunch leva une main impérieuse pour obtenir le silence. Son regard s'était fait scrutateur, il fixait Peggy Sue d'un air mauvais.

— Soit tu essayes de t'amuser à nos dépens, siffla-t-il entre ses dents, soit… les émissions mentales dont nous souffrons tous t'ont rendue folle, mais je ne crois pas une seconde à cette histoire d'ambassadrice. Retourne en classe.

— Vous avez tort, insista l'adolescente. Les animaux ont envie d'en découdre, je le sens bien.

— Ça suffit ! hurla Seth Brunch. Ce n'est pas une gamine qui va me dicter ma conduite ! Sors d'ici, avant de recevoir une punition dont tu te souviendras !

13

Le chien bleu fit irruption dans l'esprit de Peggy Sue alors que le jour se levait.

— Ils n'ont pas voulu me croire, pensa-t-elle aussitôt.

— Je sais, fit le visiteur mental. Ils vont s'en repentir. As-tu pensé aux noms ?

La jeune fille s'empressa d'énumérer au hasard des patronymes d'hommes célèbres. Le chien les répétait après elle, comme s'il essayait un vêtement devant un miroir.

— Stuart Wisdom Carruthers... disait-il. J'aime bien celui-là. Je crois que je vais le prendre... Ah ! il faudra aussi spécifier à tes compagnons qu'ils devront désormais s'adresser aux animaux en leur donnant un titre : Madame, Monsieur... et qu'ils devront les saluer lorsqu'ils les croiseront dans la rue. J'insiste sur ce point qui est important. Les animaux en ont assez de l'impolitesse des humains. Le salut devra s'accompagner d'une courbette. Si l'humain porte un chapeau, il devra l'ôter. Par contre il est inutile de sourire. Quand un humain sourit il montre ses dents, ce qui, pour nous les bêtes, est une manifestation d'agressivité et le signe qu'on va passer à l'attaque de manière imminente.

— Bien… Monsieur, pensa Peggy. Mais je ne sais pas comment les gens accueilleront ces bouleversements.

— Ne t'en fais pas, ricana « Stuart Wisdom Carruthers », après le coup de semonce que nous nous préparons à leur infliger, ils se montreront plus coopératifs.

Et il disparut de l'esprit de la jeune fille.

Une heure après, les habitants de Point Bluff se tenaient la tête à deux mains et gémissaient de souffrance sous l'assaut des hurlement télépathiques. C'était comme si une meute, un troupeau, avait élu domicile dans leur cerveau et s'en donnait à cœur joie.

La ville s'emplit de plaintes. Les plus touchés tombaient à genoux et se cognaient la tête contre les murs. On en vit — ce fut le cas du shérif Bluster — qui couraient à quatre pattes en aboyant.

— Ils doivent comprendre qu'une fois dans leur crâne nous pouvons les contraindre à faire ce que nous voulons, chuchota le chien dans l'esprit de Peggy Sue. Le cerveau des humains est comme un pupitre de commandes. Dès qu'on sait sur quels boutons appuyer, l'homme devient une marionnette.

— Et vous… hasarda la jeune fille, *vous savez*, bien sûr.

— Oui, répondit le chien. Mais tu n'as pas besoin de te montrer si cérémonieuse avec moi. Je t'aime bien et nous avons une relation privilégiée, n'est-ce pas ? Tu n'es pas comme eux. Tu es notre ambassadrice. Ne me donne pas du « monsieur », reste cool.

Peggy Sue s'appliqua donc à rester calme pendant que toute la ville se roulait par terre. À un carrefour, Mlle Wainstrop, la bibliothécaire, meuglait sur une note désespérée pendant que Mme Pickins bêlait telle une brebis solitaire.

La terreur déformait les traits des victimes dépossédées de toute volonté. Peggy Sue savait ce qu'elles éprouvaient : cette horrible impression de n'être plus maître chez soi, de ne plus avoir le contrôle ni de son corps ni de ses pensées.

— Dans une heure, dit le chien, tu iras de nouveau trouver le shérif et tu lui communiqueras nos revendications. Je pense qu'il te prêtera une oreille plus attentive.

Soixante minutes plus tard les émissions télépathiques cessèrent, laissant leurs victimes pantelantes, les yeux vitreux et la bave aux lèvres.

Peggy Sue avait mauvaise conscience d'être la seule à n'avoir pas souffert de l'assaut mental mené par les animaux. Dans la rue, les gens lui lançaient des coups d'œil méchants. La plupart saignaient du nez.

— Mes compagnons de lutte ne sont pas tous experts dans le maniement des ondes télépathiques, fit le chien dans la tête de l'adolescente. Ils ont tendance à trop en faire, cela peut entraîner des séquelles. C'est un peu comme si tu branchais un appareil électrique sur un courant trop élevé, il finit par griller. Quand la pensée animale est trop puissante, elle s'imprime au fer rouge dans la cervelle humaine.

En pénétrant dans le bureau du shérif, Peggy Sue découvrit les adjoints vautrés sur le sol, gémissants, hagards. Carl Bluster n'arrivait toujours pas à reprendre la station verticale, et il émaillait ses phrases d'aboiements incongrus qui lui faisaient honte. La jeune fille lui transmit les exigences des animaux et s'enfuit sans demander son reste. Elle soupçonnait le chien bleu de s'être personnellement occupé du shérif et de l'avoir malmené à l'excès pour se venger des coups de pied que le gros homme lui avait jadis décochés au coin des rues.

Au moment où elle entrait dans le dortoir du vieux gymnase Seth Brunch se matérialisa devant elle. Il était livide, de grosses veines palpitaient sur ses tempes.

— Alors c'est comme ça, cracha-t-il. Tu es avec eux ! Tu marches avec nos ennemis ! J'aurais dû m'en douter... Après tout tu n'es qu'une étrangère à Point Bluff, ça t'est facile de trahir.

— Je n'ai pas le choix, répliqua la jeune fille. Pour le moment ils ne réclament rien d'important. Des noms, être salués dans la rue, être appelés « monsieur »... Ce sont des broutilles qui ne feront de mal à personne. Si les choses ne vont pas plus loin nous pourrons estimer nous en être tirés à bon compte.

— Petite dinde ! siffla le prof de maths. Tu ne sais pas ce que tu dis. Après ils exigeront le droit de vote ! Ce sera la fin du monde !

Peggy haussa les épaules et lui tourna le dos. Dans le dortoir, elle retrouva sa mère et sa sœur. Si M'man n'avait guère souffert des émissions mentales, Julia, elle, avait encaissé une sévère dose de miaulements. Elle en restait toute tremblante, avec l'agaçante manie de se lécher la main droite pour se la passer sur l'oreille.

*

Le maire convoqua une fois de plus le conseil municipal. Il fallut se résoudre à accepter la requête des animaux. On ouvrit un registre neuf à la section état civil, pour y consigner les patronymes choisis par les nouveaux citoyens de Point Bluff.

Les bêtes qui, depuis un moment, se retiraient des rues dès que les hommes sortaient des maisons à la tombée de la nuit, firent leur réapparition. Le chien bleu se présenta le premier ; venaient ensuite trois vaches et une ribambelle de chats. Ils avançaient la tête haute, ne regardant personne, avec une morgue royale qui leur donnait l'allure d'animaux empaillés mus par un système d'engrenages.

— Mon Dieu ! gémit Mme Pickins en désignant l'un des matous, regardez, c'est Mitsy, mon chat. Il s'est enfui il y a une semaine… et il fait comme s'il ne me reconnaissait pas.

— Taisez-vous ! supplia Peggy Sue, il va vous entendre.

Mais la vieille dame, courroucée, se fraya un chemin dans la foule et agita les mains en direction de la bestiole, un chat de gouttière grisâtre affublé d'un collier à clochette.

— Mitsy ! Mitsy ! criait-elle, où étais-tu passé ? Rentre à la maison, tout de suite ! Oh ! Le chenapan !

Peggy Sue serra les mâchoires. Comme toutes les personnes âgées de Point Bluff, Mme Pickins avait du mal à s'adapter aux règles insolites qui gouvernaient maintenant la ville.

— Ne l'appelez pas par son nom de chat ! souffla l'adolescente, essayant de prévenir la catastrophe.

Mais Mme Pickins s'obstinait à crier : « Mitsy ! Mitsy ! »

Soudain, elle recula en portant les mains à son front, les traits crispés par la souffrance. Le matou avait tourné les yeux dans sa direction et la regardait avec une fixité inquiétante.

— Par… pardonnez-moi… *Votre Excellence*, balbutia la vieille dame. J'ai bien noté votre… changement d'identité… désormais vous vous nommez John Patrick Stainway-Hopkins… Je m'en souviendrai à l'avenir… oui… oui…

Elle titubait, et Peggy Sue comprit que le chat l'avait bombardée d'une émission télépathique particulièrement agressive.

Elle glissa la main sous le bras de Mme Pickins pour la soutenir.

— Ce n'est plus le Mitsy que vous avez connu, lui souffla-t-elle à l'oreille. Il a changé. Ne vous avisez pas de lui donner des ordres. Plus maintenant. Il vous le ferait chèrement payer.

— John Patrick Stainway-Hopkins… bredouilla la vieille dame, c'est trop long, je ne m'en souviendrai jamais. Il va falloir que je le note sur un papier.

Tout à coup, elle se raidit.

— Que vais-je faire s'il vient à la maison ? gémit-elle. Acceptera-t-il encore de manger dans sa vieille écuelle ?

— Je ne crois pas, fit Peggy Sue, prudente. À votre place je le servirais à la table où vous avez l'habitude de déjeuner. Et dans votre vaisselle la plus fine. Je ne me moque pas de vous. J'essaye de vous éviter de nouveaux désagréments.

Tirant son mouchoir de sa poche, elle le tendit à Mme Pickins en murmurant :

— Essuyez-vous, vous saignez du nez.

*

Les animaux se rendirent en procession à la mairie ; on avait installé un fonctionnaire dans le hall. Le fameux registre d'état civil était posé sur une table, devant l'employé qui regardait s'approcher cette troupe hétéroclite avec une inquiétude évidente. Chiens, vaches, veaux, cochons, chats, défilèrent ainsi, chacun communiquant par télépathie au préposé le nom qu'il avait choisi. Certains animaux contrôlaient mal la puissance de leurs émissions mentales, et Peggy Sue voyait sursauter le pauvre homme chaque fois qu'une nouvelle bête établissait le contact avec lui. Très vite, la sueur commença à perler sur son front et le sang lui coula du nez, tachant le registre.

Les inscriptions terminées, les nouveaux citoyens de Point Bluff se retirèrent sur la grand-place pour délibérer. Ils le firent par télépathie, se contentant de remuer les oreilles, comme si cette mimique favorisait la propagation des ondes mentales.

— Quelle humiliation ! gémit le maire en s'épongeant le visage avec son mouchoir. Jamais, dans mes pires cauchemars, je n'aurais imaginé connaître une telle honte.

Les gens présents approuvèrent. Il y avait là plusieurs fermiers qui avaient dû s'incliner devant leurs propres cochons. Cette formalité leur restait sur l'estomac.

Peggy Sue s'était éloignée des adultes. Depuis un moment elle observait le conciliabule des animaux. Ce meeting ne présageait rien de bon.

— Qu'est-ce qu'ils fichent ? chuchota Dudley derrière elle. Pourquoi ne s'en vont-ils pas dans les champs, les bois... ou je ne sais où ?

— Ils vont s'installer en ville, répondit la jeune fille. Il faudra t'habituer à les voir tous les jours... et à leur témoigner du respect.

— Du respect à un cochon ! s'étouffa le garçon.

— Si cela te gêne à ce point, murmura Peggy, pense que ce cochon peut te faire éclater le cerveau s'il en a envie.

Dudley fit entendre un curieux bruit de déglutition et ne dit plus rien.

— Il faut gagner du temps et essayer de se montrer plus malin qu'eux, ajouta la jeune fille en posant la main sur le bras du garçon.

Là-bas, sur la place, le chien bleu sortit du cercle formé par les animaux et s'avança vers le parvis de la mairie. Il trottinait, la tête haute, sur ses courtes pattes arquées. Peggy Sue se raidit en prévision du dialogue télépathique qui n'allait pas manquer de s'établir.

Comme elle le prévoyait, la voix du chien retentit dans sa tête, nasillarde.

— Nous avons pris une décision, disait-elle. Mes compagnons et moi-même voulons inaugurer notre arrivée dans la communauté de Point Bluff par un acte symbolique. Nous ordonnons que les dépouilles de nos frères assassinés soient ensevelies avec les honneurs qui leur sont dus. Et cela aujourd'hui même.

— *Quelles dépouilles ?* interrogea la jeune fille. De quoi parles-tu ?

— Je parle de la viande surgelée entassée dans les frigos du supermarché, répondit le chien bleu d'un ton acerbe. Du poisson pané, des rôtis de dinde, de saucisses, des tranches de lard qu'on peut trouver au long des rayons… et qui pour nous représentent les tristes cadavres de nos frères massacrés. Pour vous, les

144

épiceries ne sont que des temples de la gourmandise, pour nous, ce sont des cimetières où se lamentent les esprits de mille victimes à quatre pattes. Cela doit cesser. Nous ne pouvons nous rendre complices de ces actes de cannibalisme quotidien. Désormais, les humains de Point Bluff cesseront de manger de la viande. Ils se nourriront de végétaux, de légumes. Nous en avons décidé ainsi. Et nous ne reculerons devant rien pour faire respecter la loi.

— D'accord, fit l'adolescente. Ne t'énerve pas, je vais transmettre.

Et, se tournant vers le maire, le shérif et Seth Brunch, elle exposa la demande des animaux. Elle crut que les trois hommes allaient s'étrangler de rage.

— Tu... tu plaisantes ? hoqueta le maire.

— Pas du tout, soupira Peggy. Une fois de plus, je vous supplie de ne pas le contrarier. Il ne rigole pas. Si vous le défiez, nous en payerons tous les conséquences.

— Soit, haleta le maire. Que veut-il ?

— Que la population de Point Bluff s'arme de pelles et de pioches pour creuser un trou sur la place principale et y enfouisse le contenu des chambres froides de la ville. Tout devra être vidé, même les frigos des particuliers. Les conserves sont également concernées par cette loi.

— Et les œufs ? gémit Mme Pickins.

Peggy Sue se renseigna auprès du chien bleu. La possession d'œufs était tolérée, ainsi que le beurre, la crème, et le fromage. Toute autre substance animale serait dès le lendemain considérée comme illégale et assimilée à un recel de cadavre.

— Cacher un bifteck dans son réfrigérateur sera assimilé à un crime ? bégaya le shérif.

— Oui, confirma Peggy Sue. Et le manger tombera sous le coup de la loi contre le cannibalisme.

— D'accord, admit le maire. On fera comme ils en ont décidé. Shérif, faites passer la consigne... Que chacun aille chercher une pelle et une pioche au service de la voirie. Qu'on en finisse au plus vite avec cette plaisanterie.

Les habitants de Point Bluff s'appliquèrent à défoncer le sol devant la mairie pour y ouvrir une fosse assez profonde. Tout le monde mit la main à l'ouvrage, Peggy Sue comme les autres.

— J'hallucine ! chuinta Dudley. Je suis en train de dormir, c'est sûr, je vais me réveiller, et ce sera l'heure d'aller au collège, et tout sera comme avant. C'est rien qu'un rêve débile. Ça peut pas arriver. Des choses pareilles, c'est impossible.

— Du calme ! lui lança la jeune fille. Ne perds pas la tête, ce n'est pas le moment. Tout ça est bien réel. Le plus sage est de faire semblant de collaborer en attendant de trouver la réplique qui convient.

La fosse ouverte, on organisa une chaîne pour vider réfrigérateurs et chambres froides. Rien ne fut oublié, ni les épiceries ni les *fast-foods*. Conserves, steaks et poulets sous cellophane s'entassèrent bientôt dans le trou. Le chien bleu aidé de trois renards surveillait la manœuvre. Il exigea qu'on éventre les boîtes de conserve avant de les ensevelir, de manière que personne ne puisse les récupérer.

— Dis-leur bien de ne pas chercher à nous tromper, avait-il susurré à Peggy. Notre flair nous dira tout de suite où la nourriture est cachée. Qu'ils n'oublient pas que nous pouvons renifler la présence d'un morceau de viande à travers trois mètres de béton !

L'adolescente savait qu'il ne plaisantait pas et que les animaux seraient sans pitié avec les fraudeurs. Elle le répéta au shérif qui l'écarta sans ménagement.

Les habitants de Point Bluff obéissaient à contre-cœur, peu emballés à l'idée de devenir végétariens.

Hélas, à peine les nourritures délictueuses entassées dans la fosse, le chien bleu réapparut, porteur de nouvelles exigences.

— Mes frères pensent que ce n'est pas suffisant, transmit il à Peggy Sue. Ils soulignent le fait que vous arborez en permanence sur vos personnes les dépouilles de malheureuses bêtes assassinées. Vos chaussures, vos bottes, vos blousons, vos ceintures sont en cuir de vache. Dans vos maisons, on trouve un nombre incalculable de cadavres d'animaux sous forme de fauteuils, de canapés, *tous en cuir...* On me signale également le cas des lainages, des tricots et de tous les vêtements provenant de l'exploitation honteuse de mes camarades moutons. Leur représentant exige que ces trophées soient eux aussi ensevelis. Désormais, seules

les étoffes d'origine végétale ou synthétique seront tolérées. Aucun humain ne devra se promener en arborant sur sa personne une fibre animale. Qu'on sorte tous les habits des armoires, nous allons procéder à une inspection générale, notre flair nous renseignera sur la composition des vêtements.

On vida armoires, commodes, penderies et coffres pour déposer les vêtements en tas au bord des trottoirs, devant chaque maison.

Cette fouille laissa les gens démunis car leur garde-robe était en majeure partie composée de fibres animales, c'est-à-dire de laine. Toutes les chaussures furent confisquées, à part les sandalettes en plastique et les bottes en caoutchouc, ce qui laissa la presque totalité de la population les pieds nus. Les adolescents, qui portaient des baskets en toile et caoutchouc, furent épargnés.

Le reste de la journée fut occupée par l'ensevelissement des canapés et des fauteuils en cuir véritable. Vert de rage, le shérif dut se dépouiller de son blouson pour le jeter dans la fosse.

Sans ses bottes de cow-boy, il avait l'air ridicule. D'autant plus que ses chaussettes étaient trouées… et qu'elles répandaient une odeur infecte.

Enfin, le chien bleu annonça que tout était en ordre et qu'on pouvait boucher le trou.

— Nous allons repartir sur des bases saines, dit-il à Peggy Sue. Cela faisait un bon moment que les hommes avaient besoin d'être repris en main. Ils avaient fini par se croire les seuls maîtres du monde, ce qui n'est pas vrai. Nous sommes là, nous les bêtes, et nous avons des droits. Nous entendons désormais les faire valoir. En attendant de trouver une autre solution nous nous alimenterons de croquettes.

Il y avait dans le ton de sa « voix » une satisfaction qui le rendait antipathique. Même si Peggy Sue n'était pas loin de partager ses opinions, elle trouvait qu'il allait trop loin.

La fosse rebouchée, on rentra chez soi, et les animaux s'en allèrent comme ils étaient venus. Personne n'avait la moindre idée de ce qui allait maintenant arriver, mais l'on craignait le pire.

14

La nuit était tombée et Peggy Sue traversait la place de la mairie quand elle entendit les meuglements souterrains…

Elle se figea, en alerte. Il n'y avait aucun animal à proximité. Les meuglements semblaient à la fois étouffés et très proches. Leur tonalité plaintive donnait le frisson. Comme Dudley arrivait, Peggy lui signala le phénomène.

— J'entends rien, grommela le garçon. C'est sans doute le vent qui rabat vers nous les sons de la campagne.

— Non, insista l'adolescente, écoute, ça recommence. Ça vient… ça vient de dessous nos pieds !

— C'est vrai ! admit le jeune homme, quelqu'un a enterré une vache vivante !

— Pas une, plusieurs… écoute-les ! On les a enterrées vives ! Je suis sûre que c'est un coup de Seth Brunch !

Dudley se dandina.

— Alors tirons-nous, souffla-t-il. Je ne veux pas d'ennuis avec ce bonhomme.

— Pas question ! gronda Peggy Sue, on ne peut pas laisser des bêtes mourir de cette façon, c'est horrible.

— Mais tu délires, ma pauvre ! rugit le garçon. On est en guerre, qu'est-ce que tu crois ?

— Va chercher une pelle, ordonna la jeune fille sans l'écouter. Je ne serai pas complice d'une chose aussi ignoble !

— Oh ! Ce que vous êtes compliquées, vous les filles ! se lamenta Dudley.

Toutefois, il céda au « caprice » de sa camarade et s'en alla emprunter deux pelles dans la réserve à outils de l'hôtel de ville.

— Vite ! murmura Peggy Sue qui s'impatientait, les pauvres bêtes doivent manquer d'air.

Les deux amis se mirent à creuser avec ardeur. Tout à coup, le tranchant de l'outil manié par Peggy toucha une surface élastique.

« Un dos, pensa la jeune fille. J'espère ne pas lui avoir fait trop mal. »

Elle avait beau savoir que les animaux n'étaient pas animés de bonnes intentions à l'égard des humains, elle ne pouvait se résoudre à les haïr, comme le faisait si facilement Dudley. « C'est mon côté nunuche ! » se disait-elle sans se chercher d'excuse.

La terre s'éboula, et l'adolescente vit une masse brune, musculeuse, bouger au fond du trou. Un meuglement plaintif s'éleva.

— Va falloir qu'elle sorte toute seule ! ragea Dudley, je ne vais pas la prendre dans mes bras pour l'aider !

Peggy Sue fit signe à son ami de reculer.

Une forme sombre s'ébrouait dans la cavité, essayant de se hisser à l'air libre. En raison de l'obscurité, la jeune fille éprouvait de la difficulté à en distinguer les contours, néanmoins il lui sembla repérer quelque chose de bizarre.

L'animal qui rampait sur le sol en meuglant n'entretenait qu'une ressemblance lointaine avec un ruminant. En vérité, c'était…

— Un canapé ! hoqueta Dudley en lâchant sa pelle. Bon sang ! C'est un canapé… *et il est vivant* !

Peggy Sue, clouée par la surprise, ne pouvait détacher son regard du meuble caparaçonné de cuir fauve qui essayait de se déplacer sur ses quatre pieds de bois contournés.

— Ce sont les canapés que le chien bleu nous a fait enterrer ! balbutia le jeune homme. Bon sang ! ces saloperies sont devenues vivantes… J'y crois pas !

Peggy serra les mâchoires, elle n'avait pas besoin d'entendre le rire des Invisibles pour savoir qui avait imaginé cette mauvaise blague.

Déjà, un second canapé émergeait du trou, suivi d'un troisième. La jeune fille comprit que ses vieux ennemis s'étaient amusés à redonner vie à tous les objets revêtus de cuir. Bientôt on verrait les blousons et les chaussures sortir de terre pour s'en aller baguenauder en ville… ou botter les fesses des humains !

— Faut les détruire ! grogna Dudley. Ce sont des saloperies de morts vivants !

— Ce ne sont pas des morts vivants, intervint Peggy, seulement des canapés… de pauvres canapés qui réclament de l'aide. Calme-toi.

— T'es dingue ! protesta le garçon, je vais aller chercher une hache pour les tailler en pièces, oui !

— Ne t'affole pas, murmura l'adolescente. Ce n'est qu'un phénomène passager.

Quatre canapés trottinaient maintenant sur la place de l'hôtel de ville en meuglant.

— Tu vois ? murmura Peggy, ils ne sont pas méchants. On va les conduire à l'écart et l'incident sera clos.

Mais Dudley semblait avoir du mal à recouvrer son sang-froid.

— Des saloperies de canapés morts vivants, ouais ! répéta-t-il, les sourcils froncés.

Peggy Sue s'approcha du trou. D'autres formes grouillaient au fond. Il fallait prendre une décision. Elle ne pouvait laisser sortir tous les sofas et banquettes des gens de Point Bluff, le troupeau risquait de ne pas passer inaperçu. Il n'était pas utile d'ajouter à la confusion régnant déjà dans les esprits.

— OK, lança-t-elle à l'intention de son ami, viens, on va reboucher le passage avant qu'ils ne sortent tous. Je crois qu'après les meubles on aura droit aux chaussures…

Ils durent toutefois s'écarter pour laisser passer une formidable banquette de cuir noir matelassé ayant appartenu au maire, et qui se rua à l'extérieur avec une vigueur inquiétante.

« Il faudra se méfier de celle-là, se dit la jeune fille. On l'a peut-être taillée dans le cuir d'un taureau. »

Dudley se mit à pelleter avec rage alors que les premières paires de bottes texanes essayaient de se frayer un chemin au milieu des éboulements. Peggy l'aida du mieux qu'elle put.

— Toi et ton bon cœur ! maugréa le jeune homme, regarde dans quelle histoire tu nous as mis. Qu'est-ce qu'on va faire de ce troupeau de canapés ? S'il voit ça, le shérif va nous arracher la peau des fesses !

— Parle moins fort, supplia l'adolescente. On ne pouvait pas les laisser sous la terre, c'était trop triste. Il n'y a qu'à les conduire dans un pré, en bordure de la route. C'est de là qu'ils viennent, après tout.

Comme s'ils comprenaient que Peggy Sue défendait leurs intérêts, sofas et banquettes s'étaient regroupés autour d'elle. Il fallait bien admettre qu'ils faisaient peine à voir, avec leurs courtes pattes de bois qui les condamnaient à se déplacer en crabe.

— Ils sont déboussolés, tu comprends ? plaida-t-elle. Ça doit faire drôle de revenir à la vie dans la peau d'un canapé de salon.

— Y a qu'à y foutre le feu, gronda Dudley, ça mettra un terme à leurs états d'âme !

C'était bien là une idée de garçon ! Peggy Sue haussa les épaules et fit signe au troupeau de la suivre.

La horde bancale lui emboîta le pas en meuglant lamentablement.

Dudley ne décolérait pas, mais se joignit à eux. La lourde banquette noire venait en dernier, comme si elle avait décidé de faire bande à part.

« Celle-là est dangereuse, songea Peggy, il va falloir faire attention. »

Comme s'il avait lu dans ses pensées, Dudley se rapprocha d'elle pour murmurer :

— J'aime pas le canapé du maire, sûr que c'est du cuir de taureau.

— Au moins, il n'a pas de cornes, soupira la jeune fille.

— Ouais, répliqua son ami, mais il est assez lourd pour nous casser en deux s'il lui prend l'envie de nous charger.

— Surveille-le, murmura Peggy, mais ne t'approche pas trop de lui, il a l'air irritable.

Ils sortirent de la ville et, sous la lumière de la lune, se mirent à cheminer en pleine campagne. Ils n'allaient pas vite, et les pieds de bois des banquettes sonnaient curieusement dans le silence nocturne.

— Là, annonça Dudley, c'est une pâture inoccupée, ça ira très bien. De toute manière ils ne pourront pas brouter puisqu'ils n'ont pas de bouche.

Une vieille cabane occupait le centre du pré. Un tracteur achevait de rouiller près d'un abreuvoir taillé dans un bloc de pierre. Banquettes et sofas avaient cessé de se plaindre. Ils paraissaient soulagés de se retrouver en terrain connu.

— C'est une histoire de fous ! s'emporta Dudley. Qu'espères-tu ? Les traire ? Faire du lait de canapé ? Du fromage de canapé ?

— Je ne sais pas, avoua Peggy Sue, ils semblaient si malheureux…

— Rentrons, décida le garçon, on a assez fait les idiots pour ce soir.

Peggy Sue avait conscience d'avoir cédé à une bouffée de sentimentalité déplacée, mais elle ne parvenait pas à en concevoir le moindre regret. Elle restait persuadée que les pauvres canapés seraient plus heureux ici.

Alors qu'elle se tournait vers la route, Dudley lui fit signe de s'immobiliser.

— On dirait que quelqu'un n'apprécie pas d'avoir été changé en banquette, grommela-t-il. Regarde le canapé noir… il nous barre le chemin. Il a décidé d'en découdre.

Peggy frissonna. Le long siège en cuir de taureau grattait la terre de manière menaçante avec l'un de ses pieds de bois sculpté. Quelque chose dans la posture de son accoudoir gauche faisait penser qu'il avait baissé la tête et se préparait à charger.

« Bien que canapé, il a conservé ses réflexes de taureau, songea Peggy. Même s'il n'a plus de cornes, il est si gros, si lourd, qu'il peut facilement nous écraser. »

— Je compte jusqu'à trois et on se met à courir… souffla Dudley.

— Non, décida l'adolescente. Il est plus rapide que les autres, il nous interceptera au passage. Il faut…

Elle n'eut pas le temps de finir sa phrase, la banquette, dont le cuir noir luisait sous la lune, se jeta en avant avec une vélocité inattendue. Elle ne marchait pas, elle bondissait par à-coups, tel un fauve se rapprochant de sa proie.

— La cabane ! cria Dudley.

Les deux adolescents se précipitèrent dans la baraque de rondins dont ils barricadèrent la porte avec ce qui leur tomba sous la main. Le canapé heurta la fragile bâtisse avec un bruit sourd, la faisant trembler.

— Il tape au hasard, constata le jeune homme. Il n'a pas d'yeux, il se fie à son flair.

Un autre choc ébranla la cabane. Des planches dégringolèrent du toit.

— Il va entrer, dit Peggy. Il paraît bien décidé à se venger.

— On peut sortir par-derrière, proposa Dudley, il y a un conduit d'écoulement qui va jusqu'à la route. C'est rien qu'un tuyau de ciment, mais on pourra y ramper. Le tout, c'est de ne pas rester coincés !

— D'accord, fit la jeune fille. Allons-y.

Pendant que la banquette noire s'acharnait sur la porte de la baraque à grands coups d'accoudoir, les adolescents s'échappèrent par la fenêtre de derrière et coururent jusqu'au tuyau de ciment à demi enfoui. Dudley se jeta à quatre pattes et s'y engouffra.

— C'est plus étroit que je croyais, s'excusa-t-il.

— Dépêche-toi ! supplia Peggy Sue. Il nous a vus. Il vient vers nous !

C'était la vérité. Le canapé chargeait. La lumière de la lune faisait scintiller son cuir en sueur.

« Il transpire, constata la jeune fille. Bientôt il se couvrira de poils. Il est même possible qu'il reprenne sa forme originelle. Seuls ses os resteront en bois, comme la structure du canapé. Ce sera un taureau… mais avec un squelette en planches ! Un taureau dont il faudra aiguiser les cornes avec un taille-crayon ! »

Elle se rua à la suite de Dudley. Deux secondes plus tard, la banquette en colère essayait de défoncer le tuyau.

La progression n'était pas facile. Il fallait ramper dans les ténèbres, le ventre plongé dans un ruisselet gluant. Le canapé s'acharna longtemps au-dessus d'eux puis finit par renoncer. Quand Peggy Sue émergea enfin à l'air libre, elle était couverte de boue.

— On va longer le fossé, proposa Dudley, comme ça, il ne pourra pas nous voir.

C'est de cette manière qu'ils regagnèrent la ville, en jetant de fréquents coups d'œil par-dessus leur épaule pour s'assurer que la banquette furieuse ne les avait pas repris en chasse.

Quand ils traversèrent la place de la mairie, Peggy Sue entendit de nouveau les meuglements souterrains des objets de cuir enterrés ; cette fois elle ne s'arrêta pas.

*

Au cours de la nuit, quelques paires de chaussures enterrées réussirent à se frayer un chemin jusqu'à la surface. Dès le lendemain, on les croisa en ville, sur les trottoirs où elles clopinaient en meuglant faiblement. Les habitants de Point Bluff, terrifiés par ce nouveau prodige, faisaient semblant de ne pas les voir. Chaque paire de souliers avait son cri bien à elle selon qu'elle avait été taillée dans du cuir de chevreau, de veau ou de daim. Mais le grand scandale vint d'une paire de bottes appartenant au shérif Bluster. Des *santiags*. Elles s'embusquèrent près de son bureau pour lui botter les fesses dès qu'il mettait le nez dehors. Ulcéré, Carl Bluster voulut leur tirer dessus avec son revolver de service ; le maire lui arracha l'arme des mains.

— Vous trouvez que nous n'avons pas assez d'ennuis ? cria-t-il en repoussant le shérif dans le bureau. Vous voulez donc qu'on vous juge pour avoir assassiné une innocente paire de bottes ?

— Pourquoi, à ton avis, les santiags s'acharnent-elles contre Bluster ? demanda Peggy à Dudley.

— Sans doute qu'elles veulent se venger d'avoir dû supporter des années durant la puanteur de ses pieds ! ricana le garçon.

*

Il fallait réagir, Peggy Sue en avait conscience… mais elle avait peur.

« Tu n'es qu'une gamine, murmurait une voix au fond de sa tête. Tu n'es pas l'héroïne d'un roman pour adolescents qu'on peut acheter 4 dollars sur un tourniquet de drugstore. Dans le monde réel, personne n'écoute les enfants. »

Pourtant, elle avait le pouvoir de porter préjudice aux Invisibles en les regardant d'une certaine façon. Ils s'en étaient souvent plaints ; elle ne devait pas l'oublier.

« C'est peut-être le moment de m'en servir ? se dit-elle. Si je pouvais ouvrir une voie dans la forêt… Un sentier… Si je pouvais passer entre les mailles du filet pour aller chercher de l'aide à l'extérieur ? »

Si quelqu'un était en mesure de le faire, c'était elle, *et personne d'autre*. Toutefois, elle redoutait les conséquences d'un tel acte ; chaque fois qu'elle avait essayé d'utiliser son pouvoir, elle l'avait payé par d'horribles migraines, une cécité temporaire, et une baisse d'acuité visuelle. À trop vouloir chercher l'affrontement, elle finirait aveugle, cette sanction la glaçait d'effroi.

« Mais je dois en accepter le risque », se répéta-t-elle pour se donner du courage.

À l'insu de sa mère, elle prépara son sac à dos et quitta le camping pour prendre la direction de la forêt. Nerveuse, elle s'avoua qu'elle était incapable d'estimer combien de regards meurtriers elle pourrait lancer aux Invisibles avant de tomber terrassée par la migraine.

« Il va falloir frapper fort, songea-t-elle. Je dois leur faire peur d'emblée, pour les dissuader de revenir à la charge. »

Dès qu'elle fut à l'ombre des grands arbres, elle se sentit minuscule, désarmée, pourtant elle continua à progresser d'un pas ferme, les doigts crispés sur les bretelles du sac à dos.

Les fantômes se matérialisèrent au premier tournant, sortant d'entre les touffes d'herbe tels des champignons laiteux.

— Mais c'est notre petite Peggy Sue ! ricanaient-ils, elle n'a pas encore compris qu'il est interdit de quitter la ville... Il va falloir la réprimander très fort.

Au lieu de répliquer verbalement, la jeune fille darda sur eux son regard le plus venimeux. Elle eut la satisfaction d'entendre grésiller la matière opalescente dont les spectres étaient constitués. Cela chuintait en répandant une odeur de guimauve brûlée.

Surpris, les Invisibles se rétractèrent.

— *Je vous vois*, leur cria l'adolescente. Vous pouvez toujours essayer de vous cacher, n'oubliez pas que je vous verrai toujours !

Elle avait allongé le pas. Déjà, une autre créature tentait de lui barrer le chemin. Peggy la fixa jusqu'à ce que l'odeur de caramel grillé emplisse l'air.

Elle avançait en haletant car il était capital qu'elle parvienne à traverser la forêt avant d'être terrassée par la migraine ou la cécité. Une fois devenue aveugle, elle tournerait en rond jusqu'à tomber dans un ravin.

Les assauts des Transparents se multipliaient. Ils ne renonçaient nullement et, sans cesse, revenaient à l'attaque. Certains affichaient sur le corps les marques roussâtres des brûlures infligées par le regard de Peggy Sue.

« On dirait les traces d'un fer à repasser oublié sur un drap ! » songea celle-ci avec une réelle jubilation.

Parvenue à mi-chemin, elle éprouva soudain une violente douleur derrière les yeux, et la migraine explosa dans sa tête comme si l'on venait d'y casser un flacon d'eau bouillante.

« Pas déjà ! supplia-t-elle. Il me faut plus de temps ! »

Elle avait beau se battre avec férocité, les Invisibles étaient trop nombreux, ils le savaient et en jouaient avec malignité.

Peggy serra les dents. Des larmes de souffrance perlaient au coin de ses yeux et sa vision se brouillait. Le dessin des choses s'altérait. Le paysage, autour d'elle, s'enveloppait de brouillard.

« Dans dix minutes je n'y verrai plus rien, constata-t-elle. Il faut que je réussisse à passer. La grand-route est de l'autre côté. Je lèverai les bras. Une voiture s'arrêtera… »

Elle essayait de se donner du courage car la douleur devenait insupportable. Des coups de marteau lui aplatissaient la cervelle. Elle avait envie de se recroqueviller sur le sol et de se tenir la tête à deux mains pour l'empêcher d'exploser. Malgré tout, elle continuait à fusiller du regard les formes blanchâtres qui lui barraient la route.

Le monde devenait de plus en plus flou, elle avançait à tâtons, chaque décharge visuelle diminuait son champ de vision.

Brusquement une voix masculine retentit :

— Hé ! petite ! Qu'est-ce que tu fais là ? (L'homme parut se tourner vers la gauche et cria :) Les gars ! *il y a quelqu'un ici...* vite ! Une gamine, elle a réussi à passer.

On accourait. Peggy vit des formes brunes danser autour d'elle. Probablement des hommes en uniforme. « Des Rangers ! » pensa-t-elle.

On lui posa une couverture sur les épaules tandis que quelqu'un murmurait :

— Elle n'a pas l'air d'y voir grand-chose, regardez ses yeux, ils sont injectés de sang.

Peggy sentit qu'on l'entraînait. Elle devina la silhouette d'une ambulance, mais il y avait aussi d'autres camions. Sans doute des engins militaires. « La Garde nationale, se dit-elle. Elle a dû encercler Point Bluff. »

— Ça va ? ne cessait de répéter la voix masculine qu'elle avait entendue en premier. Je suis le capitaine Blackwell. Anthony Blackwell. Tu n'as plus rien à craindre, tu es en sécurité avec nous. Peux-tu nous raconter ce qui arrive de l'autre côté de la forêt ? Cela fait plusieurs jours que nous essayons de la traverser sans y parvenir. Toutes les communications avec Point Bluff sont coupées. Tu viens de là-bas, n'est-ce pas ? Comment as-tu fait pour passer ?

— Fichez-lui la paix ! intervint une voix féminine. Vous ne voyez pas qu'elle est choquée ? Elle n'y voit plus. On dirait qu'elle est intoxiquée. Un désastre écologique s'est sûrement produit là-bas.

— Ça va, sergent ! bougonna Blackwell, je ne suis pas un monstre !

Peggy se massa les tempes pour se donner le temps de réfléchir, elle devait faire attention à ce qu'elle allait dire si elle ne voulait pas passer pour une folle. Ces gens, tout bien intentionnés qu'ils soient, attendaient une réponse rationnelle. Elle ne pouvait en aucune façon faire allusion aux Invisibles.

— Il… quelque chose est apparu dans le ciel, murmura-t-elle. Une… une boule de lumière bleue…

— Une boule de lumière, répéta Blackwell. Peux-tu la décrire ?

Peggy Sue essaya de se montrer suffisamment précise tout en restant vague. Comme elle était une enfant, on n'osait pas l'assommer de questions mais elle sentait monter l'énervement des Rangers.

« Ils ne me croient pas, se dit-elle. Ils pensent que je délire. »

Elle les entendit s'éloigner pour conférer à l'écart.

— Alors ? disait Blackwell, quel est votre diagnostic, sergent ?

— Choc toxique, annonça la voix féminine. Elle a manifestement inhalé un produit polluant qui a déclenché chez elle des hallucinations.

— C'est ce qui expliquerait pourquoi tous les hommes que nous avons envoyés dans la forêt ne sont pas revenus ? demanda le capitaine.

— Oui, fit son interlocutrice. À mon avis ils ont perdu la tête. Si l'on fait une nouvelle tentative, il faut y aller équipés de scaphandres. Toujours aucune information des hélicoptères ?

— Non, bougonna Blackwell. On a survolé six fois la zone sans parvenir à voir ce qui se passe au niveau du sol. Une espèce de nuage opaque enveloppe la ville. Une lueur bleue palpite là-dessous, comme si un incendie faisait rage.

Ils continuèrent à parler, mais ils étaient à présent trop loin pour que Peggy Sue puisse suivre la conversation. Elle s'appliqua à jouer son rôle de petite fille éplorée.

« L'important, se dit-elle, c'est d'avoir réussi à donner l'alerte. »

Elle était fière de sa victoire sur les Invisibles. Elle espérait maintenant que les soldats seraient assez malins pour ne pas succomber aux mille pièges déployés par les fantômes.

On ne cessait de lui prodiguer des paroles de réconfort. Elle entendait le *vlouf-vlouf* des hélicoptères manœuvrant au-dessus de la forêt.

— Tu as mal aux yeux ? s'enquit un infirmier. Tu vois ma main ? Combien de doigts peux-tu compter ?

Peggy Sue plissa les paupières, tout vacillait autour d'elle.

— On l'emmène à l'hôpital du comté, décida la voix féminine. Il faut lui faire un examen complet de la rétine avant de lui donner quoi que ce soit. Il est possible qu'elle ait été contaminée par une substance neurotoxique.

165

— On va te guider jusqu'à l'ambulance, dit l'infirmier, ne t'inquiète pas. Tu vas retrouver la vue dans peu de temps.

Il essayait de la rassurer, Peggy Sue lui en fut reconnaissante. Une main se posa sur son épaule et la poussa doucement vers le véhicule au flanc barré d'une croix rouge.

L'adolescente tâtonna pour s'asseoir à côté du conducteur. Son mal de tête s'atténuait mais elle y voyait toujours aussi mal. Elle aurait voulu dire aux soldats de se montrer prudents.

« Ils n'ont pas la moindre idée de ce qu'ils vont affronter », pensa-t-elle.

L'ambulance démarra. Le moteur ronronnait, le siège était mou… Peggy Sue se demanda pourquoi l'infirmier ne lui parlait plus.

— Qu'est-ce qu'on va me faire ? s'enquit-elle. Je vais rester longtemps là-bas ?

On ne lui répondit pas.

Inquiète, la jeune fille tendit la main pour toucher le bras du conducteur… le siège était vide.

L'ambulance roulait mais il n'y avait personne au volant !

Comment était-ce possible ?

— Où êtes-vous ? cria Peggy Sue.

Elle s'affolait. L'ambulance amorça un virage, comme si elle n'avait besoin de personne pour savoir où elle allait. Peggy chercha à ouvrir la portière mais la poignée devint curieusement molle entre ses doigts. Le bruit du moteur se transforma en chansonnette… et le véhicule tout entier s'amollit telle une baudruche qui se dégonfle.

— Alors, ricana la voix du capitaine Blackwell, comment trouves-tu cette blague ?

Le ton du Ranger avait changé… il parlait désormais comme… *comme un Invisible* !

Au même moment l'ambulance se décomposa. Perdant ses formes, elle se changea en un paquet caoutchouteux dont la couleur se retirait.

— Nous faisons sans cesse des progrès, expliqua « Blackwell ». Tu as vu comme nous maîtrisons les pigments et la résistance des matériaux ? Nous sommes parfaitement capables de contrefaire le réel aujourd'hui. Tu t'y es laissé prendre, n'est-ce pas ? Tu as vraiment cru que les soldats venaient à ton secours !

Peggy Sue étouffa un gémissement de désespoir. Profitant de sa myopie, les Transparents l'avaient bernée !

— Et les bruits ! triompha Blackwell. Tu as entendu les bruits ? Bien imités, non ? L'hélicoptère faisait plus vrai que nature !

La jeune fille roula sur le sol. Elle avait été stupide. Elle avait commis l'erreur d'oublier que les Invisibles avaient le pouvoir de déformer leur corps à volonté et d'en modifier la texture. Ils avaient imité le métal, le cuir, les tissus…

— Tu n'es jamais sortie de la forêt, conclut Blackwell. Maintenant, nous allons te laisser te débrouiller pour retrouver le chemin de Point Bluff, et si tu tombes dans un précipice, nous ne ferons rien pour t'en sortir.

Il ricana une dernière fois avant de lancer :

— Je ne te souhaite pas bonne chance… et pourtant tu en auras besoin !

La seconde suivante, Peggy Sue était de nouveau seule.

Elle supposa que les Invisibles avaient bien sûr pris la précaution de la perdre au plus profond des bois. Ils n'avaient pas le pouvoir de mettre fin à ses jours… *ils pouvaient néanmoins tout organiser pour qu'elle soit victime d'un accident*, cela, rien ne l'interdisait.

Elle se demanda s'il valait mieux se terrer dans un coin en attendant de recouvrer la vue ou essayer de progresser en aveugle… Chaque méthode avait ses avantages et ses inconvénients.

Elle craignait, en se blottissant sous un arbre, de devenir la proie des prédateurs nocturnes. Elle pensait aux coyotes, aux lynx. Elle décida de se mettre en marche, les mains tendues, explorant les troncs du bout des doigts.

« Les Invisibles doivent bien s'amuser ! pensat-elle, mais ils n'ont pas encore gagné la partie. »

Par chance, sa vision s'améliora au bout de deux heures, et elle cessa de percevoir le monde comme un amas de brouillard. Ses vieux ennemis l'avaient en fait déposée non loin de Point Bluff dont elle distinguait les habitations entre les troncs. La chance lui avait évité de tomber la tête la première dans le ravin, mais il s'en était fallu d'un cheveu.

— D'accord, cria-t-elle en sortant de la forêt, vous gagnez la première manche, mais je n'ai pas dit mon dernier mot !

Une fois rentrée chez elle, elle ne parla à personne de sa mésaventure. Pas même à Dudley.

*

Trois jours plus tard, le chien bleu contacta Peggy Sue pour lui donner rendez-vous à midi, devant la mairie.

Le soleil bleu tapait fort, et la jeune fille dut se coiffer d'un chapeau de paille avant de quitter le gymnase. La ville déserte, baignée de lumière indigo, était sinistre. Le chien trônait sur son séant, à l'entrée de la mairie.

L'adolescente s'empressa de le saluer par son nouveau nom. L'animal remua la queue, trahissant sa joie naïve d'être considéré comme un humain.

— Nous allons aborder la phase deux, annonça-t-il. Je te l'ai déjà expliqué : notre but est la reconquête de notre dignité perdue, bafouée par ceux de ton espèce. Les derniers jours ont déclenché en nous des changements radicaux. En devenant intelligents, mes frères et moi avons pris conscience de notre nudité. Jamais, jusque-là, la chose ne nous avait gênés. Aujourd'hui cette situation nous est devenue pénible. En ce moment, par exemple, j'éprouve de la honte à paraître devant toi sans rien sur le corps. Cela ne peut

169

durer. Je m'étonne d'avoir pu vivre ainsi des années durant.

Il s'écoutait « parler » avec un plaisir évident. La maîtrise de la parole semblait le griser. Peggy Sue serra les dents en se demandant quelle nouvelle folie il allait encore lui imposer.

— Nous voulons des vêtements, déclara son interlocuteur en se léchant les babines avec convoitise.

— Quoi ? balbutia mentalement la jeune fille.

— Tu as bien entendu, répéta le chien. Des habits, des costumes… et des chapeaux, oui, surtout des chapeaux.

Une lueur un peu folle luisait dans ses yeux. Peggy se rappela avec quelle obstination elle l'avait vu feuilleter de vieux magazines de mode dans la salle de jeu du gymnase.

— J'ai toujours rêvé de porter un costume, avec un gilet, dit l'animal. Je me suis souvent demandé comment les hommes parvenaient à faire tenir les chapeaux en équilibre sur leur tête.

Il paraissait avoir oublié la présence de l'adolescente.

« C'est lui qui a imposé cette folie aux autres bêtes », songea Peggy Sue. Aussitôt, elle prit conscience de son erreur. Le chien avait lu ses pensées. Il grogna, mécontent.

— Ah ! grinça-t-il. Il va te falloir perdre cette mauvaise habitude de critiquer tout ce que je dis… ou bien je te mordrai si fort la cervelle que tu deviendras comme Sonia Lewine, un joli légume qui devra retourner à la maternelle pour apprendre l'alphabet.

Peggy baissa la tête. Pour dissimuler ses pensées, elle se récita la table de multiplication par 9. À l'envers.

— D'ailleurs tu te trompes, assura l'animal. Tous mes frères à quatre pattes partagent mes souhaits. Nous voulons des costumes sur mesure, confortables et élégants. Pas des vêtements de travail en grosse bâche, mais des trois-pièces, avec gilet… *et cravate*.

Peggy Sue se sentit prise de vertige.

— Que veux-tu exactement, soupira-t-elle. Que Point Bluff se change en atelier de couture ?

— C'est cela même, confirma le chien. Je veux vous voir au travail dès cet après-midi. Il va falloir dessiner, tailler, coudre, procéder aux essayages. Ne prenez pas cette mission à la légère ou il vous en cuira. N'oubliez pas les chapeaux. C'est important.

— D'accord, fit la jeune fille en essayant de masquer sa stupeur. Je transmettrai.

— Ce ne sera pas suffisant, insista l'animal. Tu devras aussi les convaincre. Sinon tu payeras pour eux. Tu sais que je peux mordre mentalement certains de tes nerfs et te rendre infirme ?

— OK, soupira Peggy Sue, tu es le maître. Pas la peine d'en rajouter. À force de jouer au méchant tu vas finir par ressembler à un homme.

Le chien grogna, et une onde de douleur traversa la jeune fille de haut en bas.

171

— Je n'aime pas ton insolence, siffla-t-il. Un jour prochain je pourrais bien me choisir une autre interlocutrice… Maintenant fiche le camp. Et transmets mes ordres, je passerai ce soir voir comment vous vous en tirez.

*

Le maire décida de suspendre les cours et de transformer le collège en atelier de confection. Les élèves s'en réjouirent jusqu'au moment où on leur apprit qu'ils seraient mis à contribution et devraient assurer leur part du travail.

Point Bluff comptait deux couturières et une modiste. Il fut décidé qu'elles dirigeraient la chaîne de fabrication et formeraient les autres citoyens de manière accélérée. En tant que professionnelles de la couture, elles prendraient les mesures et établiraient les patrons des vêtements à tailler. Quand le maire leur annonça cela, elles manquèrent de s'évanouir.

L'une d'elles, Mlle Longfellow, protesta :

— Ce que vous me demandez est complètement fou ! Je n'ai jamais coupé de costume pour une… vache… ou… ou un chien ! Je n'ai aucune idée de la manière dont il faut s'y prendre.

— Et cette histoire de chapeaux ! renchérit Mme Barlow, la modiste. Comment voulez-vous faire tenir un couvre-chef sur la tête d'un chien ? Il y a le problème des oreilles… Aucune race n'a les mêmes.

— Bientôt ils voudront des lunettes ! cria Mme Pickins. Et des pipes… du tabac…

Seth Brunch s'avança, l'air mauvais.

— C'est exactement ça, dit-il. Ils veulent tout ce que nous avons. Ils sont en guerre contre nous, ils veulent nous détruire… Allons-nous vraiment nous laisser faire ?

— Calmez-vous, Brunch, intervint le maire. Rappelez-vous ce qui est arrivé lorsqu'on a essayé de leur envoyer la force armée.

Le professeur de mathématiques recula sans masquer son irritation.

— Comme vous voulez, *monsieur* le maire, grinçat-il. Mais dites-vous bien que tout le monde, ici, n'a pas une mentalité de vaincu ! Le combat s'organisera, dans l'ombre, sans vous, si vous choisissez de collaborer.

Peggy Sue n'avait pas été conviée à participer à la discussion. On l'avait cantonnée avec les autres élèves dans la salle de coupe. Son travail consistait à étendre les étoffes sur les tables et à y décalquer le dessin des patrons que lui communiquerait Mlle Longfellow. Dudley, Mike et les garçons, faute de la moindre connaissance en couture, se contenteraient du transport des rouleaux de tissu. Une atmosphère fiévreuse régnait ; les repasseuses se rongeaient les ongles, les couturières attendaient derrière leurs machines.

Mlle Longfellow faisait les cent pas, un mètre ruban autour du cou, guettant son premier « client ».

— Jamais je n'ai été aussi nerveuse de ma vie, confia-t-elle à sa consœur Mme Barlow. C'est comme si la reine d'Angleterre se préparait à entrer dans ma boutique pour me commander une robe. J'en ai les mains qui tremblent.

Au bout d'un moment les conversations se turent. Un silence tendu s'installa dans l'école. Plus personne n'osait parler. Les fers à repasser grésillaient sur les tables en crachant de petits nuages de vapeur. On attendait…

Et personne ne venait.

Il devait être 3 heures du matin quand le chien bleu se présenta à l'entrée du collège.

L'animal trottina jusqu'au milieu de la salle et grimpa sur la petite estrade installée à son intention. Il frétillait d'aise, et Peggy Sue comprit qu'il avait fait exprès de retarder son arrivée.

Tout de suite, la « voix » de l'animal explosa dans sa tête, déformée par un écho lointain, comme si elle était diffusée au moyen d'un haut-parleur.

« Il s'adresse à tout le monde ! pensa-t-elle. C'est une communication générale. »

— Je détecte beaucoup de pensées négatives, dans cette salle, grogna le chien. Il y en a d'insolentes qui pourraient me fâcher si je n'étais dans d'aussi bonnes dispositions d'esprit. À l'idée de me faire couper mon premier costume, je suis en effet débordant de bonté. Je devrais normalement vous punir, *tous*… mais j'annulerai cette punition si mon vêtement me convient. Je vous engage donc à ne point chômer et à vous mettre au travail au lieu de me regarder avec ces yeux ronds.

Cette déclaration déclencha une panique générale, et l'on se précipita vers l'animal pour prendre ses mesures. Mlle Longfellow dut s'agenouiller pour déployer son mètre ruban. Le chien bleu l'observa d'un air goguenard, il vivait sa minute de triomphe : cette femme qui, jadis, l'avait écarté de son chemin d'un coup de parapluie alors qu'il mendiait une caresse, courbait aujourd'hui l'échine devant lui.

— Vite ! Vite ! haletait la couturière, Mme Barlow, reportez ces mensurations sur le patron.

Elle était livide.

Alors il fallut se mettre au travail, le plus rapidement possible, couper, assembler, coudre… sans quitter l'horloge du coin de l'œil.

Au premier essayage, le chien bleu se plaignit d'un faux pli qui le blessait « sous l'aisselle droite ». On procéda aux retouches. Dès qu'il fut rhabillé, l'animal se mit à trottiner devant le miroir que Peggy Sue avait fait disposer à son intention, et auquel personne, à part elle, n'avait pensé.

Il y avait un problème avec la cravate. Elle pendait jusqu'à terre. Le chien en était fort contrarié. Il aurait voulu qu'elle tombât sur sa chemise, comme celle des humains.

À le voir se tortiller devant la glace, Peggy ne savait plus ce qu'elle éprouvait : de la pitié ou de l'horreur. Dans son costume de ville adapté à sa morphologie, l'animal était tout à la fois grotesque et pathétique. On avait envie de rire… mais aussi de pleurer.

Le chien hésita. Le costume lui plaisait, mais le problème de la cravate l'obsédait. Mlle Longfellow, d'une voix blanche, proposa de la lui coudre sous le ventre, le long de la chemise. Cette tricherie contraria l'animal.

— Il faudra que j'apprenne à me déplacer sur mes pattes de derrière, dit-il. C'est sûrement pour cette raison, d'ailleurs, que la race humaine a cessé de marcher à quatre pattes : pour que la cravate tombe comme il faut. Je suppose qu'il faudra en passer par là si je veux devenir un gentleman.

Finalement, après avoir beaucoup tergiversé, le chien décida qu'il était satisfait. Il partit en annonçant qu'il reviendrait à l'aube pour essayer son chapeau.

Dès qu'il eut franchi la porte, Mlle Longfellow éclata en sanglots.

15

Un peu avant l'aube Seth Brunch déclara :

— Ça ne s'arrêtera pas là, préparez-vous au pire. Tous les jours, ils manifesteront de nouveaux caprices. Vous ne comprenez pas qu'il faut les tuer avant qu'il ne soit trop tard ?

Des cris horrifiés retentirent aux quatre coins de la salle. On ne voulait pas être complice des menées subversives du professeur de mathématiques. Se rendait-il seulement compte de ce qu'il disait ? Après tout, le chien bleu était peut-être en ce moment même en train de sonder les esprits...

Le chapeau était prêt. Tout petit, moulé dans un beau tissu écossais, il avait quelque chose d'étrange avec les deux trous pratiqués de part et d'autre de la coiffe pour le passage des oreilles.

Quand le chien bleu se présenta, tout le monde retint sa respiration. Le trouverait-il à son goût ? Allait-il le déchiqueter à belles dents ?

Heureusement, les choses se passèrent bien et l'animal se contempla dans le miroir, prenant des poses, inclinant la tête de droite et de gauche.

— Mes camarades ont été très emballés par mon costume, annonça-t-il. Ils en veulent tous un semblable.

Il sortit sur cette dernière perfidie. Il n'y avait plus qu'à s'incliner.

Il était à peine parti qu'une vache se présenta, puis une autre... et l'atelier de couture, bon gré mal gré, dut reprendre le travail.

Peggy Sue sentait les pensées des animaux écorcher son esprit chaque fois qu'ils lançaient un coup de sonde à travers la salle.

« Ils nous détestent, constata-t-elle. Ils sont pleins de haine envers les humains. À la première incartade, ils n'hésiteront pas à nous faire mal. »

La chose ne tarda pas à se produire. Dudley, qui titubait de fatigue, commit une fausse manœuvre. Le rouleau de tissu qu'il portait sur l'épaule lui échappa pour aller heurter l'échine d'une vache en plein essayage. Aussitôt, il se plia en deux, les mains crispées sur le ventre. La seconde d'après, il tomba sur le sol en gémissant. Peggy courut vers lui.

— Un coup de corne... balbutia le garçon. Elle m'a donné un coup de corne dans le ventre... Regarde... *Ooh! je dois saigner...*

— Elle ne t'a pas touché, lui chuchota l'adolescente. Calme-toi. Ce n'est qu'une illusion mentale. Ils sont capables d'agir sur nos nerfs pour faire naître des douleurs dans nos corps, là où ils veulent.

Elle écarta les mains de Dudley, souleva le tee-shirt… L'abdomen du jeune homme était intact.

— Mais j'ai senti la corne crever ma peau ! se lamenta Dudley.

— C'est ce qu'elle voulait te faire croire, murmura Peggy. Réagis ! Ou bien ton corps va s'en persuader, lui aussi, il se mettra à saigner… et tu mourras d'une blessure imaginaire.

Elle ne savait comment forcer son ami à recouvrer ses esprits. La colère de la vache rôdait dans les airs, bourdonnant telle une énorme guêpe. Peggy songea que le meilleur des matadors se serait retrouvé sans défense face à un taureau télépathe. Elle s'appliqua à faire le vide dans sa tête pour ne pas devenir la cible du ruminant vindicatif sur le dos duquel Mlle Longfellow essayait de coudre un gilet en tweed synthétique.

La bête était méfiante, elle flairait chaque pièce d'étoffe pour s'assurer qu'elle ne recelait point de fibres d'origine animale.

Mlle Longfellow et Mme Barlow étaient à la torture. (Comment faire avec les pis ? Fallait-il les dissimuler dans une poche boutonnée ou les laisser apparents ?) La vache, à la différence du chien bleu, ne maîtrisait pas le langage humain. Elle s'exprimait par brusques poussées émotives qui foudroyaient le cerveau des gens se tenant à proximité. Quand une proposition la contrariait, elle répliquait par une onde de nausée qui avait déjà forcé Mlle Longfellow à courir deux fois aux toilettes vomir de la bile.

— Tu te sens mieux ? demanda Peggy Sue à Dudley.

— Ouais, grogna le garçon en se relevant. Ça va, fiche-moi la paix.

Il avait honte de s'être donné en spectacle pour une blessure imaginaire. Tous les garçons étaient comme ça, se croyant obligés de jouer les fiers-à-bras.

*

Dudley supportait mal cette atmosphère de folie. Le coup de corne télépathique fut en quelque sorte la goutte qui fit déborder le vase. Le lendemain soir, il annonça à Peggy qu'il comptait s'enfuir avec Mike. La jeune fille tenta de l'en dissuader.

— Nos parents ont capitulé, grogna le garçon. Ils ont trop la trouille pour se révolter, mais on n'est pas forcés de faire comme eux. Je vais partir avec Mike. On se glissera dans la forêt. Ensuite on ira prévenir le shérif de la ville voisine. Il fera venir l'armée, tout rentrera dans l'ordre.

— Ne fais pas ça, murmura l'adolescente. On ne te laissera pas sortir. Je ne peux pas t'expliquer, mais il y a dans les bois quelque chose de dangereux qui monte la garde. Tu seras intercepté… et tué. Je ne veux pas qu'on te fasse du mal.

— On ne peut pas rester les bras croisés ! trépigna Dudley. On doit réagir, Seth Brunch a raison. Il faut

180

tuer les animaux. C'est le seul moyen de s'en sortir. Peut-être qu'on devrait essayer de les empoisonner ? Je sais où trouver de la mort-aux-rats, j'ai travaillé à la quincaillerie l'été dernier. On peut organiser un commando... Mike et moi on se glissera dans les fermes pour verser le poison dans les mangeoires.

Il s'excitait déjà. Comme tous les garçons il rêvait d'être un héros.

— Les animaux ne sont pas responsables, essaya de lui faire comprendre Peggy Sue. Une force qui nous dépasse les manipule ; une force très puissante. C'est là qu'il faut frapper, mais je ne sais pas encore comment. Je ne désespère pas de trouver.

— Tu réfléchis trop, marmonna Dudley, bougon. Il faut agir.

— Pas si c'est pour faire n'importe quoi et déclencher une répression massive, rétorqua la jeune fille.

— À la quincaillerie, répliqua le jeune homme, il y a aussi de la dynamite. On s'en sert pour faire sauter les souches des vieux arbres.

À force de parlementer, Peggy parvint à dissuader le jeune homme de se lancer dans une entreprise hasardeuse, néanmoins elle le devinait à bout de patience, bouillant de passer à l'action.

Dudley parti, Peggy Sue se rendit aux sanitaires du gymnase pour prendre une douche. Elle commençait à se savonner quand l'Invisible se matérialisa dans la cabine, juste sous le jet. Son visage laiteux avait à demi traversé les carreaux de céramique et restait là, tel un masque translucide accroché à la paroi. La jeune

181

fille fut si surprise qu'elle fit un bond en arrière, glissa sur le carrelage mouillé et tomba à la renverse. Son premier réflexe fut de bondir sur sa serviette de bain pour s'en envelopper.

Le visage cristallin ricana. Il semblait constitué d'eau gélifiée.

— Tu as vu, dit-il. À présent c'est imminent.

— De quoi parles-tu ? grogna Peggy, mécontente de s'être laissé surprendre.

— Du massacre, bien sûr, ricana le Transparent. Ils vont s'entre-tuer, ça ne fait pas un pli.

— C'est ça qui vous amuse, siffla l'adolescente. Pousser les gens à bout.

— Oui, admit la créature. J'avoue que c'est rigolo. J'imagine assez bien ce qui se passera. Seth Brunch va tenter quelque chose… une opération de commando. Une nuit, il essayera de liquider les animaux. L'effet de surprise lui permettra de réussir, en partie du moins, mais les bêtes répliqueront aussitôt et feront éclater la cervelle des humains à coups d'ondes mentales. Ce sera un beau carnage. Tout de suite après, nous ferons disparaître le soleil bleu et nous rétablirons les communications. Quand la police débarquera, elle trouvera des dizaines d'animaux abattus et des hommes, par centaines, morts d'un transport au cerveau. Les survivants seront devenus fous et s'obstineront à raconter des histoires de bêtes télépathes… Qui les croira ? Une fois le soleil dissous, le savoir accumulé s'effacera immédiatement de la tête des animaux. Il ne subsistera qu'un formidable mystère — un de plus ! — sur lequel les journalistes écriront des articles tous plus idiots les uns que les autres.

— Tu es trop sûr de toi ! lança l'adolescente. Tu l'ignores peut-être, mais je n'ai pas dit mon dernier mot.

Le sourire de l'Invisible s'agrandit.

— Tu ne réussiras pas à renverser la vapeur, dit la créature. Je crois que tu seras la première à qui le chien bleu fera éclater la cervelle.

— Fiche le camp ! cria Peggy Sue.

Le visage translucide s'enfonça au cœur des carreaux de céramique et disparut.

*

Quelques jours plus tard, par un après-midi de forte chaleur, Dudley se glissa dans le dortoir alors que tout le monde dormait sur les lits de camp, assommé par l'atmosphère d'étuve stagnant sous le toit bitumé du gymnase. Il se pencha sur Peggy Sue et la toucha à l'épaule. La jeune fille, qui était en train de s'assoupir, sursauta.

— Chut ! souffla le garçon en lui posant la main sur la bouche. Ne dis rien, suis-moi.

La jeune fille obéit. Les deux adolescents sortirent de la salle en s'appliquant à ne pas réveiller les adultes. Au moment de franchir la porte donnant sur la rue principale, Dudley tendit une paire de grosses lunettes noires à Peggy.

— Tiens, dit-il, mets ça. Le soleil est si fort que sa lumière change la couleur des yeux de tous ceux qui

se promènent en plein jour. Si tes iris devenaient indigo, le shérif saurait que tu es sortie en fraude.

Peggy Sue posa les verres noirs sur son nez, par-
dessus ses lunettes de myope. Ce n'était pas commode, et elle n'y voyait guère, mais Dudley lui avait
pris la main et elle était troublée par ce contact. C'était
la première fois que le garçon se permettait un tel
geste avec elle. Les battements de son cœur s'accélé-
rèrent. Elle avait un faible pour Dudley.

Dès qu'ils furent dehors, la lumière la poignarda.
Les reflets émanant des objets métalliques semblaient
des traits de feu. Le garçon tira une autre paire de
lunettes noires et s'empressa de les chausser.

— Mets tes mains dans tes poches, murmura-t-il,
sinon elles seront bleues avant que nous ayons atteint
le bout de la rue.

Ils rasèrent les façades de la ville morte. Les volets
étaient clos, les stores baissés.

— Où m'emmènes-tu ? demanda Peggy Sue.

— Je te l'ai dit l'autre jour, j'ai décidé de réagir,
expliqua Dudley (l'émotion lui faisait manger les syllabes). Je n'en pouvais plus. J'ai… j'ai organisé quelque chose. Mais je ne voulais pas le faire sans toi. Tu
es mon amie, après tout.

— Tu as raison, approuva la jeune fille dont le
cœur s'emballait déjà. C'est vrai qu'on ne peut pas
rester les bras croisés. Je suis comme toi, j'enrage de
ne pas trouver de solution.

— La solution, je l'ai, murmura Dudley. Tu vas
voir.

184

Il haletait, et Peggy n'avait aucun mal à deviner qu'il était à la fois excité et inquiet.

Ils arrivèrent dans la cour d'une maison à l'abandon. Un curieux dispositif s'y trouvait dressé. La jeune fille vit qu'il s'agissait d'une fusée plantée sur sa rampe de lancement. Une fusée d'un mètre cinquante de haut qui ressemblait à s'y méprendre à une vraie.

— Qu'est-ce que c'est ? s'enquit-elle.

— Je l'ai récupérée au collège, expliqua Dudley. Seth Brunch nous apprenait à les fabriquer pendant les travaux dirigés d'aéronautique… Normalement, on devait la lancer le 4 juillet.

— Elle fonctionne ?

— Bien sûr ! Comme une vraie, sauf qu'elle ne peut pas aller très haut.

Peggy Sue remarqua qu'un câble serpentait sur le sol, reliant le missile à une boîte de mise à feu.

Dudley s'agenouilla et lui prit la main.

— Tu te rappelles, fit-il en approchant sa bouche de son oreille, je t'ai raconté que j'avais travaillé au drugstore l'été dernier…

— Oui, et alors ?

— Alors j'ai récupéré de la dynamite, dans la réserve. Et j'en ai bourré la fusée. Je l'ai transformée en bombe volante. On va l'expédier en plein sur le soleil bleu, pour le faire éclater.

Peggy sentit des picotements d'excitation au creux de ses paumes.

— C'est une idée formidable ! dit-elle. Pourquoi n'y a-t-on pas pensé plus tôt ?

— Je savais que ça te plairait ! exulta Dudley, une autre fille se serait sauvée en poussant des cris, mais toi tu es différente… oui, différente. Au début ça fait un peu peur, bien sûr, mais au bout d'un moment on comprend que ça fait partie de ton… charme.

L'adolescente se sentit rougir. Elle avait toujours rêvé qu'un garçon aussi mignon que Dudley lui dise ce genre de choses. Depuis quelque temps elle commençait à penser que cela ne se produirait jamais.

— J'ai tout calculé, précisa le jeune homme. La trajectoire, l'azimut, tout. Le père Brunch nous a appris à le faire. Dès que tu auras appuyé sur ce bouton, la fusée filera vers le soleil bleu et le fera exploser comme un vulgaire ballon de baudruche.

Il avait ramassé le détonateur.

— À toi l'honneur, dit-il en s'inclinant. Je fais le compte à rebours et tu appuies…

Il se tenait très près de Peggy Sue à présent, la jeune fille sentit la tête lui tourner.

« Il va m'embrasser, pensa-t-elle tandis qu'un bonheur mêlé de panique s'emparait d'elle. Il va… *m'embrasser.* »

Le jeune homme se pencha vers elle, et sa bouche se posa sur celle de Peggy. Elle avait un goût sucré. L'adolescente essaya de ne pas laisser voir qu'elle tremblait. Elle ne voulait pas paraître godiche. Pendant trois secondes elle ne sut plus où elle se trouvait, puis Dudley se redressa et, pour masquer sa gêne, lui mit le détonateur entre les mains.

— Allez, dit-il, on y va. Après ça, on sera des héros, toi et moi, pour toujours. On ne se quittera jamais. Un truc comme ça, c'est plus sacré qu'un mariage !

Peggy faillit laisser échapper la boîte de mise à feu. Les lunettes noires la gênaient, elle s'en débarrassa.

— 10… 9… 8, énumérait Dudley.

Elle l'écoutait à peine. Elle aurait aimé se blottir contre lui, encore un peu. Mais c'est vrai que c'était un moment formidable ! Ils allaient sauver Point Bluff tous les deux !

Pleine d'une exaltation qui la faisait suffoquer, elle chercha le regard du garçon. Il grimaça.

— 7… 6… continua-t-il.

Peggy Sue aurait voulu qu'ils appuient tous les deux en même temps sur le bouton rouge. Elle fut sur le point de le lui dire, mais il grimaça encore, comme s'il avait mal.

— 5… 4… marmonna-t-il avec difficulté.

Il y avait une curieuse odeur dans l'air. Une odeur de guimauve brûlée. L'adolescente s'empressa de poser le détonateur sur le sol. Elle venait de comprendre… *de tout comprendre*.

D'un revers de la main, elle fit voler les lunettes noires du garçon.

— Tu n'es pas Dudley, cracha-t-elle. Ton odeur t'a trahi. Dès que j'ai posé les yeux sur toi tu as commencé à griller, n'est-ce pas ?

Elle courut à la fusée, la renversa. Le fuselage sonnait creux, il était vide, sans moteur ni charge explosive. Ce n'était qu'un leurre. Un simple tube de tôle muni d'ailerons.

Alors elle saisit le fil de mise à feu et tira dessus. Il disparaissait dans le sol, juste sous le missile factice. Peggy Sue s'agenouilla, gratta la poussière. Il ne lui fallut pas longtemps pour trouver les caisses de dynamite. Enterrées superficiellement à l'endroit même où elle s'était tenue agenouillée un instant plus tôt.

— C'était ça que tu voulais, lança-t-elle, que je me fasse exploser en croyant lancer la fusée ?

La couleur reflua du visage de Dudley. Ses cheveux, ses yeux devinrent d'un blanc laiteux. Même ses vêtements prirent la consistance du yaourt.

— Tu es un Invisible, murmura Peggy en essayant de maîtriser le sanglot qui faisait trembler sa voix.

— Bien vu ! ricana la créature. Nous ne pouvons pas te tuer, c'est vrai, puisque quelque chose qui nous dépasse te protège… *mais il ne nous est pas interdit d'organiser ton suicide* !

— C'est pour ça que tu voulais que j'appuie toute seule sur le bouton !

— Évidemment !

— Les lunettes noires, c'était pour affaiblir le rayonnement de mes yeux. Le… baiser pour m'empêcher de réfléchir.

— Bien combiné, n'est-ce pas ?

Le spectre était en train de se décomposer. Il ne se donnait plus la peine de ressembler à Dudley.

188

— Il s'en est fallu d'un cheveu ! ragea-t-il en commençant à s'enfoncer dans le sol. Pourquoi a-t-il fallu que tu enlèves ces fichues lunettes ?

— Dis-le aux autres ! siffla Peggy Sue. Je ne suis pas aussi facile à tuer que vous l'imaginez.

— Un jour prochain nous t'aurons, lança le fantôme avant de disparaître tout à fait. Ce n'est qu'une question de temps.

— Je trouverai tôt ou tard le moyen de vous battre ! cria la jeune fille. Ne vendez pas la peau de l'ourse avant de l'avoir tuée, je suis moins désarmée que vous l'imaginez !

Réalisant qu'elle parlait toute seule, elle arracha le fil du détonateur. Le Transparent avait dit la vérité, il s'en était fallu d'un cheveu. Si elle avait pressé le bouton rouge, la dynamite sur laquelle elle se trouvait agenouillée à son insu aurait explosé… la pulvérisant. Elle avait frôlé la catastrophe.

Elle dut s'adosser au mur tant ses jambes tremblaient. Mais plus que de la peur, elle souffrait du faux baiser de Dudley.

« Si les Invisibles essayent de me supprimer de manière indirecte c'est qu'ils me craignent, songea-t-elle en quittant la maison abandonnée. C'est le seul point positif de cette aventure. »

*

On utilisa jusqu'au dernier morceau de tissu pour habiller les animaux de Point Bluff. Cette tâche remplie, les « nouveaux citoyens » s'aperçurent qu'il n'était guère facile de vivre ainsi affublés. Ce fut la raison pour laquelle le chien bleu débarqua au beau milieu d'une réunion du conseil municipal, le chapeau de travers et le costume fripé.

— Nous n'avons pas de mains, attaqua-t-il sans préambule. Les boutons, les fermetures Éclair nous posent des problèmes insolubles. Nous ne sommes pas des singes. Si nous ne voulons pas devenir la risée des humains, nous devons rester correctement vêtus, et pour cela il faut des valets.

— Quoi ? s'étrangla le maire.

— Dois-je augmenter la puissance de mes émissions mentales pour être mieux compris ? susurra le chien.

— N… non ! balbutièrent les conseillers municipaux assis autour de la table.

— Il nous faut des serviteurs, répéta le chien bleu. Des valets qui nous habilleront et prendront soin de notre garde-robe. Des valets avec des mains, des doigts… c'est ce qui nous manque. Je pense que si l'homme est né fabriqué de cette manière, c'est pour servir l'animal… et non l'inverse. Le fait que les bêtes soient dépourvues de mains prouve, selon moi, qu'elles ne sont pas faites pour travailler ; au contraire de la race humaine. Il est donc grand temps de rétablir l'ordre des choses, tel que la nature l'a voulu.

— Et qui seront ces valets ? demanda timidement le maire.

— Mes frères choisiront qui ils veulent, répondit le chien bleu. Quant à moi, je veux Peggy Sue Fairway.

Qu'on lui donne une trousse à couture, un fer à repasser, et qu'elle vienne me rejoindre. À partir de cette minute, elle est ma servante.

D'autres nominations suivirent. Dudley devint le serviteur de la vache qui lui avait lancé un coup de corne télépathique le soir du premier essayage. Cette nouvelle l'inquiéta mais il s'appliqua à le dissimuler.

Peggy Sue éprouvait maintenant une certaine gêne en présence du garçon, car elle ne pouvait s'empêcher de penser au baiser que lui avait donné le double de Dudley.

— Tu as peur ? s'enquit-elle.

Elle était en train de rassembler dans son sac à dos les instruments de sa charge : le fer à repasser, la trousse à couture, mais également un peigne, une brosse, du détachant, de la lessive et des pinces à linge.

— Je ne sais pas, grogna le jeune homme en évitant son regard. Je crois que cette saloperie de vache m'en veut à mort et qu'elle a décidé d'avoir ma peau. C'est une histoire de fous. Qu'est-ce que je serai censé faire une fois là-bas, dans son... étable ?

— Veiller sur sa garde-robe, murmura Peggy. Repasser ses vêtements, l'habiller, recoudre ses boutons.

— Et si elle n'est pas satisfaite elle m'encornera une fois de plus ?

— C'est à craindre.

Le jeune homme s'agita. Il semblait près de faire une bêtise. Peggy Sue eut peur qu'il ne prenne la fuite et ne tente de traverser la forêt.

— C'est… c'est carrément humiliant ! gronda-t-il. Surtout pour un garçon.

— Ah ! ricana l'adolescente, parce que tu crois que ça me remplit de joie d'aller entretenir les frusques d'un horrible petit cabot qui a pété les plombs et peut me faire éclater le cerveau à tout moment ? Tu crois vraiment que les filles naissent avec un fer à repasser dans une main et une aiguille à repriser dans l'autre ?

Ils faillirent se disputer. En réalité ils avaient peur tous les deux.

« C'est peut-être la dernière fois que je le vois, songea Peggy. Si ça se trouve, la vache va lui infliger de telles tortures télépathiques qu'il mourra comme un matador dans l'arène. »

Elle aurait voulu que Dudley la prenne dans ses bras et lui donne un baiser (comme l'autre fois) mais il ne se décida pas à faire le premier pas, aussi les deux adolescents se séparèrent-ils en se serrant bêtement la main.

16

Le matin du départ, M'man et Julia accompagnèrent Peggy Sue jusqu'à la porte du vieux gymnase en l'accablant de conseils. La jeune fille subit ce déluge de recommandations sans mot dire.

« On dirait que j'entre au service de la reine d'Angleterre », songea-t-elle en souriant tristement.

— En fait il faut voir le bon côté des choses, lui souffla Julia. Tu vas être bien placée. C'est lui le maître de Point Bluff, après tout. Si tu sais te faire apprécier, tu pourras obtenir tout ce que tu veux. Moi, je n'hésiterais pas.

— Tu racontes n'importe quoi, soupira Peggy en se détachant de son aînée.

— Pas du tout ! protesta celle-ci. Ce chien bleu, c'est comme un roi à présent, il a donc le pouvoir de t'octroyer une charge, des récompenses. Une fille un peu dégourdie en profiterait, bien sûr, mais tu es si cruche…

Elles se séparèrent sur ces amabilités.

Peggy alla rejoindre sur la place de l'hôtel de ville les personnes réquisitionnées pour le « service domestique ». Elle y retrouva Dudley, mais aussi d'autres collégiens. Ils faisaient piteuse figure. Même les garçons, jamais à court de vantardises, se taisaient.

Tous avaient peur.

« On dirait que nous partons à la guerre », pensa Peggy Sue.

Ils attendirent un long moment que les animaux — leurs nouveaux maîtres — viennent les chercher. Les adolescents ne mirent pas longtemps à comprendre qu'on voulait les humilier. Enfin, le chien bleu se présenta, le chapeau de travers, la cravate traînant dans la poussière et le costume fripé. Il offrait l'image pitoyable d'un chien de cirque déguisé pour un numéro minable. Peggy qui, jusque-là, avait gardé le contrôle de ses nerfs se sentit submergée par une brusque panique. Elle chercha le regard de Dudley, mais le garçon était livide, raidi par l'appréhension, et des gouttes de sueur perlaient sur son front. Elle aurait voulu l'aider, le réconforter. Elle ne savait comment, puisqu'elle était elle-même accablée par l'angoisse.

— Allons ! ronchonna le chien bleu, ne traînons pas. Il était temps que tu arrives, je rencontre d'énormes problèmes pour m'installer et me vêtir. Pour ne pas perdre ce chapeau, je dois dormir en conservant la tête droite, ce qui est très malcommode et m'occasionne de terribles douleurs cervicales. Tu vas remédier à tout cela.

194

Ses pensées crépitantes d'irritation égratignaient l'esprit de la jeune fille.

Ils arrivèrent enfin devant une belle maison de style colonial où logeait encore, jusqu'à une date récente, le notaire de Point Bluff.

— Je l'ai réquisitionnée, annonça le chien bleu. Les anciens occupants vivent maintenant dans la cabane du jardinier, c'est suffisant. Un peu d'humilité leur fera du bien.

Peggy Sue réalisa alors que l'infâme petit cabot s'était octroyé cette vieille demeure de maître et comptait la remodeler selon ses caprices.

— D'abord il y a cet escalier, décréta-t-il. Les marches en sont trop hautes, elles me fatiguent les pattes. Tu devras me porter jusqu'à mes appartements, pas comme un ballot de linge sale, avec déférence.

Dans l'heure qui suivit, la jeune fille découvrit que le chien bleu vivait entouré d'un luxe écrasant. Il trottinait au milieu des pièces immenses avec un plaisir évident. En peu de temps, il avait fait beaucoup de dégâts car il lui était à peu près impossible de se débrouiller tout seul.

— D'abord tu dois t'occuper de mon costume ! ordonna-t-il. Le nettoyer, le défroisser. Puis tu me donneras un bain aux essences parfumées et tu me brosseras.

— Les autres animaux ont-ils également investi les maisons des humains ? s'enquit l'adolescente.

— Non, fit son interlocuteur avec condescendance. Parmi eux il y en a d'indécrottables qui, toujours, voudront vivre dans une étable. Cela les regarde. Je ne suis pas dans ce cas. Mais il est évident que je ne me plierai pas aux contraintes de cette demeure, c'est elle qui devra s'adapter à moi.

— Et comment cela ?

— Tout est trop grand. Il faudra ramener les meubles à ma taille, en fabriquer d'autres. Je ne veux pas avoir à sauter pour m'installer sur une chaise.

« Il veut qu'on lui installe une maison de poupée ! » songea Peggy, oubliant que l'animal pouvait lire ses pensées.

— C'est ça, confirma le chien bleu. Je veux que tout soit à ma taille… et donc trop petit pour toi ! Tu me serviras en te déplaçant sur les genoux, parce qu'il m'est odieux d'être dominé par quelqu'un de plus grand. Tous les humains qui franchiront le seuil de cette maison devront s'agenouiller et se présenter à moi dans cette posture. D'ailleurs tu ferais bien de commencer tout de suite pour t'y habituer. Il paraît que c'est douloureux au début, mais qu'au bout de quelques mois on s'y fait.

Ils continuèrent la visite de la maison. Le chien avait déterré les os du jardin pour les cacher dans les soupières de porcelaine trônant sur les dressoirs. À cette occasion, il en avait cassé plusieurs.

Peggy Sue dut se dépêcher d'entrer en fonction. À genoux, elle procéda au nettoyage du costume, de la cravate, lava et sécha son nouveau maître, puis l'installa dans un fauteuil, enveloppé dans un peignoir de bain dix fois trop grand pour lui.

— Je compte apprendre à fumer le cigare, annonça l'animal. J'ai toujours vu les gens importants de Point Bluff le faire. Comme je n'ai pas de mains, tu devras m'aider. Te tenir à côté de moi, et me le présenter pour que j'en tire une bouffée.

Il passa le reste de la journée à délirer de cette manière, énumérant les décisions qu'il comptait prendre. Peggy Sue ne prêtait nulle attention à ces propos. Elle commençait à souffrir des genoux et s'était déjà rentré trois échardes dans la peau.

Elle pensa à Dudley et se demanda comment les choses se passaient pour le garçon. Le chien surprit ses pensées.

— Tu ne m'écoutes pas ! siffla-t-il. Ton amoureux est au service de Mélinda, une vache Holstein plutôt acariâtre. Elle l'a réclamé pour se calmer les nerfs sur lui. Elle déteste les humains, et ton Dudley lui a manqué d'égards lors de l'essayage. Il est certain qu'il va passer un mauvais quart d'heure. Tous les animaux ne sont pas, comme moi, des créatures cultivées. Il y en a beaucoup qui refusent les raffinements de la société humaine. Les cochons par exemple, ils se sont installés au grand hôtel, mais ils ont exigé que les baignoires soient remplies avec la boue et le fumier de leurs anciens « logements ». Et ils se font servir de pleins seaux d'épluchures dans de la vaisselle de porcelaine peinte. On ne se refait pas !

Il se tortilla en ricanant.

Quand Peggy Sue, par inadvertance, commettait l'erreur de se relever, il lui expédiait en pleine tête une onde cérébrale qui la faisait plier en deux.

— Tu vois ! triomphait-il, ces meubles ne sont pas fonctionnels, il en faut de plus petits. Cela devrait te convenir, les filles ont l'habitude de jouer à la poupée, c'est pourquoi elles font de meilleures servantes.

Il s'amusait à la provoquer, mais Peggy Sue ne tomba pas dans le piège et parvint à dissimuler ses réactions. Elle chantonnait mentalement.

Elle dut préparer le repas à partir de boîtes de nourriture animale entassées par centaines dans les placards. Elle imagina que le chien bleu les avait fait transporter là par les anciens occupants des lieux. Elles étaient toutes au poisson. Peggy supposa que cette infime subtilité permettait au chien bleu de rester en règle avec sa conscience.

— Comment feras-tu pour manger quand il n'y aura plus de conserves ? lui demanda-t-elle. Tu as fait jeter toutes les réserves de viande du supermarché. Les vaches, les chevaux, continueront à brouter de l'herbe, *mais toi* ? Et les chats, et les renards, les lynx de la forêt… comment ferez-vous ?

Le chien bleu lui jeta un regard qui lui déplut. Elle sentit grésiller dans son esprit une onde de méchanceté.

— Quand il n'y aura plus de boîtes, dit la bête, nous mangerons de la viande d'homme… ainsi nous resterons fidèles à notre serment de cesser de nous entre-dévorer. L'animal ne doit plus porter préjudice à l'animal, c'est la règle première que j'ai énoncée, et je veillerai à ce qu'elle soit respectée.

— *Vous mangerez de la viande humaine ?* hoqueta Peggy Sue.

— Pourquoi pas ? grogna le chien bleu. Pendant des millénaires les hommes se sont bien nourris de la chair des bêtes !

— Vous allez nous tuer ? balbutia la jeune fille.

— Pas besoin, lâcha le chien. Je pense que, dans peu de temps, il y aura suffisamment de morts pour alimenter les animaux carnassiers de Point Bluff.

— Que veux-tu dire ?

— Tu le sais bien. Les adultes de ta race sont stupides. Ils vont tenter de se rebeller pour reprendre le pouvoir. En ce moment même, Seth Brunch complote au fond de son garage. Nous le laissons faire, parce que en réalité il ne peut rien contre nous. Quand lui et les siens passeront à l'attaque, nous les tuerons en les foudroyant à coups d'ondes cérébrales. Leur cerveau explosera et ils mourront.

— Alors vous les mangerez, termina Peggy Sue avec un frisson.

— Le moyen de faire autrement ? dit le chien. Il nous faut bien survivre.

Ils en restèrent là, mais dès lors l'angoisse ne quitta plus la jeune fille. Elle aurait voulu prévenir le professeur de mathématiques de la menace planant sur lui. Elle ne se faisait pourtant aucune illusion : quoi qu'elle dise, il ne l'écouterait pas.

Pour tromper sa nervosité, elle détacha et repassa la cravate du chien bleu. Cette pièce de vêtement continuait à obséder l'animal.

— Je ne peux pas continuer à la porter cousue sur la chemise, avait-il décrété dans le cours de l'après-midi, c'est tricher. Pour qu'elle tombe bien, je dois apprendre à marcher sur mes pattes postérieures… les chiens de cirque le font, j'y arriverai aussi, tu m'aideras mais si tu en parles à quelqu'un, je te tuerai aussitôt.

Dans la soirée, alors que l'adolescente pliait les vêtements dans une armoire, elle surprit le manège du chien bleu. Devant le grand miroir de sa chambre, il sautillait, se cambrait, faisait le beau, en essayant désespérément de se tenir en équilibre sur ses pattes de derrière. Il y avait quelque chose de poignant dans sa gesticulation, et Peggy Sue, bien qu'elle eût peur de lui, sentit les larmes lui perler au coin des paupières. Elle recula. Si le chien avait surpris son regard, il l'aurait punie.

La nuit tomba enfin. La jeune fille était épuisée et ses genoux lui faisaient mal. Comme elle bâillait, le chien bleu lui demanda si elle voulait dormir. Elle acquiesça.

— Viens, ordonna-t-il, je vais te montrer tes appartements.

Peggy Sue n'aima guère le ton enjoué de sa voix, elle crut y détecter l'annonce d'une mauvaise farce.

Son nouveau « maître » dévala l'escalier et sortit sur le perron à colonnes de la grande demeure. De là, il sauta dans le jardin et s'éloigna entre les massifs de fleurs. Il s'arrêta devant une forme sombre et tourna la tête pour regarder la jeune fille bien en face.

— Voilà, annonça-t-il, c'est l'ancienne maison du chien de la famille. Il vivait là avant de rejoindre nos rangs.

Peggy eut du mal à dissimuler sa surprise. C'était une niche. Une grande niche où il lui faudrait rentrer à quatre pattes si elle voulait trouver un abri contre la froidure de la nuit.

— Je pense qu'il est bon que nous échangions nos rôles, ricana le chien bleu. C'est là une expérience enrichissante qui te forgera le caractère et te fera réfléchir sur le vieil adage : *Ne fais pas aux autres, etc.* Comme je ne suis point méchant, je ne te demanderai pas de monter la garde… ni d'aboyer.

Il s'éloigna en bondissant. Toutefois, avant de franchir le seuil de la demeure, il prit le temps de décocher une dernière flèche :

— N'oublie pas mon petit déjeuner ! cria-t-il. Il y a si longtemps que je rêve d'être servi au lit.

Peggy Sue se retrouva seule devant la niche. Elle fut sur le point de revenir au gymnase et de planter là le chien bleu et sa folie des grandeurs, mais la prudence l'en empêcha.

« Il n'attend que ça pour me punir, songea-t-elle. C'est un piège, une provocation. »

Elle décida de ne pas entrer dans son jeu et de relever le défi. S'agenouillant, elle se faufila dans la niche qui avait abrité un dogue allemand de belle taille. Elle fronça le nez. Cela empestait… le chien. On se serait cru dans la cage d'un fauve, au zoo.

« Je vais m'y habituer, se dit-elle. Dans dix minutes je ne sentirai plus la moindre odeur, c'est toujours ainsi que ça se passe. »

Elle s'allongea sur la litière de paille, les genoux ramenés sur la poitrine. La position se révéla inconfortable, mais il n'y avait pas moyen d'en changer.

« Arrête de te plaindre, pensa-t-elle. Au moins le chien bleu ne t'a pas fait mal. Le pauvre Dudley ne peut sans doute pas en dire autant. »

Elle espérait de tout son cœur que la vache acariâtre au service de laquelle il était entré ne l'avait pas blessé.

Elle était si fatiguée qu'elle s'endormit.

17

Les jours suivants, les conditions de travail de Peggy Sue ne s'améliorèrent pas. Il lui fallait se lever très tôt, dès le chant du coq… (qui désormais poussait son célèbre cri de manière télépathique, ce qui donnait aux dormeurs l'impression d'être mentalement électrocutés !) elle devait alors préparer le déjeuner du chien bleu, besogne qui consistait à jeter en vrac dans des porcelaines délicates de la vulgaire pâtée de supermarché. Le corniaud grimpait sur un siège pour manger dans une assiette posée sur la grande table de l'immense salle. Ensuite… il réclamait du thé, que Peggy lui versait dans un bol. Maintenant, il voulait qu'on lui brosse les dents, qu'on le douche, qu'on le parfume. Il rêvait devant le nécessaire de rasage de l'ancien propriétaire des lieux. Peggy Sue devinait qu'il aurait adoré se faire étaler de la mousse sur le museau.

*

Dès qu'elle eut un moment, Peggy Sue alla rendre visite à la famille du notaire entassée dans la cabane du jardinier. Elle découvrit quatre créatures tremblantes. L'épouse de l'homme de loi lui expliqua en chuchotant que son mari avait tenté de se rebeller quand le chien bleu s'était présenté pour confisquer la maison au nom du Pouvoir Révolutionnaire. Un déluge d'ondes mentales avait aussitôt fusillé le cerveau du pauvre homme, le rendant à demi débile. Depuis il se débattait, prisonnier d'une stupeur amnésique, ne reconnaissant ni sa femme ni ses enfants.

*

Un matin, en se réveillant, Peggy Sue s'aperçut que ses lunettes ne « fonctionnaient » plus.

« Cela se produira de temps à autre, l'avait prévenue Azéna, la fée aux cheveux rouges. Ce sera le signe que les cristaux extraterrestres — dans lesquels tes verres sont taillés — commencent à mourir. Les aberrations que tu verras alors t'indiqueront qu'il est urgent de changer de lunettes. »

Ce matin-là, en sortant de la niche où l'avait installée le chien bleu, la jeune fille réalisa qu'elle voyait à *l'intérieur* des choses, comme si les verres posés devant ses yeux fonctionnaient à la façon d'un appareil de radioscopie. Ainsi, la femme et les enfants du notaire lui apparaissaient sous l'aspect d'une famille de squelettes explorant la végétation dans l'espoir d'y trouver quelque chose à manger.

« La barbe ! pensa Peggy. Ça ne pouvait pas arriver un autre jour, évidemment ! »

Quand elle regarda en direction de la maison, celle-ci se révéla transparente. Peggy Sue voyait désormais à travers les murs, les meubles, les corps… Elle aperçut le squelette du chien bleu qui dormait dans le grand lit à baldaquin de la chambre de maître, et fit la grimace.

— Zut, zut et rezut ! grommela-t-elle en ôtant les lunettes de son nez.

« C'est le combat dans la forêt qui a usé prématurément les verres, pensa-t-elle. Azéna m'a souvent répété qu'ils ne peuvent supporter qu'un certain nombre de regards meurtriers, après, ils dégénèrent. »

Elle approcha les lunettes de son visage pour examiner les cristaux. De minuscules craquelures les parcouraient. Au toucher, les verres paraissaient étrangement élastiques… presque mous.

— La barbe ! répéta-t-elle, furieuse et angoissée.

Sans ses lunettes, elle devrait se déplacer à tâtons, cela ne l'emballait guère.

Elle décida de prendre son mal en patience ; en effet, il n'était pas impossible que le phénomène disparaisse au cours des prochaines heures.

« Avant que les cristaux ne meurent tout à fait, lui avait expliqué Azéna, ils manifestent leur épuisement par des crises spectaculaires et fulgurantes, qui fonctionnent à la manière d'un signal d'alarme. Quand ces aberrations se produisent, tu dois te rendre chez l'opticien le plus proche pour émettre le signal que je t'ai enseigné. »

Le signal en question consistait à toucher de l'index sur le tableau alphabétique chacune des lettres formant le nom de la fée aux cheveux rouges, en pensant très fort à elle. Normalement, cela provoquait l'arrivée d'Azéna dans les minutes qui suivaient.

« Ça ne marchera pas, songea Peggy Sue. Pas aujourd'hui, le soleil bleu interdit la propagation des ondes dans l'espace. Azéna ne captera pas mon message. »

Elle ne savait que faire. Elle redoutait les fantaisies des verres extraterrestres. À plusieurs reprises, dans le passé, ces « pannes » lui avaient réservé de bien mauvaises surprises.

Une heure plus tard, sa vision redevint normale et elle cessa de voir des assemblages d'ossements chaque fois qu'elle contemplait ses mains ou ses pieds. Elle en fut soulagée.

Il n'est guère enthousiasmant d'apercevoir une tête de mort lorsqu'on surprend son propre reflet dans un miroir !

Malgré tout, elle demeura en alerte. Quand les lunettes commençaient à être prises de folie il fallait s'attendre à tout.

Alors qu'elle préparait le petit déjeuner du chien bleu, elle eut la surprise de voir la théière se mettre à grossir sur la table… C'était incroyable, mais le récipient de porcelaine était en train de doubler de volume. Il avait maintenant la taille d'une soupière, bientôt il serait aussi gros qu'une citrouille ! Peggy Sue fit un pas en arrière. Si cela continuait, la théière allait remplir tout l'espace de la cuisine. Elle enflait comme un monstrueux ballon.

« Bon sang ! songea l'adolescente, c'est encore un effet des lunettes… Les verres extraterrestres grossissent tout ce que je regarde comme le ferait un microscope. La seule différence, c'est qu'ils augmentent *réellement* la taille de l'objet ! »

Elle était si désorientée qu'elle commit l'erreur de regarder sa main droite. Aussitôt, celle-ci commença à se développer pour devenir plus grosse que la gauche.

— Non ! hurla Peggy, mais il était trop tard.

Elle eut cette fois le réflexe d'ôter ses verres correcteurs et de les enfouir au fond de sa poche.

« Si je ne regarde pas à travers, se dit-elle, ils resteront probablement inoffensifs. »

Tremblante, elle compara ses deux mains en les approchant de son nez. *C'était horrible.* La droite s'avérait deux fois plus volumineuse que la gauche ! Quant à la théière, elle trônait sur la table telle une formidable citrouille d'Halloween.

« Jamais je n'oserai me montrer dans cet état ! pensa la jeune fille, la gorge nouée. On s'enfuira en poussant des cris chaque fois que je sortirai la main de ma poche. »

— Qu'est-ce qui se passe ici ? grogna la voix du chien bleu. J'attends mon déjeuner depuis une heure et je…

La stupeur lui coupa la parole. Il venait d'apercevoir la théière colossale et l'énorme main de Peggy Sue.

Pressée de questions télépathiques, la jeune fille dut expliquer la raison de ces bouleversements.

— Ce sont les dieux de la forêt qui t'ont donné ce pouvoir magique ? demanda l'animal.

— Bien sûr que non, s'impatienta l'adolescente qui ne tenait pas à entrer dans les détails. C'est à cause de mes lunettes, quand elles sont usées, elles se mettent à faire des bêtises. Généralement ça ne dure pas, mais…

— Tu veux dire, coupa le chien bleu, que tu peux augmenter la taille de tout ce que tu regardes ?

— Oui, sans doute, admit Peggy avec une certaine réticence, mais…

— Alors, reprit l'animal, si tu me regardais, je deviendrais plus grand ? Tu pourrais même faire de moi un… *géant* ?

« Zut ! songea Peggy Sue. Il a fallu qu'il y pense, bien sûr ! »

— Je ne suis pas idiot, ricana le chien qui avait lu dans son esprit. C'est un instrument formidable. Si je devenais géant, je pourrais régner sans problème sur les autres animaux. Je n'aurais plus à craindre que les lynx ou les coyotes me dévorent.

Il s'emballait, trépignait. Brusquement, il se mit à courir en cercle en jappant comme un chiot.

— Calme-toi, intervint Peggy Sue, ce n'est pas aussi simple. Quand mes lunettes se mettent à dérailler on ne sait pas ce qui peut se produire.

Elle cherchait à gagner du temps. La perspective d'un chien bleu *géant* lui faisait froid dans le dos. Elle l'imaginait, devenu colossal, la tête dépassant le clocher de la ville.

— L'effet serait éphémère, reprit-elle. Sans doute se résorberait-il au bout de quelques heures. Alors tu redeviendrais petit, et tes ennemis n'auraient aucun mal à t'attraper.

— Ce n'est pas grave, insista le corniaud. Tu n'aurais qu'à me regarder pour m'injecter une nouvelle dose de gigantisme.

— Je ne peux pas te le garantir, objecta Peggy. Il est impossible de prévoir les fantaisies des lunettes quand elles entrent en phase de désagrégation. Le processus pourrait s'inverser. Tout ce que je regarderai deviendra alors minuscule.

— Le risque vaut d'être couru, insista le chien bleu. J'ai besoin de grandir pour en imposer à mes adversaires. Si les vaches ou les chevaux sentent que je suis désormais capable de les saisir dans ma gueule et de les dévorer en trois bouchées, ils se montreront moins insolents.

Il était fermement décidé. Peggy fut un instant tentée de jeter les lunettes sur le carrelage et de les piétiner, mais ç'aurait été inutile. Les verres extraterrestres résistaient sans mal à ce genre d'agression.

— Tu vas faire de moi un géant, décréta le chien. Mets tes lunettes et rends-moi aussi gros qu'une vache, pour commencer. Ensuite nous sortirons dans le jardin, et tu me donneras la taille d'un éléphant.

— Non, protesta la jeune fille, c'est dangereux ! Il est possible que tu exploses comme une baudruche. Je n'ai jamais fait ça. Regarde ma main ! J'ai l'impression qu'elle va éclater, et pourtant elle n'est pas si grosse.

— Ça suffit ! ordonna l'animal. Tu vas le faire parce que je le veux, c'est tout.

Ses pensées devenaient impérieuses. Elles brûlaient le cerveau de Peggy tel un morceau de fer chauffé à blanc. La jeune fille sentit que le contrôle de son corps lui échappait. Sa main descendait vers sa poche — *contre sa volonté* — et saisissait les lunettes…

— Tu commets une erreur, lança-t-elle au chien bleu. Il ne faut pas jouer avec ça.

Mais l'animal ne lui prêta aucune attention. Les doigts de Peggy se refermèrent sur la monture d'acier, ressortirent de la poche pour poser les verres correcteurs en équilibre sur son nez. Elle eut le réflexe de fermer les yeux.

« Tant que je conserverai les paupières baissées il ne se passera rien, pensa-t-elle. Les lentilles resteront inertes. Elles ont besoin de mon regard pour fonctionner. »

— Ouvre les yeux ! commanda l'animal. Cesse de résister. Regarde-moi ! C'est un ordre !

Peggy bondit hors de la cuisine et s'élança dans le couloir. Elle courait en essayant de garder les yeux fermés, ce qui n'était guère commode. Elle se cogna à plusieurs reprises au chambranle des portes. Le chien galopait derrière elle.

210

« Il va me forcer à m'arrêter et à soulever les paupières, se répétait-elle, je ne pourrai pas lui résister. »

Les pensées de l'animal s'insinuaient dans sa tête, cherchant à prendre le contrôle de son corps. Elle les sentait qui tâtonnaient pour ordonner à ses jambes d'arrêter de courir, de faire demi-tour.

Comme elle franchissait le seuil de la salle à manger, elle se prit les pieds dans un tapis et s'affala sur le parquet. Par réflexe, elle ouvrit les yeux, tendit les mains pour amortir sa chute. Alors qu'elle touchait le sol, son regard se posa sur une souris, filant le long d'une plinthe. Le minuscule animal trottinait en émettant un couinement terrifié.

Ce n'était qu'une pauvre souris grise longue comme le pouce, mais à peine le regard de la jeune fille l'eut-il effleurée qu'elle se mit à grossir de manière démesurée. En une fraction de seconde, elle devint plus grande qu'un chat… qu'un chien…

Éberluée, Peggy Sue ne parvenait pas à détourner les yeux de l'incroyable phénomène… et pourtant la souris ne cessait de grandir. Elle était à présent de la taille d'une vache, et ses griffes raclaient le parquet de façon menaçante.

— Arrête ! hurla mentalement le chien bleu. Arrête de la regarder !

D'un geste, Peggy ôta les lunettes et les jeta au loin ; hélas ! le mal était fait. La souris grise titubait au milieu du grand salon. Elle avait la stature d'un cheval, et ses poils crissaient en frottant les murs.

Maintenant qu'elle était géante, elle ne paraissait plus aussi mignonne. Ses dents, surtout, semblaient *affreusement* longues.

Elle flairait les meubles en examinant chaque chose de ses yeux noirs, gros comme des boules de bowling. Soudain, elle aperçut le chien bleu qui semblait minuscule en comparaison de sa propre taille. Ouvrant la gueule, elle tendit le cou pour essayer de l'attraper.

Le corniaud fut sauvé par Peggy qui le saisit *in extremis* par la peau du dos, et détala en direction de la cuisine.

— Ferme les portes ! glapissait le chien. Ferme les portes... elle va nous poursuivre !

La jeune fille obéit à tâtons car elle n'y voyait plus grand-chose. L'odeur de l'énorme souris emplissait toute la maison. On entendait ses poils frotter contre les cloisons telle une brosse géante.

— Tu vois, balbutia Peggy lorsqu'elle eut poussé le réfrigérateur devant le battant de la cuisine. Je t'avais bien dit que ça déclencherait une catastrophe.

— Je ne peux pas entrer en contact avec elle, grogna le chien. Elle est idiote, elle n'a jamais pris le soleil. Elle fait partie de ces animaux nocturnes qui se cachaient dès le lever du jour. Son cerveau est impénétrable... trop primitif pour être sensible à la télépathie. Je crois qu'elle a décidé de nous dévorer. Elle a faim...

« Fichues lunettes ! » songea Peggy Sue en se recroquevillant sur une chaise. Elle ne savait pas si les deux portes qu'elle avait eu le temps de fermer résis-

212

teraient aux poussées du rongeur. Des coups sourds ébranlaient les murs. La souris s'énervait.

— Tu disais que le phénomène était momentané, fit le chien bleu. Combien de temps avant qu'elle ne redevienne minuscule ?

— Aucune idée, soupira l'adolescente en levant sa main droite disproportionnée.

Elle tendit l'oreille, car les chocs avaient cessé. Une sorte de grignotement continu les remplaçait.

— Qu'est-ce que c'est ? demanda-t-elle.

— Elle ronge la porte, soupira le chien bleu. Les souris sont très douées pour ce genre de chose, tu ne le savais pas ? Et avec les dents qu'elle a, cela ne devrait pas lui prendre longtemps.

Ils se rapprochèrent l'un de l'autre, les yeux fixés sur le battant de la cuisine. Le bruit de lime emplissait tout le corridor.

— Tu m'as sauvé la vie, murmura le chien. Rien ne t'y obligeait. Je ne l'oublierai pas.

Peggy Sue ne dit rien, elle mourait de peur. Un parfum de sciure flottait dans l'air. Elle imaginait les dents de la souris transformant le bois de la porte en longs copeaux. Un craquement retentit.

— Le premier obstacle a cédé, annonça lugubrement le chien bleu.

Le parquet gémit sous le poids de la souris qui, à présent, s'approchait de la cuisine. Ses incisives heurtèrent le battant qui résista à la poussée.

« Elle va le ronger… songea Peggy. Cela nous donne un quart d'heure de répit, tout au plus. »

Elle s'approcha de la fenêtre, mais celle-ci était munie de barreaux. Obsédé par un éventuel cambriolage, le notaire avait équipé toutes les pièces du rez-de-chaussée de grilles inamovibles.

« Nous sommes fichus, se dit-elle, si la souris entre ici, nous serons incapables de la repousser. »

Elle examina vainement la cuisinière qui fonctionnait à l'électricité.

« Si elle avait été alimentée au gaz, pensa-t-elle, nous aurions pu improviser une sorte de lance-flammes à partir du tuyau. »

Non, décidément, il n'y avait rien à faire, ils étaient bel et bien pris dans la nasse.

— J'essaye d'entrer en contact avec elle, soupira le chien bleu, mais son esprit est aussi dur qu'un caillou. Mes pensées ricochent à sa surface. Elle a faim, c'est tout ce qui la préoccupe.

Il ne put en dire davantage car un trou venait d'apparaître au centre de la porte ! Les dents de la souris s'introduisirent dans cet orifice et s'appliquèrent à l'agrandir.

Peggy Sue et le chien reculèrent au fond de la cuisine, le dos au mur. Le rongeur grignotait le battant à une vitesse hallucinante. Ses incisives travaillaient avec l'efficacité d'une hache de bûcheron. Tout à coup, la porte s'effondra et le museau de l'animal pointa dans la cuisine. Son nez rose palpitait, cherchant à identifier les odeurs des deux proies tremblantes qui s'y blottissaient.

— Non ! hurla Peggy en levant les bras pour se protéger le visage.

Elle réalisa alors que sa main droite avait repris une apparence normale !

« Ce devrait être pareil pour la souris ! pensa-t-elle gonflée d'espoir. Il faut tenir encore cinq minutes ! Cinq petites minutes ! »

Le rongeur forçait l'ouverture, lézardant les murs. Sans l'étroitesse du passage, il serait entré depuis longtemps. Ses dents claquaient dans le vide, ses moustaches fouettaient l'air, faisant tomber les assiettes alignées sur le vaisselier.

Enfin, alors que l'immense gueule se préparait à engloutir Peggy Sue, la bête parut se dégonfler... en trois secondes, elle reprit ses proportions initiales et dégringola, minuscule, sur le carrelage de la cuisine où elle demeura étourdie.

Aussitôt, le chien bleu lui sauta dessus... et la dévora.

— C'était moins une, murmura Peggy quand elle eut recouvré ses esprits.

— Tu avais raison, grommela le chien. Il vaut mieux ne pas utiliser ces lunettes diaboliques, elles sont incontrôlables. Si je rapetissais brutalement au milieu d'une bataille, mes ennemis auraient beau jeu de me croquer vite fait.

Ils décidèrent d'un commun accord d'enterrer les verres extraterrestres dans le jardin. Après quoi, Peggy Sue demanda au chien bleu de la conduire en ville.

— Je dois trouver un opticien, expliqua-t-elle. Je ne peux pas rester comme ça. Il faut que tu me montres le chemin.

— OK, je vais te guider, dit le corniaud. J'ai toujours rêvé d'être chien d'aveugle.

Ils se mirent en route. Peggy Sue ne se faisait pas d'illusion, elle ne parviendrait pas à contacter Azéna, la fée aux cheveux rouges ; néanmoins, elle espérait trouver dans les réserves de la boutique une paire de lunettes ordinaires lui permettant de distinguer à peu près normalement ce qui l'entourait. Elle s'en contenterait jusqu'à ce que la situation s'améliore.

18

Dans la journée, le chien bleu participait à d'étranges réunions au cours desquelles ses congénères et lui-même communiquaient par télépathie. Ces débats interminables ne semblaient guère sereins car il arrivait fréquemment que les bêtes présentes y manifestent leur irritation en montrant les crocs ou en grattant le sol de la pointe du sabot.

« Elles ne sont pas d'accord entre elles, songeait Peggy Sue. Cet après-midi j'ai bien cru que le grand chien roux allait se jeter sur la vache beige pour l'égorger. »

Elle s'en ouvrit à son « maître » qui lui répondit :

— Tu me crois méchant, mais tu n'as aucune idée de tout ce que je fais pour les gens de ta race. Je vous défends au point de me compromettre aux yeux de mes compagnons de lutte. La plupart des animaux siégeant au comité sont des extrémistes, ils me trouvent trop tiède. Ils exigent d'aller beaucoup plus loin dans les réformes… et plus vite. Il ne m'est pas toujours très facile d'endiguer leurs débordements. Je ne te le cacherai pas plus longtemps : certains veulent votre peau. Ils vous considèrent comme des criminels qu'il s'agit de punir le plus sévèrement possible. Mais, après tout, comment faire entendre raison à une vache qui a vu tous ses veaux partir pour l'abattoir… et cela pour combler la gourmandise des hommes.

*

Dans le courant de la semaine, Peggy Sue obtint la permission d'aller rendre visite à sa famille. Elle trouva sa mère et sa sœur bien fatiguées.

— Je travaille à l'usine de tissage, lui expliqua M'man. Comme il n'y a plus d'étoffes synthétiques nous avons dû improviser un atelier qui traite les fibres végétales, ce n'est pas facile, et la majorité d'entre nous n'y connaît rien. Il faut pourtant faire vite car les animaux exigent de plus en plus de vêtements… Hier, une génisse a estimé que Carl Bluster, le shérif, lui avait manqué de respect… elle l'a forcé à manger son chapeau.

— Évidemment, ricana Julia en dévisageant sa sœur, toi tu te prélasses dans les belles maisons des beaux quartiers, tu es devenue l'âme damnée du chien bleu !

La discussion risquait de s'envenimer, Peggy Sue partit plus tôt que prévu. Elle décida d'en profiter pour prendre des nouvelles de Dudley.

Mélinda, la vache, vivait toujours dans sa ferme d'origine, dont elle avait cependant chassé l'exploitant. À la différence du chien bleu, elle détestait les costumes « chics » et leur préférait de bons gros vêtements en toile de jean. La basse-cour avait investi la demeure et se tenait perchée sur les buffets, les armoires, couvrant les meubles de fiente.

Cachée derrière un buisson, Peggy Sue épiait Dudley. Le jeune homme semblait épuisé, malade. Il s'activait, torse nu, vêtu d'une salopette trop large, un chapeau de paille sur la tête. Peggy lui trouva les traits tirés, le visage gris. Elle lui fit signe de la rejoindre. Le garçon hésita, risqua un coup d'œil en direction de la ferme, puis accourut, le dos voûté.

— Tu ne peux pas savoir, gémit-il en s'agenouillant à côté de Peggy. C'est un calvaire. Elle me harcèle tout le temps… Elle me donne des coups de corne télépathiques qui me plient en deux. J'ai l'impression d'être déchiré de l'intérieur.

— Elle est si méchante ? souffla la jeune fille. C'est vrai que tu as mauvaise mine.

Elle tendit la main pour caresser le visage amaigri du jeune homme. Il était si préoccupé qu'il ne s'en rendit pas compte.

Écartant la toile de son vêtement de travail, il désigna du doigt un hématome marbrant son flanc gauche, juste sous la ligne des côtes.

— Tu vois, dit-il. Ce n'est pas simplement imaginaire. Les coups de corne laissent bel et bien des traces. J'ai des bleus partout où elle me frappe.

— C'est un effet de la persuasion psychique à laquelle tu es soumis, chuchota Peggy. *Si tu y crois, ton corps y croit lui aussi.* C'est là le piège. Tu ne dois pas céder à ses suggestions. Si tu te mets à croire à la réalité de ces coups de corne tu verras ton ventre s'ouvrir alors même que personne ne t'aura touché. Tu dois te répéter que c'est une illusion.

— Facile à dire ! ricana amèrement Dudley. On voit que ce n'est pas toi qui encaisses les attaques !

Il vibrait de rage et d'impuissance. La jeune fille le devinait près de devenir cruel.

— C'est une sorte de rêve éveillé, insista-t-elle.

Elle parlait en pure perte, Dudley ne l'écoutait pas.

— Je vais ficher le camp, haleta-t-il. Seth Brunch a raison, il faut prendre le maquis, se cacher dans les bois et organiser la résistance. Quand nous aurons trouvé le moyen de nous protéger des suggestions hypnotiques, nous reviendrons avec des armes, et nous massacrerons tous ces animaux du diable !

— Non, supplia Peggy. Ne va pas dans la forêt, ce serait une erreur…

— Arrête de pleurnicher ! lança le garçon en levant la main. Tu ne sais pas de quoi tu parles. Tu es mal placée pour donner des conseils. Tu crois que j'ignore combien tu te la coules douce chez le chien bleu ?

Sans laisser à la jeune fille le temps de se défendre, il l'attira contre lui et murmura :

— Les coups de corne c'est une chose, mais ça ne s'arrête pas là… Il y a plus grave encore.

Peggy Sue le dévisagea, apeurée. Il avait une expression hallucinée et sa bouche tremblait.

— Cette vache… balbutia Dudley, cette Mélinda… elle est en train de me métamorphoser.

La première pensée de l'adolescente fut que son ami perdait la tête ; elle dut faire un effort pour ne pas trahir ses sentiments. Déjà, Dudley revenait à la charge.

— C'est… c'est dur à expliquer, bégaya-t-il, je le sens, tu comprends ? Il y a des signes extérieurs qui ne trompent pas. Tiens ! regarde mes bras… touche-les !

Peggy Sue obéit. Aussitôt elle grimaça. Les avant-bras du jeune homme étaient couverts d'un crin rugueux de couleur pâle. Cela ne ressemblait pas à du duvet. Elle se figea, effrayée.

— Tu vois ! triompha Dudley. Tu es moins sûre de toi à présent. C'est du crin animal… j'en ai partout. C'est en train de me recouvrir.

— Qu'est-ce que tu veux dire ? haleta Peggy.

— Je veux dire que Mélinda trafique mon cerveau pour qu'il modifie mon organisme, annonça durement son ami.

— Ton… ton organisme ? répéta Peggy Sue.

— Bon sang ! explosa Dudley, tu ne piges pas ? Ce qui recouvre mes bras, c'est du poil de vache ! *Je me transforme en veau !*

En d'autres circonstances l'adolescente aurait éclaté de rire, aujourd'hui, hélas ! elle sentait que son camarade disait la vérité.

— Mais pourquoi ? souffla-t-elle.

Dudley baissa les yeux.

— Je… je crois que je comprends, murmura-t-il. Elle veut que je remplace ses fils assassinés par les bouchers de Point Bluff. Ce sera ma punition. On lui a pris tant de veaux qu'elle exige réparation. Elle…

elle va me transformer, peu à peu. Elle profite que je dors pour infiltrer ses ordres dans mon esprit, alors les choses se modifient, jour après jour. Je commence à faire des rêves bizarres… je me vois en train de brouter dans la prairie… Je mâche de l'herbe, j'en ai plein la bouche, et je trouve ça bon !

Il releva la tête. Son regard trahissait une détresse atroce.

— Et puis j'ai tout le temps la migraine, soupira-t-il. Là… et là (il toucha son front de part et d'autre des sourcils). C'est très localisé… J'ai l'impression que ce sont mes cornes qui poussent. Touche… dis-moi si tu sens quelque chose.

Peggy effleura la tête du jeune homme. Maintenant qu'elle y regardait de plus près, elle réalisait que la physionomie de Dudley avait effectivement changé. Jamais, jusqu'à présent, il n'avait eu un front aussi… bosselé.

« C'est vrai, songea-t-elle avec horreur. On dirait que sa boîte crânienne est en train de se modifier. »

Elle se mordit les lèvres pour ne pas gémir. Ses doigts venaient de localiser deux nodosités évoquant des protubérances osseuses en formation. Elle ne put s'empêcher de penser à ces embryons de cornes qui apparaissent au front des veaux quand ils commencent à grandir.

— Alors, tu me crois maintenant ? lui jeta nerveusement Dudley.

— Oui, avoua-t-elle.

— Ça fait partie d'un plan, martela le garçon. D'un plan général qui concerne les jeunes, les enfants. Les vaches exigent réparation pour tous les veaux qu'on leur a enlevés… Elles vont « adopter » les petits humains en guise de dédommagement, sans leur demander leur avis. Elles vont les transformer. Elles ont ce pouvoir, et elles n'hésiteront pas à s'en servir. Ça a déjà commencé.

Il se cacha le visage au creux des paumes.

— Ne me regarde pas ! hurla-t-il soudain. Je vois bien que je te dégoûte. Je n'ose même plus m'approcher d'un miroir. J'ai peur de ce que je vais y découvrir. Dans quelques semaines je commencerai à me déplacer à quatre pattes, et puis…

Peggy Sue voulut lui prendre les mains pour le réconforter, mais le contact du crin rêche qui couvrait désormais la peau du jeune homme la fit frissonner. Elle ne put cacher sa répulsion.

— Je ne t'en veux pas, soupira Dudley qui avait perçu le mouvement de recul de son amie. Mais tu comprends pourquoi je veux partir ? Je n'attendrai pas d'être changé en veau. Je préfère rejoindre le groupe de Seth Brunch, même si cela doit me coûter la vie, même s'il y a dans la forêt quelque chose de plus dangereux encore que les animaux de Point Bluff.

— Je comprends, murmura Peggy. Je… je ne sais quoi te dire… Je voudrais t'aider…

— Il n'y a rien à faire, gronda Dudley, à part liquider ces fichues bestioles avant qu'il ne soit trop tard. Je vais m'y employer. Tiens ta langue, c'est tout ce que je te demande. Maintenant va-t'en avant que Mélinda ne remarque mon absence.

Peggy Sue se redressa.

« C'est peut-être la dernière fois que nous nous voyons », pensa-t-elle, le cœur étreint d'un horrible pressentiment.

Déjà, Dudley se détournait.

— Va-t'en ! répéta-t-il d'une voix où pointait la méchanceté. Je ne veux pas de ta pitié.

La jeune fille s'enfuit en retenant ses larmes.

Alors qu'elle marchait, une horrible pensée la visita. *Et si ce qui arrivait à Dudley lui arrivait à elle, aussi ?* Pendant quelques secondes elle fut dans l'incapacité d'avancer. La peur l'avait figée sur place, au beau milieu de la route. Elle revoyait les bosses sur le front du garçon, la pilosité rêche recouvrant ses bras…

Elle prit conscience que le chien bleu était tout à fait capable de lui jouer un tour semblable. D'ailleurs, depuis qu'elle dormait dans la niche, elle avait plusieurs fois rêvé qu'elle courait à quatre pattes dans le jardin pour déterrer des os. Sur le coup, elle n'y avait pas prêté attention. À la lueur des révélations de Dudley ces fantasmagories nocturnes prenaient une dimension beaucoup plus angoissante.

Aussitôt, elle scruta la chair de ses bras nus pour y détecter l'apparition d'une pilosité suspecte. Elle toucha son nez afin de s'assurer qu'il ne se changeait pas en truffe. Elle ne découvrit rien d'inquiétant mais se jura de demeurer vigilante. La puissance mentale des animaux dépassait ce qu'elle avait imaginé, leur force de suggestion parvenait désormais à subjuguer le cerveau et l'organisme des humains au point de leur faire croire n'importe quoi, même qu'ils devenaient des mutants.

*

Alors qu'elle atteignait la maison du notaire, elle entendit siffler dans les taillis bordant la route, comme si quelqu'un cherchait à attirer son attention. Regardant par-dessus son épaule, elle distingua une forme accroupie dans les buissons.

— C'est moi, chuchota une voix féminine. Sonia… Sonia Lewine.

Peggy Sue s'assura que personne ne l'observait, et se glissa dans les feuillages.

— Ça fait trois jours que j'essaye de te parler, grommela Sonia, mais ton fichu chien bleu ne cesse de t'avoir à l'œil, alors j'ai dû me planquer et attendre.

— Mais… bégaya Peggy, je croyais que tu…

— Que j'étais devenue débile ? plaisanta Sonia. Ouais, ça a bien failli. J'ai été longtemps dans le brouillard, ça c'est vrai, mais j'ai refait surface. Comme tout allait de travers, j'ai préféré continuer à jouer les idiotes, par mesure de prudence, de cette manière personne ne faisait attention à moi.

Peggy Sue se jeta au cou de son amie et la serra contre elle.

— Comme je suis heureuse ! souffla-t-elle. Je te pensais perdue à jamais.

— Je reviens de loin, sanglota Sonia. Bon sang ! j'ai bien failli me cramer la cervelle avec cette saleté de soleil.

Elles se reprirent et essuyèrent leurs larmes.

— Tu sais, murmura Sonia, les choses vont encore plus mal que vous ne l'imaginez. C'est ça que je voulais te dire. Quand mon cerveau s'est court-circuité, je me suis par hasard retrouvée branchée sur la fréquence utilisée par les animaux. Je ne sais pas pourquoi, mais il se trouve que je capte en partie leurs émissions télépathiques, et que j'arrive à les comprendre. Oh ! pas toutes, bien sûr…

— Tu… tu peux les écouter ! s'exclama Peggy, *à leur insu* ? C'est formidable ! Personne n'est capable de le faire.

— Ne t'emballe pas, fit Sonia Lewine. C'est pas de la hi-fi ! Je capte des bribes de pensées… des images. Les animaux communiquent beaucoup par images. Ils projettent dans l'esprit de leurs amis des petits films qui ressemblent aux bandes-annonces des cinémas. En général elles sont cryptées… incompréhensibles, mais certaines d'entre elles sont regardables. Et j'en ai vu quelques-unes. Suffisamment en tout cas pour avoir froid dans le dos. Je crois avoir compris ce qui se prépare.

Peggy Sue s'empressa de mettre Sonia au courant de ce qui arrivait au pauvre Dudley.

— Ça va dans le sens de ce que je prévoyais, fit son amie avec un hochement de tête. En gros, il y a deux clans en présence, les modérés et les extrémistes.

Les modérés veulent être dédommagés des préjudices subis. Les vaches dont on a tué les veaux veulent à leur tour arracher leurs enfants aux humains... et les changer en animaux. C'est ce qui se passe pour Dudley. Ils appellent ça « l'adoption punitive ».

Peggy sentit ses cheveux se dresser sur sa nuque.

— Ils peuvent réellement mener la transformation jusqu'au bout ? demanda-t-elle, la gorge sèche.

— Non, je ne crois pas, répondit Sonia. Mais Mélinda réussira tout de même à effacer les souvenirs humains de Dudley. Elle les remplacera par les siens et donnera au pauvre garçon des goûts et des habitudes d'herbivore. Il se mettra à gambader à quatre pattes, il bouffera de l'herbe... il meuglera et donnera des coups de corne aux humains qui tenteront de l'approcher. Son corps se métamorphosera, mais pas totalement. Ce sera surtout mental.

— Dudley ne se souviendra plus de rien ? gémit Peggy Sue. Ni de toi ni de... *moi* ?

— Pas même de ses parents, confirma Sonia. Il se prendra pour un veau, et agira comme tel. Et c'est valable pour tous les enfants que les bêtes décideront d'adopter... ou plutôt de « convertir ».

— Tu as parlé de deux partis antagonistes, rappela Peggy Sue, quel est le second ?

— Le second veut la guerre totale, soupira Sonia Lewine. Il rassemble les revanchards extrémistes qui réclament justice. Les animaux qui le composent estiment que l'homme doit payer pour ses crimes alimentaires. Ils nous reprochent d'avoir sacrifié des millions de bêtes sur l'autel des abattoirs. Ils disent que nous les avons ensuite dépecées pour éparpiller leurs dépouilles sur les présentoirs réfrigérés des supermarchés. Ils ne cessent de répéter que leurs enfants, leurs frères, leurs sœurs ont fini dans nos assiettes ou entre les tranches de pain de nos hamburgers. Pour tous ces crimes, ils estiment que nous devons être châtiés.

— Mais comment ? s'enquit Peggy Sue.

— En nous forçant à nous entre-dévorer, bien évidemment, lâcha Sonia. Notre punition sera à la mesure de nos crimes.

— Tu veux dire… balbutia Peggy. Tu veux dire qu'ils peuvent agir sur nos esprits pour nous contraindre à nous comporter comme des cannibales ?

— Exactement, confirma Peggy. Ils se contenteront de nous appliquer le vieux principe de suggestion dont ils usent et abusent depuis qu'ils ont pris le pouvoir. Ce sera facile. Tu veux savoir comment ils procéderont ? D'abord, ils priveront les enfants et les jeunes gens de la parole, les forçant à grogner comme des cochons de lait… ensuite, ils agiront sur l'esprit des adultes pour les convaincre que tous ces gosses sont effectivement des porcs. Ils savent comment réaliser ce tour de magie. Pour eux, c'est élémentaire. Ils n'auront pas de mal à persuader les parents de voir des cochons à la place de leurs rejetons.

— Mais qu'espèrent-ils en agissant ainsi ?

— Ne sois pas sotte, Peggy ! La famine menace, tu n'en as pas conscience ? Les réserves des supermarchés seront bientôt épuisées. La plupart des rayonnages sont vides. Nous vivons en circuit fermé depuis trop longtemps. Nous ne recevons plus aucune livraison de l'extérieur. Cela ne peut pas continuer. Depuis que tu vis chez le chien bleu, les choses se sont détériorées ; le shérif a dû prendre des mesures de rationnement. Les gens n'ont plus le droit d'acheter ce qui leur chante ni de constituer des réserves. On se serre la ceinture. Je n'exagère pas. La disette s'installe et l'on commencera bientôt à se battre pour la possession d'une simple boîte de conserve.

— Je… je vois, bégaya Peggy Sue.

— Quand manger deviendra une obsession, continua Sonia, les adultes n'auront plus qu'une idée : mettre à la broche ce cochon de lait inconnu qui s'obstine à vivre dans la chambre de leur gosse. Et ce cochon se sera justement…

— Leur fils, compléta Peggy.

— Exact, confirma Sonia Lewine. Voilà la vengeance des animaux. Forcer les humains à dévorer leurs propres enfants comme ils ont jadis dévoré veaux, moutons, agneaux.

— Il faut prévenir les jeunes, ajouta Sonia, on doit faire une annonce au collège, sans tarder.

— Je ne sais pas s'ils nous croiront, fit observer Peggy Sue, je suis plutôt mal vue… quant à toi on te considère comme une zinzin.

— Je sais, soupira Sonia. Il faut essayer.

19

Les propos de Sonia avaient attiré l'attention de Peggy Sue sur le problème de l'alimentation. Depuis qu'elle était entrée au service du chien bleu, l'adolescente se nourrissait principalement des spaghettis à la tomate et des pizzas surgelées qu'elle avait respectivement trouvés dans les placards et le congélateur de la grande maison de maître. Elle n'avait pas pensé qu'à l'extérieur, la situation pouvait être différente.

L'herbe, les fruits et les légumes, devenus bleus, avaient pris un goût horrible. Les humains ne parvenaient plus à les consommer. Seuls les animaux s'en accommodaient. Dans ces conditions il était assez difficile pour les hommes de devenir végétariens ! Encore une fois, les Invisibles avaient distribué aux uns et aux autres des cartes truquées.

Dans l'après-midi, alors qu'elle accompagnait le chien à une nouvelle réunion politique, elle observa les rues et les boutiques avec attention. Elle vit qu'il n'y avait plus une seule boîte de conserve sur les rayonnages du supermarché. À part les produits d'entretien, il ne restait rien !

Il faisait très chaud. Le soleil bleu diffusait une lumière malsaine, *épaisse*, à travers laquelle les choses et les gens semblaient vibrer comme au fond d'un lac. Sous son chapeau de paille à large bord, Peggy Sue transpirait. Les rares humains qu'elle croisa présentaient la même physionomie amaigrie, le même air maladif. Sonia Lewine n'avait pas exagéré : la ville était en proie à la famine. Privés de la possibilité de se rabattre sur une nourriture exclusivement végétale, les gens mouraient de faim.

« Le piège se met en place », pensa Peggy.

Elle dut attendre la fin des discussions, le chapeau du chien bleu sagement posé sur les genoux. Le conciliabule des bêtes terminé, elle reprit le chemin de la maison du notaire, en marchant dans le sillage de son « maître », dix pas derrière lui. Le corniaud était contrarié, cela se voyait à sa façon de claquer des mâchoires et d'agiter la tête.

— Ça ne va pas ? demanda-t-elle.

— Non, admit-il. Les choses sont en train de m'échapper. Je suis un modéré, et l'on me considère comme trop indulgent envers les humains. Je suis débordé par la fraction dure du Parti animal. Les choses n'évoluent pas comme je l'espérais. Les humains crèvent de faim… mais les carnassiers également. Les réserves de nourritures s'épuisent, pâtées, croquettes, tout a fondu comme neige au soleil. Nous comptions sur une révolte pour disposer de cadavres humains qui nous auraient fourni une excellente viande de boucherie. Hélas, cette rébellion n'a pas eu lieu. Seth Brunch complote beaucoup mais ne se décide guère à passer à l'action. Les chiens, les renards, les putois, les chats, les dingos, les coyotes, les lynx… tous les carnassiers de la ville et de la prairie exigent aujourd'hui d'être nourris. Ils s'impatientent. Ils réclament l'instauration d'un tribunal qui jugerait et condamnerait tous les criminels humains ayant profité de l'assassinat des animaux : les bouchers, les restaurateurs… mais aussi leurs complices : les cuisiniers, les serveurs.

La gorge de Peggy Sue se noua.

— À ce train-là, souffla-t-elle, vous pouvez également condamner les clients, c'est-à-dire toute la population de Point Bluff !

— Ne plaisante pas, soupira le chien. Je crois qu'ils y pensent. Plus il y aura de condamnés, plus il y aura de nourriture. Ta sœur Julia ferait partie du lot.

— Je sais, gémit la jeune fille. Ne peux-tu rien faire pour les calmer ?

— Ils ont faim ! grogna son interlocuteur. Et dans quelque temps je serai comme eux. (Il claqua des mâchoires, à la poursuite d'une mouche imaginaire. Au bout d'un moment, il ajouta :) Les vaches sont les plus déchaînées, elles réclament justice. Elles se préparent à une vengeance de grande envergure. Elles… elles veulent forcer les parents humains à dévorer leurs enfants.

232

— On m'en a parlé, fit Peggy sans se compromettre. Je pensais qu'il s'agissait d'une rumeur fantaisiste.

— Hélas non, soupira le chien bleu. Elles sont bien décidées à se venger. Le pire c'est qu'elles en ont les moyens. Le plan peut réussir car elles possèdent désormais la puissance mentale nécessaire à son exécution. Si elles s'y mettent toutes, elles parviendront à hypnotiser les adultes et à leur faire voir ce qu'elles veulent. C'est en réalité assez simple dès lors qu'on peut s'infiltrer dans les pensées d'un individu. Si je le voulais, je pourrais te faire croire que ces arbres sont en chocolat et te pousser à dévorer leur écorce. Tu ne te rendrais même pas compte que c'est une illusion. Tu mâcherais de la sciure, tu aurais la langue pleine d'échardes, et pourtant tu en redemanderais.

Sa voix s'éloigna dans l'esprit de Peggy Sue. Il estimait sans doute en avoir trop dit.

— Est-ce que tu t'opposerais à ce que je prévienne les jeunes du collège ? demanda-t-elle.

— Non, fit le chien. Mais cela ne servira à rien. Ils auront beau savoir, les ondes de suggestion prendront le contrôle de leur cerveau sans qu'ils puissent ébaucher la moindre résistance. Vous n'avez pas assez de puissance mentale pour les repousser. Vous êtes des enfants, nous pouvons vous faire croire tout ce que nous voulons.

Il semblait fatigué et démuni. Tout à coup, il fit volte-face pour regarder la jeune fille dans les yeux.

— Je vais te rendre ta liberté, dit-il. Je suis menacé. Il n'est pas impossible que mes camarades de combat cherchent à m'assassiner. Je ne veux pas que tu sois victime de leur colère. Tu m'as bien servi, et je t'en remercie. Maintenant va-t'en, rentre chez toi. Je ne t'ai rien caché, tu sais ce qui va arriver, essaye de t'en sortir du mieux possible. Je t'aime bien, en fait. Dans une autre vie, j'aurais été content d'être ton chien... tu m'aurais promené, nous aurions joué ensemble, tu m'aurais raconté tes peines de cœur. Je n'aurais été qu'un chien, et toi une fille comme les autres. Tu vois le tableau : une gamine amoureuse et un cabot fidèle, toujours prêt à courir derrière la balle qu'on lui lance.

Peggy ébaucha un geste dans sa direction. Il recula.

— Va-t'en ! dit-il en découvrant les crocs. À présent c'est chacun pour soi.

Et, tournant le dos à l'adolescente, il se mit à galoper sur l'interminable route en soulevant derrière lui un nuage de poussière.

Après avoir hésité, Peggy Sue se décida à revenir sur ses pas et à rentrer en ville.

Quand elle arriva au gymnase, elle fut frappée par la mauvaise mine de Julia et de M'man.

— On voit que tu as mangé à ta faim ! ricana sa sœur en guise de bienvenue. Regardez-moi ces bonnes joues rondes !

Leur mère intervint pour lui demander de parler moins fort, mais elle semblait épuisée.

— Tu n'as rien apporté ? s'inquiéta-t-elle.

Peggy Sue, en chuchotant, essaya de leur expliquer que les animaux carnassiers souffraient, eux aussi, de la pénurie de nourriture. Elle vit bien qu'on ne la croyait pas.

— Toutes les réserves sont épuisées, ou presque, insista-t-elle. Et le chien bleu ne parvient plus à se faire obéir.

— Qu'est-ce que tu racontes ? s'impatienta Julia. Tu veux dire qu'ils envisagent de nous dévorer ?

— C'est à peu près ça, admit Peggy.

*

La nuit même, en compagnie de Sonia Lewine, elle demanda au directeur du collège de convoquer les élèves dans le réfectoire. On avait cessé de tisser et de coudre des costumes depuis plusieurs jours car les animaux ne se présentaient plus aux essayages. Quand les jeunes gens furent rassemblés, Peggy Sue prit la parole et exposa dans le détail les différentes menaces qui pesaient sur Point Bluff. Hélas, lorsqu'elle évoqua les métamorphoses et le cannibalisme parental, sa voix fut couverte par les sifflets, les huées. On refusait tout bonnement de la croire. Sonia Lewine n'eut pas plus de succès. On la traita de débile et certains lui conseillèrent de retourner à la maternelle apprendre l'alphabet.

— Ta cervelle a les mêmes capacités de réflexion qu'une omelette mexicaine ! cria un garçon au visage couvert de boutons.

Seul Seth Brunch demeura silencieux, le sourcil froncé. Peggy Sue eut la conviction qu'il ne mettait nullement en doute ses informations. La conférence virant au chaos, le principal dut intervenir pour ramener l'ordre. À l'idée que leurs parents puissent les prendre pour des cochons de lait et les dévorer, certains adolescents se tordaient de rire. Sonia avait les larmes aux yeux.

— Au moins on aura essayé, soupira Peggy en la serrant contre elle.

— Qu'est-ce que c'était que ce délire ? interrogea le shérif, qui avait assisté à l'intervention des deux jeunes filles, vous avez perdu la tête ? Vous voulez créer la panique ?

— Je n'ai dit que la vérité, martela Peggy Sue. Dans peu de temps, les jeunes de Point Bluff vont se trouver confrontés à un choix terrifiant.

— C'est n'importe quoi ! se moqua Carl Bluster.

Peggy essayait de conserver son calme et de ne pas fondre en larmes sous l'effet de l'énervement.

La salle se vida dans la bousculade et les rires.

« Cela leur fait trop peur, songea Peggy Sue, ils ne veulent pas regarder la réalité en face. »

Les deux amies se retrouvèrent seules. Depuis le début des événements la plupart des salles de classe étaient désertes. Les adolescents erraient dans la campagne, à la recherche de nourriture. Toutefois, ils n'entraient pas dans la forêt car plusieurs d'entre eux, qui avaient commis l'imprudence de ne pas respecter ce *no man's land*, n'étaient jamais revenus.

Peggy Sue et Sonia décidèrent d'aller rendre visite à Dudley. En les voyant passer, trois garçons poussèrent des grognements de cochon.

— Les imbéciles, soupira Sonia. On essaye de leur sauver la vie, et ils se paient notre tête.

Elles sortirent du bâtiment et prirent la route menant à la ferme où leur ami était retenu prisonnier. La lune était pleine. Énorme, elle emplissait tout le ciel. Les deux jeunes filles avançaient dans la nuit, précédées par l'écho de leurs pas. Elles n'osaient parler de ce qui allait arriver. À un moment, elles s'arrêtèrent pour scruter la forêt qui encerclait Point Bluff telle une muraille bruissante. Au-delà c'était la liberté, le monde normal…

Elles atteignirent enfin la ferme plongée dans l'obscurité comme tous les bâtiments habités par les animaux, ceux-ci n'éprouvant pas le besoin d'allumer la moindre lampe.

— On y va ? proposa Sonia.

Peggy Sue hocha la tête, elle avait peur de ce qu'elles allaient découvrir. Le cri d'une chouette les fit sursauter. Un raton laveur s'agita et tenta de s'infiltrer mentalement dans leurs têtes, mais il n'avait pas assez de puissance télépathique pour les gêner, et renonça presque aussitôt à cette incursion.

Sonia poussa la porte de la grange et s'immobilisa pour donner à ses yeux le temps de s'habituer aux ténèbres.

— Il y a… quelqu'un, constata-t-elle d'une toute petite voix.

Peggy s'agenouilla. C'était Dudley, recroquevillé sur des bottes de paille. Il ne portait qu'un vieux pantalon déchiré. Il dormait. Son torse était couvert d'une toison rêche, blonde. Son cou avait épaissi jusqu'à prendre des proportions taurines. Son nez écrasé, mouillé de morve, avait maintenant l'aspect d'un mufle. *Et il avait des cornes…*

On ne voyait qu'elles, saillant de part et d'autre du front.

— Quelle horreur ! hoqueta Sonia. Lui qui était si mignon… on dirait un… un veau.

— C'est ce qu'il est en train de devenir, chuchota Peggy.

L'émotion rendait ses paroles presque incompréhensibles.

— Il… était si mignon, répéta sottement Sonia Lewine. Regarde… regarde ce qu'il est devenu. Quel gâchis !

Elle semblait partagée entre la rage et le chagrin. Cette fois, elle avait parlé trop fort, Dudley s'agita en grognant. Il avait la respiration lourde et des gestes qui n'avaient déjà plus rien d'humain. Horrifiée, Peggy s'aperçut tout à coup que les doigts du garçon s'étaient soudés entre eux de manière à former une sorte de sabot.

— Viens, dit-elle en saisissant le bras de Sonia. Allons-nous-en.

Au même moment, Dudley ouvrit les yeux et la regarda.

— C'est… c'est nous, bredouilla-t-elle.

Le jeune homme ne réagit pas. Comme un animal dérangé dans son sommeil, il essayait d'analyser la situation sans bien comprendre ce qui se passait.

— Il ne nous reconnaît pas, hoqueta Sonia. Bon sang ! il ne sait même plus qui on est !

Dudley s'ébroua, puis, après avoir flairé la paille sur laquelle il reposait, entreprit d'en mastiquer quelques brins.

— Viens, souffla Peggy en tirant Sonia au-dehors. Ça ne sert à rien. Mélinda, la vache qui l'a adopté, a réussi à effacer ses souvenirs d'humain.

Elles s'enfuirent en courant comme des folles, et le vent de la nuit sécha les larmes sur leurs joues.

*

Au gymnase comme en ville, tout allait de travers. Les adjoints du shérif avaient cessé de monter la garde. Les portes jadis cadenassées étaient battantes. Mettant à profit ce manque de surveillance, les gens commençaient à rentrer chez eux. M'man et Julia faisaient partie du nombre. Elles avaient décidé de regagner le camp de *trailing* et de se réfugier à l'intérieur de la vieille caravane.

L'atmosphère était lugubre. En arrivant au camping, tout le monde s'était empressé de vérifier l'eau, l'huile, l'essence, comme s'il était possible de s'élancer sur les routes et de tourner le dos à Point Bluff. Ces préparatifs achevés, les conducteurs avaient commencé à marcher en rond autour de leurs véhicules en jetant des regards sombres en direction de la forêt. Car c'était bien là le problème… Qui donc oserait s'y risquer le premier ?

— Il n'y a qu'à former une caravane, avait proposé un gros homme en chemise de bûcheron. Si nous fonçons tous ensemble, il ne nous arrivera rien !

Son idée n'avait séduit personne. Depuis, on attendait, dans le crépitement agaçant des postes de radio qui s'obstinaient à capter la cacophonie des différents sons télépathiques des animaux occupés à converser mentalement.

Tout le monde souffrait de la faim. Les plus jeunes, incapables de résister, s'entêtaient à manger des fruits bleus qui les rendaient malades.

M'man avait fait l'inventaire des placards dans la vieille caravane et tiré de la « réserve de détresse » quelques conserves de haricots à la tomate sur lesquels ses deux filles s'étaient jetées en gémissant de gourmandise.

— Cela ne nous mènera pas loin, avait-elle soupiré. Si au moins nous pouvions aller dans la forêt, je suis certaine qu'on y trouverait des fruits et des plantes consommables. Les arbres sont touffus, ils ont probablement intercepté les rayons du soleil bleu. Ce qui pousse au ras du sol n'a pas été infecté… oui, c'est là qu'il faudrait chercher.

— J'irai demain, décida Peggy Sue, mais n'en parle à personne.

— C'est tout toi, ça ! ricana Julia. Après t'être planquée chez le chien bleu voilà que tu veux jouer les héroïnes !

*

Le lendemain, au lever du jour, Peggy sortit de la caravane sur la pointe des pieds et prit la direction de la forêt. Elle ne savait pas comment les Invisibles réagiraient à son intrusion et se préparait au pire. Elle battit les buissons à la recherche d'éventuels fruits sauvages. Elle ramassa des mûres, ainsi que d'autres baies comestibles. Il faisait sombre sous les arbres, on avait l'illusion que la nuit restait prisonnière du sous-bois alors que le jour se levait partout ailleurs. Peggy Sue était occupée à cueillir des pissenlits quand une émission mentale traversa son esprit. Ce fut un coup de sonde rapide, pas assez cependant pour passer inaperçu, et la jeune fille sut que des animaux télépathes se tenaient là, embusqués dans les taillis. Elle fit comme si elle ne s'était rendu compte de rien. Il ne lui fallut pas longtemps pour repérer trois ou quatre vaches se cachant derrière les arbres.

Dans les ténèbres de la forêt, la présence de ces ruminants silencieux, plantés en embuscade au milieu des buissons d'épineux, prenait une dimension inquiétante. Que faisaient-ils là, si loin de leur étable ?

« Un commando, songea Peggy. Un commando de vaches muettes. »

C'était cocasse… et terrifiant. La jeune fille jugea prudent de battre en retraite. Aucune pensée étrangère n'explorait plus son cerveau, les bêtes ne l'avaient pas prise pour cible, elles visaient quelqu'un d'autre. Mais qui ?

L'adolescente regagna la caravane familiale. Julia se jeta sur le butin de mûres et s'en barbouilla les lèvres. Il fallut lui intimer d'arrêter avant qu'elle ne liquide le contenu du panier.

*

Peggy Sue resta toute la journée sur le qui-vive.

Dans le courant de l'après-midi une subite agitation s'empara du camp de caravaning. Des cris éclatèrent, des galopades emplirent les travées. Les gens s'interpellaient, se bousculaient. M'man ouvrit la porte cabossée pour risquer la tête au-dehors.

— M'dame Fairway ! lui cria un voisin en tee-shirt qui brandissait une batte de base-ball, Johnny Blackwell vient de repérer un cochon qui rôdait entre les caravanes… *un cochon de lait.* Si on l'attrape on fera un super barbecue ! Venez vite avec vos filles, on sera pas trop nombreux pour le coincer.

Aux mots « cochon de lait », Peggy Sue avait dressé l'oreille. Elle eut peur de comprendre ce qui était en train de se passer.

« Ce n'est pas un cochon, pensa-t-elle, *c'est un enfant*… Voilà pourquoi les vaches se tiennent cachées dans la forêt, elles sont en train de bombarder le camp d'ondes hypnotiques ! »

Déjà, Julia retournait le contenu des placards à la recherche d'une arme, d'un gourdin.

— Faut y aller ! glapissait-elle d'une voix stridente. Si on reste là les bras croisés, on n'aura pas le droit d'y goûter.

Armée d'un vieux fusil-harpon où s'emmanchait une flèche rouillée, elle se précipita dehors, à la suite de la meute hurlante.

— On ne peut pas les laisser faire ça ! cria Peggy Sue. Il faut les en empêcher.

— Assez de sensiblerie ! gronda sa mère. Nous mourons tous de faim et ce n'est qu'un cochon.

— Mais non ! gémit la jeune fille. Justement pas !

Se dégageant de l'étreinte de M'man, elle sauta sur le sol et faillit être piétinée par les occupants du camping qui couraient en brandissant des marteaux, des piquets ou des haches.

— Arrêtez ! hurla-t-elle, ce n'est pas ce que vous croyez !

Personne ne l'écouta. Ils avaient les yeux hors de la tête, la bave de la gourmandise aux lèvres. Ils ne pensaient plus qu'au barbecue, aux travers de porc, aux côtelettes, aux...

— Là ! Là ! hurla quelqu'un, il essaye de se cacher sous la roulotte de la mère Jenkins. Coincez-le, vite ! Maxwell, prépare ton couteau pour le saigner.

— Écoutez-le couiner ! ricana Sandra Wizcek, il sent que son heure est proche.

Peggy Sue les dévisagea, atterrée. Elle ne les reconnaissait plus. La faim avait fait d'eux des ogres aux yeux fous. Jouant des coudes, elle se fraya un chemin dans la cohue. Ils s'excitaient, désignant du doigt un gosse terrifié qui tentait de ramper sous les caravanes pour se mettre hors de portée des mains qui voulaient le capturer.

« C'est Tony, constata Peggy Sue, le cadet de la famille Wizcek. Sa mère ne le reconnaît plus, elle est même la plus enragée de tous. Si elle l'attrape, elle lui cassera la tête avec son gourdin. »

— C'est Tony ! hurla-t-elle. Arrêtez ! Vous êtes fou ! C'est Tony !

On la repoussa. Un vieil homme lui expédia un coup de coude dans l'estomac pour prendre sa place au premier rang. Le souffle coupé, Peggy dut reculer. En raison de sa petite taille, le gosse avait réussi à se recroqueviller hors d'atteinte des mains des adultes déchaînés, mais déjà, un adolescent très maigre qu'on surnommait « L'Anguille » s'appliquait à ramper dans sa direction, un couteau entre les dents.

— Saigne-le ! hurlait Mme Wizcek au comble de l'excitation.

Peggy Sue comprit qu'il lui restait peu de temps pour agir. Elle eut une illumination. Tournant le dos à la foule, elle fila en direction de la forêt. Au passage, elle préleva une bûche enflammée sur le feu que les gosses du camp étaient en train d'allumer pour faire rôtir l'animal. Cette torche brandie au-dessus de la tête, elle se jeta dans les taillis à la rencontre des vaches embusquées dans la pénombre et agita le brandon sous leurs naseaux. Les ruminants reculèrent, effrayés par les flammes. La peur leur fit perdre le contrôle de leurs émissions hypnotiques. Aussitôt des cris de déception s'élevèrent du camping.

Peggy Sue poussa son avantage et poursuivit les bêtes dans les buissons, n'hésitant pas à leur roussir le cuir. Elle espérait que la douleur des brûlures les empêcherait de se remettre à l'ouvrage. Très vite, les animaux disparurent entre les troncs, et elle se retrouva seule, sa torche charbonneuse à la main.

Quand elle revint sur ses pas, les gens du campement étaient en grande discussion, chacun accusant l'autre d'avoir laissé échapper le cochon.

— C'est la faute du petit Tony, grognait un homme, il a dû lui faire peur.

— J'y pige rien, grommelait un autre. Un coup je voyais l'cochon, la seconde d'après c'était le gosse qui se tenait à la même place.

— Vous êtes des chasseurs à la manque ! vociférait Mme Wizcek furibonde. Si vous aviez été plus rapides, on l'aurait eu, ce barbecue, et à l'heure qu'il est on serait déjà en train de se régaler.

Julia, comme les autres, était de mauvaise humeur. Elle agitait son fusil sous-marin rouillé.

— C'est rageant ! répétait-elle. Dire qu'il était là, à portée de main... C'est ta faute aussi, pourquoi nous empêchais-tu d'approcher ! On a perdu du temps à cause de toi.

M'man intervint pour la faire taire avant que la colère de la foule ne se retourne contre Peggy Sue.

Celle-ci chercha Tony du regard. Le marmot se tenait recroquevillé sous une table de camping. Grelottant de terreur, il avait fermé les yeux pour ne plus voir les adultes qui se pressaient autour de lui.

« Je lui ai sauvé la vie, pensa la jeune fille, mais ce n'est que partie remise, les vaches extrémistes reviendront. Elles tiennent à leur vengeance. Elles iront jusqu'au bout. »

*

Le soir même, Peggy Sue dut faire face à une nouvelle alerte. Un second « cochon » fut localisé dans le camping. M'man et Julia étaient en train de s'assoupir quand un poing impérieux fit trembler la porte métallique de la caravane. Jim Bockton, un mécanicien au chômage, passa la tête dans l'entrebâillement pour crier :

— Vous connaissez la dernière ? Les Sanchez, ces Mexicains qui campent dans un vieux wagon pourri à l'autre bout du terrain… ils cachent trois cochons chez eux ! Vous vous rendez compte ? Pendant que tout le monde meurt de faim, ces saligauds dissimulent de quoi nourrir toute une communauté !

— Est-ce possible ? s'étonna M'man, ils sont pourtant bien gentils, et leurs trois petits garçons sont si mignons.

— En attendant, coupa Bockton, ils cachent trois porcelets chez eux. Vous venez avec nous ? On va là-bas en comité, pour confisquer cette bonne nourriture sur pattes. Le vieux Kurt est en train d'allumer le barbecue.

Peggy Sue se dressa. *Trois petits garçons… trois cochons de lait…* Les vaches avaient repris leurs émissions télépathiques !

Cette fois elle ne perdrait pas de temps à parlementer avec la foule, elle filerait droit dans la forêt.

— M'man, supplia Julia, faut y aller, sinon on n'aura rien…

— Tu as raison, capitula Mme Fairway. On n'est pas en mesure de faire les difficiles.

— Je prends le fusil-harpon, décida Julia… et deux flèches de rechange, au cas où.

Elles sortirent, emboîtant le pas à Bockton. Peggy bondit hors de la caravane et courut au barbecue. Comme elle l'avait fait quelques heures auparavant elle vola une branche enflammée et fila vers le sousbois tandis que les campeurs assiégeaient le wagon des Sanchez.

Les vaches étaient là, mais cette fois elles s'attendaient à la réaction de Peggy Sue et la jeune fille encaissa un coup de corne télépathique qui la fit hurler de douleur. Elle s'effondra avec l'impression que ses intestins coulaient de son ventre ouvert.

« Ce n'est qu'une illusion ! se força-t-elle à penser, la sueur lui coulant sur le visage. Réagis, ne te laisse pas berner. Ça n'a aucune réalité. Elles ne t'ont pas touchée. »

Cependant la souffrance lui coupait la respiration. Elle rassembla ses forces et, ramassant la torche, tituba vers les vaches. Cette fois elle fut moins conciliante et leur brûla le museau. Les ruminants reculèrent en désordre. La confusion avait désorganisé leur stratégie mentale et le phénomène d'hypnose collective qui frappait la population du camping se dissipa d'un coup.

Les enfants des Sanchez étaient sauvés.

« Mais je ne pourrai pas être partout, pensa Peggy en se massant le nombril. Qui sait si, en ce moment même, à Point Bluff, des parents ne sont pas en train de rôtir à la broche leurs propres enfants ? »

Comme pour confirmer ses craintes, elle vit surgir Sonia Lewine, hors d'haleine.

— Ça va très mal en ville, souffla la jeune fille en laissant choir sa bicyclette. Les gens sont devenus fous, ils croient voir des cochons partout ! Ils galopent dans les rues en brandissant des fourches ! Ils ont déjà tué le petit Mickey Baldwin… ce gosse de dix ans qui distribuait les journaux le dimanche, tu sais ? Ils sont en train de le faire cuire sur la place de la mairie… et… *et le shérif en a mangé un morceau* !

Elle dut s'écarter pour vomir au pied d'un arbre. Peggy Sue la soutint et lui nettoya la bouche avec son mouchoir.

— Viens, dit-elle, tu vas dormir avec moi dans la caravane. Je ne veux pas que tu te promènes seule sur les routes ce soir.

Peggy Sue et Sonia se barricadèrent à l'arrière du véhicule, le plus loin possible de M'man et de Julia

qui se désespéraient de la disparition des trois porcelets vivant dans la cabane des Sanchez.

— Je ne comprends pas comment ils s'y sont pris
pour les escamoter, grommelait Julia. Mais j'en ai
encore l'eau à la bouche… *Ooh! ces trois jolis petits
cochons, si roses, si gras…*

— Tais-toi, ordonna M'man, tu te fais du mal.

— Qu'est-ce qu'on va devenir? gémit Sonia en se
blottissant contre son amie. Si on ne trouve pas très
vite une solution, ce sera bientôt notre tour.

20

Cette nuit infernale sema la panique chez les adolescents. Terrifiés par le sinistre « barbecue » de la place de l'hôtel de ville, les jeunes gens n'avaient plus aucune confiance dans leurs parents. Ils avaient cessé de se moquer de Peggy Sue et, bien au contraire, la suppliaient de leur donner des conseils.

— Mon père et ma mère m'ont poursuivi toute la nuit un couteau de cuisine à la main, bredouillait Mike. Si je n'avais pas réussi à me barricader dans le grenier, je serais mort et débité en côtelettes à l'heure qu'il est !

— C'est pareil pour moi ! gémirent dix autres garçons. Bon sang ! Ils étaient comme des démons, les yeux hors de la tête, à se pourlécher les babines…

— Le pire, sanglota Elisa Morton, c'est qu'au matin ils ne se rappelaient plus rien. Tout s'était effacé de leur tête.

Ils tremblaient à l'idée de vivre une autre nuit d'horreur.

— Une chose est sûre, conclut Peggy Sue, les animaux ont du mal à maintenir durablement la puissance de leurs émissions hypnotiques. Cet exercice les épuise. Sans doute leur occasionne-t-il de méchantes migraines, sinon ils auraient recommencé dès ce matin, or ce n'est pas le cas.

— Tu crois qu'ils ont besoin de recharger leurs batteries ? demanda Sonia.

— Oui, fit Peggy. En ce moment, ils sont à plat, mais cela ne durera pas.

Elle dut grimper sur un bureau pour improviser un discours et expliquer aux jeunes gens que toutes les bêtes ne désiraient pas se venger.

— Les raids hypnotiques sont le fait d'un noyau de vaches extrémistes ! cria-t-elle.

— Et les autres… lança Mike en agitant les bras. Celles qui transforment les enfants en veaux… est-ce qu'elles nous protégeraient ?

— Sans doute, hasarda Peggy Sue.

Il n'en fallut pas davantage pour déclencher la ruée des adolescents hors du collège. Ils couraient, se bousculant, piétinant le conseiller d'éducation. Peggy et Sonia mirent un moment à comprendre qu'ils galopaient en direction des fermes voisines pour essayer de se placer sous la protection du premier ruminant qui voudrait bien les adopter.

Peggy Sue agrippa Mike par la manche, mais le garçon se dégagea d'un mouvement sec pour enfourcher son vélo.

— Tu ne sais pas ce que tu fais, lui souffla-t-elle. Tu n'as pas vu ce qui est arrivé à Dudley.

— Il s'est réellement changé en veau, renchérit Sonia d'une voix étranglée.

— Mieux vaut être veau que mort ! cracha Mike, et il se mit à pédaler furieusement vers la sortie de la ville.

— Ils ont tous perdu la boule, murmura Sonia Lewine. C'est dingue… toutes ces petites minettes qui, il y a un mois, auraient préféré être foudroyées par l'orage plutôt que de venir en cours avec un pull usé, elles sont prêtes aujourd'hui à se métamorphoser en génisses. C'est trop ! J'hallucine !

— Elles ont peur, soupira Peggy Sue. Et je suis comme elles. Je n'ai pas très envie de retourner au camping. Je repense à ma sœur… hier soir, elle était parmi les plus déchaînés.

« Après ce que j'ai fait aux vaches, songeait-elle, elles vont me prendre pour cible. Il faudra que je sois sur mes gardes. »

— On ne peut pas rester dehors, se lamenta Sonia, c'est trop dangereux. Je vais essayer de m'aménager une planque dans le grenier, chez mes parents. Il y a un placard ; en posant un loquet à l'intérieur, je pourrai m'y enfermer. La porte est solide. Si tu ne sais pas où aller, viens m'y retrouver, c'est assez large pour qu'on y tienne à deux.

Elle s'éclipsa car elle voulait profiter de l'absence d'émissions télépathiques pour bricoler sa cachette.

Peggy n'essaya pas de la retenir. Une fois seule, elle se sentit encore plus désemparée. Le collège désert amplifiait les bruits et elle sursautait au moindre grincement. Si on la pourchassait ici, elle serait sans défense puisque la plupart des portes ne fermaient pas à clef.

Elle décida malgré tout de rentrer au camp de caravaning. En chemin, elle vit des groupes d'adolescents allant de ferme en ferme pour mendier une adoption salvatrice. Les garçons n'hésitaient pas à ôter leur tee-shirt pour exhiber leur musculature et prouver qu'ils feraient de bons veaux bien bâtis. Elle les trouva pathétiques, ils n'avaient aucune idée de ce qui les attendait. Ils n'avaient pas vu Dudley, broutant la paille de sa litière, l'œil voilé d'abrutissement.

Quelques vaches, intéressées par toute cette agitation, avaient daigné sortir des étables afin d'examiner ces candidats à la bestialité. Elles ruminaient, placides, en les regardant gesticuler.

Peggy Sue atteignit enfin le camping. Elle fut surprise d'y découvrir des hommes armés d'épieux, de fourches, qui patrouillaient entre les caravanes. En s'approchant, elle reconnut ses voisins.

— C'est au cas où les cochons reviendraient, lui chuchota Bockton. Cette fois on ne les laissera pas filer ! Tu peux me croire !

Comme elle se dirigeait vers la caravane familiale, l'homme la rattrapa pour lui souffler :

— Si tu as des informations sur les gens qui cachent chez eux de la nourriture, tu ferais mieux de me les communiquer. Sinon ça ira mal… Tout le monde doit collaborer. C'est la règle. Ceux qui n'auront pas pris part à la chasse n'auront rien à manger.

Il la fixait avec une lueur de folie dans le regard. Elle prit peur et s'empressa de grimper dans la caravane. M'man et Julia s'y tenaient, maussades. Elles jouaient aux cartes pour essayer de passer le temps… et oublier la faim.

Peggy Sue commençait elle aussi à souffrir de crampes d'estomac.

— Tu as vu ? lui lança sa sœur. On a installé des sentinelles. Elles ont le droit de regarder dans les caravanes et dans les tentes à tout moment. C'est pour ça qu'il ne faut plus tirer les rideaux ni éteindre la lumière. S'ils croient qu'on est caché dans le noir pour manger en secret, ils enfonceront la porte.

« Vous êtes tous en train de devenir dingues ! » faillit crier Peggy Sue.

Elle se recroquevilla sur le vieux canapé et feignit de s'absorber dans la lecture d'un roman. En réalité, elle demeurait aux aguets, se préparant au pire. Elle se demandait si les vaches auraient récupéré assez de puissance mentale pour lancer une deuxième attaque hypnotique à la tombée du jour.

— Mes pauvres petites, se lamenta M'man, je n'ai plus grand-chose à vous donner. J'ai retrouvé trois vieux sachets de cacahuètes salées au fond d'un sac de plage. Elles sont périmées mais c'est ça ou rien.

Julia et Peggy Sue se jetèrent sur cette nourriture dérisoire au goût d'huile rance qui ne fit qu'aviver leur appétit.

Le silence s'installa, lourd. Au bout d'un moment, Peggy eut la désagréable impression que le regard de Julia s'appesantissait sur ses épaules et ses bras nus. Il y avait dans ce regard quelque chose qu'elle n'aimait pas, une… *gourmandise* totalement déplacée. On eût dit que Julia était en train de contempler un plat succulent dont elle reniflait le fumet imaginaire.

— Si… si on faisait une partie de cartes ? proposa Peggy Sue.

Sa mère et sa sœur ne répondirent pas. À présent, elles la fixaient toutes les deux avec une attention hallucinée. Julia tendit le bras en travers de la table pour pincer Peggy au gras du bras.

— Aïe ! gémit l'adolescente. T'es folle ?

Mais elle savait parfaitement ce qui arrivait à sa sœur. Elle le savait même trop bien. Les émissions hypnotiques venaient de reprendre ! Les animaux étaient en train d'installer des images fictives dans l'esprit des adultes… des images qui, dans quelques minutes, allaient leur présenter leur fils ou leur fille sous les traits d'un cochon.

La panique lui mit la sueur au front. Julia se passa la langue sur les lèvres en murmurant :

— Ça sent bon.

— Ouais, renchérit M'man. Il… il est bien gras… et si tendre.

Peggy Sue repoussa sa chaise et mesura du regard la distance qui la séparait de la porte. Cependant, si l'illusion était en train de s'implanter dans l'esprit de *tous* les adultes, elle ne serait pas davantage en sécurité à l'extérieur de la caravane.

— Il va filer, chuinta M'man en fouillant dans le tiroir du meuble de cuisine. Le laisse pas s'échapper ou c'est les autres qui vont le prendre.

Elle avait une expression horrible sur le visage.

« On dirait une ogresse ! » pensa Peggy Sue en essayant de ne pas perdre son sang-froid.

— Arrêtez ! cria-t-elle. Vous savez bien qui je suis ! Regardez-moi ! C'est moi Peggy Sue ! Peggy Sue !

— Écoute-le couiner ! grogna Julia. Faut l'faire taire avant que les autres ne l'entendent. Pas question de le partager, on le gardera pour nous. Seulement pour nous.

— Oui, fit M'man. C'est Peggy qui sera contente en découvrant une paire de bonnes côtelettes dans son assiette !

— *Mais c'est moi, Peggy !* hurla la jeune fille. Réveillez-vous ! Ne vous laissez pas hypnotiser !

Les deux femmes bondirent sur elle pour essayer de l'immobiliser. Peggy dut se débattre de toutes ses forces pour leur échapper. Leur gesticulation produisait un vacarme effroyable. La table se renversa, une étagère s'écroula. M'man brandissait son couteau...

Au même moment un épouvantable craquement retentit et un éclair jaillit du ciel. Un orage éclatait au-dessus de la ville.

Julia et M'man se figèrent en battant des paupières, comme si elles ne comprenaient pas ce qui leur arrivait.

— Où… où est passé le cochon ? bredouilla Julia.

« C'est la foudre ! songea Peggy Sue. La décharge électrique a perturbé les ondes hypnotiques ! »

Elle en profita pour se dégager. Tout le temps que durerait l'orage, les éclairs contrarieraient les émissions télépathiques des animaux, les adultes ne seraient donc plus la proie des mirages que par à-coups.

Peggy courut vers la porte et bondit à l'extérieur. Les patrouilleurs la regardèrent avec la même expression éberluée que sa mère et sa sœur. Elle s'élança en direction du champ de maïs, de l'autre côté de la route. Il pleuvait dru ; en quelques secondes, ses vêtements lui collèrent à la peau. Elle pataugea dans la terre détrempée.

Ce qu'elle craignait ne tarda pas à se produire. La voix de Bockton explosa derrière elle :

— Là ! vociférait-il. Un cochon ! Il court vers le maïs ! Tous sur lui ! Vite !

C'était à prévoir : les effets électromagnétiques de la foudre s'étant dissipés, les animaux recommençaient à émettre.

L'adolescente jeta un bref regard par-dessus son épaule et frissonna d'épouvante. Toute la population du camping galopait dans son sillage en brandissant des armes improvisées. M'man et Julia venaient en tête… elles criaient :

— Il est à nous ! C'est nous qui l'avons vu en premier !

Peggy Sue plongea dans le mur végétal du maïs dont les hautes tiges la dissimulaient aux regards de ses poursuivants. Elle courait le plus vite possible, giflée par les feuilles, s'étalant parfois dans la boue.

Alors une longue poursuite commença. Quand un éclair disloquait la voûte céleste, les chasseurs sortaient de leur hypnose pour quelques minutes et tournaient en rond en se demandant ce qu'ils faisaient là; ces brefs répits permettaient à Peggy Sue de prendre de l'avance.

C'est ainsi qu'elle parvint aux abords de la ville. Elle grelottait de peur et de froid, ses vêtements dégoulinants l'enveloppaient comme des serpillières. Un point de côté lui sciait le flanc et elle avait le plus grand mal à courir. Elle hésita à pénétrer dans la cité. Si l'orage cessait alors qu'elle se trouvait au beau milieu de la rue principale, tout le monde se jetterait sur elle pour la mettre à mort.

Elle regarda derrière elle. Les gens du camping progressaient à travers le maïs. Ils avaient si faim que le déluge ne ralentissait pas leur course.

Elle ne devait pas rester là.

« La maison de Sonia est à l'autre bout de la ville, songea-t-elle. Pour la rejoindre il me faudrait traverser tout Point Bluff. Ce serait du suicide. »

Soudain, une grande silhouette recouverte d'un ciré noir se dressa devant elle, lui arrachant un cri de terreur.

— Suis-moi, dit Seth Brunch, je sais ce qui se passe. Va te cacher dans mon garage...

Était-ce un piège ? La prenait-il, lui aussi, pour un cochon ?

« Et s'il essayait de m'attirer à l'écart pour me dévorer sans partager avec les autres ? » se demanda Peggy.

— Secoue-toi, idiote ! lança le professeur de mathématiques, toujours aimable. Tes poursuivants se rapprochent. Viens, ce n'est qu'à cinquante mètres !

L'adolescente se décida à le suivre ; de toute manière elle était épuisée et ne savait où aller. Elle courut dans les traces du prof jusqu'à une petite maison. Ils s'engouffrèrent tous deux dans le garage, et Brunch s'empressa d'actionner la télécommande pour rabattre la porte automatique.

Peggy essuya l'eau qui ruisselait sur son visage et le regarda avec méfiance.

— Vous n'êtes pas sensible aux émissions hypnotiques ? lui demanda-t-elle. Vous ne voyez pas les enfants sous l'apparence de cochons de lait ?

— Si, bien sûr, dit sourdement Brunch, mais je suis plus intelligent que tous ces ploucs, et je sais me dominer. Je ne me laisse pas berner par des mirages grossiers, c'est une question de volonté... et de force mentale.

« Toujours aussi prétentieux », songea la jeune fille.

Il avait maigri et paraissait encore plus lugubre qu'avant le début des événements.

— Tu vas rester ici jusqu'à ce que les animaux aient cessé d'émettre, déclara-t-il. Moi, je vais monter à l'étage et prendre un somnifère pour ne pas être conscient au cas où les bêtes te localiseraient et tente-raient de m'hypnotiser. De cette manière, si elles con-centrent leurs ondes sur mon cerveau, elles trouveront porte close, je dormirai à poings fermés.

Il se mit à fouiller dans une caisse et en tira des vêtements qu'il lança à Peggy.

— Change-toi, dit-il, tu vas attraper la mort.

L'adolescente le regarda sortir, à demi rassurée.

Après avoir enfilé des habits secs, elle resta recro-quevillée dans l'obscurité, derrière la porte du garage, à écouter les bruits de la route. Elle entendit passer ses poursuivants, et reconnut la voix de Julia qui criait :

— Mais où est donc ce damné cochon ?

— Il faut le trouver, gémit M'man. Je vais m'éva-nouir si je ne mange pas…

— Allons en ville ! proposa Bockton, il y a toujours plein de porcs qui rôdent aux abords du collège, on a peut-être une chance d'en choper un !

21

Peggy Sue resta en alerte pendant des heures, épiant les bruits en provenance de la ville. Les tiraillements de son estomac vide l'empêchaient de trouver le sommeil. Tapie au fond du garage obscur, elle ne se sentait pas rassurée. Au-dessus de sa tête les pas de Seth Brunch avaient cessé de résonner. Elle supposa que le professeur de mathématiques avait avalé ses comprimés et était parti se coucher. Elle décida de monter au premier pour se sécher les cheveux car elle ne parvenait pas à se réchauffer dans le garage humide.

À pas de loup, elle grimpa l'escalier et entrebâilla la porte de la cave. Comme elle le prévoyait, l'appartement ne comportait que de rares meubles utilitaires. Tout l'espace était occupé par des livres scientifiques, des plans, une table à dessin… Un coup d'œil rapide lui apprit que le passe-temps de Seth Brunch consistait à inventer des fusées et à en dessiner les plans dans les moindres détails. Dans le salon trônait un échiquier. Sur les murs, des étagères rassemblaient tout ce qui avait été écrit sur les échecs par les champions des cinquante dernières années.

Peggy Sue chercha la salle de bains, trouva enfin une serviette-éponge. Bien sûr, il n'y avait pas de sèche-cheveux.

Quand elle se fut recoiffée, elle erra dans la cuisine, ouvrant à tout hasard le réfrigérateur. Il était vide. Elle finit par dénicher au fond d'un tiroir un vieux sachet de tisane et fit chauffer de l'eau pour tromper sa faim. Au collège, elle avait appris que, pendant la guerre civile opposant le Nord et le Sud, la famine avait été telle que les gens faisaient bouillir leurs chaussures pour avoir l'illusion de manger de la soupe au lard !

Elle allait porter la tasse à ses lèvres quand, venant d'en haut, un bruit sourd la fit sursauter. Obéissant à son instinct, elle courut dans le salon se cacher derrière le canapé.

Seth Brunch apparut, en pyjama, l'air hagard. Bien qu'il avançât les yeux grands ouverts, Peggy vit qu'il marchait en dormant, tel un somnambule. Il avançait, zigzaguait, se cognait aux murs sans parvenir à se réveiller.

La jeune fille se plaqua contre le mur pour lui laisser toute la place. Brunch entra dans la cuisine et se mit à tripoter le four, qu'il finit par allumer… Il marmonnait des choses indistinctes et agissait en aveugle, sans jamais porter les yeux sur ce qu'il faisait.

Quand il ouvrit un placard, en sortit une salière, un paquet de margarine, Peggy Sue se sentit de plus en plus mal à l'aise.

« On dirait qu'il se prépare à faire cuire quelque chose, pensa-t-elle. Mais quoi ? »

Elle eut envie de le secouer. Le regard révulsé du prof de maths lui faisait peur.

— Le petit poulet… l'entendit-elle murmurer. Où se cache-t-il, le petit poulet ?

Il saisit un couteau à découper et le brandit. Le four ronflait.

« *C'est moi !* réalisa enfin Peggy, c'est moi qu'il cherche. L'orage s'est calmé et les animaux en ont profité pour prendre le contrôle de son cerveau malgré les somnifères… Ils le font bouger à la façon d'une marionnette. »

Seth Brunch lardait l'espace de grands coups de lame, comme s'il fauchait l'herbe.

Peggy Sue se saisit d'une chaise et la brandit devant elle pour le maintenir à distance. Elle en avait assez, la moutarde commençait à lui monter au nez !

La lame siffla devant son visage et érafla le bois du siège, manquant de lui entailler la figure, du front jusqu'au menton.

— Petit poulet… marmonna encore une fois le prof de maths.

Ça ne pouvait pas durer ! Peggy lâcha la chaise et attrapa une poêle à frire. Elle serra le manche entre ses mains… et en appliqua un coup sur le crâne de Brunch. L'homme tomba comme une masse.

Aussitôt, la jeune fille mit les placards sens dessus dessous pour dénicher une pelote de ficelle. Quand elle eut trouvé ce qu'elle cherchait, elle attacha le professeur de mathématiques au radiateur de la cuisine.

Une idée venait de germer dans son esprit. Une idée formidable. Cédant à l'excitation, elle se rendit dans le salon et examina une fois de plus les plans étalés sur la table à dessin.

« C'est cela ! songea-t-elle. C'est exactement ce qu'il faut faire. Sans même s'en rendre compte, les Invisibles m'ont fourni le moyen de détruire le soleil bleu ! »

22

Dès qu'elle fut certaine que Brunch ne pouvait plus bouger, Peggy Sue remplit une casserole d'eau froide et lui en jeta le contenu au visage. Le professeur de mathématiques suffoqua avant de se décider à ouvrir les yeux.

— Vous me reconnaissez ? lui demanda la jeune fille.

— Ou… oui… bégaya Brunch. Qu'est-ce que je fais ici ?

Peggy lui expliqua en deux mots comment il avait voulu la mettre au four. Elle hésitait encore à lui exposer son idée car elle craignait les coups de sonde télépathique des animaux. Quand la foudre tomba non loin de la maison, elle estima que les champs magnétiques étaient suffisamment perturbés pour interdire tout espionnage mental, du moins pendant une bonne trentaine de minutes.

— Écoutez-moi, dit-elle. Nous n'avons pas beaucoup de temps. Il faut profiter du brouillage de l'orage pour agir à l'insu des bêtes. Mon ami Dudley m'a dit un jour que vous animiez le club d'astronautique au collège, et que vous aidiez les élèves à construire des fusées.

— C'est vrai, admit Seth Brunch, mais en quoi…

— Taisez-vous ! coupa Peggy Sue, laissez-moi parler pour une fois ! *Je sais où trouver de la dynamite*. Seriez-vous capable d'en bourrer une fusée et de l'expédiez en direction du soleil bleu pour le faire exploser ?

— Oui… enfin je crois, dit le professeur. Je n'ai jamais fait ça mais j'estime en être capable.

Il fronça les sourcils.

— Tu penses que ça peut marcher ? demanda-t-il.

— Je n'en sais rien, avoua la jeune fille, il faut essayer.

— Il est possible que le soleil bleu absorbe l'énergie libérée par l'explosion et s'en trouve fortifié, fit observer Brunch. D'un autre côté, s'il explose, le champ magnétique provoqué par sa désagrégation peut nous griller la cervelle, et nous transformer instantanément en débiles, tous autant que nous sommes.

— C'est un risque à courir, coupa Peggy Sue, nous n'avons plus le choix. Je vais vous libérer. Passez un imperméable et filons au collège bricoler cette fusée.

— Mais… la dynamite ?

— Nous la récupérerons en chemin. Vous avez une pelle ?

— Oui, dans le garage.

— Alors venez. Il faut profiter de l'orage. C'est notre meilleur bouclier contre les ondes mentales.

266

Une fois équipés, ils sautèrent dans la voiture du professeur et roulèrent à travers les rues désertes de Point Bluff. D'abord, Peggy mena Seth Brunch à la vieille maison où le faux Dudley avait essayé de la pulvériser en lui faisant presser le bouton de mise à feu d'une fusée factice. Avec l'aide du prof, elle récupéra les trois caisses de dynamite enfouies dans le sol.

— Que font tous ces explosifs ici ? s'étonna Brunch. C'est très dangereux.

— Ce serait trop long à expliquer, éluda la jeune fille. Pensez seulement à la manière dont vous allez vous y prendre pour fabriquer une bombe volante qui explosera en touchant le soleil.

Les caisses chargées dans le coffre de l'automobile, ils filèrent vers le collège. Il pleuvait tellement que la visibilité était presque nulle. Pendant que Seth Brunch bataillait avec le volant, Peggy Sue scrutait les abords de la route. Elle crut distinguer des formes en maraude. Des formes à quatre pattes.

— Qu'est-ce que c'est ? s'inquiéta le professeur.

— Des coyotes, murmura l'adolescente, des lynx. Ils rôdent à la recherche d'une proie. Ils ont faim. Ils ne se préoccupent plus de jouer aux gentlemen. Ils veulent manger, c'est tout.

Quand la voiture entra dans la cour du collège, Peggy Sue ouvrit prudemment la portière.

— Il ne faut pas traîner, souffla-t-elle. Nous ne serons en sécurité qu'à l'intérieur.

Ils déchargèrent les caisses sans cesser de regarder par-dessus leur épaule, tremblant de voir les carnassiers apparaître au seuil de la cour de récréation.

À l'instant où ils gagnaient enfin le couloir du bâtiment principal, Peggy Sue se retourna une dernière fois. Elle faillit crier de terreur. Un lynx venait de franchir la porte de l'école. Il arborait autour du cou les lambeaux d'une cravate de soie noire et montrait les crocs.

— Vite, haleta la jeune fille. Ils arrivent. Je vais essayer de bloquer la porte, mais il y a trop d'ouvertures, ils finiront par trouver le moyen d'entrer.

— L'atelier n'est pas loin, fit le prof qui pliait sous le poids des caisses. J'en ai la clef, nous pourrons nous y enfermer. C'est l'une des rares salles munies d'un verrou, à cause des réserves de carburant qui s'y trouvent entreposées.

Peggy s'approcha d'un poste d'incendie, en fracassa la vitre pour récupérer la hache suspendue au-dessus du tuyau.

— C'est là… bredouilla Seth Brunch, pourvu que je n'aie pas oublié la clef à la maison.

Il retourna ses poches et finit par trouver ce qu'il cherchait. À la seconde où il faisait jouer la serrure de l'atelier de montage, Peggy Sue entendit un bruit de griffes à l'autre bout du corridor.

— Ils arrivent, gémit-elle. Dépêchez-vous de rentrer les caisses. Ils seront là dans trente secondes.

Au mépris de la prudence la plus élémentaire, ils jetèrent la dynamite dans le laboratoire, s'y engouffrèrent et claquèrent la porte derrière eux. Quand Seth Brunch tourna la clef, ses mains tremblaient. Presque aussitôt l'odeur fauve des lynx leur parvint à travers le battant.

Peggy Sue s'assura que les fenêtres étaient grillagées.

— Au moins nous sommes protégés de ce côté-là, soupira-t-elle.

— Ils vont nous harceler, dit Brunch.

— Évidemment, murmura la jeune fille. Ils ont faim… de plus ils se doutent que nous préparons quelque chose contre eux. Ils vont essayer d'entrer, coûte que coûte, pour nous dévorer. Vous devez vous mettre au travail pendant que l'orage nous protège. Dès que le tonnerre cessera de gronder, les animaux prendront le contrôle de votre esprit et vous forceront à faire exploser la dynamite.

— Tu… tu crois ?

— J'en suis certaine. Mettez-vous au travail sans tarder. Vous disposez de peu de temps. Quand l'orage s'arrêtera, nous devrons être en mesure de lancer le missile en direction du soleil bleu.

Le professeur hocha la tête, ôta son imperméable dégoulinant, et commença à rassembler les éléments nécessaires au montage sur la longue table de travail. La fusée dont avait parlé Dudley était là, sur sa rampe de lancement. Seth Brunch en dévissait déjà le fuselage pour y installer les charges explosives.

Peggy Sue, qui ne pouvait lui être d'aucune utilité en ce domaine, s'embusqua près de la fenêtre, la hache à la main.

Les lynx continuaient à s'acharner sur la porte métallique de l'atelier ; le bruit de leurs griffes produisait un effet désastreux sur les nerfs.

Les éclairs zébraient le ciel ténébreux et Peggy formait des vœux pour que la tempête dure le plus longtemps possible.

Entre deux roulements de tonnerre, il lui semblait entendre des rugissements en provenance de la ville.

« Les animaux se font la guerre, pensa-t-elle, c'en est fini de la belle alliance du début. Les prédateurs veulent de la chair fraîche. »

Les coyotes avaient dû se rassembler en bande, à leur habitude, et attaquer les proies les plus faciles : les chats, les petits chiens… Les lynx, qu'on appelait aussi « lions des montagnes », devaient s'en prendre aux vaches, aux chèvres.

Un feulement de rage l'arracha à ses pensées. Un lynx venait justement de se hisser à la hauteur de la fenêtre grillagée. Avec ses dents, ses griffes, il essayait de disloquer les croisillons de fer protégeant la fenêtre. Il y mettait tant d'ardeur qu'il ne faisait même pas attention aux blessures que lui occasionnait cette activité forcenée.

Peggy Sue recula. Que se passerait-il une fois le grillage arraché ?

Elle se tourna vers le professeur de mathématiques penché sur son assemblage.

— Ça avance ? demanda-t-elle avec anxiété.

— Oui, souffla Seth Brunch. Enfin… je crois. Je n'ai guère l'habitude de fabriquer des bombes volantes !

J'ai bricolé un système à retardement dont le compte à rebours se déclenchera lors de la mise à feu. J'estime qu'il faudra environ dix secondes à la fusée pour atteindre le soleil bleu. L'explosion se produira juste avant que l'engin n'en touche la surface. L'effet de souffle devrait suffire à éteindre cet astre miniature.

— C'est de cette façon qu'on combat les puits de pétrole en feu, n'est-ce pas ? s'enquit la jeune fille.

— Oui, confirma Brunch. Le souffle d'une explosion est parfois beaucoup plus dangereux que l'explosion elle-même, qui reste localisée. J'espère que le souffle de notre bombe éteindra le soleil comme une vulgaire chandelle et fera de lui une espèce de charbon volant.

— Ça me paraît bien, soupira Peggy Sue, mais ne traînez pas. Il nous reste encore à hisser la fusée sur le toit du collège. Je ne sais pas si vous vous en rendez compte, mais les couloirs sont pleins d'animaux en maraude. Il faudra se frayer un chemin au milieu d'eux.

Brunch grimaça. Il avait perdu son habituelle assurance, et la tension nerveuse le faisait paraître beaucoup plus âgé.

Un hurlement de bête égorgée monta dans la nuit. Peggy frissonna. Elle se demanda ce que le chien bleu était devenu. Les lynx l'avaient-ils dévoré ? Elle éprouva de la tristesse à cette idée. En dépit des crises de méchanceté du petit animal, elle avait toujours éprouvé pour lui une sorte de tendresse.

Elle craignait également que les carnassiers ne s'en prennent aux humains. Elle songeait plus particulièrement aux gens du camping, à sa mère, à sa sœur, retranchées dans la vieille caravane cabossée.

Une hypothèse affreuse lui traversa l'esprit : que se passerait-il si les Invisibles décidaient d'aider les animaux affamés… *en leur ouvrant les portes des maisons, par exemple* ?

Ils étaient bien capables de ce genre de choses, surtout si leurs initiatives contribuaient à amplifier le chaos général.

Elle consulta sa montre. L'aube allait bientôt se lever.

— Avez-vous terminé ? demanda-t-elle au professeur de mathématiques.

— Oui, je crois que ça peut aller, balbutia ce dernier. Si j'ai commis une erreur, la fusée explosera au décollage et nous réduira en morceaux.

— On n'a plus le choix, trancha la jeune fille. L'orage est en train de se calmer. Les éclairs sont de plus en plus espacés. Bientôt ils seront trop peu fréquents pour gêner les émissions télépathiques.

— D'accord, fit Brunch. Maintenant il faut sortir d'ici et gagner l'ascenseur qui mène au toit. Je vais poser la fusée et la rampe sur ce chariot, tu n'auras qu'à le pousser. Moi, je vais prendre ce chalumeau et je m'en servirai pour tenir les animaux à l'écart. En réglant la flamme au plus long, on devrait obtenir quelque chose d'assez effrayant.

— Oui, dit Peggy Sue, mais ne vous approchez pas trop de la fusée ou tout sautera avant même que nous ayons atteint l'élévateur.

Ils se regardèrent. Ils étaient tous deux très pâles, et la même sueur d'angoisse faisait luire leur visage.

Brunch improvisa une sorte de harnais pour fixer la bouteille sur son dos et tira un briquet de sa poche. Il l'approcha du bec du chalumeau et fit naître une petite flamme bleue qui se mit à crépiter.

— L'ennui avec la longue flamme, expliqua-t-il, c'est qu'elle videra très vite la bouteille. Dès que nous serons dehors il ne faudra pas traîner.

— OK, souffla Peggy en crispant les doigts sur les poignées du chariot supportant la fusée et sa rampe de lancement.

— À trois, j'ouvre la porte... annonça le prof de maths.

Dès que le battant fut entrouvert, il augmenta la puissance du chalumeau et engagea la langue de feu dans l'ouverture. Un feulement de rage retentit dans le couloir. Deux lynx se tenaient là, les crocs découverts, lançant des coups de patte dans le vide. La flamme les avait forcés à reculer.

— Vite ! cria Seth Brunch avec une note de panique dans la voix. L'ascenseur est au bout du couloir.

Peggy Sue s'élança, poussant le chariot de toutes ses forces. Elle sentait crépiter des pensées étrangères à la lisière de son esprit. Les bêtes étaient en train de récupérer leurs pouvoirs mentaux ! Elles allaient tenter de s'en servir pour neutraliser les humains... et les empêcher de fuir.

La jeune fille entreprit de se réciter la table de multiplication par 9 à l'envers, et en espagnol, en espérant que cet effort accaparerait assez son cerveau pour le rendre imperméable aux intrusions malfaisantes.

Derrière elle, Brunch lâchait de courts jets de flammes pour tenir les animaux à l'écart.

Si cela avait été possible, Peggy aurait capté une voix méchante qui cherchait à pénétrer l'esprit du professeur de mathématiques, elle disait : « *Brûle la fille... elle est mauvaise. Brûle-la vite. Tourne la flamme vers elle.* »

Regardant par-dessus son épaule, l'adolescente vit que Seth Brunch oscillait, hésitant. Elle lui expédia un coup de pied dans le tibia.

— Résistez ! hurla-t-elle. Ils sont en train de vous hypnotiser ! Résistez !

Mais à la seconde même où elle prononçait ces mots, une autre voix se glissa dans sa tête pour murmurer : « *Le chariot est trop lourd... tu n'es qu'une fille, tu n'as pas la force de le pousser... Il est collé au sol comme un rocher. Tu es fatiguée, arrête-toi.* »

Les deux lynx avaient cessé d'avancer, les yeux fixés sur les humains, ils rassemblaient leur puissance mentale pour les bombarder de suggestions hypnotiques.

Peggy Sue s'expédia un coup de poing dans le nez pour se faire saigner. Elle en vit trente-six chandelles, mais la douleur était un excellent remède aux intrusions télépathiques. Alors qu'elle atteignait enfin l'ascenseur, elle réalisa que Seth Brunch, les yeux hagards, braquait sur elle son lance-flammes improvisé.

« Ça y est ! pensa-t-elle tandis qu'un frisson de terreur la parcourait. Les bêtes ont pris possession de son esprit, il va me brûler vive. »

Avec horreur, elle remarqua que l'index du professeur de mathématiques glissait sur la mollette de réglage du bec à feu pour obtenir la flamme la plus longue.

Elle bondit vers l'ascenseur, pressa le bouton d'appel. La cabine était au rez-de-chaussée et les portes s'ouvrirent aussitôt. Alors qu'elle s'apprêtait à pousser le chariot dans l'habitacle, Brunch lança vers elle un jet de feu crépitant. Peggy Sue leva instinctivement les bras pour se protéger le visage. Par bonheur, les animaux ignoraient que le plafond du couloir était équipé de détecteurs d'incendie. Jusque-là, Brunch n'avait lâché que de courtes flammes, peu susceptibles de réveiller le système de sécurité ; cette fois, cependant, la traînée de feu avait été trop importante. Les détecteurs remplirent leur fonction et déclenchèrent les rampes d'arrosage. Les jets d'eau tombant du plafond éteignirent la flamme une fraction de seconde avant qu'elle n'atteigne Peggy Sue.

Dès que le chariot fut à l'intérieur de la cabine, la jeune fille saisit le prof de maths ébahi par la manche et le tira à sa suite. Elle crut que les panneaux coulissants ne se refermeraient jamais. Les prédateurs bondirent trop tard, leurs griffes entamèrent le métal des portes alors que l'ascenseur filait déjà en direction du toit. Peggy expédia une bonne paire de claques à Seth Brunch en pensant : « Tiens, prends toujours ça, de la part de Sonia et des autres ! Il y a trop longtemps que j'en avais envie ! »

— Reprenez-vous ! hurla-t-elle. Faites un effort de volonté pour rester conscient encore quelques minutes. Vous devez lancer cette fichue fusée !

— Ou… oui… excuse-moi, bredouilla le prof. Je me suis laissé surprendre.

La cabine s'immobilisa. Quand les portes s'ouvrirent, Peggy Sue vit qu'il faisait jour. Le soleil bleu se levait déjà.

— Regardez ! cria-t-elle. Voilà votre cible. Expédiez-lui la bombe en plein cœur, qu'on en finisse avant que les animaux ne reviennent à la charge.

Brunch s'activa. Il s'était débarrassé de son « lance-flammes » et déployait la rampe. À genoux sur le toit du collège, il effectuait d'ultimes réglages. Peggy s'approcha du garde-fou et regarda en bas. Des dizaines de bêtes convergeaient vers l'école.

« Elles ont deviné ce que nous allons faire, pensa-t-elle, elles veulent unir leur puissance mentale pour nous empêcher d'agir. »

— Pressez-vous ! gémit-elle à l'adresse de Brunch, dans une minute nous ne serons plus maîtres de nos décisions. Les animaux se regroupent pour lancer une attaque télépathique sans précédent. Nous n'y résisterons pas. Ils vont nous persuader de nous jeter dans le vide. C'est maintenant ou jamais.

— D'accord, haleta Brunch. Mais je ne garantis rien. Il est possible que ce machin explose à l'allumage.

276

— De toute manière nous sommes fichus ! trancha Peggy, alors pressez le bouton ! Vite !

Elle sentait déjà les ondes mentales s'insinuer dans son crâne tels de minuscules serpents invisibles. Ils se tortillaient dans sa tête, injectant leur venin dans ses pensées. Ils disaient : « *Enjambe la rambarde et saute ! Tu vas voir comme c'est amusant de voler ! Tu n'auras qu'à battre des bras pour devenir un oiseau ! Saute ! Saute vite !* »

L'ordre était si puissant qu'elle ne se sentait pas le courage d'y résister. Dans une sorte de brouillard, elle vit Brunch abandonner la commande de mise à feu et regarder lui aussi du côté du vide.

— Non ! hurla-t-elle.

La colère lui donna la force de réagir. S'arrachant à la rambarde, elle se jeta à plat ventre sur le toit et enfonça le bouton rouge d'un coup de poing.

Une langue de feu jaillit de la tuyère, et la petite fusée décolla en tournant sur elle-même comme la mèche d'une perceuse électrique. Sa trajectoire hésitante dessina un nuage blanc dans le ciel, et, pendant un moment, Peggy Sue crut qu'elle allait passer près du soleil bleu sans le toucher.

Seth Brunch, hagard, était déjà en train d'enjamber le garde-fou.

L'explosion les surprit tous les deux. Le souffle plaqua la jeune fille sur le toit tandis qu'il rejetait le professeur en arrière, lui évitant d'aller s'écraser trente mètres plus bas.

Il y eut un grand craquement dans le ciel… immédiatement, le soleil bleu s'éteignit.

La lumière indigo qui baignait Point Bluff depuis le début des événements disparut, et l'astre minuscule qui avait instauré le règne de la folie sur la petite cité prit l'apparence d'un morceau de charbon grisâtre en cours d'émiettement. Il n'était d'ailleurs pas si gros que l'avait imaginé Peggy Sue. Privé de son rayonnement, il n'avait plus rien de menaçant. D'ailleurs le vent commençait à l'effriter, saupoudrant la campagne environnante d'une pluie de cendre irréelle.

L'adolescente se redressa. En bas, les animaux battaient en retraite, décontenancés, se demandant ce qu'ils faisaient là, si loin de leur territoire habituel.

S'écartant de la rambarde, elle se pencha sur le professeur de mathématiques. Il avait perdu connaissance mais ne semblait pas en danger. Elle décida de le laisser là et d'aller voir ce que devenaient M'man et Julia.

23

Elle éprouva une certaine crainte au moment où elle sortait du collège, mais elle réalisa très vite que les grands carnassiers avaient pris la fuite. Surpris de se retrouver à découvert, ils avaient détalé en direction de la forêt. D'ailleurs, nombre d'entre eux gisaient dans l'herbe, sans connaissance. Certaines vaches s'étaient évanouies, d'autres titubaient en meuglant désespérément pendant que la pluie de cendre recouvrait leur pelage d'une pellicule grisâtre.

« C'est fini, songea Peggy Sue, ils ont perdu leur pouvoir télépathique. Ils sont redevenus comme avant. »

Elle se pressa tant qu'elle souffrait d'un point de côté lorsqu'elle atteignit les premières maisons de Point Bluff. Il ne lui fallut pas longtemps pour constater que les habitants de la petite cité gisaient, inconscients, là où la décharge magnétique les avait frappés. Elle ausculta le shérif, affalé en travers du trottoir. Son cœur battait. Épuisée par la longue marche, elle emprunta une bicyclette et pédala jusqu'au camping.

Si les flancs de la caravane présentaient des traces de coups de griffes, M'man et Julia étaient indemnes. Elles « dormaient », elles aussi. Quelque part, à l'autre bout du camp, un poste de radio nasillait une musique à la mode.

« Cette fois c'est bien terminé, constata Peggy. Aucune barrière n'empêche plus les émissions de parvenir jusqu'à Point Bluff. »

Elle était si heureuse qu'elle rit nerveusement à la blague idiote de l'animateur dont la voix résonnait derrière elle. Elle descendit de la caravane et leva la tête. Dans le ciel, le vent terminait d'émietter le soleil éteint. Quand les gens de Point Bluff sortiraient de leur transe, il n'en resterait plus rien.

« J'ai tout de même gagné la partie », songea-t-elle en se passant la main sur le visage.

Elle regarda en direction de la forêt, mais ne sentit aucune présence. Les Invisibles étaient partis. Mortifiés, ils s'étaient envolés à la recherche d'un autre endroit où exercer leur malignité.

Peggy avait faim et froid. Elle fit quelques pas dans l'herbe détrempée.

Soudain, émergeant du bois, une longue colonne de véhicules se mit à progresser en direction de la cité. C'était la garde nationale. Les soldats portaient des combinaisons de protection et des masques respiratoires, comme c'était l'usage en cas de contamination de l'environnement par un agent toxique.

Dès qu'ils aperçurent Peggy Sue, ils vinrent à sa rencontre.

— Ça va, petite ? demanda l'un des hommes du fond de son scaphandre. Cela fait plusieurs jours que nous essayons de parvenir jusqu'à vous. Sais-tu ce qui s'est passé ?

— Non, mentit la jeune fille. Je ne me souviens de rien.

24

Peggy Sue se rendit bientôt compte que personne, à part elle, ne se rappelait les événements des dernières semaines. La déflagration magnétique avait effacé les mémoires. Totalement.

« Il n'y a que moi pour connaître la réalité, constata-t-elle avec une légère amertume. Sans doute parce que je suis celle qui lutte contre les Invisibles. Personne ne saura jamais que j'ai sauvé Point Bluff, mais c'est peut-être mieux ainsi. De toute façon, on refuserait de me croire. »

L'épidémie d'amnésie fut mise sur le compte d'un choc traumatique… ou toxique ; les experts n'étaient pas fixés. On analysa la cendre, elle ne correspondait à rien de connu. On émit donc l'hypothèse qu'une météorite avait fait irruption dans l'espace aérien de Point Bluff, désorganisant les champs magnétiques et l'écosystème, engendrant des perturbations… *incompréhensibles*.

Dans un pré, on trouva un troupeau de canapés couverts de poils et dont l'accoudoir gauche était muni d'une paire de cornes.

— On dirait des vaches en train de brouter, grommela l'agent spécial qui avait découvert ce curieux spectacle. Je ne sais pas quel cinglé s'est amusé à bricoler ces « œuvres d'art », mais ça me flanque la chair de poule.

Sa perplexité augmenta quand il réalisa que deux de ces banquettes de salon possédaient des pis qui donnaient du lait (excellent au demeurant, comme le prouvèrent les analyses).

Le dossier gênait tout le monde, aussi fut-il classé. Il n'en restait pas moins vrai que les enquêteurs avaient noté d'étranges choses. De nombreux animaux s'étaient entre-dévorés. Des humains — principalement des enfants — avaient été victimes de ces dévorations. On ne parvenait pas à savoir ce qui s'était *réellement* passé. La famine semblait avoir rendu les carnassiers de la forêt complètement fous, au point de les faire sortir de leur tanière pour s'élancer à l'assaut de la ville. Quand l'un des agents spéciaux chuchota le mot « cannibalisme », on décida qu'il était temps de mettre un point final aux investigations.

Avec un pincement de cœur, Peggy Sue prit conscience que ni Sonia Lewine ni Dudley ne se rappelaient qui elle était. Le jeune homme avait repris forme humaine dès l'extinction du soleil bleu. Quant à Seth

Brunch, il avait tout oublié de l'équipée terrifiante au milieu des lynx affamés, et du lancement de la fusée. Tous regardaient Peggy comme une « petite nouvelle », une étrangère récemment débarquée. Il y avait en eux une curieuse lassitude qui les rendait taciturnes.

« On dirait des convalescents dans le parc d'une clinique, pensa la jeune fille. On n'ose pas leur parler de peur de les fatiguer. »

Elle avait bien essayé d'établir le contact avec Sonia, mais l'adolescente s'était montrée distante.

C'était triste de voir tous ces gens avec qui elle avait partagé tant d'aventures se comporter comme des inconnus.

— Il est temps de partir, décréta M'man un beau matin. Cette ville me flanque la chair de poule. Je ne garde aucun souvenir de ce qui nous est arrivé ici, mais la nuit je fais d'affreux cauchemars.

— Moi aussi, avoua Julia. Je pense qu'il faut ficher le camp au plus vite.

— De toute manière j'ai enfin eu votre père au téléphone, annonça M'man. Il a fini son chantier, il nous attend à Magarethville, à cinq cents kilomètres d'ici.

Peggy Sue n'avait rien à objecter. Quand elle y réfléchissait, elle était bien forcée de s'avouer qu'elle n'avait guère envie de s'attarder à Point Bluff. Quelque chose lui soufflait que les habitants de la cité resteraient longtemps abonnés aux cauchemars ou aux nuits blanches.

La famille Fairway prit la route dès que les autorités eurent levé les barrages du cordon sanitaire.

Alors que la voiture ralentissait pour négocier le virage débouchant sur la grand-route, Peggy Sue avisa une courte silhouette à quatre pattes qui boitillait dans un pré. C'était le chien bleu… qui ne l'était plus, boueux, couvert de morsures, et qui marchait l'oreille basse.

Le cœur de la jeune fille se mit à battre plus vite. Sans réfléchir, elle ouvrit la portière. Son regard croisa celui du petit animal. L'instant d'après, le corniaud sauta sur ses genoux.

M'man tourna la tête, les sourcils froncés.

— Qu'est-ce que tu fais? siffla-t-elle. Tu ne vas tout de même pas m'obliger à…

Mais elle n'alla pas plus loin, et les mots moururent dans sa gorge. Elle venait de croiser le regard du chien. Aussitôt, sa colère s'était mystérieusement évanouie.

Même Julia, d'habitude si critique vis-à-vis de sa sœur, s'abstint de tout commentaire. Peggy se demanda ce qui leur arrivait.

— Ne craignez rien, dit-elle à tout hasard, je m'occuperai de lui.

Ni M'man ni Julia ne formulèrent d'objection, elles paraissaient toutes deux avoir oublié la présence de la bête.

Peggy Sue reporta son attention sur le petit animal recroquevillé sur ses genoux. Privé de sa belle couleur

285

indigo, il avait repris son aspect de pauvre chien errant. Autour de son cou pendouillait un lambeau de tissu noir, tout ce qui subsistait de la cravate qu'il avait jadis été si fier d'arborer. Il grelottait de froid, la langue pendante. Peggy le gratta entre les oreilles.

— Ainsi tu t'en es tiré, soupira-t-elle. Je suis bien contente.

Alors, très loin au fond de sa tête, elle entendit le chien qui disait :

— *Moi aussi, je suis bien content.*

Saint-Malo, le 15 février 2001

Si tu veux écrire à Peggy Suc,
tu peux le faire à :

peggy.fantomes@wanadoo.fr

Composition : Francisco *Compo*
61290 Longny-au-Perche

Impression réalisée sur Presse Offset par

BRODARD & TAUPIN

GROUPE CPI

La Flèche (Sarthe), le 22-04-2004
N° d'impression : 23229

Dépôt légal : juin 2002
Suite du premier tirage : avril 2004

Imprimé en France

 12, avenue d'Italie • 75627 PARIS Cedex 13

Tél. : 01.44.16.05.00

"Ryan, last night
you said—"

Liv backed away from him, but he
followed, although he didn't
touch her.

"I know what I said last night. I must
have been mad." He ran a hand
through his hair. "Do you know what
it was like lying up there, knowing
you were so near, wanting you like
crazy?" His voice was thick and his
hand moved to cup her cheek. "I don't
suppose you'd care to change
your mind about the sleeping
arrangements?" he asked.

Liv's heart fluttered. If he only knew
how much she wanted to say yes! But
she hardened her resolution. "No,
Ryan," she said firmly.

He drew a deep breath. "You'd better
get back to bed, then," he said
tightly, "before I change my mind and
decide to help you change yours."

WELCOME
TO THE WONDERFUL WORLD
OF *Harlequin Presents*

Interesting, informative and entertaining,
each Harlequin romance portrays an appealing
and original love story. With a varied array
of settings, we may lure you on an African safari,
to a quaint Welsh village, or an exotic Riviera
location—anywhere and everywhere that adventurous
men and women fall in love.

As publishers of Harlequin romances, we're
extremely proud of our books. Since 1949,
Harlequin Enterprises has built its publishing
reputation on the solid base of quality and
originality. Our stories are the most popular
paperback romances sold in North America; every
month, six new titles are released and sold at
nearly every book-selling store in Canada and the
United States.

A free catalogue listing all available Harlequin romances
can be yours by writing to the

HARLEQUIN READER SERVICE,
(In the U.S.) M.P.O. Box 707, Niagara Falls, N.Y. 14302
(In Canada) Stratford, Ontario N5A 6W2

We sincerely hope you enjoy reading
this Harlequin Presents.

Yours truly,

THE PUBLISHERS

LYNSEY STEVENS

ryan's return

Harlequin Books

TORONTO · LONDON · LOS ANGELES · AMSTERDAM
SYDNEY · HAMBURG · PARIS · STOCKHOLM · ATHENS · TOKYO

Harlequin Presents edition published April 1982
ISBN 0-373-10497-9

Original hardcover edition published in 1981
by Mills & Boon Limited

CHAPTER ONE

FLEXING her aching muscles, Liv sat back and smiled with satisfaction at the delicately painted miniature china vase she had completed at last. She added her signature to the bottom with a final flourish: Liv Denison. Now it was ready to be fired and then added to the box of various other pieces of china she had painted which had such a ready market at the Gift Inn at Airlie Beach. Although she preferred her oil painting she knew a certain self-fulfilment when she finished each tiny piece of china, perfect in its miniaturisation.

Her success with her painting both in oils and on china could still move Liv to incredulity, even after five years. The whole thing began while she was doing a little part-time work minding a local souvenir shop. The owner had been impressed with a painting she had taken along to the shop to be framed and had asked to display two of Liv's seascapes. These had sold almost immediately and since then Liv had managed to make a comfortable living from the sale of her canvases and, lately, her pieces of hand-painted china, doing especially well in the tourist season.

Now she had one small room in her three-bedroom bungalow set aside as her studio and all the paraphernalia associated with what began as a hobby was stacked about her. On one easel rested a completed seascape while another held a canvas in its early stages, and stacked neatly about the floor were other canvases ready for painting or framing. Tubes of oil paints and a number of palettes were lying on a nearby table.

Liv cleaned her brushes and replaced them on the shelf and, glancing at her wristwatch, hurried into the bathroom for a quick shower. Twenty minutes later she was in the kitchen, an apron tied over her clean pale blue and white dress. The twins would be home in less than half an hour and Joel could arrive any time. She set the three plates of chicken and salad on the table and covered them with individual pieces of clear plastic food wrap before stowing them carefully in the refrigerator.

'Hey, Liv! Your babysitter has arrived,' a cheerful voice hailed her from the open front door as she was washing her hands.

'Come on in, Joel. I'm in the kitchen,' she called, smiling as her brother-in-law came down the hallway with his easy strides. 'Feel strong enough to last out the evening with the twins?'

'I'm looking forward to it. You know they're never any trouble,' he grinned.

At twenty-nine Joel Denison was one of the most eligible bachelors in the district, and it always amazed Liv that he hadn't married and had a family of his own. He was wonderful with the twins and she knew he was one of the nicest, kindest men you could meet anywhere.

'As a matter of fact I'd have taken on a whole classroom full of seven-year-olds tonight. Anything to get out of the house!' he told her.

'Oh! What's the trouble?' Liv handed him a cup of

tea and they sat companionably down at the small kitchen table.

'D.J. What else?' Joel pulled a rueful face as he sipped his tea. 'You know, that man can run rings around me mentally and I can give him over thirty years. How do you suppose he ever ended up with a son like me?'

'He was just lucky, I guess,' Liv's blue eyes shone as she dimpled teasingly. 'Maybe you were mixed up in the hospital.'

'That's a possibility,' Joel laughed with her.

'Anyway, what's D.J. been up to this time?' She raised a fine eyebrow, knowing from past personal experience how strongminded her father-in-law could be.

'It's not what D.J.'s been up to this time but what old Mrs Craven has done.'

'Old Mrs Craven? Of Craven Island . . .?' Liv looked incredulously at Joel as the light dawned. 'You don't mean she's sold out after all this time?'

'Oh yes, I do! Could be the start of World War Three.'

'But she swore she never would sell Craven Island. It's been in her family for three generations and she's always refused all offers made for any of her property in the past.'

'Well, apparently now she's changed her mind. And not only has she sold the island,' Joel set his cup down on his saucer, 'but also that block of land she has up on the hill overlooking the harbour. Must have gone as a package deal.'

'Good grief! No wonder D.J.'s livid.' Liv could imagine her father-in-law's anger. It was common knowledge that D. J. Denison had wanted both properties for years, as long as Liv could remember anyway, and the old lady had repeatedly refused to sell to him, or to anyone else, for that matter.

'Do you know who bought them?'

'That's the point, Liv. Nobody seems to know. D.J. has turned every stone trying to find out, but even he's drawn a blank. Personally, I think it would be safe to say it's no one local.' Joel shrugged his shoulders. 'Who could come up with the kind of cash Mrs Craven would have been asking? D.J.'s got it in his head that it's a syndicate and that eventually the state government will change its policy and we'll end up with a casino or some such, either up on the hill or over on the island.'

'Oh, Joel, no! They wouldn't.'

'Who can say? I really couldn't see Mrs Craven selling on those terms, but you know how D.J. feels about that kind of thing. At least his ideas on an island resort were to keep the island as near to natural as possible.'

'But surely someone must know something about the sale? I mean, there have to be solicitors involved with the legal side of the transaction, and that means Mr Willis. He handles all Mrs Craven's affairs, doesn't he?'

'If old Willis is involved he's playing it very close to the chest. Knowing he was Mrs Craven's solicitor D.J. went there first.' Joel laughed. 'A little word like "confidential" doesn't mean much to D.J.! Anyway, he was none the wiser after speaking to the solicitor. Crikey, he was mad! I thought he was going to have a stroke. He tackled Mrs Craven on the phone as well and you could hear him yelling from one end of the house to the other.' Joel shook his head. 'I haven't seen him so mad since . . .' He stopped and flushed slightly. 'Well, in ages,' he finished quickly.

An uncomfortable silence fell over them for a few moments as Joel's unspoken words hung tensely between them. Neither looked at the other, although they were both thinking the same thing. Since that time with you and Ryan.

'When are the twins due home?' Joel changed the subject and the moment slowly passed.

Liv glanced at the kitchen clock. 'Should be here any time now. Maria Costello collected them from school and they've been playing with Dino and little Sophy for the afternoon. She said she'd drop them home around five o'clock.'

Joel nodded. 'With a bit of luck they'll be so tired from running around all afternoon that we'll be able to settle for a nice peaceful unstrenuous game of snakes and ladders or something. Last time I babysat they wore me out playing soccer until I almost expired. Luckily for me darkness fell, saved me by the skin of my teeth. Shows how out of condition I am,' he grinned.

'You'll have to put your foot down with a firm hand,' Liv laughed. 'You're far too soft with them, Joel.'

'Oh, well. Who needs an ogre for an uncle anyway? They're great kids, Liv.'

'I know they are,' she chuckled, 'but I guess that sounds very prejudiced coming from their mother. Ah, speak of my little devils, that sounds like them now.'

Liv walked along the hall to the door in time to wave to Maria Costello before the twins bounded up the steps and into her arms.

'Hi, Mum! What's for dinner?' Luke tossed his

school bag on to the small table inside the door. 'I'm famished!'

'Is Uncle Joe here yet?' Melly put her own school bag on the table with less vigour.

'Mmm, he's in the kitchen. Go and talk to him while I finish getting dressed. And no biscuits, Luke, you'll spoil your dinner,' she called after her son as he raced into the kitchen, followed more slowly by his sister.

Liv applied a little light make-up to her face, a dusting of blue eye-shadow to her eyelids, a touch of mascara to the tips of her eyelashes, finishing with some pale pink gloss on her lips. Undoing the clasp holding back her long fair hair, she brushed it until it was tidy. She was about to pull it back again into the more severe style she usually wore when, on impulse, she let it fall back about her face. Turning slightly, she could see in the mirror that it almost reached her waist at the back and the artificial light over her dressing table highlighted its healthy sheen, giving it the appearance of liquid silk. It was only in the past couple of years that she had allowed her hair to grow down past her shoulders, always preferring to have it short and manageable. Impatiently she clasped it back and secured it neatly. She was being unusually fanciful tonight.

Her eyes moved over her reflection. Large blue eyes fringed by long lashes set in a reasonably attractive face looked back at her from the mirror. No great beauty, she told herself, but not bad for someone who was fast approaching her twenty-fifth birthday. She grinned, allowing her gaze to fall downwards over her figure, pursing her lips ruefully. Definitely unfashion-able, she thought, surveying her full breasts, narrow waist and rounded hips. At five foot six inches she could not be called short and in an era of slender petiteness she often felt gargantuan.

She could hear laughter from the kitchen, Joel's teasing banter, Luke's unrestrained chortle, Melly's amused giggle. Whenever Joel was around there seemed to be laughter. Had she had a brother he couldn't have meant more to her than Joel did. She didn't know how she would have managed without him over the years. He had always been there when she needed him, even in the beginning of it all, when she knew she had hurt and disappointed him. And everyone else whose life had touched upon hers and Ryan's.

Ryan. She closed her eyes to shut out the name. What had brought him to her mind this evening? She hadn't thought about him in ages, and now . . . She blinked and turned purposefully towards the door. And she wasn't going to think about him now, she told herself forcefully. Martin would be arriving any minute. They were going out to dinner and then on to a Parents and Teachers Association meeting at the school the twins attended.

'Your dinner's prepared and in the fridge, Joel,' she said, joining them in the kitchen. 'Sure you don't mind bathing the twins as well?' she frowned.

'Of course not. I've brought my wet suit along especially for the occasion,' he winked at the twins, causing more laughter. 'Stop fussing, Liv. Just go out and have a great time. You don't get out enough as it is.'

'We'll be very good, Mummy,' said Melly solemnly, wrapping her arms about Liv's waist. 'Mmm, you smell delicious.'

Liv brushed the dark hair back from her daughter's

forehead and looking down into her deep blue eyes she felt a pang that Melly could look so much like her father and yet have a nature that was so soft and gentle. Ryan had been one hundred per cent steel.

'I'll even behave,' said Luke, tapping his chest with his thumb and widening his blue eyes in innocence. Luke was as fair as his sister was dark, taking his colouring from Liv, and was as outgoing as Melly was shy and retiring. They were as different as chalk and cheese, and her heart contracted painfully with love for them. For the hundredth time she wondered how something as beautiful as her children could have resulted from something so cheap and sordid.

'There's your escort,' Joel nodded towards the door as the bell pealed. 'Right on the dot. I just wish you were off somewhere more exciting than dinner and a P.T.A. meeting. I'll have to talk to Martin Wilson.'

'Yes—well, I won't be late, Joel.' Liv gave herself a mental shake to get herself going.

'Liv, stay out till dawn if you want to, only have a good time. Dr Joel Denison absolutely insists.' He gave her a gentle push towards the door with a sigh of exasperation. 'If you don't answer the door bell soon you'll have to stay and eat with us, and that's a threat,' he teased.

Before she knew it Liv was sitting beside Martin in his early model Holden, heading towards Airlie Beach.

'I hope you're going to enjoy the meal, Olivia. I'm afraid I haven't tried this particular restaurant before this evening.' Martin Wilson glanced sideways at Liv's pale face.

'I'm sure I shall, Martin. I've only heard good reports about the place.' She forced herself to respond cheerfully and was relieved when she saw the concern vanish from his face. An inquisition by Martin was the last thing she needed tonight.

Martin was a teacher at the school the twins attended and she had met him at a P.T.A. meeting last year when he had been transferred to the school. Their friendship had begun slowly and neither of them felt the need to rush into any binding relationship, least of all herself. She wasn't sure she wanted a relationship with anyone ever again.

The fact that Martin had suggested this dinner had Liv just slightly perplexed. He didn't make a habit of taking her out, preferring to meet her at functions they both attended, and this had suited Liv quite well. No, she mused, Martin didn't rush into anything. He plotted his life with thought and clinical calculations and at thirty his fair sandy hair was thinning noticeably and although he wasn't handsome his air of self-confidence and sober disposition made him adequate if unexciting company.

They spent an enjoyable hour and a half over dinner and a little longer at their meeting at the primary school before heading back around the bays. For some reason Liv had felt slightly out of sorts all evening, ill at ease, and at times it was all she could do to force herself to concentrate on what Martin was saying. However, he loved to talk and didn't seem to have noticed anything amiss. In fact, at this moment he was looking a trifle smug after coming out on top in a debate with one of the harridans on the committee.

Watching his hands as he drove the car sedately around the bay adhering religiously to the speed limit, Liv experienced a pang of irritation and found her mind flashing vividly back to another night she had travelled this very road clinging half in terror and half in exhilaration to the soft leather seat of an E-type Jaguar as a pair of strong hands threw the car around the bends, breaking all rules and regulations, defying gravity, white teeth flashing in a tanned face.

That face rose before her, so real in each detail that she almost gasped, and her hands clutched together in her lap. The firm square jaw with the hint of a cleft in the chin. The curving lips with their promised sensuality. The straight aristocratic nose. The furrow in each cheek when he laughed. And the most incredibly dark blue eyes fringed by long dark lashes. Eyes so deep she used to feel herself lost in their compelling depths. His hair had always hung down over his collar, one unruly dark lock falling over his forehead, giving him an air of piratic attractiveness.

Martin's mentioning of Luke's name brought her back to the present with a start.

'I'm sorry, Martin. What were you saying?'

'Just that I'd heard Luke had been in trouble again,' Martin repeated.

'Luke? He didn't say anything,' Liv frowned. 'What did he do?'

'I'm not sure of the whole story. Something to do with a fight involving young Costello.'

'Oh, that!' Liv sighed with relief. 'I know all about that. Actually Luke tried to stop the fight. The other boy was a lot older than Dino Costello.'

'You know, Olivia, a boy needs a firm hand, a father to guide him.'

'Don't you think I know that, Martin.' Liv felt her irritation rise again. 'I love my children and I'm trying to bring them up the best way I know how.'

'I'm sorry, Olivia, I didn't mean to sound as though I was being critical. I appreciate the problems you have to face.' Martin paused for a few moments. 'Have you ever thought about getting a divorce?'

'A divorce?' Liv mouthed the word as though it was unfamiliar to her. 'No,' she said softly and then a little louder, 'No, I haven't, Martin.'

'What about your husband? Has he ever approached you to dissolve your marriage?'

'No.' For an inexplicable reason a cold hand seemed to have clutched about her heart. 'We don't correspond,' she said flatly.

'Not ever?'

'No. Silence fell as they turned along the beach front towards Liv's bungalow. They passed a car parked by the roadside and Liv caught the glow of a cigarette end without consciously noticing it, passing it off as a courting couple. Once she'd parked along the beach here with Ryan . . .

'I've never asked before, but what happened between you and your husband? You weren't together long, were you?'

Liv almost welcomed Martin's interruption of her thoughts. The past seemed to be playing on her mind tonight and she had a feeling that that past was still as painful as it had ever been. Looking down at her lap, she was distantly surprised to see that her hands were still clutched together, the knuckles white, and she forced herself to relax them.

How could she answer Martin's question? What could she say? Nothing. Nothing had happened between Ryan and herself because nothing ever really started, except for one brief coming together that neither of them could . . . Nothing! Simply nothing! She could feel hysterical laughter stir deep within her.

Martin sighed. 'You don't have to talk about it if it upsets you, but I thought we were friends—good friends.' He pulled the Holden to a halt behind Joel's car in front of her bungalow and switched off the ignition, turning towards her and taking her hands in his. 'Olivia, before we go in, I've been meaning to discuss this with you for some time. I feel I'm now settled in my career and I have a steady income and a little put by. I need a wife, Olivia, and I think you and I could make a very good life together.'

Liv felt panic rise in her throat. She wasn't ready for this kind of involvement with Martin, with anyone. 'Martin, please, I've never thought along those lines—I mean, I . . .'

'I know I've not picked the best time to discuss such a serious subject with you and I don't want to pressure you, but I'd like you to think it over. That's all I ask—just think it over.' He lifted her hand to his lips for a moment. 'Will you do that?'

'All right, Martin.' Anything to bring this evening to an end. She had all but cringed away, revolted by the touch of his lips on her hand. What could be wrong with her? Everything was crowding in on her, building up, stretching her nerves to tautness until she had a desire to run, to get away from it all, escape back to a world where she had no decisions to make, where she didn't have to think about it.

'Good.' Martin smiled, happily unaware of the turmoil inside her. He climbed out of the car and walked around to open her door for her, his hand resting on her elbow as they walked up the path.

The porch light glowed and Joel opened the door before Liv could reach for her key. Her brother-in-law's smiling face brought with it a little calmness, righted the swaying topsy-turviness of the chaos within her.

'Hi! Had a good evening? You're just in time for coffee,' Joel smiled easily.

'Yes, we've had a most enjoyable evening, thank you,' replied Martin with stiff formality.

'Twins asleep? I hope they weren't too much trouble?' Liv followed Joel thankfully down the hallway, tossing her light jacket on a chair back while Joel collected two extra coffee mugs.

'They were fine and they're sleeping like angels. Melly was just about asleep over her dinner.' Joel drained his coffee cup. 'Well, I'll call it a night. I suspect I'm going to have a full day tomorrow, what with one thing and another.' He raised a meaningful eyebrow at Liv. 'Don't forget dinner at the house tomorrow night. D.J. told me to remind you. I'll pick you all up at seven o'clock as usual—okay?'

'That will be fine, Joel. I'll see you then.' Liv had to stop herself from imploring him to stay. She didn't want to spend any more time alone with Martin tonight, and if that was being cowardly, she didn't care.

'Don't get up, Liv. I'll see myself out.' Joel walked quickly down the hallway. 'I'll see you, Martin.'

'Does Denison watch the children for you very often?' Martin asked, a hint of criticism in his tone.

'Yes. Not that I need a babysitter very often, but Joel usually comes over if I don't leave the twins with Mick and Maria Costello,' Liv murmured evenly. 'Why?'

'Oh, nothing.' Martin turned his coffee mug a

couple of times, watching the dark liquid. 'I just thought you would have been loath to have anything to do with the Denisons after you and your husband broke up.'

'None of it had anything to do with Joel, Martin,' Liv said sharply.

'I'm not saying that it did.' Martin held up his hand. 'Of course, you know best. He seems a nice enough fellow.'

'He is, very nice. If there were more Joel Denisons in the world it would be a better place.'

'I suppose old Mr Denison likes to see his grand-children now and then.' When Liv made no comment Martin finished his coffee. 'Yes, well, it is getting late. I must be getting home myself. Saturday is my house-hold chores day,' he smiled, getting to his feet.

Out on the porch he turned and pulled her into his arms with uncharacteristic firmness, holding her lightly against him. 'Thank you for this evening, Olivia.'

'Thank you for taking me, Martin.' Her words sounded stilted, expressionless, and she willed her tense body to relax, without very much success. She shivered slightly, feeling an uncanny eeriness, as though an unseen eye was watching.

Martin released her immediately. 'You're cold. The breeze can be quite fresh coming straight off the water. You don't want to catch a chill.'

Liv rubbed her arms. 'Yes, it is rather cool. I'd better go in.'

Martin leant down and she turned her face slightly so that his kiss fell on her cheek. 'I'll say goodnight, then. I'll ring you some time next week if I don't see you at school first. You will think over what I've said, won't you?'

She stood watching the tail-lights of Martin's car disappear along the bay road. The light-coloured car they had passed earlier was still parked by the road, momentarily illuminated in Martin's headlights. Liv shivered again and walked inside, locking the door after her.

She checked on Luke, pulling the sheets he had cast aside back over his spreadcagled body. He sighed deeply as she turned him into a more comfortable position. Liv and Melly shared the other bedroom and Liv quietly undressed and pulled her short cotton nightdress over her head. Undoing her hair, she sat in the semi-darkness brushing it absently, trying to still her racing mind.

It was no good, of course. She'd never sleep at the moment. So she returned to the kitchen, pulling the door closed on her soundly sleeping daughter. The disquietened mood that had come upon her before she went out still sat heavily upon her and she knew sleep was miles away.

The whole crux of the matter seemed to be that memories from the past kept sweeping over her. After eight years she thought it had all been relegated nicely into the background, something that had occurred, that she had weathered and set behind her. Her hands stilled as she washed the used coffee cups. What had brought thoughts of Ryan back to her tonight?

It wasn't as though she allowed herself to think about him. In fact, she thought she had brainwashed herself over the years into completely wiping him from her mind. She smiled cynically to herself. So much for that. Her recollections tonight proved he was as real as he had ever been.

The kitchen light lit the outside patio through the open door with a soft mellow glow and Liv strolled out into the night, smiling as the breeze lifted her hair, cooling her body through the thinness of her nightdress. She rested her elbows on the railings and took a deep breath of the fresh salty air.

The bungalow sat some hundred feet from the white sand of the beach and the incoming tide rippled and lapped soothingly on the sand, twinkling in the moonlight. The moonlit sky was a mass of stars and the only signs of any other habitation were the few lights of distant houses near the wharf around to the left of the bay. The nearest house on the right was a good quarter of a mile around to the other point.

Sighing at the beauty of it, Liv straightened, wrapping an arm about the patio post and resting her head against its coolness. She loved this place, loved the peace and tranquillity, the beauty of the clear aqua waters, the white sand and the untouched naturalness of it all.

She frowned, her thoughts returning to Joel's news concerning the sale of Mrs Craven's property. Just thinking about a large tourist complex or a casino in the area chilled her heart. As she saw it the Whitsunday's entire appeal was its untouched beauty.

Surprisingly, that was the one point that D. J. Denison and her father had agreed upon, the need to fight any plans to build high-rise buildings or massive tourist complexes in the area. Charles Jansen had been a fisherman who was proud of his solid working-class background, and the fact that D. J. Denison was a wealthy man filled her father with an inbred mistrust.

Not that D.J. hadn't worked to get where he was. He was fond of telling everyone he was a self-made man and he had built his business up from a one-ferry concern until he had a whole fleet of passenger ferries with the monopoly on transporting holidaymakers to the various island resorts of the Whitsunday Islands. And, of course, D.J. had wanted Ryan to become part of his empire, so that he could take over later on when D.J. decided to hand over the reins.

Liv's lips thinned. But that hadn't been enough for Ryan. To give him his due he had graduated from the University of Queensland with honours in engineering and he had taken various courses in business management. None of it seemed to satisfy him, he always seemed to be searching for something that was missing. Oh, he had stuck it out working for his father for almost a year, until that night when everything had exploded around them all.

Who could pinpoint when it had all started, the moment that steered their lives in that particular direction? Long before those few weeks, those snowballing weeks, that led to their marriage.

With a sigh Liv sat down on the top of the short flight of steps, resting her shoulder against the railings and wrapping her hands about her knees. It was useless to try to keep these memories at bay. Tonight they crowded, surged, unsettled her. She knew she was fighting the inevitable, so perhaps if she allowed her disturbed thoughts an outlet then she could put them all behind her again, set them back into place, and that was the past. Besides, eight years was a long time, and if she couldn't think it over rationally, get it into perspective now, then she never would.

She could remember the first time she had seen Ryan Denison as vividly as if it had happened this afternoon. The moments had been etched on her mind, stored safely in her memory bank, and now the button had been pushed and she could see herself on that summer afternoon nearly nineteen years ago.

She had been six years old, and she had been riding her new bicycle to school for three days, feeling very grown-up and important. On that particular afternoon she was riding across the park, taking a short cut to the beach and her home. When four boys jumped out from behind a hedge her bicycle wobbled and it was all she could do to land upright on the path.

The boys ran around her, laughing and jeering, shoving her bicycle, and the tears coursed down her cheeks. To a six-year-old the boys were just short of being men, but she guessed they were all between ten and twelve. Wrapped in her fear and a rising anger, she began to shout back at them, unaware that another cyclist had slithered to a halt beside them and two of the boys were flat on their backs before her tormentors knew what the newcomer was about. The oldest of the boys put up a fight and by the time the four of them had disappeared her rescuer was sporting a bloodied nose and torn shirt.

Looking up at him with tears still damp on her cheeks, Liv thought he resembled all the Prince Charmings in every fairy story she had ever read. Even at twelve years old he showed the promise of the attractiveness that was to come. He wiped a hand across his nose, dimissing the smear of blood disdainfully, and began to dust the gravel and twigs from his jeans.

'Thank you for chasing them away,' she said tremulously.

'That's okay.' He pulled an almost clean handkerchief from his pocket and handed it to her. 'Here, you'd better dry your eyes.'

She did what he told her and returned his hanky. 'Thank you. Hadn't you better wipe the blood away?'

He gave his nose a cursory wipe and stuffed the hanky back in his pocket and picked up his bicycle. It was bright and shiny with all sorts of wires and attachments running all over it.

'I don't think those idiots will be back,' he said, 'but I'll ride to the edge of the park with you. What's your name?'

'Liv. Olivia Jansen.' She picked up her own bicycle and began to ride along beside him, her cycle shaking precariously.

'I'm Ryan Denison.' He eyed her riding technique. 'Haven't you been riding long?' He was matching his pace to hers and giving her weaving line a wide berth.

'No. My father has only let me ride to school since Monday. My bike's new. It was my birthday last week,' she told him proudly. 'Have you had your bike very long?'

'Years,' he grinned. 'But everyone's wobbly at the start. It took my brother months to learn to ride his bike.'

Liv's heart had swelled with pride. She had

managed to get her balance almost right away, after her father had held the seat for a while to steady her.

They were soon at the park gate and he pulled up and smiled again. 'Well, I'll see you.'

'Thank you,' she smiled back, her eyes adoring him, seeing him as her father, the brother she'd always wanted, and Santa Claus, all rolled into one.

He laughed gaily. 'You can thank me again when you're sweet sixteen, with a kiss.' His laughter followed her as, face flushed, she rode away. 'See you in about ten years, Liv Jansen,' he called after her.

Liv's lips moved into a cynical smile. He had been a precocious brat. She'd seen him on and off through her school years and she often heard her father grumbling about D.J.'s harum-scarum son and his devilry down at the dock.

Not that Ryan Denison ever seemed to notice her. While his presence across the school ground or on the beach was enough to stop her in her tracks, to stare after him, filling her with an indescribable yearning she had no way of understanding.

However, she didn't meet him to speak to until the evening she attended a friend's birthday party, three months before her own seventeenth birthday. Most of her friends from school were there and Liv had no idea that the Denison brothers had been invited to attend. The party was in full swing when Joel and Ryan arrived and Liv caught sight of them through a break in the dancers. At least, she saw Ryan. No one but Ryan.

She knew she would never forget that moment. Her breath had caught somewhere between her lungs and her throat and her heartbeats had quickened considerably. He was by far the most handsome man she had ever seen, and at twenty-three Ryan Denison had everything going for him. He was tall, dark and handsome and his family were quite wealthy and well known in the community.

If Liv thought Ryan was attractive so too did every other female at the party, and he was soon surrounded by girls. Shyly she kept to the side, watching surreptitiously as Ryan moved about from group to group. She knew when he was dancing, when he sat out to talk, and she compared him with the other young men present. She had to admit there was no comparison. To Liv he was everything the others were not.

She had been so engrossed in her thoughts that she started in surprise when Joel Denison sat down beside her and asked if she'd care to dance with him. She had accepted almost automatically, and after a few minutes Joel's easy manner had overcome her shyness and she found herself laughing and joking with him as though she had known him for ages.

That was the type of person Joel was, and she wished for the umpteenth time that she could have fallen for him instead of making a complete and utter fool of herself over his brother.

At that time, as far as Liv was concerned, Joel Denison, although a nice enough person and reasonably attractive in his own right, was simply a pale replica of his older brother. He wasn't quite as tall, not quite as broad or as dark, and he could never be as strikingly handsome as Ryan. But then handsome is as handsome does. Hadn't she had that proverb proved to her?

She had spent the next hour or so dancing with and talking to Joel and once, on the dance floor, Ryan had noticed them together. Deep blue eyes had narrowed speculatively before he turned away. The room began to get smoky and stuffy and Liv and Joel had wandered out on to the terrace, and it was here that Ryan found them when he came to see if Joel was ready to leave.

They were both sitting balanced on the patio railings and Ryan's presence was almost enough to send Liv crashing down on to the lawn a storey below.

'Hey there, careful!' Ryan's hand went out to steady her as she scrambled off the railing. Liv's mouth had gone dry and her arm seemed to burn where he had touched her. His eyes were moving appreciatively over her and he smiled slowly.

'Well now. So this is the reason I haven't seen hide nor hair of you all evening, Joel.' Ryan wiped back a lock of dark hair that had lifted in the breeze. 'Aren't you going to introduce us?'

'I know I'm going to regret it,' Joel said ruefully, 'but Liv Jansen, my brother, Ryan,' he smiled good-naturedly at them both.

'Liv Jansen.' He took her hand, holding it firmly while a frown crossed his brow. 'I seem to remember that name.' His white teeth flashed in a smile. 'Now I know—the bicycle!' His eyes moved over her appraisingly once again. 'You've changed just a little since then, definitely for the better, too.'

Those deep blue eyes touched on the rise of her breasts and she felt herself blushing. 'I also seem to recall something else, a little pact we made. You owe me one kiss, Liv Jansen, and I think the time has come for me to collect it.'

'Hey, what's all this?' Joel put in.

'I once saved Liv from a group of teasing menaces and she promised me a kiss when she was sweet sixteen. You are sixteen?' he raised one eyebrow in amusement.

'Yes, I am. I'm nearly seventeen, but I didn't make any promises,' began Liv, her face flaming.

'Ah, Liv Jansen, you don't mean to tell me you're reneging? Well, I guess I'll just have to steal a kiss.'

Before she knew what he was about he had pulled her into his arms and kissed her soundly on the lips.

From that moment on she had been his, as though that kiss had been a brand, a notice that said she was his property, and, looking back, she had a fairly assured suspicion that Ryan had been aware of the fact, too. Joel had known. She could see it in his eyes and she knew he was disappointed. But she was powerless to do anything about it.

Ryan's body against hers for those few seconds had awakened her, awakened her to adult longings that she had never even dreamed had been lying dormant within her. She had known she would be only half whole until she could feel his arms about her again, the cool firmness of his lips on hers.

The Denison brothers had come to the party together in Joel's car as Ryan's sports car was being repaired and so they both drove Liv home. She had been squeezed into the front seat between them and that short journey to the bungalow had been exquisite pleasure. She could feel the firmness of Ryan's thigh pressed to hers and his arm lay along the back of the seat.

If she had had the nerve to rest her head back she would have touched his arm. Her breathing quickened at the capriciousness of her thoughts. After all, she had really only met him less than an hour earlier.

The ball of his thumb had moved feather-soft against her bare shoulder and she turned startled blue eyes on him. His eyes met hers, enmeshing her, and she dragged her gaze downwards to settle on the masculine curve of his lips and a momentary shiver ran through her. He must have felt her involuntary movement because he smiled in an amused, almost satisfied way.

They pulled up in front of her house and Ryan unfolded himself, turning to help her out of the car.

'I'll walk you to the door,' he said calmly, and took her elbow so that she only had time to say a quick goodnight to Joel.

Her father had forgotten to leave the porch light on and she turned at the bottom of the steps. 'Thank you for bringing me home,' she had said breathlessly.

His chuckle rumbled deep in his chest. 'The pleasure was most definitely mine. And Joel's, of course.'

'Goodnight.' She turned in confusion to walk up the steps.

'I'll be seeing you, Liv,' he said quietly, and she stopped and turned, looking down at the moonlit planes of his face. His teeth flashed. 'And that's a promise.'

Recalling those moments Liv squeezed her eyes closed to try to erase the pictures her memory was flashing before her. God, she had been naïve and gullible, she thought inexorably, dismissing a fleetingly tolerant thought that she had been young and in love for the first time. In love for the first time? she jeered at herself. In love for the first and last time, she told herself forcefully, a band of pain encircling her heart, slipping beneath the thickened defence she had built to shield its vulnerability.

Yes, she had been ripe for his picking, like a field-mouse scampering about the cornfield unaware of the stalking, ever-watchful cat. The fact that Ryan Denison had shown an interest in her had Liv's young heart soaring with the heady ecstasy of a wedgetail on a thermal. Because Ryan Denison could have had his pick of any girl in the district.

But what was the point of bringing it all back? What possible good was it doing her? It was old history now. Sitting in the cool sea breeze, her eyes closed, Liv felt the first stirrings of tiredness. She should get up, go to bed now with the drowsiness upon her.

Her eyes flew wide open. That noise! It sounded like someone stepping on a dry twig. And was that a footfall at the side of the house? Her ears strained to each sound, her heart thundering in her head and she scrambled to her feet as a large and broad figure loomed around the corner of the patio.

'Who is it? Who's there?' Liv's voice came out high-pitched with fear as she retreated up the steps, her knuckles white as she clasped the patio post.

The figure checked his stride at the sound of her voice and then moved forward until the shaft of light streaming through the kitchen doorway fell on his face, bringing instant recognition.

Liv's hand clutched her breast over her pounding heart as its beat tripped over itself in shock. 'You!'

CHAPTER TWO

For the first time in her life Liv thought she was going to faint. Her body sagged weakly against the patio post and she swallowed convulsively, her throat dry and constricted. Momentarily she thought her fanciful mind had conjured him up, but he was real enough.

'My apologies for startling you.' The voice was the same, deep and resonant; she hadn't forgotten one intonation, and with painful easiness the sound of it opened old wounds she thought were safely healed. 'Well, Liv. It's been a long time.'

He was looking at her in that same bold way—and yet not in quite the same way. His eyes were in shadow, but she could feel them flowing over her, as though he had physically reached out and touched her body.

Realising she was scantily dressed in her short cotton nightdress, she wrapped her arms about herself protectively. The movement straightened her body and she drew her scattered defences about her.

'Isn't this rather late to be calling?' she asked formally, her voice sounding almost even, and she was amazed at her calmness, the normality of her words.

He raised his hands and let them fall, a cynical smile on those remembered lips. 'Is that all you can say after eight years?' He shook his head. 'A nice welcome, Mrs Denison!'

'What kind of welcome did you expect after eight

years? That I'd throw myself into your arms?' she said bitterly, scarcely believing he could be standing there.

'There was a time when you would have done just that,' he smiled evenly, putting one foot on the bottom step.

Liv made an involuntary move backwards.

'Aren't you going to invite me in?'

Dear God, if she did, the twins might waken and then . . . 'No!' The word burst from her. 'No,' she repeated, regaining a little composure. 'No, I don't think that would be a very good idea.'

He looked at her in silence for a few moments and then with one fluid movement he was standing on the patio beside her. She was not a short girl, but she had to tip her head back to look at his face, her eyes moving over his six foot one of solid maleness.

With self-revulsion she realised her body was poised, tensed, yearning for the touch of his. She almost reached out her hand to him and took a deep steadying breath. 'Ryan, I think you should go.'

'Oh. Just like that?' His lips twisted and his eyes were a flat cold steel in the bright night.

'It's late. Perhaps I could come into the village to see you tomorrow. Are you . . . will you be staying long?'

Shoving his hands deep into the pockets of his dark slacks, he turned from her to stand looking out over the water. She looked at his strong profile, trying to decide whether he had changed. His dark hair was shorter, although it was shaped neatly to the collar of his light knit shirt. If possible his broad shoulders were a little broader and even in the moonlight she could see the bulge of muscle in his forearm, as though he was no stranger to heavy manual work. His face had lost the traces of boyishness she remembered and, all in all, she had to admit he was as attractive as he had ever been.

'You've changed a lot,' he said at last, 'but then I guess we all have. Time refuses to stand still for any of us.' He swung around again. 'You could offer me a drink. For old times' sake. It's a long time since dinner.' He was looking at her.

'I . . . all right,' she said reluctantly, taking a step towards the kitchen door. 'Just wait there. I'll get dressed and bring you a beer.'

'I have seen you wearing less,' he remarked, his eyes touching the firm swell of her breasts.

The pain rose swiftly inside her, a mixture of hurt and hate, love and loss, and her eyes blazed at him. At that moment she came alive, she could have flown at him, flayed him with her fists, her nails, and her lip curled disdainfully. 'You haven't changed at all, Ryan,' she said contemptuously.

He reached her in two strides, his fingers digging into the soft flesh of her upper arms. 'And as I said, you have. My God, could someone change so much?'

'Let me go! You're hurting me!' She tried to break from his hold. 'But then that's nothing new for you, is it?'

'Liv, don't push me too far.' His words came out between his clenched teeth. For a second his hands tightened and then he pushed her away, turning from her again, his shoulders rising as he took a deep breath.

Liv stood watching him, her hands rubbing the circulation back into her arms. She knew she should go inside now, close the door on him, but still she hesitated.

'Who were the men you had here tonight?' he asked casually.

'Men? How did you know who was here and who wasn't?'

'I've been here since nine o'clock, parked along the beach. I wanted to see you alone.' He turned and looked at her. 'If you'd ended up alone.'

'Why, you . . .' she breathed deeply. 'Still judging everyone by yourself, I see,' she retorted, her face burning. So it had been Ryan in the silver car they had passed. 'And were you parked along the beach all by yourself?' she asked sweetly. 'That would have been a novel experience for the great Ryan Denison.'

His jaw set firmly. 'Look, Liv, I don't think you're creating the right atmosphere for the children. My children,' he added angrily. 'Out with one boy-friend while another boy-friend babysits.'

The blood drained from Liv's face. 'Your children?' she whispered.

He gave a negating shake of his head. 'Yes, my children. I know all about them. I've known since they were eighteen months old. Through no fault of yours,' he added sarcastically.

'How did you find out?' she asked chokedly.

'Do you care? Sufficient to say I found out.' He looked at her as though he hated the very sight of her. 'You could have told me yourself, Liv. Don't you think?' He took a step forward so that he was standing barely inches from her. 'Didn't I have a right to know?'

'Right? Right?' Her voice rose with her anger. 'You had no rights, Ryan.' Suddenly her anger burned out as quickly as it had flared. 'You didn't want any ties with me in the beginning and I didn't want any ties with you afterwards. That's all it boiled down to,' she said flatly, turning away from him. 'Now I'm tired. I'm going to bed.'

His hand snaked out and she was swung back to face him. 'You think you can wipe it all out with placebos, just like that?' He was furious. 'Try to be honest with yourself for once, Liv. You were sixteen years old, too bloody young to be tied down.'

Liv smiled calmly. 'But not too young for the other things you wanted. And that was all that counted, wasn't it, Ryan? What you wanted. And you wanted me. Well, the great Ryan Denison got what he wanted. Let's leave it at that.'

She could see that she had goaded him too far and she tried to wrench herself away from his grasp, but she was held fast.

'You think you've got me weighed up, wrapped and tied neatly in that tidy little mind of yours, branded the wicked villain. Well now, it would be a great pity to disappoint you, Mrs Denison.' He laughed harshly. 'No, I haven't changed as much as I thought I had. Perhaps I should see if you have?'

His lips came down on hers with bruising intensity, punishing, plundering and yet arousing. Strong arms slid around her, hands that went to her hips, pulling her against the rock hardness of his flat stomach and muscular thighs. Her hands were caught between them, fingers extended over his chest.

Neither of them seemed to be aware of the moment when passion replaced anger, but Liv's mind reasserted itself to find her arms had stolen around his neck, the fingers of one hand twined in the thickness of his hair. When he moved his hand around to cup her full breast she almost moaned his name.

How could she allow herself to respond to him like that after all that had happened! She felt sickened to her very stomach. But even as her mind cried out its revulsion, her body still continued its surrender. Sliding her hands back to Ryan's chest, the thud of his heart almost her undoing, she summoned what remained of her chaotic control and pushed him away.

Standing apart from him, drinking in deep clearing breaths, she watched him, feeling like a fly impaled on a pin. His face was impassive, his eyes mocking. Only the quickening of his own breathing suggested that he wasn't as unmoved by their embrace as his expression appeared to imply.

'So!' he said derisively. 'Seems you haven't changed either. We were always a matched pair.'

'Just go, Ryan,' she cried. 'And leave me alone.'

He inclined his head, an ironic smile lifting the corners of his mouth while his eyes remained cold. At the steps he turned to face her again. 'You asked how long I was staying. You'll have to get used to running into me about the place, because I'm staying. Indefinitely!' He smiled again. 'I'll be seeing you, Liv.'

And as he disappeared around the side of the house she could have sworn he added, 'And that's a promise.'

Liv closed the back door and locked it decisively. Standing by the table, she touched her cheeks to find them wet with tears and angrily dashed them away with her hand. She must have had a premonition this afternoon, some form of mental telepathy had brought Ryan into her thoughts. Why had he returned to upset her ordered life? It had taken literally years to get her life back on an even keel and now here she was floundering again in a tide of emotional upheaval. Fresh tears coursed down her cheeks.

'Mum, what's the matter?' Luke's voice came from beside her as he took her hand, looking up with sleepy worried eyes. 'Why are you crying? Aren't you feeling well?'

'Oh, Luke—no. I'm all right now, honestly.' She wiped her face on the hand towel. 'I ... I just couldn't get to sleep.'

'You can come and sleep in my bed with me if you like,' he patted her arm sympathetically.

'Oh, Luke!' She knelt down beside him and hugged him fiercely, swallowing more tears that threatened to overflow. 'Sorry I woke you up,' she said, looking into the young face with its dusting of freckles over the upturned nose. 'Want a drink before you go back to bed?'

He nodded. 'Yes, please. Mum, I thought I heard voices.'

Liv handed him a glass. 'Oh.'

'Guess I must have been hearing things.' He drank thirstily, put his empty glass on the sink and followed her down the hall.

'Sure you'll be all right, Mum?' he asked as she tucked him up again.

'Fine,' she kissed his nose. 'See you in the morning.'

The telephone's ring lured Liv from the exhausted sleep she had fallen into some time in the early hours before dawn. With a groan she turned on to her back and threw off her bedclothes. The strident ring stopped as she climbed wearily out of bed. Melly's bed was empty and she walked through to the living-room, where she could hear Luke's voice.

'She's still asleep, Uncle Joe. I think she was sick last night, so Melly and I are getting her breakfast in bed.'

'I'm awake now, Luke.' Liv ran a hand over her tousled hair, feeling decidedly jaded.

'Joel? Liv here.'

'Sorry I woke you up,' Joel sounded disturbed, 'but it's kind of important. What was wrong last night? Luke said you weren't well.'

'I wasn't sick, just couldn't get to sleep,' she said flatly. 'What was it you wanted to tell me?' She tried to stifle a yawn, refusing to even think about how the Denison family would feel about the return of the Prodigal Son.

'Hell, Liv, I don't know how to tell you this,' he began. 'Look, I think I'd better come over.'

Liv sighed. 'You can stop worrying, Joel. I already know.'

'You know? How can you know? Who told you?'

'Bad news has a habit of travelling fast.'

'But he's only just arrived,' Joel began.

'He arrived last night,' she said, wondering at the numbness that had settled over her nervous system.

'Last night? How do you . . .?' Joel stopped. 'You mean he telephoned you after I left? Was Martin still there?'

'No, Martin had gone and he actually called at the house,' she replied easily, as though their discussion concerned an everyday occurrence. She could almost hear Joel's mind assimilating what she was saying.

'He called at the bungalow? How did he know you were there?'

'I have no idea.' Liv sighed. 'Is he staying up at the house?'

'I've no idea about that either. He called to see me here at the office first. As far as I know he's gone out to the house to see D.J. now, so if you hear anything resembling a sonic boom . . .' Joel tried to laugh. 'Liv?'

'Yes, Joel?'

'I'm sorry. I never thought he'd just turn up out of the blue and I can understand how you must be feeling, but he seems to have changed a lot.'

'Do you think so?' Liv put in cynically.

'Well, yes. Didn't you think so, too?'

'No—yes—oh, Joel, I don't know.' The numbness was beginning to wear off and the return of conscious feeling was almost a pain within her. 'It was a bit of a shock, and he was—well, we didn't exactly behave rationally, I'm afraid we both said things . . . Oh, Joel, I wish he'd stayed away. I don't think I can handle it.'

'Hey, calm down, Liv.' Joel's voice was soothing. 'You can't go to pieces. It's a free country, so you don't have to see him if you don't want to. I could talk to him.'

Liv gave a short laugh. 'Could you see Ryan listening, Joel?'

'Maybe not at that.' She heard him sigh.

'And he's found out about the twins as well. He said he'd known about them for years, but he wouldn't say who told him.'

There was a short silence. 'What are you going to tell them about Ryan? The kids, I mean.'

'That's one of the things that kept me awake. I guess I'll have to tell them something. He said he'd be staying for some time and there's sure to be talk. I'd hate the twins to find out from anyone but myself.' She had lowered her voice. 'Oh, Joel! I was thinking it had all settled into the past, but it hasn't, has it? It's always there to haunt us, no matter how deeply we bury it.'

'Come on, now,' Joel was full of sympathy. 'Don't let it get you. See how things go. It may be for the best.'

'I can't follow your reasoning there.' She sighed. 'You know, you've never said a word against him, have you? He doesn't deserve your loyalty, Joel, not then and not now.' She gave a bitter laugh. 'But then I can't talk, can I? He only ever had to look at me and I . . .' her voice cracked.

'Liv, don't be upset,' pleaded Joel.

'I'm sorry, Joel, I seem to make a habit of crying on your shoulder. I don't know why you put up with it. You should give me a good clip on the ear and tell me to grow up. You're far too easygoing, and I take gross advantage of you.'

'I'll tell you when I've had enough,' he laughed. 'Look, this paperwork can wait until Monday. I'll come over and drive you into town to Luke's soccer game. We can both relieve some of our pent-up tensions cheering our team to victory.'

'That sounds like the coward's way out, but maybe you're right.' Liv knew she didn't need to be alone to ponder over the previous evening's events.

'I may not always be right, but I'm never wrong,' Joel laughed. 'See you in about three-quarters of an hour.'

CHAPTER THREE

JOEL held the doors of his Statesman de Ville open for Liv and then the twins to alight, and Liv looked up at the Denison house with the same pang of awe she still experienced even after eight years. She had first seen the house at close quarters on the night of Joel's twenty-first birthday party and its beauty had taken her breath away. It still could.

Built on a mound overlooking its own private beach, a beach that held such memories for Liv, she supposed the nearest one could come to adequately describing the house would be to say that it was a huge chalet with a wide deck all round. The ocean was to the east and the hills to the west. The sloping roof was broken by large gabled windows and the front was two storeys of thick plate glass so that the panorama of the blue Pacific and the Whitsunday Islands lay before you as you stood gaping at the grandeur. No one behind the plate glass of the huge living-room could ever be immune, could ever dismiss the wonder of that view. For Liv it was almost intoxicating.

D. J. Denison had certainly done himself proud. That he genuinely loved and cared about the area was something that won his unbending personality a firm support from others in the district. Not many people liked his overbearing singleminded business methods, but everyone admired his almost obsessional protection of the area from any commercial exploitation.

Liv and the children came to share dinner with him each Saturday night in what had developed into something of a ritual. Not that Liv minded coming. D.J. also genuinely adored his grandchildren and apart from his despotic streak he was an interesting and stimulating conversationalist and could be a very charming man when he chose to be.

When the twins were born he had been insistent that Liv bring them to live at the house, but Liv had made a stand, preferring to remain at the bungalow with her own father. At that time she wanted nothing at all to do with the Denisons. Her hurt had been too raw and new. But D.J.'s obvious feelings for the twins had made it impossible for her to deny him any access to them, and when her father had died three years earlier D.J. had renewed his pressure for her to live with Joel and himself and sell the bungalow.

It had taken all the willpower and strength that Liv possessed to hold out against D.J.'s insistence and even now, not an evening passed that he didn't make some reference to his proposal. Joel usually came to her rescue, steering the conversation away, understanding her need to be independent.

Tonight Liv faced the evening with an unusual reticence, almost a foreboding. As she stepped into the car her eyes had asked Joel if Ryan would be there, but he had simply shaken his head. And even Joel's customary bonhomie was subdued as they drove the short distance to the house.

Thomas opened the door to them with his usual smile, standing back as the twins ran ahead to the living room to greet their grandfather. Liv passed Thomas their jackets, for the evenings could grow cool after the heat of the day, and Joel hung back with her, his eyes admiring his sister-in-law's appearance.

She wore a simple dress in midnight blue, the soft material clinging provocatively to her full figure, the thin straps displaying her smooth tanned shoulders while her high-heeled sandals accentuated the long shapeliness of her legs. Her thick fair hair was pulled softly back to the nape of her neck, framing her face, the deep blue of her dress reflecting in the blue of her eyes.

'Does D.J. know that Ryan's back?' she asked her brother-in-law. 'I mean, did Ryan come to see him this morning?'

'Can you imagine D.J. not knowing?' Joel sighed unhappily. 'Yes, I thought Ryan was heading out here to see D.J., but apparently he phoned him. I don't know what was said.'

'How did he take it?'

Joel shook his head. 'Calmly, surprisingly enough. I mean, he didn't rant and rave, according to Thomas. I quizzed him about it,' Joel smiled. 'D.J. just nodded and went off to his study to work, and no one heard a word out of him all afternoon.' He put his hand on her arm to halt her steps. 'Liv? How about you? Are you all right about it now?' he asked watching her closely, seeing the flash of pain which momentarily dulled her eyes before she could disguise it and he nodded sympathetically. 'You still care, don't you?' he said softly.

'Oh, Joel! I care only that the twins don't get hurt, and I'll do anything I have to do to protect them. If that means running the gauntlet with Ryan then I'll have no hesitation in doing it, any way I know how.'

'Look, Liv, I think he may have changed,' Joel began as his father opened the living-room door.

'Olivia? Joel? What are you plotting out there in the hall?' He looked sharply at his daughter-in-law. 'Come in, cóme in. Pour the drinks, will you, Joel?'

They sat down in the deep luxurious lounge chairs and Joel handed Liv a dry Martini.

'Luke has been telling me his team won their soccer fixture this morning,' D.J. remarked. 'I'm sorry I missed the game.'

'Yes. It was an exciting match.' Liv sipped her drink, her mind half on her talk with Joel, wondering when D.J. would bring Ryan's name into the conversation, because his presence hung over them all like a sword of Damocles.

But D.J. made no mention of his elder son and they sat through the main course with only the twins bringing some normality to the conversation, and the apologetic entry of Thomas was almost a welcome relief. Although not for long.

That D.J.'s butler was slightly ruffled was obvious as he closed the dining-room door behind him and moved over to D.J. Even then he seemed loath to put his problem into words. 'May I speak to you outside, sir?'

D.J. frowned, but before he could reply the door was opened decisively and a figure filled the doorway. For an immeasurable moment no one spoke, not even the children, and all eyes pivoted to that figure. Liv set her knife and fork carefully by her plate, her heart skipping erratically.

He had never looked more handsome, even that afternoon so long ago when he had rescued her in the park. She experienced a compelling urge to run to him, cling to him. And then her equilibrium righted itself and she set a clamp upon those spontaneous responses, shoving them back into the past where they belonged, along with the other gifts her loving nature had generously given him and he had torn and shattered in his need to take what he wanted without stopping to count the cost.

Now he stood there, the cynosure of all eyes. He wore a pair of cream denim pants which moulded his muscular thighs and flared slightly from the knee. His shirt was short-sleeved, in the same cream denim, fitted to the waist and over his narrow hips. It was open at the neck to part-way down his chest, showing the beginnings of a mat of fine dark hair. The artificial light glinted on the gold watch band on one strong wrist.

His face was set in studied expressionlessness and his eyes scarcely flickered as they moved over each of them in turn. Joel shot an anxious glance at his father and stood up.

'Sit down, Joel.' D.J. waved him irritatedly back into his seat without looking at his younger son. 'Well, Ryan, as unconventional as ever. Are you going to join us or are you going to stand there all evening?'

Ryan inclined his head, letting the door swing to behind him.

'Bring another setting, Thomas,' directed D.J.,

motioning Ryan to the empty chair beside Joel and opposite Liv.

'I've eaten, thank you, Thomas.' Ryan spoke for the first time. 'Perhaps some coffee.'

'Yes, Mr Ryan.' Thomas moved over to the coffee warmer on the sideboard.

The twins were eyeing the newcomer with interest, slightly questioning interest, as they sensed the disturbed vibes under the surface in the room.

D.J. looked at Liv and the children and back to his son. 'The return of the Prodigal,' he said flatly. 'You should have let us know you were coming instead of taking us all by surprise.'

'Come on, D.J.! That coming from you, the master of shock tactics?' Ryan raised an eyebrow before turning to Liv. 'Aren't you going to introduce us? he asked, his eyes challenging her, indicating the two children.

Both Joel and D.J. sat up in their chairs as Liv's hands clutched together convulsively in her lap.

'Children, this is Uncle Joel's brother Ryan. Ryan, Luke and Melanie.' She was unaware of the pleading expression in her eyes as she looked back at Ryan.

Melly smiled shyly. 'We've never seen you before. Where have you been?' she asked, while Luke was looking solemnly at Ryan. Liv could almost see his mind weighing up the stranger, dissecting a problem he knew existed but was unable to fathom.

'I've been working away,' Ryan answered. 'In Fiji and New Zealand.'

'We know where New Zealand is, don't we, Luke? Because the new boy in our class comes from there and the teacher showed us,' said Melly.

Ryan nodded. 'Fiji is north of New Zealand and east of here.'

'You seem to have done all right for yourself,' remarked D.J.

'I can't complain.'

They had barely reached the living-room, leaving Thomas to clear away, when D.J. was called to the telephone. Joel gave Liv a speculative look and before she could glean a hint of what he was about, he had borne the children away to play with an old electric train set he had assembled in what was the old nursery.

Liv moved across to the window gazing out over the ocean, her hand playing agitatedly with the thin gold chain she wore around her neck. She felt instinctively when he had soundlessly crossed the deep pile carpet to stand behind her and her heart thumped loudly in her ears.

She heard him sigh. 'I never forgot this view, the way the moonlight plays on the sand and over the water,' he said softly, as though he meant what he said.

'Yes, it is beautiful.' She tried to remain calm, matter-of-fact, telling herself to treat him as if he was an acquaintance, a casual acquaintance. But he wasn't a casual acquaintance. He wasn't a casual anything, screamed a little voice inside her.

Her eyes were drawn to the beach. She could have pinpointed the exact spot, off to the right, where they had lain together. She wanted to tear her eyes from the memories of it, but it held her almost mesmerised, while her body burned with a mixture of shame and desire.

'But of course we have reason to remember this view, don't we, Liv?' His voice flowed about her like honey, soft as liquid silk, but its tenacity entangling her in its stickiness. She swung around on him, and then regretted that she was standing so close to him and his potent maleness.

'I'd rather like to forget about that, Ryan, and I consider it bad taste and ill-mannered of you to bring it up,' she said with an attempt at contemptuous dignity.

He laughed quietly. 'Can you forget it, Liv?' He ran one finger down her arm from shoulder to elbow, raising goose-bumps. 'I haven't,' he said softly. 'I remember it with vivid clarity.'

'I'm surprised you were sober enough to recall anything,' she said scathingly, as the door opened and D.J. came in.

Ryan's jaw had set angrily, but when he turned to his father his face showed no emotion, as though he had dropped a mask over his features. They made polite conversation about everything and nothing until Liv thought she would scream.

At last she stood up. 'I think we should be getting home—it's past the children's bedtime. I'll go and fetch Joel.'

D.J. and Ryan stood up, too.

'I'd better be getting along as well,' Ryan said easily. 'I'll drop you home, Liv.'

'There's no need. Joel usually takes us home.' Liv moved towards the door, needing to escape.

'No trouble. It's unnecessary for Joel to get his car out again when mine's standing at the door.' He looked at her steadily.

'Where are you staying, Ryan?' D.J. interrupted. 'You can return here if you like,' he added gruffly, amazing even Liv.

'Thanks anyway, D.J. I'm all right for a while.'

D.J. turned a contemplative eye on Liv and reading that speculation she felt herself blush. Surely D.J. didn't think Ryan was staying at the bungalow?

'Why aren't you driving us home like you always do, Uncle Joel?' asked Luke, eyeing Ryan's silver Mercedes with an unreasonable distaste. 'You do every other night.'

Liv flushed at her son's ill manners, even as she agreed wholeheartedly with the sentiments he expressed.

'Mr Den . . . Ryan has kindly offered to save Uncle Joel a trip,' she began, while the look Joel turned on his brother was a mixture of embarrassment and sympathy. Without showing any outward concern or making any comment Ryan opened the rear door of the car and Melly climbed in. He leant over and adjusted her seat belt for her before standing back to let Luke follow her in. Luke gave him a level look before getting into the car and he quickly buckled his belt so that there would be no need for Ryan to assist him. Liv subsided into the passenger seat, without a glance in Ryan's direction. They were silent during the short drive around the bays and Liv's nerves were stretched tautly by the time the car drew to a smooth halt in front of the bungalow.

'Thank you for the lift home,' said Luke, his tone dismissing Ryan in what was almost rudeness.

Ryan raised one eyebrow. 'I'll see you inside. I'd like to talk to your mother, if I may?' His steady look threw Luke into indecision and he shrugged his young shoulders and turned towards the house.

Leaving Ryan in the living-room, Liv had soon organised the children into their pyjamas and after they had cleaned their teeth and said a restrained goodnight to Ryan she settled them into bed.

Melly's eyelids were drooping as Liv tucked the bedclothes around her.

''Night, Mummy. Isn't Uncle Joel's brother nice? He's so handsome!'

Liv pulled Melly's door closed, thinking ironically that Ryan obviously hadn't lost his appeal, and crossed to Luke's room. He lay tense and straight and unsmiling.

'What does he want to talk to you about, Mum? You know you don't have to talk to him if you don't want to.'

'Now why shouldn't I want to talk to him?' She leant over and kissed him. 'Stop worrying and go to sleep now.'

'Well, I don't like him,' he frowned.

'Oh, Luke . . .' Liv began.

'Well, I don't. So you just call me if you want me to come out,' he said solemnly, his set face having a fleeting resemblance to Ryan's for all that his features and colouring were Liv's.

Liv gave him a bearhug. 'All right, I'll call you if I want you. Now, everything is going to be all right. Go to sleep, love.'

''Night, Mum,' he said reluctantly.

The kitchen light was on and Ryan had two coffee mugs on the table and was about to pour boiling water on the grains when Liv just as reluctantly joined him.

'Milk and no sugar? Right?' he said without looking up. 'See, there's lots of things I remember.'

'Ryan, I'm getting heartily tired of these little in-
nuendoes. I don't know why you're playing this cat-
and-mouse game, but I don't want any part of it—
and I don't want the children upset.' She looked
coolly across the table at him, marvelling at the control she had over herself.

'I can understand that,' he said, sitting down at the
table and motioning her to the chair opposite.

His reasonableness threw her and she sank into the
chair in surprise. When he didn't elaborate she sipped
her coffee perplexedly. This submissiveness was
totally new to him and she was undecided about how
to handle it. He drank his coffee in silence, his eyes
moving lazily about the kitchen before swinging back
to her.

'They're great kids. You've done a good job with
them.'

'Thank you.' She couldn't completely eradicate
the edge of sarcasm from her voice and she saw his lips
tighten as her barb hit home.

Ryan stood up and rinsed his mug and Liv knew a
moment of relief that he would leave. But he stood
with his hands resting on the back of the chair, his
eyes looking steadily at her. 'You never used to be
sarcastic, but I guess I deserved that. I did leave you
alone to face the whole thing even if I was unaware of
the full extent of it. But at the time I had my reasons
for leaving.'

He turned from her, flexing his shoulder muscles as
he shoved his hands in the back pockets of his pants.
The material of his shirt strained, the cream colour

accentuating the deep mahogany tan of his muscular arms. 'I want to begin making amends, Liv.'

She stood up, a multitude of thoughts crowding her mind, a tide of emotions shaking her previous composure—anger, uncertainty, fear.

She must remain calm. 'We manage very well, Ryan. We don't need anything.'

He spun round, anger in his face, in the tension of his body. 'Damn you, Liv!' A muscle worked in his jaw. 'I don't mean that. I'm well aware that you haven't touched a penny of the money I sent to the bank.' He prowled about in exasperation. 'You're a stubborn . . .' he stopped and took a deep breath. 'I meant I want you with me, the three of you. I want to make these eight years up to you.'

A wave of yearning washed over her, only to recede once more, uncovering her hurt and rejection, and her own anger rose within her. 'Make it up to us? Make amends? For what?' She almost spat at him. 'Why, you arrogant, self-opionated . . . Do you honestly think that we need you?'

'Liv, for God's sake, think about it rationally.' He had moved round the table to stand in front of her. 'I'm not penniless. I can give the children the kind of life they should have, an education . . .' He put his hand on her arm and she slapped it away.

'Take your hands off me! My children,' she took a deep breath, 'are happy and well cared for and they're loved. Anything they need I can give them.'

'Even a father?' His eyes bore cruelly into her face and she could see he had his anger under tight control.

'Even a father,' she repeated, and added recklessly, wanting to hurt him as he had hurt her, 'Martin Wilson, a good friend of mine, has asked me to marry him and I may accept him. So you see, you needn't have made the effort to come back, Ryan. Your journey's been a total waste of time.'

'Has it?' he asked quietly, dangerously quietly. 'You're a married woman, Liv, remember? You can't marry anyone unless you plan to commit bigamy.'

'There always divorce,' she threw back at him. 'You've been gone long enough for desertion to be adequate grounds for divorce.'

'But you're forgetting one thing, Mrs Denison.' His hands rested lightly on her arms. 'I don't particularly want a divorce, especially now that I've seen what I've been missing. We have a lot of time to make up.' His head rose. 'You're mine, Liv, and what's mine stays mine. I'm taking you back, you and the twins.'

'Back?' She brushed his hands away. 'You can't have something back that was never yours to start with.' She moved towards the hall. 'I'll see you out, Ryan. We have nothing more to say to each other.'

'The hell we haven't!' His hand caught her to him and she tried to free herself, only to feel the solidness of the wall at her back, the muscular firmness of his body in front of her.

'Let me go, Ryan,' she said quietly, aware of the children nearby, especially Luke, who already sensed the antagonism between them.

He smiled malevolently, moving his long body against hers, and she felt the spark of desire begin to flicker in the pit of her stomach. 'Your body tells me you don't mean that, Liv,' he said huskily, the pressure of his thighs searing through the thin chiffon of her dress. His lips touched her temple, teased her earlobe, sending shivers of bittersweet anticipation through her body. One leg insinuated itself between hers, resting there, exerting an arousing pressure.

His hand moved to the back of her head, impatiently removing the clasp at her nape, his fingers threading through the loosened thickness of her hair. 'Don't tie it back. I like it free, so I can run my fingers through it,' he murmured, bringing a handful to his face and inhaling the clean freshness of its fragrance. 'I can remember that scent. In eight years it never faded.'

Liv had to strain to catch his words, words that she was sure he was unaware he had spoken.

Both hands held her head and his lips descended to take possession with a passion that seemed to fire them both. Her lips opened to welcome his demand for a response she was returning without thought. Her hands fumbled with the buttons of his shirt, opening it so that she could feel the heady firmness of his skin. Her fingers moved through the soft mat of hair, and the blood pounded in her own ears.

With an urgency that matched her own his hand moulded one firm swell of her breast, its tautening nipple arousing him further. The snap of one thin strap of her dress dragged her back to reasoning consciousness.

'Ryan!' She pushed against his chest, putting some small distance between their upper bodies. She didn't need to be told he was as physically aroused as she was, she could feel it in the tautening muscles of his lower body, and she had to fight an almost uncontrollable urge to cast rational thought to the four winds, to just allow herself to drown in the heart-stopping ecstasy of mutual physical arousal, to seek the satisfaction she knew he could give.

But she had allowed herself to do that once before and almost wrecked her life and, in some part, his. 'Ryan, please, let me go. I think you should leave. I want to go to bed.'

'So do I,' he replied caressingly. 'With you. God, how I want to make love to you!' He drew her back into his arms again, his lips moving over her jawline. 'Mmm, you smell delicious. You taste delicious. You feel delicious,' he murmured. 'Which room is yours?'

'Ryan, I don't want to sleep with you,' she said firmly, not able to control her body's responsive shiver.

He chuckled deep in his throat. 'Liar! You want me as much as I want you. Eight years is too long— far too long.' He had manoeuvred them to the first door on the left, the room Liv shared with Melly. 'This it?' His hand moved to the door knob.

'I share that room with Melly, Ryan,' she said softly, and as his hand hesitated, 'I couldn't imagine even you wanting to run the risk of her waking up at an inopportune moment,' she said flatly.

A few seconds ticked away. 'You bitch!' Ryan muttered harshly, his hands biting into her flesh before he put her away from him. His eyes raked her face so that she almost flinched and then he strode to the door. 'Remember what I said, Liv. You are mine.' His words were soft, distinct, so that they seemed to echo down the hallway. 'You always have been mine. And I mean to keep it that way.'

*

Morning dawned bright and clear with just a hint of the heat that was to come later in the day, and for the first time in her life Liv cursed the sunshine. That the sun could shine when she felt so low and grey and bleak she could scarcely abide.

As she prepared breakfast for the three of them she felt she was walking about like an automaton, motivated by some external force which kept her body functioning after her heart and mind had ceased.

Melly chattered happily, spreading jam on her toast, while Luke nibbled morosely on his cornflakes.

'You're a slowcoach this morning, Luke,' Melly remarked. 'I'm beating you by miles.'

'I'm not racing,' replied Luke gruffly, frowning at his sister.

'What a grumpy bear you are!' She turned to her mother. 'Luke got out of the wrong side of the bed this morning.'

'Oh, shut up, Melly! Why are girls always nattering and giggling?'

'I don't natter and I don't giggle.' Melly was affronted. 'At least, not often.'

Luke gave her a withering look.

'Come on, you two, no fights,' Liv intervened. 'Eat your breakfast, Luke.'

'I'm not very hungry really.' He pushed his plate away, not looking at his mother.

'Don't you feel well?' Liv's forehead puckered.

'No—yes. I'm all right, Mum.' He picked up his orange juice and his eyes reluctantly met his mother's over the rim of his glass.

'Has Uncle Joel got any other brothers?' he asked

out of the blue as Liv turned back to lift the toast out of the toaster.

Her hand froze on the warm bread, knowing she couldn't lie to him, not blatantly like this, nor did she want to tell him the truth at this moment. Last night and her encounter with Ryan still sat too rawly on her heart for her to calmly talk to the twins about him. Dear heaven, what was she to do?

'Mum?' Luke pressed his point while Melly looked on, her eyes puzzled by Luke's question.

Liv cleared her throat. 'No. No, he hasn't.' She calmly buttered the toast and set it on the table.

Two pairs of eyes gazed at her, Melly's deep blue and innocent, Luke's a lighter blue and, all at once, almost the eyes of an adult. At seven years old? Liv asked herself. She must be reading more into his expression than was there. Such was a guilty conscience, she told herself.

'He's so handsome, isn't he? Much handsomer than Uncle Joel,' said Melly. 'But Uncle Joel's really nice, too,' she added quickly as though she thought she had been disloyal to Joel.

The telephone pealed loudly and Liv jumped up to answer it. Never before had she welcomed an interruption more.

'Good morning, Olivia.' Martin's voice answered her breathless 'hello'.

'Oh, Martin. How are you? You're up bright and early.'

'I've been up for some time.' He made it sound unhealthy to remain in bed after daybreak. 'I usually go for a jog around the park before breakfast as often as I can.'

'Very invigorating,' Liv remarked, for something to say.

'Yes, very,' he said. 'Are you free this afternoon? I thought you and the children might like to take a drive somewhere if you'd care to and aren't doing anything else.'

Suddenly to be away from the bungalow, away from any chance of crossing Ryan's path, was just what Liv needed. Perhaps it would postpone Luke's questions for a while, give her time to prepare her answers, because she knew he would ask again.

'The children will be home from Sunday School by eleven o'clock. Would you care to take a picnic lunch up the coast a way?' she asked him.

'A picnic? That sounds fine. I haven't been on a picnic since I was a youngster.' Martin sounded surprised. 'The children should enjoy that. I'll be around about eleven-thirty. That all right?'

'That would be fine. It will give me time to pack lunch. See you at eleven-thirty, then.'

She went back to tell the children about the picnic. Melly was excited even when she learned that Martin would be going along. However, Luke was a little more reticent, his eyes telling her that he had only shelved his questions until another time.

Liv was closing the lid of the cold box on their cold chicken and salad lunch when Martin arrived and they were soon in the car and on their way. Liv and the children wore their swimsuits under their shorts and cool tops, and Liv eyed Martin's long pants and shirt, shoes and socks with some amusement. Did he ever let his hair down and relax? she asked herself.

'Have you any suggestions about where we should

go?' he asked. 'I'm afraid I haven't been around much outside the township.'

'I know just the spot. The children and I usually go there for a picnic. It's a favourite of ours. There's plenty of shade and the beach is safe for swimming,' Liv told him.

'Just give me the directions,' he smiled. 'I'll leave it to you.'

The twins were paddling at the water's edge after lunch while Liv and Martin lay back on a rug on the sand under a shady palm tree. Feeling almost relaxed, Liv idly picked up a handful of sand, letting it slide slowly through her fingers. Martin's eyes moved over the attractive picture she made stretched out beside him, her white shorts accentuating the smooth even tan of her long legs, her loose red tank top gently moulding her feminine curves.

'Have you given any thought to my proposition, Olivia?' he asked quietly. Now that Martin had decided his course he wanted to begin putting his plan into action.

For a moment Liv was hard pressed to recall the proposition he was talking about, and she experienced a twinge of guilt when she looked at the intense expression on his face. 'No. No, I haven't, Martin,' she said at last. 'I haven't really had a free moment since Friday. It's not as though I feel I can make a snap decision.'

'Maybe not. Olivia, I . . .' He took her hand. 'I'm rushing you, aren't I? But, Olivia, once a course is plotted there's no point in putting it off. You need a husband, Olivia, and I know I could . . .'

'Martin, please, let's not talk about it this afternoon. Let's just enjoy the day without any serious discussions.' Liv tried to disentangle her hand and Martin held it tightly for a moment before reluctantly letting her go.

'All right. But I shan't give up, you know,' he said firmly. They sat in silence for a moment and it was Martin who broke that silence.

'Did you enjoy your evening with your father-in-law last night?'

'It was very enjoyable.' Liv was glad she could hide her expression behind her dark-lensed sunglasses. Enjoyable? Good grief! Devastating was the more operative description. She knew now was the time to tell Martin about Ryan's return, but somehow she just couldn't bring herself to mention it. It would mean a cross-examination, more explanations and more questions that would start further soul-searching, and she shied away from that like a wild pony from a bridle.

What could she say anyway? 'Oh, Martin, by the way, a funny thing happened. My husband turned up. It was quite a little family reunion. We mulled over old times.' She felt an hysterical laugh well up inside her and she jumped to her feet, taking Martin by surprise. 'Did you bring your swimsuit?'

'Well, yes. It's in the car.' Martin sat up.

'Then how about a swim now that our lunch has settled?'

'If you like. I'll have to change in the car,' said Martin, reluctantly getting to his feet.

'See you in the water.' Liv slipped out of her shorts and top, leaving them in a tidy pile with the twins' clothes, and ran down into the water, welcoming its coolness on her hot skin.

Martin joined them, a trifle selfconscious in his old-fashioned swim shorts, his skin white and untouched by the sun. His body was slightly stooped and on the thin side, and Liv found herself unconsciously comparing him with another body, tall, lithe, muscular and oh, so familiar. So familiar in fact, that she felt she knew every contour of it by heart, even after eight years. With a spurt of anger she turned and dived into the blue water, wishing that a certain dark-haired twelve-year-old boy had left her to fight her own battles all those years ago.

It was nearly dusk by the time they headed back to Shute Harbour. The afternoon had been quite successful and even Luke had rediscovered his high spirits, although both of the twins preferred to keep Martin at arm's length. He was, after all, a teacher at their school and therefore just a trifle awesome.

The day in the open air did the three of them good, because they all slept well that night, with no mention made of Ryan Denison. Neither did he call at the bungalow or telephone as Liv half expected he would. In fact, it was almost a week before she heard any more of him.

CHAPTER FOUR

EACH Tuesday and Friday Liv worked at the gift shop until five o'clock and she had an arrangement with Maria Costello for her to collect the twins from school and take them home with her own two children. Liv then picked the children up from the Costellos' house on her way home from work.

At four-thirty on Friday she looked up from the shelf she was dusting as Joel walked in. Surprisingly she hadn't seen or heard from Joel since Saturday, and usually he called in once or twice a week.

'Hi!' he smiled a little sheepishly.

'Hello, Joel. What have you been doing with yourself all week?'

'D.J. sent me down to Brisbane for a few days. I just got back this morning.'

'Oh! That was a sudden trip, wasn't it?'

He nodded and sat on a stool near her counter. 'D.J.'s still delving into old Mrs Craven's affairs, or should I say I've been delving into Mrs Craven's affairs. God, I'm sick of it, Liv!' he shook his head in exasperation. 'I'm half glad I couldn't find out anything even if D.J. is out of sorts with me.'

Liv smiled. She could imagine 'out of sorts' would be an understatement where D.J. was concerned. Nothing less than perfection was enough for her father-in-law. 'Perhaps D.J. has met his match. No doubt Mrs Craven will tell everyone all about it when she's good and ready.'

Joel gave her a strange look. 'You don't seem perturbed. I mean, in his time, your father used to get as steamed up as D.J. does over any proposed development of Craven or any other island in the area.'

'I know, Joel. And I'm not saying I want to see a huge complex built there, but after all, it is Mrs Craven's property and she has every right to dispose of it as she sees fit. She's a grand old lady and I can't see her letting anyone pull the wool over her eyes.'

'My sentiments exactly. D.J.'s just going to have to cool his temper and try his hand at patience—no mean feat for him. Anyway, enough of that. What about you? How are things?'

Liv returned his gaze. 'I presume you mean with respect to Ryan?' she said flatly.

Joel shrugged his shoulders. 'I guess so.'

'I haven't seen him since Saturday night and I don't care if I never see him again,' she said expressionlessly.

'Hell, Liv! Give him a go——' Joel began.

'A go? You can say that, Joel, after all he's done to you, to me, to D.J.?' she asked, her anger rising.

'What did he do, Liv? Except maybe want to live his own life the way he wanted to live it. He's different from me, Liv, he knows exactly what he wants from his life. He always did, even as a kid. I can compromise, bend with the wind. But not Ryan. He hasn't got a compromising bone in his body; it's all or nothing for him. I guess he's pretty much like D.J. That's why they never really hit it off for long.' Joel sighed. 'Did he say anything when he took you home on Saturday night? About his plans?'

'We talked, if you could call it that.' Liv felt herself blush at the memory and she turned away from Joel.

'I think he'd like to have you back,' Joel said quietly, choosing his words carefully.

'Oh, Joel! It's too late. Don't you see that?' Liv paced about. 'Anything I felt for Ryan—well, it died eight years ago.'

'Are you sure, Liv? Are you really sure? I think you should give Ryan a second chance.' He looked at her seriously. 'For the twins' sakes at least.'

'That's emotional blackmail,' Liv said quietly, and shook her head. 'No, Joel, I just couldn't go through it again.' She clasped her hands together agitatedly. 'I . . .' She stopped as a customer entered the shop and Joel sat quietly until they were alone again.

'I feel as if I'm caught in a cleft stick with you on one side and Ryan on the other. And I care about you both,' Joel said earnestly.

'How can you be so . . . so . . . Good heavens, Joel, I would have thought you'd be the last person to go to bat for him, to welcome him back with open arms. He never cared about your feelings either. Ryan's a taker, Joel—you must see that. What he wants, he takes, at whatever cost.'

'Takers only take what others allow them to take,' he smiled crookedly, and Liv saw a fleeting resemblance to Ryan in his face. 'Anyway,' Joel's smile faded, 'he never took anything from me that began as totally mine.' He looked at her steadily in the eyes and Liv was the first to look away.

Joel stood up and shrugged his shoulders and Liv wondered if he thought he'd said too much. Joel rarely touched on anything personal and neither did Liv to Joel. They seemed to have erected a tiny area of conversational no man's land between them over the years, although in every other respect they were the best of friends.

'Well, I'd best be getting along.' He glanced down at his wristwatch. 'You'll be closing in a few minutes, won't you?'

'Mmm. Then I'm off to collect the twins.'

'Okay. I'll see you. Say hi to the terrors.' He turned

at the door. 'Oh, by the way, Ryan didn't mention where he was staying, did he?'

'No, he didn't. I just surmised it would be at the hotel as he wasn't staying at the house.'

'I can't seem to find any record,' Joel frowned. 'Oh, well, I guess I'll catch up with him somewhere. 'Bye, Liv.'

Liv closed the shop, trying not to let Joel's words start her mind tossing over the past again, and she was soon on her way to the Costellos'. Maria and Liv had become firm friends since they had been reacquainted at the local pre-school their children had attended. The other girl was a few years older than Liv and they had recognised each other from their schooldays. Maria's son, Dino, was Luke's best friend.

Of Italian parentage, Maria was short and plump and dark and doted on her husband and two young children. Her husband, Mike, had arrived in Australia from Italy when he was a young boy and he worked as the captain of one of D.J.'s fleet of passenger ferries, as his father had before him.

The fact that Mike Costello and Ryan had been friends had been another bone of contention between Ryan and his father. Not that D.J. disliked Mike, he knew that he was competent and trustworthy at his job, but to accept Mike as a friend of Ryan's had been beyond D.J.'s class-conscious outlook.

Maria was sitting on her front steps placidly shelling peas from her garden for their evening meal while she kept an eye on the four children playing in the front yard. As Liv pulled up outside she walked down to the gate smiling a greeting.

'How's everything, Maria? Sophy over her cold?'

Liv asked as the twins went running to collect their school bags.

'Yes, she's fine now. It would have been a pity if she'd been sick for her birthday tomorrow. She's been so excited about having the three of you over for lunch that I've had trouble convincing her that she has to wait until tomorrow.'

'We're looking forward to it, too. Will eleven-thirty be all right?' Liv smiled as Maria's little daughter hurried after Luke on sturdy legs.

'Fine.' Maria also smiled fondly at Sophy. 'It seems like only yesterday that she was a tiny baby. I can hardly credit she'll be five tomorrow.'

'When she goes off to school next year you'll really feel she's growing up,' agreed Liv. 'Thanks for minding the twins. We'll see you tomorrow for lunch.'

They arrived at the Costellos' next day and as soon as an excited Sophy had opened her presents Mike took the children downstairs while Maria bore Liv away to the kitchen. That something was bothering the other girl was obvious, and Liv hoped Maria's mother, who had recently had a major operation, had not taken a turn for the worse.

'I don't quite know how to tell you this, Liv.' Maria began, a frown on her pretty face. 'Honestly,' she threw her hands in the air, 'men are so thick sometimes! I could have flattened Mike when he told me what he'd done!'

Liv smiled, trying to imagine the five foot of Maria taking the thickset five feet ten of Mike Costello on in combat. 'Poor Mike! What's he done?'

'Well, Liv, I don't know how you'll react, in fact, I don't even know if you know . . .' She stopped and took a breath. 'Liv, it's about—well, it's about Ryan.' Maria watched the smile fade from the other girl's face and she moved over to lay a comforting hand on Liv's arm. 'I'm sorry, I didn't want to be the one to have to tell you he's come back.'

'It's all right, Maria, I know already. He came to see me,' said Liv. Just when she had managed to put thoughts of him from her mind for a few hours Maria's words brought it all cascading back to churn her senses into that same whirlpool of disturbance.

Maria sighed, her dark eyes still coloured with concern. 'Oh, that's good. I was so worried about telling you. I didn't want to give you a shock.' Her voice told her relief. 'You see, Mike met him down at the harbour this morning and to top it off he's invited Ryan to lunch—today of all days! Believe me, Liv, I—that is, Mike and I, we don't want to embarrass you and I didn't want him to arrive and take you by surprise.'

'Please, stop worrying, Maria. I'm . . . I'm used to the idea of his being in the area. Ryan,' she almost stumbled over his name, 'and Mike were good friends and naturally he'd want to invite him over.'

'But,' Maria's face creased into a frown once more, 'what about the twins?'

'They've met Ryan, at D.J.'s last weekend,' Liv swallowed. 'I . . . I haven't mentioned anything to the children yet about Ryan and me so . . .' she finished lamely as Mike joined them in the kitchen.

'Have you told Liv?' he asked brusquely, trying to cover his embarrassment, and when Maria nodded he looked relieved. 'Sorry, Liv, I just didn't think. I was kind of taken aback to see him, if you know what I mean.'

'If you'd rather not see him, Liv, then Mike could ask him to come another day,' Maria began.

'No. No, Maria, you can't do that.' Liv heartily wished they could. 'There's no reason why we can't behave in a civilised manner.' Liv could almost laugh at her own words, but she knew if she started to laugh she would be incapable of stopping.

'Good.' Mike tapped Maria on the bottom. 'Did you put those cans of beer in the fridge, love?'

'Do I ever forget your beer?' Maria asked.

'Not yet, you haven't,' he grinned at her, and turned to Liv. 'Don't know how I managed without her.' His face grew serious. 'I don't suppose there's any chance that you and Ryan will get back together again?'

Liv's face paled and then coloured.

'Mike!' Maria gave Liv an apologetic look. 'I'm sorry, Liv. Take no notice of him. For heaven's sake, you're about as subtle as a hit over the head with a dead fish! Go and watch the kids, you great oaf.' She pushed her husband out of the door and began apologising again.

Ryan arrived ten minutes later in his silver Mercedes, and by then Liv's nerves had been honed to fever pitch. His appearance was very nearly a relief that the dreaded moment had finally arrived.

To the children's amusement he swung Maria around, kissing her soundly, while Maria laughed a little selfconsciously, not looking at Liv. Mike drew his children forward, a proud father.

And all the while Liv stood waiting for the ultimate moment when he would have to acknowledge her presence. Eventually he turned, his eyes moving over her, not missing one minute section of her body. She was wearing a plain light blue denim shirt and a loose cotton peasant blouse and she felt his eyes as they touched her, burning tinglingly through to her skin.

'Liv,' he smiled. 'How are you?' His deep voice sent tremors down her spine.

'I'm fine,' she replied stiltedly, and felt Luke move up beside her, eyeing Ryan steadily.

'Hello.' Melly smiled up at him with scarcely a trace of her usual shyness and Liv's breath caught somewhere in her chest at the resemblance between the two of them. In no way could Ryan be called feminine and neither was Melly anything other than a little girl, but the sameness was there, in the way they smiled, held their heads, in an expression. Liv sensed Mike and Maria's tension and this increased her own.

'Hi, Melly!' His smile turned from her to his son. 'Hello, Luke.'

'Hello,' Luke mouthed without smiling.

'Feel like a cold beer, mate?' asked Mike easily, walking into the kitchen and returning to hand Ryan a frosty can. 'Come and sit out the back in the cool while the women finish with the food.'

Liv watched Ryan's back as he followed Mike through the house. He was a good three or four inches taller than Mike and his dark slacks emphasised the taper of his hips, the latent strength in his muscular thighs, while the pale blue of his light knit shirt seemed to give his hair a blue-black sheen.

Melly, Sophy and Dino followed the men and when Luke hung back Dino turned around.

'Coming, Luke?'

'Go on, Luke,' Liv gave her son a push. 'Dinner won't be long.' She bit her lip as he walked reluctantly after the others.

'When are you going to tell them, Liv?' Maria asked quietly as they returned to the kitchen.

'I don't know, Maria. I just don't know.' Liv gave the salad she was tossing all her attention. 'I'm worried about Luke. He already resents Ryan.' She sighed. 'Well, I guess resents is too harsh a word. What I mean is, I think he realises that there's antagonism between Ryan and me and because he doesn't understand what it's about it makes him uneasy. I'll have to tell them soon, before someone else does.'

Maria nodded, her expression sympathetic. 'How do you think they'll take it?'

Liv shrugged and shook her head. 'I don't know. We've talked about . . . about their father before and they know I'm not a widow, that their father and I were separated, so I'm hoping they'll be able to accept that their father and Ryan are one and the same.' She set the servers beside the large bowl of salad. 'I know I'm a coward for putting the moment off, but I just wish he hadn't come back, Maria,' she said almost desperately. 'We were going along nicely and now everything's in an upheaval.' She looked at her friend. 'I can't understand what brought him back,' she said half to herself.

'Can't you, Liv?' Maria said softly. 'As an onlooker I used to think he cared more for you than he did for anything else in that crazy life his father wanted him to live. Maybe he came back to see you again. And the kids.'

'That's a joke!' Liv's smile was cynical. 'If he'd

cared anything about us it wouldn't have taken him eight years to discover it, and if he hadn't been thinking about himself he would never have left in the first place.'

Maria opened her mouth to reply and then closed it again, her eyes widening as Ryan walked into the kitchen. The small room seemed to suddenly grow smaller and more confined.

'Mike sent me in for more beer and to hurry the food along.' His smile was directed at Maria and all charm.

Had he overheard their conversation? Liv wondered, and as he turned towards her she could see the complete coldness in his eyes. Judging by the momentary flash of anger she saw in the tightening of his jaw it seemed he had heard all right. Liv shivered slightly, as though someone had walked over her grave. What did she care anyway? He knew how she felt already, and besides, it served him right. Eavesdroppers never heard well of themselves.

Little Sophy's birthday lunch passed without incident and by not looking in Ryan's direction unless she was unable to avoid it Liv managed to eat the delicious meal Maria had prepared, laugh with the children, almost convince herself that he wasn't there. But she knew he was. Her heightened senses reached out to his nearness, kept reminding her with quickened heartbeats, a tingling down her spine, a throbbing ache in the pit of her stomach, until she began to feel she must touch him or go crazy. All this she kept inside behind her schooled features, her lowered lashes.

When he exerted himself Ryan could charm birds

from the trees, and he hadn't lost the knack. Soon he had the children laughing at his stories of his life in Fiji and even Luke was reluctantly listening with an interest he couldn't hide. Only Liv refrained from asking any questions, although she stored each morsel of information away to think about later. She hadn't even known he was in Fiji, and if Joel had been aware of it he hadn't let on.

'How long have you had the *Midnight Blue*?' Mike asked, and Liv frowned, wondering if she had missed part of the conversation.

'Who or what is the *Midnight Blue*?' Maria voiced the question in Liv's mind.

'Ryan's yacht,' Mike replied. 'Didn't I tell you? The forty-five-footer down in the bay. The blue one.'

Liv's eyes met Ryan's in surprise, her mind a mass of question marks. How could he afford a yacht that size? Maybe he was part of the crew? Surely it couldn't be his? No wonder Joel hadn't been able to find his brother; he must be living on board.

'I had her built last year and sailed her up from Sydney,' Ryan was saying, his eyes moving back to Mike. 'As a matter of fact, I was hoping you could come out with me one day, Mike. Although I think I know the area like the back of my hand, it has been eight years and I'd appreciate having you go over the charts with me, give me a refresher course.'

'Sure thing, Ryan. I'd love to get at the wheel of that beauty.' Mike's dark eyes glowed enthusiastically. 'When do you want to go out?'

'Whenever it fits in with you. Bring Maria and the kids.'

Mike looked at his wife. 'Well, I'm off this weekend

and Monday. It's the first public holiday I've had off in years, and I'm not rostered off then until Wednesday and Thursday next week.'

'Well, what about tomorrow? We could stay out overnight and return Monday afternoon.' Ryan looked at Mike.

'Hey, that would be really something! What do you reckon, love?' He turned to Maria.

'It sounds like fun,' Maria smiled at them both.

'Wow!' Dino's black eyes were large with excitement. 'Can Luke come, too?'

Mike and Maria looked suddenly uncomfortable, but Ryan turned easily to Liv.

'I'd be pleased to have you and the twins along. We'll make a party of it.' His face was expressionless.

'Oh, I don't know——' Liv began.

'Oh, Mummy, please! Can we go?' Melly surprised her mother by asking. 'It would be great fun, and you know how Luke loves sailing with Uncle Joel.'

Luke's face portrayed his indecision. On one hand he felt he should hold this tall stranger at arm's length for a reason he could scarcely understand, while on the other hand he had a burning desire to sail on what must be the biggest boat he had ever seen—a forty-five-footer. Uncle Joel's yacht was big and it was thirty-five feet long. This one was longer still. 'I'd like to go, too, Mum,' he said, curiosity overcoming a slight guilt.

'That's settled, then.' Mike rubbed his hands together. 'I can hardly wait. What time do you want us at the harbour?'

'I'll check the tides and let you know. Probably around seven-thirty. I'll pick you up at the jetty at Shute Harbour.'

'Great! We'll collect Liv and the twins so she won't have to take her car.' Mike looked as excited as the children did.

'Will there be enough room for all of us?' Liv asked, looking at the second top button of Ryan's shirt. 'I mean, there's seven of us besides yourself.'

'And two crew,' Ryan replied. 'Yes, there's plenty of room. I usually sleep up on deck anyway,' he added. 'Just bring your swimsuits. I've got snorkelling gear and fishing tackle on board. Perhaps you could bring an extra couple of rugs in case it gets cool out there.'

'What about food?' asked Maria. 'I could cook a couple of chickens this afternoon.'

'No worries about food. I'm all stocked up and if we run short we'll depend on the boys to catch us a few fish for dinner.' Ryan smiled at Luke and Dino.

It was all settled.

Liv and Maria cleared away the dishes, leaving the men sitting with their coffee, and, alone in the kitchen once more, Maria looked at Liv and shook her head. 'He's changed, hasn't he, Liv? Kind of grown up is the best way I can describe it, but that's not exactly it. Ryan was always sure of himself. Now he seems more—well, more human.' Maria pulled a face. 'I guess I'm not very good at expressing myself, but when I knew him before Mike and I were married I'm afraid I didn't like him very much. He was always so mocking and cynical and kind of arrogant, as though everything bored him. He's not a bit like that now.'

'Maybe now he's learnt he gets better results by smoothing it over with a lot of charm,' Liv said drily.

'Do you think so, Liv? Well, you must admit he's as handsome as ever.' Maria rinsed the last plate and when the other girl made no comment she turned to her apologetically. 'I'm an unthinking fool to rave on about him like this. I suppose it's hard for you to— well, to see him again.' Maria dried her hands on her apron. 'Are you going to come sailing tomorrow? I mean, we could stay home and just Mike could go if . . .'

'Oh, no! Maria, don't be silly.' Liv hastened to reassure her. 'You hardly ever get a free weekend with Mike on the shifts he works. I wouldn't dream of spoiling it for you, and the twins seem keen to go, too.' She tried to smile. 'I'll keep out of the way as much as possible. It's only when we're alone that we,' she felt herself blushing, 'that we start arguing.'

'Maria, where's those old football photos of Ryan and me?' Mike's voice came along the hallway accompanied by sounds of a disarranging and fruitless search.

'I'd better go and find them before Mike wrecks the living-room,' sighed Maria. 'Be back in a minute to help you finish off the dishes.'

Liv absently picked up another plate and began to wipe it slowly. What had she got herself into? Two days on a yacht with Ryan would stretch her endurance to its limits, and she wished now that she could back out of the arrangement. That would be the most sensible thing to do.

Since when have you ever acted sensibly when Ryan was around? she asked herself derisively. The twins would be disappointed if she decided they couldn't go. And she wouldn't allow them to go alone. She frowned. If she explained . . . Liv sighed. Luke would so enjoy it. He loved going sailing with Joel and maybe their mutual love of the sea would overcome Luke's antagonism towards his father. Not that she wanted Luke to grow too attached to Ryan. Oh, God, that was hardly fair. What a tangled situation!

'You've dried that plate three times,' a deep voice startled her out of her tortured reverie. 'You'll wipe the pattern off it if you keep that up.'

Liv set the plate on the table and picked up another.

'For God's sake, Liv,' he bit out quietly, 'you could acknowledge that I'm here, look at me, at least. You've been religiously ignoring me all afternoon.'

She raised her eyes and let them rest on him. 'Does that satisfy you?' Her voice was flat and she raised her eyebrows coldly.

'No, it doesn't!' He took a step towards her and Liv backed around the table. 'You will persist in provoking me and you'll do it once too often. Then I promise you I won't be responsible for my actions.'

Liv continued to watch him coldly while her heart fluttered unevenly in her breast. 'Were you ever?' She set the plate down with a clatter. 'Look, Ryan, we're both guests of Mike and Maria and I'd rather not make a scene and upset them, so kindly leave me alone,' she said emphatically.

He bowed mockingly. 'As you wish, Mrs Denison,' he said sarcastically, 'but I'd appreciate it if you didn't discuss our,' he paused insolently, 'relationship with Maria, or anyone else for that matter.'

So he had overheard her conversation with Maria before lunch. 'I haven't discussed anything with Maria that isn't common knowledge in the district.' Liv smiled crookedly. 'It was a pity you missed the speculation, after you left. Surely you can't have forgotten how often you provided such colourful food for gossip, Ryan? You used to have everyone avid for all the details of your latest escapade and our little exploit—your finest, I think,' she added acidly, 'provided more than its share of speculation, even though our fathers did try to gloss it all over and sweep it under the mat.' All the hurt and humiliation of that time flooded back and drove her on. 'Or maybe it could be better described as shoving it into a cupboard and letting it decompose into the family skeleton.'

'You . . .' Ryan went to step around the table, his eyes ablaze with anger.

'Oh, Ryan.' Maria stopped just inside the kitchen, 'Mike's taken his scrapbook out the back looking for you.'

Ryan had stopped at the sound of Maria's voice and Liv could see him forcing his tensed muscles to relax. 'Yes, I'd better go after him. Nothing like a jaunt back into the past to get a few laughs,' he said easily, and left the room.

Maria's gaze moved from the empty doorway back to Liv's flushed face. 'Phew! The air's so thick in here you could cut it with a knife. What made him so angry?'

Liv shrugged. 'Me, I'd say. I'm sorry, Maria. I guess it's a classic case of the irresistible force meeting the immovable object.'

CHAPTER FIVE

Liv climbed back into the back of the Costellos' station wagon next morning with a feeling rather akin to numb acceptance. On the drive around to the jetty the children were talking excitedly while the adults sat lost in their own thoughts. Liv felt rather as if she had been put through a wringer. Meeting Ryan at the Costellos' had been only the beginning of an emotionally draining afternoon and evening.

About half an hour before Joel was to collect them for dinner Martin had telephoned to ask them to go driving the next day. When Liv had refused, telling him they were already going out, he had disgruntledly delved to find out where and with whom they were going. Irritatedly Liv had only said they were going sailing with the Costellos. This prompted him to ask when the Costellos had bought a boat, and Liv realised that it had been the moment to explain to him about Ryan. And now she despised herself for letting the chance pass by once again. They were going on a yacht belonging to a friend of Mike's, she had told him, knowing the situation was going to catch up with her but not being able to do a thing about it, and she hated herself for it.

As usual Joel had collected them the evening before and they had spent a few hours over dinner with D.J. Ryan was not mentioned until they were about to leave and neither did he put in an appearance, although Liv had expected him as every moment passed. Surprisingly it had been Luke who brought up his name, telling his grandfather about their proposed two days' sailing. Although he directed one shrewd weighing look at Liv's face, D.J. had not referred to his son, but she wished she knew just what he was thinking about them.

It was impossible to discuss Ryan with Joel on the journey home with the children in the back, but Joel did say he had caught up with Ryan down at the harbour while he was talking to Mike that morning and that the yacht was a beauty.

And when she was safely home, without setting eyes on Ryan Liv had been perversely annoyed, for reasons she refused to analyse. Her anger had even been directed at her brother-in-law. Sometimes Joel was too good to be true. He had sat and raved about Ryan's yacht in admiration, with not a covetous bone in his body. It was a wonder Joel didn't get trampled underfoot in the business world. She had sighed, thinking everyone liked him too much to put him down.

She had tossed and turned restlessly, pieces from the past rearing up to tease her, and now here she was, about to spend two whole days with Ryan. It was the last thing she should be doing, knowing how easily he could bend her to his will.

They were drawing to a halt at the wharf and Liv's gaze fell on the graceful lines of the yacht as it rose and fell on the slight swell, and it took all her courage to climb out of the car and collect her things together. Suddenly she felt vulnerable and all the fight momentarily ebbed out of her.

Mike parked and locked the station wagon and by the time he had joined them three people had appeared on the deck of the yacht. Ryan stepped over to the rail and in his faded denim shorts, his bare chest glistening in the sunlight, and his hair lifting in the breeze, he had very much the same effect on Liv's undefended senses as he had had all those years ago at the party when he outrageously claimed his kiss. For immeasurable moments she stood quite still and watched him, the pain inside her intensifying until it was almost unbearable.

How long she would have stood there transfixed she didn't know, but Luke's preparation to jump across on to the deck of the yacht shook her out of her immobility. She was shaking as she put a restraining hand on his arm, holding him back, and she quelled the urge to berate him for his foolishness, to let out some of the suppressed emotions that churned inside her. But she could scarcely take it out on Luke.

It was Ryan who spoke. 'Take your time, Luke. We'll have the gangway in place in a moment.'

A young Fijian came forward, his white teeth flashing in his brown face, and he took hold of one end of the short gangway and sprang surefootedly ashore. He held the gangplank steady while they filed on board.

Another figure was standing leaning nonchalantly against the railings on the other side of the deck, a young girl dressed in a microscopic bikini of bright red. Long-limbed and lithe, she had skin the colour of light coffee, a shade lighter than that of the young man, who was by now lashing the shipped gangway into its position on the deck.

Ryan reached out and took Liv's carryall from her hand. 'I'll show you where you'll bunk down,' he told them. 'Oh, meet my crew, Alesi and Roko Sukuna.'

The introductions made, they moved after Ryan down into the main cabin, almost opulent enough to be called a stateroom. It was furnished in shades of blue, very fitting, as the name plaque, *Midnight Blue*, suggested.

Mike sighed appreciatively. 'Very nice, mate. Very nice indeed.'

There was a small galley and two self-contained cabins, one up forward and one in the stern, as well as an alcove containing double-decker bunks.

'You and Maria can have the four-berth cabin up forward, Mike, and Liv and the twins can take the stern cabin. Alesi has the alcove,' said Ryan.

'When I don't sleep up on deck with Ryan and Roko,' she smiled familiarly at Ryan.

Liv could sense the quick look Maria sent in her direction and she turned and poked her head into the galley, feigning an interest she didn't feel. If Ryan chose to console himself with the young Fijian girl it was no skin off her nose. She knew he wasn't the stuff monks were made of and she really didn't care, she told herself firmly, ignoring the tiny flash of something that implied she was protesting too much.

'Mind the step down,' Ryan's voice was behind her, and she moved past the galley and down into the stern cabin.

It was even more luxuriously appointed than the main cabin and contained two large berths, with a door leading off to its own shower and toilet. Luke and Melly bounced on one of the beds and Liv turned

to take their bag and rugs from Ryan. He was standing watching her, closer than she expected him to be,
and her awareness of him seemed to expand and fill
the confined space of the cabin. That he was conscious of the charge of electricity that sparked between
them was apparent in those deep knowing eyes, and
she stepped hurriedly away from him, putting the
rugs on the nearest bed.

'You and Melly can have the bunks in here and
Luke can take the upper bunk in the alcove. Alesi
won't mind,' he said evenly.

'Thank you. Melly can share with me and Luke
can have the other bed, then we won't put anyone
out,' Liv replied just as evenly.

'You won't be putting anyone out. Alesi rarely uses
her bunk. She likes being up under the stars,' he said.

'No doubt,' Liv replied drily before she could stop
herself.

Ryan regarded her for a moment, then turned out
of the doorway. 'Come up on deck and we'll get the
kids into their lifejackets before we cast off,' was all he
said.

'Gosh, Mummy, isn't it beautiful?' Melly was
stroking the furry purple bedspread and wriggling her
bare toes in the deep pile carpet.

'It's a bit sissy, isn't it?' Luke gave the room a
disdainful inspection. 'I bet we won't be able to wear
our wet togs down here.'

Liv gave him a reproving look and he grinned
cheerfully. 'It's okay, I guess. He must be pretty rich,
mustn't he? I mean, Uncle Joe's rich—one of the kids
at school said so. And this boat's even bigger than
his.'

'Come on, let's go up on deck.' Liv shook her head and sent them up before her.

The four children were soon tied into their lifejackets and Ryan impressed on them not to run about the deck and explained to them why they would have to wear a harness if the sea became rough. The thought of any of them falling overboard was uppermost in both Liv's and Maria's minds as they sat back out of the way and watched as Roko cast them off from the wharf and Ryan spun the wheel to steer them towards the open sea.

They made their way out of the harbour under motor power, but once past the headland the sails went up and as they caught the stiff breeze Ryan killed the engine and the throbbing of the diesels underfoot was replaced by the creak and rattle of the rigging. They cut through the clear blue water at a steady pace with all the exhilaration of skimming freely before the wind.

Stretching her bare legs out to the sun, Liv sighed appreciatively, in that moment glad she had come along. She wore a pair of dark shorts and a loose top over her bikini and she had tied her hair back in two pigtails. The breeze caught one and she brushed the thick fair strands from across her face. Maria sat beside her with Sophy on her lap and smiled her enjoyment.

'The boys are having a good time,' she laughed, 'the big boys, I mean.'

Liv turned towards the steering wheel where Ryan and Mike were instructing Luke and Dino in the basics of steering the yacht. After a while Roko took over the wheel with the boys and Mike and Ryan disappeared below to consult the charts.

Alesi sat down opposite Maria and Liv, her dark eyes moving enigmatically from one to the other. 'I didn't think anywhere in Australia could be as beautiful as where I live in Fiji, but this comes very close.' She smiled, and Liv had to admit that she was a quite startlingly attractive girl with her curling dark hair and smooth dark skin. 'Ryan always said it was breathtaking, but I'm afraid I didn't believe him.'

'Yes, it is beautiful,' replied Maria happily. 'I'm glad Mike didn't want to move away after we were married. So many young people do.'

'Like Ryan did,' the other girl nodded. 'How long have you and Mike been married?'

'Eight years now, although it makes me feel old to admit it,' laughed Maria.

Alesi nodded and turned to Liv. 'And what about you? Liv, isn't it? Such an unusual name.'

'It's short for Olivia,' Liv told her, searching for a topic to turn the conversation into safer channels.

'Oh, yes, Olivia. Very nice,' smiled Alesi. 'And I suppose you must have been married about the same time, as your little boys are the same age. Does your husband work on the sea as well?'

Liv heard Maria catch her breath. 'No,' she replied. Obviously Ryan hadn't told his two friends about her or the twins. 'My husband and I are separated,' she told the other girl, not meeting Maria's eye and feeling decidedly cowardly once again.

'Oh, that's too bad!' The look she turned on Liv was sharper, almost calculating. 'Are you a friend of Maria's?'

'Yes. We've been friends for years.'

'We were all friends years ago before Ryan left,'

said Maria, stretching the truth somewhat.

Alesi Sukuna's eyes settled back on Liv, assessing, while Liv smiled to herself, wishing she had the nerve to come straight out and reassure this girl that any relationship Alesi had with Ryan was in no danger from her. Alesi was welcome to him.

'Mummy, can I have a drink, please?' Melly's interruption was most opportune and Liv stood up and, taking her daughter's hand, walked down the narrow steps into the cabin.

Mike and Ryan looked up from the charts they were poring over.

'Just getting Melly a drink,' she said.

'There's some soft drink in the fridge opposite the galley.' Ryan went back to his charts.

Out of the blue Liv had a vivid picture in her mind of Ryan with his arms around the young Fijian girl, and the pain in the region of her heart took her completely by surprise. Surely she couldn't be jealous? she asked herself as she watched Melly sip her drink. Not after all this time. The boat rolled gently and Liv spread her feet, adjusting her stance to the undulating movement, and out of the corner of her eye she watched Ryan's dark head bent over the chart spread out on the table.

She allowed her eyes to move over the firm line of his jaw, the way the lock of dark hair fell over his brow, and the slight curl at the ends lifting it away from his neck. From this angle his long dark lashes appeared to be resting on his cheek and the muscles in his bare shoulder rippled as he moved to point something out to Mike, his other hand absently rubbing the light mat of dark hair on his chest.

Liv's eyes were riveted on him. She was incapable of looking away, and suddenly she didn't want to. A tingling sensation began in the pit of her stomach and spread its warmth all over her body and the air between them crackled again.

As though he felt her gaze on him Ryan turned his head and his dark blue eyes met hers across the space of the cabin. The years rolled away in that moment and they were two children again riding through the park, one pair of eyes bold, older than their years, and the other pair adoring. Then their eyes were meeting across the dance floor and were moving closer, close enough to merge in a kiss. They were two people running along the sand, swimming through the blue water, racing along a beach road in an open sports car with the wind tearing at their hair, strolling along arm in arm, sharing an earth-shattering look across an intimate dinner table. And they were two bodies, their surf-dampened skin highlighted by the moon-glow, lying on a beach locked in each other's arms, uncaring of the passage of time, the consequences of their actions.

Oh, God, why had things turned out so disastrously? Liv's knuckles grew white where she clutched the edge of the bench. She felt tears rush to her eyes and threaten to spill on to her cheeks and in that moment she thought she saw her own anguish mirrored in Ryan's eyes.

'Mummy?' She became aware of Melly's hand on her arm. 'Mummy, I've finished.'

Liv tore her eyes from Ryan's and turned away to rinse Melly's cup and return the container of soft drink to the refrigerator. Ryan's attention had returned to his charts and as she passed him he didn't look up. Back on deck her thoughts swung in limbo as she tried to put that emotion-charged encounter out of her mind. So steeped in her own thoughts was she that they had almost reached Craven Island before she was even aware that the island had appeared on the horizon.

Ryan and Mike were back at the wheel and Roko was standing in the bow. As they drew near the island Alesi sat up from her position on the foredeck where she had been sunbathing.

Craven Island looked exactly as a tropical island was expected to look, growing out of the blue waters, all green foliage with a skirt of white sand. One end of the island was more densely covered with trees than the other end and a rickety old jetty crawled out into the deeper water from the glaring white sand of the beach.

Whoever had purchased the island from old Mrs Craven had made a good buy, no matter what the price. Being an inner island of the Cumberland group it was somewhat protected from the open Pacific Ocean by the larger, more easterly islands and the channel to the jetty was deep and clear and relatively straight, giving easy access by boat.

A flurry of birds left the trees for the safety of the clear blue sky, crying raucously as the yacht approached their domain. Roko and Ryan had lowered the sails in swift precise movements and with Mike at the wheel the diesels burbled to life as they neared the jetty. There was a gentle nudging of the rubber tyre-protected jetty posts and then Roko had jumped on to the jetty and made them fast.

Surely Ryan didn't intend they should go ashore? Obviously he must be unaware that Mrs Craven no longer owned the island, had sold out, and a clean newly painted 'No Trespassing' sign had been erected conspicuously on the jetty. Mike was lifting the children across into Ryan's arms and he turned to hurry Liv and Maria, holding them steady so they could step ashore.

Standing on the uneven planks waiting for the sensation of movement to abate, Liv turned to Ryan. 'Should we be going ashore? I mean,' she indicated the sign, 'we're trespassing.'

'Can't see anyone about to enforce the law.' Ryan's white teeth flashed. 'Besides, old Mrs Craven never minded me coming here years ago.'

'But she's sold out,' Liv told him. 'Joel told me. And your father was ...' She stopped, realising everyone was looking at her and that perhaps the information she had just passed on was confidential.

'D.J. was livid?' Ryan finished for her, unperturbed. 'I can imagine.' He turned and led the way along the jetty. 'We can swim here by the jetty where it's not too deep for the kids.' And he walked arrogantly past the official-looking sign with total disregard.

Standing on the beach, Liv looked at Maria, who shrugged her shoulders and began to slip off her shorts and top to reveal a black one-piece swimsuit beneath. 'Sounds like a great idea. The water looks divine and very inviting.'

They helped the children undress and Liv followed them down to the water. Her blue bikini was quite circumspect as bikinis went and covered twice as much of her body as the Fijian girl's bikini did, but she felt almost naked as Ryan's eyes watched her approach the water.

While the others were snorkelling out in the deeper water, Liv and Maria walked along the beach with the children, collecting tiny perfect shells. At the other end of the sweep of beach in a small clearing was a rough shack, now boarded up, bearing another 'No Trespassing' sign, and Liv said almost to herself, 'I wonder who the new owners are?'

'I've no idea. What makes you think there's more than one owner? Maybe it's someone who won the Pools.' Maria shaded her eyes from the sun. 'Mike said your father-in-law nearly blew a fuse when he heard about the sale.'

'D.J.'s very good at blowing fuses,' laughed Liv.

'You know, this place brings back happy memories for me,' mused Maria. 'We used to come here for beach parties when I was a teenager, before Mike and I were even engaged. Ryan used to bring us over in his boat, just like he has today. It was great fun. We used to send Ryan to ask Mrs Craven's permission because he could always talk anybody into anything.'

Liv pursed her lips bitterly. She knew all about that.

Maria was looking at the old shack and she laughed reminiscently. 'One time he brought Mrs Craven with him as his date. She must have been in her sixties then and Ryan gave her a fantastic time. She went for a swim and helped with the barbecue. We'd caught some fish and she showed us how her husband used to cook them in leaves over the fire. And she even did the twist in the sand. Can't you just see it?' Maria shook her head. 'That was one of the best trips we ever made over here. I think we all lost our hearts to Mrs Craven that day. She's not really the old termagant everyone says she is.'

'No. I think she just speaks her mind,' agreed Liv. 'Anyway, she's always been nice to me.'

'Me, too. After that weekend she said we could come over to the island any time we liked, so I wouldn't be surprised if Mrs Craven lost her heart to Ryan as well. But then every girl between six and sixty in the district did that at one time or another.' Maria glanced quickly at Liv and flushed slightly. 'Sorry, Liv, I do rattle on.'

Liv gave a short laugh. 'It was all a long time ago and Ryan was too nice-looking for his own good,' she tried to make a joke of it.

'Mmmm. And he still is—good-looking, I mean.' Maria watched Liv closely. 'More so, don't you think?'

Liv shrugged her shoulders, finding a deep interest in a shell she held in the palm of her hand.

'He must have done very well for himself,' continued Maria, 'having the yacht and all. Mike said D.J. disowned him when he left.'

'He had some money left to him by his mother's family,' Liv said absently.

'I wonder what he's been working at all these years? Whatever it was he must have made a success of it.'

Liv nodded. 'We should be getting back. It's almost lunch time.'

With lunch behind them, the men, accompanied by Alesi, set off to walk around the headland to a particularly good fishing spot which Mike and Ryan remembered and Liv and Maria didn't have to coax the children to take an afternoon nap. They were sleepy from their swim and the excitement of their trip and even Luke was soon sound asleep.

Perversely Liv was unable to settle and as Maria had dozed off she slipped back into her now dry bikini and spread her beach towel on the upper deck to sunbathe. She rubbed some protective screening lotion into her skin and relaxed on her back.

The boat was barely moving and the only sound came from the gentle movement of the rigging in the breeze and the occasional cry of a gull overhead. After a time Liv rolled over on to her stomach, undoing the top of her bikini so that she could get an even unbroken tan. There was no one about to see her save Maria if she awoke and the men would be away fishing for some time. She would see them in plenty of time when they rounded the headland.

She rested her head on her arms and the sun's warmth accompanied by the gentle undulation of the yacht worked their own magic; her eyelids drooped and she slipped into a light doze. She stirred slightly as the boat gave a sudden lurch, then settled back, her eyes closed.

A feather-soft touch running slowly down the length of her backbone made her eyes fly open. Over her shoulder her blinking gaze met Ryan's as he grinned mockingly. Liv went to roll over, away from him, belatedly remembered her loosened bikini top, and her fingers struggled to retie it.

The ends were taken from her trembling fingers and he paused as he was about to fix it in place for her. 'You can leave it off if you like,' he said quietly.

Her lips tightened and she glared at him.

'Okay, just a thought,' he smiled ruefully, and tied the strings in place.

'What are you doing back here so soon?' Liv's voice sounded harsh in her ears, even though she spoke softly so as not to disturb Maria or the children.

Ryan grimaced. 'I came back for another fishing reel. Alesi's jammed and we thought it would be quicker for me to fetch another reel rather than strip and free the other one, especially when the fish are starting to bite. I left her using my gear in the meantime.'

Liv raised her eyebrows, making sure she kept her gaze away from the bronzed firmness of his muscular body. He was crouching down beside her, leg muscles flexed, far too close for her peace of mind, and she longed to move further away, put more space between them. But she knew he would notice, guess her reason for moving, and she could imagine the mocking expression such a movement would evoke.

'Well, hadn't you better get the reel?' He motioned towards the reel lying beside him on the deck.

'Well, don't keep Alesi waiting while the fish are biting,' she said, unable to prevent the edge of sarcasm in her voice.

'What's that supposed to mean?' he asked, his eyes watching her, his jaw set.

'Why, nothing. What should it mean?' Liv's eyes blinked away from his face and back again.

His mouth lifted at the corners. 'Not jealous, are you, Liv? Come to think of it, your eyes have got just a hint of a greenish tinge.'

'I'm not jealous of anyone or anything where you're concerned, Ryan,' she flashed at him angrily. 'And the sooner you get that into your mind the better it will be for both of us!'

She went to lever herself upright, but he moved faster. Her hands were pinned by her sides, held to the deck, and his body loomed over her, cutting out the sun.

'Let me go!' she bit off through clenched teeth, her eyes skipping over the light mat of dark hair on his chest, the ripple of muscles rigidly tense, the firm flatness of his midriff and the fine line of dark hair disappearing into the waistband of his faded salt-stained denim shorts clinging low on his hips.

'You mouth tells me to go,' he said huskily, his eyes bright as blue sapphires, 'but your eyes ask me to stay.' And his lips moved with deliberate slowness down to her shoulder, warm and salty from the sun and sea, as he balanced himself easily on his hands and knees.

The fire flowed through her body until her flesh flamed while his lips nuzzled her skin, moving from her shoulder up to her earlobe, along the line of her jaw. And her lips throbbed in anticipation of his kiss. She was as capable of convincing the sun to cease shining as she was of preventing her head from turning to meet his lips.

It began as a punishment, a tease, but even Ryan was caught unawares by the passion that rose to engulf them both, and they clung together, the weight of his body now almost covering her, their hands moving eagerly as though they couldn't touch enough of each other.

Ryan's leg moved between hers, the hardness of his thighs waking an answering response deep within her, and she arched her body against him, lost to the physical affinity between them.

'Ryan?' His name tumbled from her as his lips followed the softness of her skin down where her bikini top began. He lifted her a little and the top came loose. 'Ryan, this is madness.' Her words ended in a soft moan as his lips covered a tautening nipple.

He lifted his head, his lips softly sensual, his eyes looking burningly into hers, a question in their blue depths.

Liv began to shake her head from side to side. 'No, Ryan! We can't ... Maria ... the children might ...'

'Come ashore with me.' His words were low and liquid, deep in his throat, his lips returning to tease hers, gently persuasive.

Liv's resistance rose and fell and faded away completely and Ryan had raised himself on one elbow, was about to stand up and pull her after him when Maria's head appeared from below deck.

'Liv?' she called quietly, and stopped when she caught sight of Ryan, his body shielding most of Liv.

Horrified at what she had almost done, how close she had come to letting herself down completely, Liv struggled to tie her bikini top, her face pale as she realised just how incapable she had been of resisting Ryan's assault on her vulnerable senses. Ryan's body remained tense as Liv sat up from behind him.

'I'm here, Maria,' she said breathlessly, feeling a blush creep up over her cheeks.

'Oh!' Maria was assessing what she saw, taking

in Liv's flushed face and Ryan's tense mouth.

'Liv, come with me.' Ryan turned back to her and whispered so that Maria couldn't hear, his fingers gently rubbing her hand as it rested on the deck between their bodies.

She looked down into his still aroused expression and her hearbeat accelerated again. But she steeled herself, setting her mouth angrily, and standing up, she walked towards Maria without a backward glance.

'Ryan was just leaving. He came back for a reel for Alesi,' she said jerkily.

'I thought I'd make a pot of tea,' said Maria, her eyes moving once again from Liv's now pale face to Ryan's tightened jaw and clenched fists. 'Would you like a cup, Ryan?'

For a moment it seemed he would ignore her question, but he sighed and stood up with one lithe and fluid movement of his highly toned muscles. 'No, thanks, Maria. I'll get back.' He snatched up the reel and swung off along the jetty without looking in Liv's direction.

Her eyes followed his retreating form for a moment, then she turned deliberately away, following Maria down into the cabin.

'Liv, I'm sorry. I hope I didn't interrupt anything,' Maria began now that they were alone.

'Of course not, Maria,' Liv replied gaily. 'Where's that cup of tea you were talking about?'

Maria stood regarding her friend across the cabin and Liv's eyes were the first to drop. 'You don't have to pretend with me, Liv,' she said quietly. 'You're still in love with him, aren't you?'

Liv turned angrily back to face Maria, but the other girl's sympathetic expression doused the angry retort and she slumped, shaking her head. 'You couldn't be more wrong, Maria,' she said flatly.

'No? Seems to me you were both giving a pretty good impression of loving,' Maria dimpled.

'Loving?' Liv turned her face away to hide the colour that rushed to her cheeks. 'It wasn't love, Maria. More like good old-fashioned lust.'

Maria chuckled delightedly. 'Sounds like fun!'

Liv expelled a breath in exasperation and when Maria winked audaciously a reluctant smile lifted the corners of her mouth. 'I knew I shouldn't have come along on this trip, Maria,' she said unhappily. 'I had a feeling something like this would happen.' She sat down shakily at the table and put a trembling hand to her head. 'I haven't had a moment's peace of mind since he came back.'

'But surely you knew he would return eventually?' Maria sat down opposite her.

'I suppose I've never allowed myself to think about it. I wish . . .' Liv stopped, squeezing her eyes tightly closed against the memory of those moments in his arms.

'Don't you think you could make a go of it, Liv?' Maria asked earnestly. 'If you still have just a spark of feeling for each other it's worth a try, surely?'

'No.' Liv shook her head. 'I . . . he . . . The Ryan Denison I fell in love with didn't exist outside my imagination. I realised that eight years ago. Oh, I know I built him up into something of a god and I know it wasn't entirely his fault that he couldn't match up to that image, but he didn't even attempt to

. . . He never wanted to marry me in the first place.'

'But he did marry you,' put in Maria.

'Only because D.J. and my father pressured him into it,' Liv retorted bitterly.

'He wouldn't have married you if he hadn't wanted to, Liv. Heavens, Ryan would have been the last person to be forced into taking that kind of step if he'd been dead set against it.' When Liv made no comment Maria stood up and walked into the galley. 'I'll make that cup of tea.'

For a few moments Liv sat dejectedly at the table and then, with a sigh, she stood up to collect the cups for their tea. As she stepped out from the table her foot caught the edge of a rolled chart that had obviously fallen underneath and she bent down to retrieve it. It must have been one of the charts Ryan and Mike had been studying earlier.

Curiously she unrolled one end of it, expecting to see a maritime chart of local waters, but it seemed to be more of a blueprint. Liv laid it on the table and sitting the sugar bowl on one end to keep it down, slowly spread it out flat. The bold print on the bottom leapt out at her! Ryan Denison Enterprises. With an address in Auckland, New Zealand.

It looked like a floor plan, very detailed, of what appeared to be a chain of small buildings joined together to form a whole settlement.

'What's that?' Maria had walked up behind Liv and peered over her shoulder.

'I've no idea.' Liv bent closer. 'I found it under the table. It seems to be some sort of,' she stopped, 'chain of small cottages. See here, each of these appear to be self-contained units. And here's a pool,' Liv pointed out, 'and a tennis court. It looks like some sort of tourist complex.' Her breath caught in her throat and she turned to Maria, whose expression mirrored her own. 'You don't suppose . . .?'

'Unroll it a bit more.' Maria took the rolled end and spread it out on the table so that they could get an overall picture of the whole project. Her finger traced the rough outline of the property. 'It could be Craven Island, except that there's part of the end by the shack cut off.'

Searching through the other charts, Liv eventually found the one she was looking for and held it open for Maria to see. 'It is the island,' she said incredulously.

'But what would Ryan be doing with plans for building a resort here on Craven Island? He'd have to own the island to . . .' Liv stopped.

'Liv, is it possible?' Maria asked with utter disbelief.

Liv shook her head. 'I can't believe it. How could he possibly be able to afford to buy the island? And how did he manage to talk Mrs Craven into selling to him when she's always refused any offer his father made?'

'Well, Ryan's always been on the right side of Mrs Craven, as I said before,' remarked Maria. 'I for one wouldn't like to be around when D.J. gets wind of this. Unless he's in on the deal, too.'

'No. I'm pretty sure he knows nothing about it.' Liv let the end of the blueprint go, and as it sprang back into its cylindrical roll she half wished she hadn't stumbled on anything to do with it.

CHAPTER SIX

WHEN the children awoke they all went ashore to gather firewood for the barbecue Ryan had suggested they have on the beach that night. By the time they had enough dry branches, leaves and driftwood piled up the fishermen appeared around the headland and their expedition had obviously been successful. Roko held up a string of nice-sized snapper and they set about preparing the fire to cook them.

Liv's eyes searched Ryan's face, a dull flush creeping into her cheeks as his blue eyes mirrored her recollections of their lovemaking on the deck earlier in the afternoon, but a cold hardness was transposed upon that one burning moment before he turned from her and set about building the fire in a slight indentation they had made in the sand. A thousand questions trembled on her lips, questions about his intention to remain permanently in the area, questions about his association with the plans to develop Craven Island, questions . . . But she voiced none of them, curbing her curiosity.

The fish were delicious and they sat back replete as the russet sun slid down across the water and over the horizon, leaving a trail of colour highlighting the ripples of the waves and the edges of a few clouds that hung low in the sky.

Mike added more wood to the fire and they sat companionably about its bright warmth. Roko went back to the boat for his guitar and they all joined in a singalong until the children's eyelids began to droop and Liv and Maria decided to take them to bed. Both Melly and Sophy were already asleep.

'Come back when you've settled the kids, love,' said Mike, stretching out on the still warm sand as Maria carried little Sophy towards the jetty.

Liv went to struggle to her feet with the sleeping Melly and a dark shadow loomed over them.

'I'll carry her,' said Ryan, his hands going under the child's limp form and he lifted her effortlessly out of Liv's arms. 'Is Luke awake enough to walk?'

'Yes. Come on, Luke.' Liv put an arm around his shoulders to guide him, taking hold of Dino with her other hand.

Ryan waited while Liv turned down the bedclothes on one of the twin berths and then carefully lowered Melly into bed. He pulled the rugs up over her, tucking her in, pausing for a split second before he turned back to Liv as she went to turn down the other bed for Luke.

'Luke can have the upper bunk out here in the alcove. There's no need for you to squeeze in with Melly—I told you that,' he said softly, turning Luke's dragging footsteps out into the alcove where he swung him up into the top bunk and helped him settle under the rugs. 'There's a ladder here at the end of the bed if you want to get down in the night. I'll leave the light on in the passage. See you in the morning, son.' Ryan patted his shoulder and Luke nodded sleepily.

''Night, Luke.' A small pain began somewhere about Liv's heart and she turned sharply towards the main cabin with Ryan's soft footfalls right behind her.

'I think I'll stay here on board,' she said as Maria

joined them in the cabin, 'in case the children get out of bed.'

'They're dead to the world,' said Ryan.

'Well, I wouldn't want them to wander out and fall overboard,' she said, not wanting to return to the romantic beach bathed in afterglow, especially with Ryan, evoking memories . . .

'No,' Maria shuddered. 'I'll stay here with you, Liv.'

Ryan looked at them both and nodded. 'Okay. As you like. I'll douse the fire and we'll all come back on board and sit out on deck.'

'There's no need for you all to do that,' Maria began.

'Now, what fun would it be around a romantic fire without our womenfolk?' he grinned at Maria, his eyes resting momentarily on Liv before he turned and disappeared along the jetty.

It was quite late when they eventually retired. They all seemed loath to bring the evening to an end. The cool tangy breeze, the gentle rise and fall of the boat beneath them, Roko's pleasant singing and the romantic strumming of the guitar brought a sense of unreality, of languor, to this island paradise sitting in an empty ocean.

Catching an eloquent look that passed between Maria and Mike, Liv felt she could almost envy them their happiness in each other. Maria's head rested against Mike's shoulder, her arm lying along his thigh, her fingers gently moving over his knee.

Liv sat alone, telling herself firmly this was how she wanted it. She had waited tensely for Ryan to make a move to sit beside her and she also told herself she would move away if he did. But he didn't. He chose to sit alone as she was.

From where she sat she could see him out of the corner of her eye as he lounged back against part of the cabin structure, one leg bent, his arm resting on his raised knee. As he watched Roko strumming his guitar so Liv surreptitiously watched him.

He had an almost classical profile, straight nose, clearly defined sensual lips and firm chin. The soft breeze played with the inevitable lock of dark hair that fell over his brow. Just this secretive scrutiny could cause her senses to over-react. Her heartbeats raced, her breathing became constricted and she knew a deep yearning for what might have been. She had always been physically attracted to him, but eight years ago it had been the adoration of an adolescent. Now, she knew her responses went deeper, were more mature and the strength of the attraction she felt for him filled her with a fear. A fear of him and an even greater fear of herself.

Yes, the naïve and impressionable teenager she had been was no more. She was older now, more worldly, and she knew the pain and heartache Ryan could bring her. She had promised herself she would never allow him to get close enough to hurt her again and she fought the feelings rising within her. She would keep herself under tight control. If Ryan thought he could get to her as easily as he had eight years ago then it was up to her to prove that he couldn't be more mistaken.

And what about that episode on the upper deck just a few hours earlier? asked a little voice. Her heartbeats skipped. She could hardly be blamed for that, she told herself. He had taken her unawares. She had been asleep and therefore vulnerable. There would be no encore; she'd see he didn't get that close ever again.

Lying in the soft cosiness of her bunk, Liv still found her mind refusing to allow her the oblivion of sleep. Her body ached with tiredness while her thoughts still flitted about without respect for her fatigue.

The blueprint she had accidentally discovered that afternoon seemed to taunt her. Could Ryan possibly be the new owner of the island? It seemed incredible, but his name had unmistakably been on the bottom of the sheet. More importantly, how could he even contemplate doing such a thing to his father?

Ryan knew as well as anyone how fanatical D.J. had become over Craven Island, and now, to have his own son snap up the property under his very nose would be a huge blow to him. That Ryan was doing that very thing to get back on D.J. did cross Liv's mind, but she disregarded that idea, knowing Ryan would not be spiteful. He wouldn't plot and plan and wait his moment for revenge. Or would he?

However, his purchase of Craven Island for whatever reasons could only serve to widen further the gulf between father and son. Over the years that rift had gradually gaped until the whole world had caved in on them eight years ago.

Liv had known right from the beginning that Ryan's father was not pleased about his association with her. Not that he had anything against her personally; he was simply against her youth, and her presence was not in his plan of things for his elder son. Marriage for Ryan was to be at a later date to the daughter of one of his contemporaries, a girl who had poise and the years to take her place at Ryan's side, who could cope with his position in the community.

The seventeen-year-old daughter of a fisherman, especially a fisherman who stood up to D.J. at council meetings, was not even conceivable. And her own father had felt the same about Ryan, for similar reasons. Anyone born with a silver spoon in his mouth was not to be trusted, and when that person was the daredevil son of D. J. Denison, enough was said.

The day after Liv had met Ryan and Joel at the party, after the Denison brothers had dropped her home, the phone rang and Liv went to answer it with no premonition about who was on the other end of the line. Ryan's deep voice had rendered her speechless.

He had to go to Mackay on business and he wondered if she would care to come along for the drive. Could she be ready in half an hour?

In her mind Liv was again that young girl of seventeen, hurriedly donning a pair of blue denim jeans and a colourful overblouse, running a tidying brush through her fair hair, scribbling a hurried sketchily detailed note for her father and spending the remaining fifteen minutes in an agony of waiting, wondering if she should race out to Ryan's car when he pulled up or wait sedately for his knock on the door. Those minutes had dragged by with feverish slowness.

He drew up in front of their house and he had obviously collected his car from the repair shop. It was a rakish-looking racer, a bright red E-type Jaguar, with gleaming duco and chrome spoke

wheels, its black soft top folded down so that the
occupants could feel the wind in their hair, the sun on
their faces.

Liv opened the door as he strode purposefully
down the path and at the sight of her his charming
smile lit his tanned face. He also wore jeans, the dark
material worn a shade lighter where it hugged the
firm strength of his thighs, and a pale blue sweat shirt,
the colour a few shades lighter than the burning blue
of his eyes, the shirt hanging loosely from his broad
shoulders.

It had been a wonderful day. Whatever business
Ryan had in Mackay he had transacted in no time
and they spent the remainder of the afternoon driving
and talking. They ate hamburgers and drank cans of
Coke overlooking a deserted sweep of coastline, and
all too soon they were home.

Of course he had drawn her lightly into his arms
and kissed her, and Liv could still recall the rapture of
that moment. Ryan had taught her that the kisses she
had exchanged with the few boys of her own age she
had been out with had been inefficacious things. His
undeniable experience had guided her and her responsive young body had followed his lead. In all
honesty her response had taken her by surprise and
she had jumped hastily from the car, thanking him
breathlessly for taking her with him, and his mouth
had lifted in a slightly rueful and yet smug smile and
he had raised one hand and roared away.

Agonisingly she had thought she wouldn't see him
again, angry with herself for her gauche innocence.
How he must have laughed at her inexperience, she
tortured herself.

However, a few days later, as she walked down the main street in the village, the red Jaguar pulled into the kerb beside her. Ryan leant across and swung open the door and he hadn't needed to voice the invitation for her to slide into the passenger seat.

It was a few weeks before her father discovered that she was seeing Ryan Denison. Not that Liv had intentionally kept it from him; he had simply been working when Ryan called for her. And when he did find out Liv and her father had had what amounted to their first quarrel. Her father had loudly numbered Ryan's faults. Ryan Denison was far too old for her. He was reckless. He was irresponsible. He could only be amusing himself with her—and much more. That all these thoughts had occurred to Liv only served to fan her anger.

After that she had taken to arranging to meet Ryan away from the house and if he noticed he made no mention of it. Their lovemaking had grown more intense as the weeks passed, and one particular evening brought their relationship to a head.

On that evening they had shared a romantic and leisurely meal at a restaurant and on the way home Ryan parked the car off the road around the bay from the bungalow. Liv's all but illicit meetings with Ryan weighed heavily on her conscience and she returned his kisses with desperate fervour, trying to banish those guilt-laden disquietening thoughts from her mind.

Ryan's kisses hardened, became more potently possessive, and his hands moved under her loose blouse to unclip her bra. The torrential tide of pure emotion his caresses evoked clutched her young body, shocking her into almost rigidity, and instead of moving away Ryan pulled her close, drawing her against him so that she could feel the tremor of his own arousal and she suddenly became aware of how easily she could allow herself to submit completely, and this realisation filled her with fear and she pushed against him with all her strength.

For one terrible moment she thought he would fight back, use his superior strength to subdue her, but he let her go with just as jarring suddenness and sat back in his seat, his breathing ragged, his hands clasping the steering wheel. Liv crouched in her own seat feeling more wretched, more despairing than she had ever felt in her young life.

'Ryan?' she appealed to him at last. 'I'm sorry.' Her whispering voice broke.

He turned back to her then, his face pale in the moonlight, and he took her hand in his. 'No, it's I who should be apologising,' he sighed. 'I'm sorry I frightened you. I'm afraid I got a bit carried away and for a moment I forgot how young and—well——' he released her hand and flicked on the ignition, 'I think I'd better take you home.'

She didn't hear from him for a week and she lost count of the number of times she lifted the phone to call him, only to replace the receiver, tears streaming down her cheeks. When he called to invite her to a party a friend of his was having she all but wept with relief, and later, if she realised he was ensuring they spent little time alone, she was only too gratified to be with him under any conditions.

The gilt-edged invitation arrived the next week. D. J. Denison requested the pleasure of the company of Mr Charles Jansen and his daughter, Olivia, at the

Coming of Age of his younger son, Joel, etc. Her father had read the card slowly and thrown it carelessly on the table.

'Send our inability to accept,' he said firmly.

'Oh, but Dad, couldn't we go, please?' Liv pleaded. 'Joel's such a nice person. It would be rude to refuse to go to his party.'

'I thought I told you to keep away from the Denisons. They're not for you,' he said grimly.

'All your friends will be there. The Kingstons are going, and the Williams,' she told him.

Her father mumbled irritably. 'Well, maybe I should put in an appearance, keep old D.J. on his toes, the old reprobate.' He glanced at Liv. 'All right, we'll go. But I'll be there to see you don't go pairing off with Ryan Denison!'

As the evening of the party drew near Liv was almost sick with excitement. She had bought a new dress, a very daring dress, which left her shoulders bare and swirled in soft folds about her legs as she walked. Her hand shook as she carefully applied her make-up and her fair shoulder-length hair shone like a shimmering halo around her head.

Her father, a trifle ill at ease in his good suit, frowned at the tanned expanse of bare skin she was exposing, but she hurried him out to the car before he could even attempt to send her in to change.

It was the first time Liv had driven up the private road to the Denison home and as the road wound through the trees and the house came into view she caught her breath in wonderment. All alight for the party, the house looked like a huge floating mansion, an illusion conjured up by a daydreaming imagination. Her exclamation of pleasure had been met with ill grace by her father.

'Humph! That's the Denisons for you. Always the exhibitionists. Big house, big money—and always plenty of say.'

Thomas, the butler, had opened the door to them and led them inside to where Joel was receiving his guests. Catching sight of them, he hurried forward, his face smiling welcome.

'Good evening, Mr Jansen—Liv. Thanks for coming along.'

'Thank you for inviting us, and happy birthday.' Liv proffered her gift.

'Don't I get a kiss from the best looking girl in the district?' he asked as Liv's father moved on to speak to D.J.

Liv laughed and, putting her hands on his shoulders, kissed him quickly on the cheek.

'Just because you've reached the ripe old age of twenty-one it doesn't give you licence to go about kissing every girl within cooee, little brother,' Ryan's hand folded around Liv's as he stood beside her, 'especially this particular girl.' His eyes moved over her.

Liv's legs had turned to water and she let her own eyes drink in his handsomeness. In a light blue safari suit with a contrasting dark blue shirt he looked big and safe and he quite literally took her breath away.

'How are you, Mr Jansen?' Ryan offered the older man his hand as Liv's father rejoined them and reluctantly shook hands with Ryan.

Then some more guests arrived and they had to move on, Mr Jansen joining the group of men where D.J. was holding centre stage while Liv walked across to a huddle of young people most of whom were known to her.

To her disappointment Ryan didn't seek her out as she had expected he would and the evening began to lose some of its appeal. However, as they made to file in to supper he materialised beside her, his arm going lightly about her waist.

'Did I tell you you look absolutely ravishing tonight, Miss Jansen?' he said softly, his breath teasing her ear, and she turned adoring eyes on him. 'Look at me like that for much longer and I'll spirit you away to some secluded spot where we have no audience, Blue Eyes.'

The supper was lavish and delicious and the wine plentiful. Sitting alongside Liv, Ryan kept their glasses topped up and she soon began to feel just a little lightheaded. To have him seated beside her was an intoxication in itself.

They toasted Joel's health and speeches were made before the party split into age groups again, the young people retiring to the huge rumpus room to dance and the older guests sitting chatting in the living room.

Ryan had discarded his jacket and loosened a couple of buttons on his shirt as they danced and his eyes, seemingly brighter, more intense in their scrutiny, set Liv's body aflame. With deft precise movements he manoeuvred them to the outskirts of the dancers and before she knew what he had in mind he had swung her out into the empty hallway. Pulling her close into his arms, he kissed her desperately.

'I've been wanting to do that all evening,' he said huskily, and as he went to kiss her again a couple of people moved out of the rumpus room, laughing and

teasing when they noticed Liv still held in the circle of
Ryan's arms. He bore their banter with smiling good
humour and when they were alone again he took
Liv's hand and led her down the hallway and out on
to a dimly lit covered courtyard.

'Where are we going?' Liv whispered, her fingers
curled within his, the cool air causing her to stumble a
little dizzily.

'Where we won't be disturbed,' he chuckled, and
they picked their way down the moonlit steps to the
beach below.

'Take off your shoes,' he said, and Liv kicked off
her high-heeled sandals and watched Ryan, now
barefoot, roll up the bottoms of his expensive slacks
without a moment's concern about them getting
crushed or stained.

Hand in hand they jumped down the remaining
steps, luxuriating in the sensation of the warm fine
sand between their toes. Like children they raced
laughing across the beach, the sound of music and
laughter fading into the darkness behind them.

'Ryan, stop! I can't run any farther.' Liv stopped
and clutched her side. 'I think I must have eaten too
much!'

Ryan undid the remaining buttons on his shirt and
pulled it free of his trousers, letting the breeze cool his
warm skin. 'I didn't realise it was so hot inside. Phew!
What we need now is a swim to cool off.' His eyes
gleamed like black coals. 'How about it, Liv?'

She laughed a little breathlessly. 'I didn't bring my
suit.'

'Neither did I,' he chuckled softly, 'so I guess that
leaves our birthday suits. Are you game?'

'No, I . . . I couldn't,' Liv protested weakly.

'Come on. No one's here to see us.' His white teeth flashed in the moonlight as he smiled down at her. 'I dare you, Liv.'

'You shouldn't—well, you shouldn't go swimming when you've been drinking, Ryan,' Liv said quickly as he shrugged his arms out of his shirt, letting it fall to the sand. 'You might get a cramp and drown.'

'Are you trying to tell me I'm drunk, Liv Jansen? I assure you I'm just pleasantly inebriated.' He unbuckled his belt. 'You'd better come in with me to see that I don't drown, hadn't you?' His slacks slid over his narrow hips. 'Leave your underlcothes on if you're modest.'

'I'm . . . I'm only wearing bikini pants,' Liv stammered, the darkness hiding the deep blush that surged over her face as she kept her eyes fixed on his chin.

'Then wear them.' He hooked one finger in the elasticized top of her dress. 'Need a hand with any zippers?'

'N . . . N . . . No.'

'Okay,' he chuckled again. 'See you in the surf.' He turned and slipped out of his brief shorts and ran down to the water's edge, the moonlight playing over his muscular back.

Liv stood transfixed, undecided. Suppose he did drown out there? Standing here trembling she wouldn't even know he had slipped under the waves until it was far too late. Perhaps she should go in. She turned back to the house, the lights glowing in the distance. No one was on the beach except the two of them, so there would be no one to see them.

With sudden recklessness, before she allowed herself time to change her mind, Liv pulled her dress over her head and stepped out of her panties. A mixture of emancipated excitement and horror at her wanton behaviour warred inside her as she ran down to the water and immersed herself in its salty chilliness. The first touch of that coolness made her gasp, but she was soon revelling in the feeling of freedom, of being alone in the silky moonlit sea.

But she shouldn't be alone. Ryan should be here. Her eyes searched the surface of the water, panic rising within her. Where was he? His name trembled on her lips as strong arms wrapped around her, lifting her bodily upwards, only to let her fall ignobly back into the water. When she surfaced, gasping for breath and wiping strands of wet hair from her face, he was standing nearby in water a little above his waist.

Liv made a retaliating dive for him, but he slipped easily to the side, reappearing to up-end her again. However, this time she was ready for him and wrapped her arms around him, pulling him with her into the water. They surfaced together laughing and gasping, her arms still on his shoulders, his hands still resting on her waist.

The moon seemed to glow brighter at that moment and Ryan's eyes moved down over her glistening body. They became still, their laughter dying on their lips. Involuntarily his hands moved from her waist to cup each breast and her breasts swelled, the nipples hardening as the spark of mutually awakening desire surged as easily to the surface as their bodies had done only moments earlier through the oily sea.

They leant together, his hands covering her breasts, his lips nibbling sensuously on hers, his hardening maleness kindling a throbbing necessity for fulfilment that rose to engulf her. His arms slid to encircle her, their damp bodies straining together in impetuous arousal.

Ryan swung her lightly into his arms, moving through the surf on to the beach, stopping when the water lapped his ankles to claim her lips once more and he let her body slide sensually down the length of his. Their kisses became more intense, more all-consuming, and they sank on to the sand with the ebb and flow of two or three inches of foam insinuating itself about them.

All thought of resistance, of denial, left her as Ryan's body covered hers. She wanted this desperate closeness as much as he did. If the thought crossed her mind that what they were doing was wrong she cast that thought aside, telling herself she loved Ryan, always had and always would love him and that there could never be anyone else but him.

Afterwards he held her tightly to him, wiping the tears from her cheeks. 'I hurt you—Liv, I'm sorry,' he said huskily. 'I couldn't make the first time any easier.'

She shook her head. 'It's all right. I . . . I love you, Ryan.' She touched his face with her hand, her heart in the eyes she turned up to him.

He looked down at her moonkissed face for immeasurable seconds, his expression in the shadow inscrutable, before he pulled her to her feet and they walked in silence up to where they had left their clothes.

What could be wrong? Had she failed him in some way? Embarrassed him? She swallowed a sob and he turned back to look at her.

'Liv, please. Don't cry,' he said huskily. 'You couldn't despise me more than I despise myself at this moment, believe me.'

'I . . . I don't despise you, Ryan,' she said shakily. 'It wasn't your fault.'

He ran his fingers distractedly through his wet hair. 'I shouldn't have lost control. I must have been drunker than I thought I was.'

Liv flinched at his words. Did he mean, if he'd been sober he wouldn't have wanted her? 'Didn't . . . didn't it mean anything to you?' she whispered, and went to turn away from him, but his hands reached out to swing her back, his fingers biting into the flesh of her arms. At the touch of her skin his punishing grip relaxed, sliding over the smoothness of her shoulders to cup her face.

'Of course it meant something to me,' he said gruffly, drawing her back against him, 'but I shouldn't have let it happen. I should have had more self-restraint. God, Liv, you're so young,' he muttered, his lips moving against her temple down to her earlobe, and she felt the renewed tenseness in his body. 'We should get dressed,' he said softly, making no move to do so, 'but all of a sudden that's not what I have in mind to do.'

This time their lovemaking was less fervent, more mutually merging, with Ryan teaching and Liv the willing pupil, and their oneness carried them to an ecstatic fulfilment. Afterwards, content, they slept in each other's arms, lying on the smooth sand, oblivious of the passage of time, not hearing the calls, not seeing the forms approaching, unaware of the encroachments on their domain, into their love-sated world, until a torchlight lit their bodies and was jerked away and the voices abruptly ceased.

Ryan came instantly awake, springing to his feet, dragging Liv with him as she struggled to banish the muzziness of sleep that clung to her and then blinked in horror at the two rigid forms standing in the pool of light from the lowered torch. Standing calmly, shielding her body with his own until Liv had dragged her dress over her head, Ryan made no comment. He simply waited and then reached down for his trousers and unhurriedly pulled them over his hips.

'Have you found them?' Liv's father's voice floated across the sound of the waves as he hurried up to join the other two figures.

'Yes, they're here.' D.J.'s voice sounded controlled, but when he looked back at his elder son it filled with contempt. 'You've gone too far this time, Ryan,' he said, almost shaking with suppressed anger. 'That a son of mine could . . .'

'Liv, are you all right?' Joel moved towards her.

'Yes, of course I'm all right,' she said, suddenly filled with shame. Her whole body suffused with colour and what had seemed so beautiful, so right, before, now began to appear degrading and sordid. 'We . . . we fell asleep,' she said defensively.

'What the hell's been going on here?' Charles Jansen's voice was ragged from his jog along the beach. 'We've been worried sick about you, Liv. We found your shoes back on the steps.' His eyes took in her wet hair. 'Liv? Have you been swimming?'

'Let's get back to the house,' said Ryan flatly. 'There's no point in standing out here all night.'

'Liv, what's been going on?' persisted her father.

'We'll talk back at the house, Jansen,' remarked D.J. as they turned to walk in an uneasy silence back along the beach. 'Thank God everyone's gone home.'

CHAPTER SEVEN

LYING in her bunk on Ryan's yacht, Liv cringed inwardly as flashes of remembrance, vivid visions of the scene that followed, came back to taunt her. Her arms moved to wrap themselves about her body to offer some form of protection from the remembered agony.

Her father had been momentarily stunned into silence when the whole thing was made clear to him, and then he and D.J. had yelled accusations loudly, while Ryan stood to one side not saying anything, his face the expressionless mask of a stranger.

When Liv's control finally broke, when she was no longer able to bear the arguments, it was Joel who had put his arms around her, comforted her, and wiped away the tears that were coursing down her cheeks. As her sobs subsided she had looked up into Joel's sympathetic eyes, his face mirroring some of her wretchedness and something else she found hard to define—pain, disappointment. And she looked away, feeling humiliated and cheap.

She had calmed down a little in his arms, and her next recollections had been of her father's demand that Ryan marry her and right away. Only when marriage was mentioned did Ryan attempt to enter the conversation, and his words struck ice in Liv's veins. He wasn't ready for marriage, he said. There were things he had to do before he took on the responsibilities of marriage.

Liv's father turned on him then, looked ready to physically attack him, his face suffused with an unhealthy colour as his anger threatened to get the upper hand. But D.J.'s voice overrode them all. Ryan would marry Liv, face his responsibilities for once, and then he could get out of the house, out of the state, out of the country for all his father cared, and he could take only what he could carry. There would be no financial help. But he would marry Liv—and that was final.

Liv's eyes moved back to Ryan as he faced his father, his jaw set and angry, his eyes warring with his father's. But the unkindest cut of all was the way Ryan's stormy blue eyes had slid away from Liv's imploring gaze.

Their marriage was a quiet one, the total opposite to any usual function associated with the Denisons, and an hour after the ceremony Ryan had left. Liv hadn't seen him alone after those now almost dreamlike moments on the beach. He hadn't even kissed her during the ceremony. And when their hands had touched as Ryan slipped the ring on her finger they had both drawn away as through they were burned.

She hadn't seen him until he had materialised out of the darkness three weeks ago. In fact she hadn't heard any word of him until the twins were almost two years old, when she had been advised by the bank that he had arranged for an allowance to be paid into her account each month. In all those years she hadn't touched a cent of it. She had wanted nothing from him.

As she turned on her side, feeling the dampness of tears trickle on to her pillow, a wave of self-pity swept over her. No. She had wanted nothing from him. Not ever. But he had given her a most precious gift—her beautiful children. And she couldn't imagine her life without them. Although in the beginning she had felt nothing for the life that was growing within her.

After Ryan's departure Liv had simply turned quietly into herself, not leaving the bungalow, sitting for hours on the patio gazing out to sea, or walking alone along the beach, shutting out anyone who made any overtures towards her. Her father. Joel. She had erected an imaginary glass cage about herself, touching no one and letting no one touch her.

The fact that she could be pregnant had not registered on her de-activated thought processes, and only when her father noticed how sick she had been on a number of mornings and arranged for a doctor to call was her condition discovered. She had taken the news without any sign of emotion. She had not wanted the child, nor had she *not* wanted it.

Her father had been almost beside himself with anxiety, but it was Joel who had taken things into his own hands. He sat with Liv and talked to her for hours, talked long and harshly, until some of his barbs had chipped away and pierced her defences, his words seeping into her consciousness. He called her selfish and thoughtless and a thousand other unflattering things until she had eventually turned on him, shouting out her self-pity.

How could he know how she felt? How much she

had suffered? No one could know, she cried out in anger. And Joel had goaded her again until she began to cry for the first time since the night of the party. He held her until she was all cried out and then he had set about picking up the pieces and putting her back together again. He talked some more—about the baby, about her future, and about the baby's future. Until she became aware of the tiny life within her, began to realise just what it meant. All the love that she had given Ryan which he had handed so callously back to her she had turned on the unborn child and gradually she had regained her equilibrium, brought everything back into perspective. Yes, Joel had been her salvation and only she knew how much he had done to save her sanity. Because she had been on the brink of teetering over and he had brought her down on the right side. It would have been so easy to fall in love with Joel over the years, but they were both aware of another face between them.

Eventually Liv drifted off to sleep, only to be disturbed from her fitful dozing by a hand gently touching her shoulder. She rolled over, blinking in the semi-darkness, aware of some noise she couldn't place. The reading light over her bunk had been switched on and dimmed, but it was bright enough for her to recognise the owner of the hand that had awoken her as he leant over her.

'What's the matter? What are you doing here?' She clutched the bedclothes up under her arms protectively.

'I'm afraid I'll have to share your bunk. Roko's stretched out on the divan in the main cabin,' Ryan said evenly, his hand on the bedclothes, 'and I don't fancy sleeping on the floor when I can be more than comfortable here.'

'You must be mad if you think I'm going to let you . . .'

'Keep your voice down, unless you want to wake everyone on board,' he said tightly.

'You are not getting in this bed!' Liv whispered urgently.

His eyes locked with hers.

'What's so suddenly wrong with the open air and the stars above?' she asked sarcastically, while her heart beat an agitated tattoo.

'If you'd stop talking long enough to listen you'd realise it's raining. A tropical shower,' he said drily, and she saw that his hair was ruffled and damp and looked as though he had rubbed it partially dry.

And now she could place the sound, the patter of rain on the deck above. Her eyes dropped lower over his smooth torso, her mouth suddenly dry. His only clothing was a pair of very brief underpants, and her body tensed warily. 'What about Alesi?'

'She's sound asleep in her bunk below Luke's. She came down before the shower started. Now, move over. I'm tired and I want to get some sleep.' He pulled back the rugs and slid on to the bunk beside her.

What had previously seemed like a comfortably large bed now diminished to cramped narrowness as Liv flattened herself against the cabin wall, her body stiff and tension-filled. Ryan reached up to switch off the light and turned on his side, his back to her. Liv lay still, her eyes wide open.

Ryan sighed deeply. 'For God's sake, relax,' he breathed into the darkness.

His voice only made her press closer to the wall.

'Liv,' he rolled slightly over towards her, 'as you told me very opportunely once before, Melly's in the next bed. Besides, I didn't have to use force the last time we made love, and if I wanted you now we both know I still wouldn't have to force you—so go to sleep, and be thankful I'm not in the mood.' He turned back and was soon breathing evenly.

Gradually Liv forced the tension from her flexed muscles and surprisingly she slept. At some time during the night she turned towards Ryan and he drew her arm around him as she moulded herself into the curve of his back.

When her eyelids fluttered open daylight was streaming into the cabin through the uncovered porthole over the bunk where Melly lay still sleeping. Recollection flooded her mind and her eyes flew to the place where Ryan had lain, but she was alone. Could she have dreamed the whole thing? But no. There was the indentation of his head in the pillow.

She sat up and peered through her own porthole at the clear blue sky. The overnight rain had cleared, leaving the island looking fresh and sparkling.

There was a soft tap on the open cabin door and Ryan stepped inside with Luke close on his heels. They each carried two mugs of tea and when Luke had set his and Melly's on the table between the beds he hopped up beside his sister, who was rubbing her sleepy eyes.

Wordlessly Ryan handed Liv a mug of tea and sat down on the end of her bunk. 'Seems as though the rain's gone,' he said, raising his steaming mug to his lips, his eyes moving over Liv's flushed face.

'Ah, so this is where everyone is,' remarked Alesi, stepping into the cabin and sinking on to the bunk with the twins. 'You're a sleepyhead, Liv. Ryan and I have already been swimming.' Her smile was directed at Ryan and he smiled back.

'I'm afraid I had a restless night,' said Liv, fixing her eyes on her tea.

'Oh. That's not good. I suppose you're not used to the movements of the boat,' suggested the other girl. 'Me, I was born in a boat, so I found my sea legs very early.'

'You didn't have a bad dream, did you, Mummy?' asked Melly, peering around Luke.

Liv's eyes went to Ryan and he grinned mockingly. 'Something like that,' she said sweetly, turning to smile at her daughter.

'Well, come on, Luke. We'll go toss the line over the side, see if we can hook a butter bream or a trevally for breakfast.' Ryan stood up and Luke jumped eagerly off the bed.

'Can I come, too?' asked Melly.

'You're not dressed,' said Luke dismissingly.

'I can get dressed really quickly,' said his sister, unbuttoning the top of her pyjamas.

'Come up when you're ready, Melly,' said Ryan as he disappeared into the hallway followed by Luke and Alesi.

Liv climbed out of bed and helped Melly dress, her mind on the Fijian girl, and as Melly ran after the others Liv sank down on to her bunk. That Alesi was infatuated with Ryan was obvious. Her eyes followed him, her smile was directed only at him. She was so transparent. Just the way she Liv used to be! Could

Ryan and Alesi be having an affair? Then why had Ryan told her he wanted her and the twins with him? Maybe he wanted to have his cake and to eat it, too.

A spurt of jealousy stirred her into jumping off the bunk and collecting her clothes, her mind filled with despair. She turned to the bed where they had lain and had to fight the desire to put her head to the hollow in the pillow where Ryan's head had left a visible imprint.

What a blind fool she was! She loved him as much now as she had ever done, maybe more so, because now he was a man and not the rosy image she had created all those years ago. That image had faded away and now she recognised the person he was, with human faults, and could love him in spite of them. That he was still ruthless as far as getting what he wanted she didn't doubt, and if he was to discover how she felt about him he would surely take advantage of it and her. At all costs he mustn't guess. She must keep him at a distance, make sure she was never alone with him.

'Hey, Mum! Breakfast's ready,' called Luke from the galley. 'We've caught some fish. Even Melly caught one,' he told her excitedly.

Breakfast was a jovial meal and if Liv had little to say the fact wasn't noticed or commented upon. They all sat around the table in the main cabin with the children sitting separately at a breakfast bench.

'I thought I heard it raining last night,' remarked Maria. 'Anyone else notice, or was I hearing things?'

'Rained cats and dogs for a while,' replied Roko. 'Ryan and I had to run for it. We got saturated. I stretched out here in the cabin. Where did you get to, Ryan?'

'Oh, I found a cosy spot,' he grinned, and the others laughed, although Maria and Alesi gave Liv's flushed face rather piercing looks, even if they were for different reasons.

Liv and Maria lay sunbathing on the beach as they watched the children playing in the shallows.

'Mike says Ryan has bought Craven Island,' said Maria. 'They were talking about it yesterday and Mike says Ryan has some fantastic plans for the island, really great ideas that are going to make it a roaring success. And it will create so many jobs for the local people.'

'I've no doubt it will be a success if Ryan has anything to do with it.' Liv couldn't keep the bitterness out of her voice and Maria looked at her sharply. 'I'm sorry, Maria,' Liv sighed. 'I shouldn't take it out on you. I just can't not be antagonistic towards him. Just the mention of his name and I'm on the defensive.'

'Perhaps you've conditioned yourself to think like that, Liv, because he hurt you,' said Maria quietly.

Liv shook her head, unwilling to even consider that there may have been some truth in Maria's words. And her father's attitude hadn't helped. Right up till his death he had never had a good word to say about Ryan, and D.J. never spoke of his elder son. It was only to the children that Liv had ever moderated herself about him, trying for their sakes not to colour their outlook on the father they had never known.

Which brought her back to the main problem— telling the twins about Ryan. 'I'll have to tell the

twins soon,' she absently spoke her words out loud to
Maria.

'Why not do it while Ryan's with you? Then you
could both talk to them. And after all, the re-
sponsibility shouldn't just rest with you,' Maria said
logically.

'I don't know if I could remain cool,' Liv frowned
as Ryan came walking along the jetty from the yacht.

Liv watched him as he strode purposefully towards
them, moving with an unconscious lithe animal
grace. His muscles were firm and highly tuned and he
had about him an air of success and absolute self-
confidence. No one could be immune to the attraction he emitted, certainly not Liv, and she felt her
anger rise to colour her cheeks. That her anger was
directed at her own traitorous body didn't make it
any easier to quell.

'We'll have to head back earlier than I'd intended,'
he said, stretching out on the sand beside Liv. 'I don't
like the look of those cumulo-nimbus clouds gathering
out there, and according to the weather report the seas
will be getting choppy in the late afternoon. So rather
than have everyone uncomfortable we might push
off in a half hour or so, when the others come in from
the reef. Pity to cut the day short,' he finished, his eyes
on the offending cloud patterns.

And as much as Liv had wanted this trip to be
over, with Craven Island growing smaller, she experienced an unprecedented twinge of regret that they
were leaving.

They were back at the wharf at Shute Harbour
before the swells were more than moderate and
Liv went below to collect their gear, stacking it

on deck ready to go ashore with the Costellos.

'I'll drive you home, Liv,' said Ryan as he passed her on his way aft to take the wheel.

'I came with Mike and Maria,' she said quietly. 'They can take me home.'

He stopped and turned on her, his eyes stormily telling her he'd like to shake her. 'I'm taking you home,' he said evenly. 'I have something to discuss with you.' And he continued on his way.

By the time Ryan and Roko had checked and stowed away the sails it was growing late. The Costellos had gone and Liv sat lost in her own thoughts waiting for Ryan to finish and drive them home. He didn't seem to be in any hurry, and she seethed inwardly. The twins were quite happy with the arrangement and were amusing themselves trying to catch the colourful little fish swimming in the blue waters around the jetty posts, and they were reluctant to put the fishing gear away when Ryan was finally ready to leave. Alesi and Roko left at the same time to visit friends.

Liv unlocked the bungalow door and the twins raced through to the back door and down to the beach. Walking down the hallway, Liv deposited their bags in her room and, nerves tensed, followed Ryan out on to the back patio where he stood with his hands in the pockets of his faded denim jeans watching Luke and Melly running about on the sand.

Liv in turn stood watching his broad back, wondering what he was thinking as he watched the twins, wondering if he had any regrets over missing seven of their most formative years. A lump rose in her throat and she swallowed determinedly. 'What did you want to talk to me about?' she asked brusquely.

For a moment she thought he hadn't heard her as he remained where he was, but eventually he turned. 'I want to ask you a favour,' he said seriously.

'What kind of a favour?' she asked, eyeing him warily.

'Let's go indoors,' he motioned for her to precede him inside.

They had just stepped into the kitchen when the front door bell pealed and with one glance at Ryan Liv left him to answer it, experiencing a sensation of momentary reprieve. However, this feeling was short-lived, for on the porch stood Martin Wilson.

'Good evening, Olivia. I hoped I'd catch you in.' He turned for a moment in the direction of Ryan's silver Mercedes parked in the driveway. 'I trust I haven't called at an inconvenient time.'

'Oh. Hello, Martin,' Liv's voice was a little breathless as she tried to think up an excuse to send him away before Ryan came out. 'I ... We've just this minute arrived home and I ...'

'Who is it, darling?' Ryan's voice came from behind her and Liv froze at the intimately affectionate tone he used.

Martin's eyes had narrowed as he gazed at the man standing behind Liv, and when Ryan's arm went familiarly around her waist his eyes turned to Liv in amazed disbelief. Liv's throat had closed on her speech and Ryan held out his other hand.

'How do you do? I'm Ryan Denison, Liv's husband.'

'Olivia, is this true?' Martin ignored the other man's outstretched hand and Ryan shrugged.

'Let's see, you must be Martin Wilson. Liv's told me about you.'

'She has?' Martin mouthed incredulously, looking back at Liv.

'Ryan, please.' Liv found her voice at last. 'Leave Martin and me alone for a minute.'

Ryan gave Martin a level look before shrugging again. 'I'll go and start dinner,' he said good-naturedly, and disappeared back to the kitchen.

'Olivia, what's going on?' Martin began. 'Is he your husband? I thought you said you never saw him.'

'Yes, he is, but I don't . . . Oh, Martin, it's not what you think,' said Liv hurriedly, and took a deep breath before continuing. 'I'm sorry, Martin. I meant to tell you when you rang, but . . .'

'Was it his boat you went sailing on?' he asked.

'Yes, but . . .'

'How long has he been back here?' Martin threw at her.

'About three weeks, but . . .'

'Three weeks!' Martin's fair skin turned mottled red. 'I see. Well, I'll leave you to it,' he said, his lip curling. 'I think I may have overestimated you, Olivia.' He turned to walk off.

'Martin, wait!' Liv put her hand on his arm.

He looked down at it, shrugged it off and walked away. Liv watched him go, knowing she shouldn't feel this suggestion of relief and because she did she felt guilty. Spinning on her heel, she marched into the kitchen, bent on giving Ryan a piece of her mind.

Melly was standing on a chair watching Ryan stirring something delicious-smelling in a cooking pot while Luke was happily setting the table, a task he usually hated doing.

'The men are preparing dinner tonight,' Luke told her.

Ryan's eyes met hers across the kitchen, his bland innocence goading her further, but she held her tongue, not wanting to upset the children.

'Dinner's nearly ready already,' said Melly, 'and it's all from tins.' Her eyes were large with wonderment before she turned back to Ryan. 'Are you sure it will taste all right?'

'Guaranteed to. I'm the king of the tin can gourmet world,' Ryan smiled at her. 'Now, if everyone will be seated we can partake of my "what you have" stew.'

The twins laughed, sitting at their places, while Ryan served up the meal. Liv sat quietly in her seat, feeling as though a bite of food would choke her, but it was surprisingly good.

'Wasn't that great, Mum?' Luke set his knife and fork on his empty plate. 'Now the girls have to do the dishes,' he grinned. 'That's the rules.'

'Fair enough,' said Liv, glancing at the kitchen clock, 'and then it's bath time and off to bed for you two. You've had a hectic weekend and there's school tomorrow.'

As she tucked the children into bed Ryan stood in the doorway bidding them goodnight, and Liv knew she should tell him how badly she thought he had treated Martin, but her anger seemed to have abated and she followed him into the living room feeling unsure of herself and him.

CHAPTER EIGHT

'ABOUT that favour, Liv.' Ryan stood by the window, eyes fixed out in the darkness.

'After the way you treated Martin you can have the audacity to ask me favours?' Liv asked incredulously. 'You can forget any favours, Ryan.'

'That insipid prig couldn't make you happy, Liv,' he said decisively. 'You'd be bored to death with him inside a month. Besides, I didn't tell him a thing that wasn't the truth.'

'It wasn't what you said but the way you said it— and I resent your interference in what's none of your business!' Liv stormed.

'You don't mean to tell me you were seriously considering marrying him?' he asked, his eyes holding hers.

It would have been so easy to say yes, but she knew inside herself that she could never have married Martin, even if Ryan hadn't returned. Ryan was right, he would have bored her to tears. Her eyes fell from his.

'I thought not,' he said confidently.

Liv sank into a lounge chair, suddenly weary of the whole conversation. 'Ryan, I'm tired. Just tell me whatever you want to tell me and then go,' she said flatly, half wishing she had remained standing, matching at least some of his intimidating height.

He didn't reply for a moment and she wondered if he could possibly be undecided about his choice of words. But she dismissed that idea as being totally out of character.

'I've bought Craven Island,' he said at last without preamble.

'I know,' she replied hesitantly.

He nodded. 'Mike told Maria and Maria told you.'

Liv shook her head and explained about finding the blueprint. 'I wouldn't have believed Mrs Craven would sell that island. How did you manage to talk her into it?'

He shrugged. 'I came along at the right time with the right amount of cash.'

Liv's eyes searched his face, forming a fleeting impression that his answer was not exactly the truth and wondering again how he had come by the wealth he seemed to have acquired.

Ryan smiled crookedly. 'It's all strictly legitimate,' he said, reading her thoughts. 'I've been fortunate enough to purchase the right merchandise cheaply and have it on hand at the peak of demand.' He walked about the small living room, from the window back to stare at a framed seascape hanging on the wall. 'One of yours?'

'Yes.'

'It's good.'

'Thank you. I do reasonably well with them.'

He nodded, turning back towards her. 'I'm having a dinner at the hotel in Airlie and I want you to be there, act as my hostess,' he said at last.

Liv looked up at him in disbelief. 'What kind of a dinner?'

'To launch my new project on Craven Island. I've invited everyone around the district who could be for or against the resort so that they'll know what's planned and we can deal with any protests before we start.' He moved back to the window.

'Some of the facilities I'm putting into the Craven Island resort are new innovations, and people don't care much on the whole for change,' he grimaced. 'I'm going to talk them into thinking the ideas are the best thing tourist-wise to hit the area in decades.'

'Even if they're all against it?'

'They won't be after the evening's over,' he said assuredly.

'And what does being a hostess involve?' Liv asked without expression, thinking he had the most self-confidence of anyone she had met, including his father.

'Just being by my side, looking as attractive as I know you can,' he smiled. 'Those I can't win with words I'll bedazzle on to my side.'

'And just why should I do this——' she paused, 'favour for you?'

His eyes mocked her. 'Maybe you could look on it as a means to an end. As soon as the resort gets under way I can be off out of your hair.'

The shock his words created hit her like a physical blow, but she managed to school her features before he turned back to her. 'I thought you were staying?' she said, wondering why the idea of his leaving had suddenly lost its appeal. But of course she knew why.

'Who knows?' he said enigmatically, and they looked at each other in silence.

'Ryan, why did you come back?' she heard herself ask. 'Was it to prove a point to D.J.? Because that's what he's going to think, what everyone's going to think.'

'I'm afraid I don't much care what everyone thinks, and the reason I came back had nothing to do with D.J.,' he said. 'Why should I want to prove anything to him after all this time? Perhaps in the beginning . . .' he shrugged. 'I gave up even thinking about D.J.'s opinion of me. He could never see my way on anything in the past. He stifled me, knowing all the while that I'd never be a "yes" man. How he'll feel about my plans for Craven Island now—well, who can say? But I intend discussing it with him before the dinner. And as for the island itself, D.J. could have matched the price I paid for it, but Mrs Craven chose to sell to me simply because she liked the ideas I set out to her.'

He leant nonchalantly against a large lounge chair. 'Apart from the island, I came back to try to make something of our marriage, which you seem loath to do. That decision seems to have been taken out of my hands,' he eyed her steadily. 'The ball's in your court there.'

'And as I told you before, I'm quite happy as I am,' she stated, hoping he didn't notice it was said with less conviction.

'That's your prerogative, but I'd still like to get to know the twins.'

Liv stood up angrily. 'How can you expect me to let you pick them up now that you've decided you want to? Tomorrow you may want to put them down again. No, Ryan, I don't think it's a good idea.'

'Are you afraid you may have to share them, Liv?' he asked grimly.

'That's a despicable thing to say!'

'No more so than what you just accused me of. But

do you think it's fair to deny me access to my children? Look, Liv, when I discovered that they existed I wasn't in any position to return financially or emotionally. At that time I would have done more harm than good, but things are different now. Can't we try to be civilised about it?'

'And I repeat, I don't want the children hurt. Just your presence here could do them irreparable damage. If someone chose to be nasty and told them . . .' Liv's voice faded away.

'Then we should tell them. And soon,' he said emphatically.

'I know, but . . .'

Ryan ran his hand through his hair. 'I have to go away for a few days, down to Brisbane. Come to dinner on the yacht on Friday night and we'll talk to them together where we won't be disturbed.'

Liv paused undecidedly.

'It has to be done, Liv. No matter how much you dislike the idea.'

'All right,' Liv sighed.

'I'll pick you up about six-thirty. And Liv, about that other matter,' he took his wallet out and extracted some notes, 'take this and buy yourself a dress for the occasion. Something slinky.'

'I have clothes, Ryan.' She ignored the money he held out.

'I know you have,' he said exasperatedly, and put the money on the coffee table, 'but just this once let me buy you the dress in appreciation of your helping me out on the night. Take Alesi with you if you like. She has good taste.' He glanced at his watch. 'I'll have to be off now. I've a business call coming through in twenty minutes.' He walked to the door. 'I'll see you on Friday,' he said, and let himself out of the front door.

After the sound of his car had disappeared into the distance Liv sat looking at the money lying on the coffee table, unable to bring herself to touch it. It would serve him right if she used his money to buy something in outrageously bad taste, but of course she couldn't do that to herself. And as for asking Alesi to help her choose her outfit, she seethed, that was the last thing she would do! If she asked anyone's opinion it would be Maria's.

The week ahead seemed to stretch interminably before her as Liv wished it past, but surprisingly the days flew by. The shop was exceptionally busy considering it was off season, and on Thursday Melly fell down at school and had to have three stitches inserted in a gash in her arm. In between all this Liv managed to finish two canvases which she had been commissioned to do before Ryan's return.

Joel called to see her on Wednesday agog with the news of Ryan's purchase of Craven Island. Both Joel and D.J. had received an invitation to the dinner.

'I still can't believe he's bought the island,' Joel shook his head. 'I mean, he always used to talk about it in the old days, but D.J. would never listen to his ideas. It used to drive Ryan crazy and eventually he stopped mentioning it. I thought he'd forgotten about it.'

'How did D.J. take the news?' Liv asked.

'Calmly, so far.' Joel crossed his fingers. 'He was sort of stunned at first and now he's being very cool and not saying a thing. What worries me is that I suspect he has an idea that Ryan bought the island to add to the family enterprises,' Joel grimaced, 'and if I know Ryan nothing could be further from the truth. Ryan's no fool and he knows D.J. If he lets him near the project it will be another D. J. Denison scheme. Or perhaps—and mind, I say perhaps—D.J.'s mellowing at last. Did Ryan outline any of his plans to you?'

'No, not really. But he wants me to be a hostess at the dinner and I wish I knew why. Knowing Ryan, there has to be something behind it.'

'I guess all we can do is sit back and wait for it all to unfold,' said Joel, smiling. 'It should be interesting to see how everyone reacts.'

Before she knew it Liv was heading homewards after collecting the twins from the Costellos'. The children were looking forward to their evening on the yacht and chattered excitedly as they showered and changed to be ready by six-thirty.

If Liv's mind had turned to their proposed discussion with the twins then she had shied away from even thinking about it. Now she was almost trembling with nervousness and a hopeless kind of dread. She was still no closer to knowing the best way of broaching the subject. Although Luke hadn't asked any more questions and his attitude towards Ryan seemed to have undergone a subtle tempering, she was worried about his reaction to the knowledge that Ryan was his father. As far as her daughter was concerned Liv could see no problems. Melly had fallen for Ryan's charm almost from the first.

'He's here, Mummy,' called Melly, racing from her vantage point at the living room window to the front door and smiling at Ryan as he walked up the steps. 'Mummy's nearly ready,' she told him.

Nervously Liv gave her hair a final brush before securing it neatly at the nape of her neck. She wore a dark green scrub denim suit of flared slacks and a long-sleeved shirt jacket. Ryan's gaze moved over her as she joined them and his eyes settled for a moment on her sedate hair-style before he turned to follow the twins out to the car. It was on the tip of Liv's tongue to tell him she had tied it back because of the wind and not because he had stated his preference for her to leave it hanging loosely about her shoulders. But she restrained herself and walked silently after him.

He was wearing a pair of grey tailored slacks and a soft white terry towelling windcheater, the rope ties at the neck hanging casually open, and Liv turned away from his compelling handsomeness. And there was no denying his attractiveness. It rose within her to catch her and her heart pulsed with a dull ache. But tonight she must keep a cool head, remain calm and composed, be reassuring so that the twins didn't sense her uncertainty or antipathy.

'Relax,' said Ryan quietly as he held the door open for her. 'They're intelligent kids, they'll understand.'

'I wish I felt as confident,' she replied shakily.

Instead of being moored at the wharf the yacht was anchored out in the bay and they made their way out to it in a small outboard motor-driven dinghy. The breeze was stiff with the sea just a little choppy and Liv looked uneasily at the clouds in the sky.

'We could have a shower before morning,' Ryan raised his voice above the noise of the outboard motor, 'but according to the weather report it should be fine tomorrow.'

Liv's thoughts returned to the last time she had been aboard the *Midnight Blue* during a tropical shower and she shivered involuntarily. At least tonight they were only staying on board for a couple of hours.

'Where are Alesi and Roko?' asked Luke as he watched Ryan make fast the dinghy. 'I thought Roko might play his guitar for us again tonight.'

'They've gone ashore visiting for a couple of days,' said Ryan, 'so there's just us.'

'Are you making our dinner again?' asked Melly, gazing up at Ryan with a look almost bordering on adoration.

Liv felt the pain twist inside her. She had been younger than Melly when she had first looked up at him with just such a look on her face.

'Sure am. Hope everyone likes Chinese food,' he said, and opened the cabin hatch for them to go below.

The meal was delicious. Ryan had most of it prepared and they sat chatting to him while he put his concoction together. At least the twins and Ryan kept up a lively conversation about school, Luke's soccer and Melly's dancing lessoons and, of course, Melly held up her patched arm for inspection, giving Ryan a very detailed and gory account of the accident. Liv sat silently listening and worrying, seeing all kinds of traumatic situations resulting from the next few hours.

Ryan accepted the children's compliments on his culinary skill and his eyes moved questioningly to Liv. 'How about it, Liv? Enjoy your dinner?'

'Yes, thank you. It was very nice,' she replied truthfully. 'Where did you learn to cook?'

'Oh I picked up a bit here and a little there,' he grinned.

'When you were sailing about the world?' Melly's eyes were large.

'Something like that,' he laughed.

'I'll bet you had lots of adventures,' said Luke. 'Did you ever get shipwrecked like Robinson Crusoe?'

'No, I'm afraid not,' Ryan replied sadly.

'Not even once?' sighed Luke disappointedly. 'What was your biggest adventure, then?' he pursued his point.

'Well, it wasn't exactly an adventure, but the worst moment I ever experienced was landing a small plane on a beach when the engine began to play up. I made it down all right, but I ran out of hard sand when I had to swerve around some rocks. The wheels bogged down and she tipped up on her nose. The hardest part was climbing out of my seat at that angle.'

'What happened to the plane? Did you leave it on the beach?' asked Luke.

'No. We fixed it up and flew it out.'

'Do you fly planes, too?' Melly asked. 'Gee, you must be able to do everything!'

'I wouldn't say I could do everything, Melly,' his eyes turned to Liv mockingly. 'There are lots of things I couldn't do. Like painting as well as your mother does.'

The twins looked at Liv.

'Yes, Mum is good at painting. She even painted pictures of us and gave them to Grandfather,' Luke said proudly. 'Would you like her to paint one of you?'

'That would be a challenge, Liv?' he said drily, lifting one dark eyebrow

'Portraits aren't exactly my forte,' Liv replied. 'I much prefer land and seascapes.'

'Luke can draw very well, too, just like Mummy can,' said Melly, adding dejectedly, 'but I can't.'

'You're better at spelling than I am,' said Luke generously, and Ryan's lips twitched. 'Grandfather says there are some things that some people can do and some things that other people can do, so if everybody does what they can do then everything will get done eventually,' said Luke, and a thoughtful frown touched his face. 'Grandfather Denison is your father, isn't he?' His question took both Liv and Ryan by surprise.

'Yes, he is,' replied Ryan easily.

'Why did you go away? Couldn't you get a job, like Danny's father? Danny used to play with Dino and me, but had to go to Gladstone 'cause his father couldn't find a job here.'

'I did have a job, but I wanted to have a try at working for myself. The kind of work I wanted to do I couldn't do around here. Do you understand what I mean?' Ryan explained.

Luke nodded. 'Are you married?' he asked quickly, as though he had psyched himself up to ask the question.

Liv's face was hot and she felt Ryan's eyes on her before he answered.

'Yes, I'm married.'

Luke picked up his fork and put it down again, his young face serious. 'Are you really our father?' he asked quietly.

'Luke, you said we weren't to say anything about that,' Melly's lip trembled. 'You said Mummy might get upset.' She turned swimming eyes on Liv to see if this was so.

Now that he had put to Ryan the question that had obviously been discussed by both of them some of the bravado had gone from Luke's face, leaving him looking young and vulnerable, a child putting a tentative foot into an adult world.

'Would *you* be upset if I told you that your mother and I were married and that I was your father?' Ryan asked them quietly.

'I think you'd be a very nice father,' said Melly, sniffing.

Ryan smiled at her and turned his gaze on his son. 'How about you, Luke?'

'I guess it would be okay with us if it's okay with Mum.' He glanced sideways at Liv, whose throat was choked on a sob she refused to allow to escape. 'But why did you leave us?' he asked, looking levelly at Ryan.

'Luke . . .' Liv began, but Ryan silenced her with a shake of his head.

'That's a fair question, Luke. I had what I thought were very good reasons for going at the time, but it may be just a little hard for me to explain to you just now,' he began. 'Adults make mistakes, too, and they often do and say things that children find it hard to understand.'

'Did you have a fight?' asked Melly.

'Something like that.'

'Will you be staying here now?' Luke asked.

Ryan paused. 'I don't know, Luke. But while I'm here I'd like us all to be friends, get to know one another. What do you say?'

'Mum?' Luke turned to his mother. 'Is it okay with you?'

'Of course.'

'Now we won't be the only kids in class without a daddy,' smiled Melly, and Liv turned pain-filled eyes on her daughter. She hadn't even known that the twins had so much as thought about that aspect.

Luke smiled crookedly at her, his face flushed. 'It wasn't so bad really, Mum. Some of the kids' fathers were pretty tough on them,' he grinned. 'And besides, we always had Uncle Joel.'

'Joel has been very good to us,' Liv told Ryan. 'He's a wonderful person.'

Ryan made no comment on that and began to collect their dinner plates together. 'Who's for dessert? I don't suppose anyone likes icecream?'

The evening passed quickly and pleasantly and any strained moments that rose between the adults went unnoticed by the children. When she realised they were beginning to yawn Liv suggested that perhaps they should be going. She felt emotionally drained herself now that it was all over. As if on cue the rain fell.

Ryan opened the cabin door and quickly closed it again. 'You'd get soaked to the skin in seconds if we left now. I'll have to ship and cover the dinghy so it doesn't wallow and sink.' He hurried into the stern cabin and returned wearing his brief swim shorts.

'Do you need any help?' Liv asked him.

'No, I can manage, thanks. I'll only be a few minutes.'

When he returned it appeared to be raining even harder and Liv handed him a towel to dry himself off.

'Doesn't look like easing up for some time,' he said, rubbing his hair. 'Why don't you stay on board tonight?'

Liv's chin lifted and her eyes met his. She wouldn't put it past him to have conjured up this bad weather, she thought wryly.

'You and Melly can take the stern cabin and Luke and I can share the forward one,' he added mockingly.

'Hey! Great!' grinned Luke.

'But we haven't brought our pyjamas,' said Melly, horrified.

Ryan raised his eyebrows. 'You can sleep in your undies and T-shirt and I'll lend your mother one of my shirts.'

'A shirt?' Melly giggled, putting one dimpled hand over her mouth. 'You'll look funny, Mummy.'

'We . . . we'll have to leave fairly early in the morning,' put in Liv, 'as Luke has to play soccer.'

'Maybe you could—well, come along and watch the game if you'd like to, if you're not going to be busy.' Luke's cheeks were tinged with red as he glanced at his father. 'Some of the guys play really well.'

'I think Luke plays the best,' put in Melly, and her brother's face grew even redder.

'Sometimes Uncle Joel and Grandfather come, too,' he added.

'I'd like that very much,' he said, and had turned away before Liv could see if he really meant what he said.

'Dino plays on my team, too,' Luke informed him. 'And so do a couple of other kids from my class at school. And Aunt Maria and Uncle Mike usually go to watch the game as well.'

'Sounds like you enjoy playing,' Ryan ruffled Luke's hair.

'It's really great,' beamed Luke.

'I'll collect my clothes from the cabin and I'll shower up front.' Ryan rubbed the mat of dark hair on his chest with the towel. 'I won't be a moment.'

'Come on, Luke, I'll tuck you up before Melly and I settle down.' Liv took the opposite cabinway to Ryan.

'Was it all right to ask . . .?' Luke paused and lowered his voice. 'Do you think he'll mind if we call him Dad?'

'No. No, I'm sure he won't mind if that's what you want.' Liv busied herself tucking the blanket under the mattress.

'Oh, good. Was it all right to ask Dad along to watch me play soccer?' he asked, watching his mother's face.

'Of course. But you must remember your . . . your father's a busy man and he may not always be free to come along every time you ask him.' She leant over and kissed him. 'Luke, how did you find out about your father? Did someone tell you?'

'Well, not exactly.' He looked a little sheepish. 'Dino heard someone talking about it at school and he asked me and we kind of worked it out.'

'Oh, I see.'

'You're not angry, are you, Mum?'

'No, of course not,' she smiled at him. 'Well, off to sleep, love. See you in the morning.'

Liv walked slowly back to the stern cabin and she

could hear Melly's giggle as she stepped down into the hallway.

'Daddy's picked out a shirt for you,' she said, 'and it's got a Fijian house on it. Isn't it pretty?' She held it up.

'Thank you.' Liv left her eyes on his chin, not wanting to read the expression she knew would be in his eyes, and that same tension filled the room.

'No sweat. I'll see you in the morning.' He went to step past Liv and she could see the tightness in his jaw.

'Daddy?'

Ryan stopped in mid-stride and for a moment Liv thought she saw a flash of pain in his eyes before he turned back to Melly.

'Aren't you going to kiss me goodnight?' Melly sprang on to the bed and dived between the sheets. 'Mummy always kisses us goodnight.'

Ryan bent over the bed and Melly's arms wrapped around his neck, giving him a hug. 'It's nice having a daddy.'

'And it's nice being a daddy,' he said simply, and turned to Liv, his expression guarded. 'How about Mummy? Does she want a kiss goodnight, too?'

'No, thank you,' Liv said stiffly. The very last thing she wanted was to feel the touch of his near-naked body against her.

'But I insist,' he said, and his cool lips descended on hers in a too brief, far too circumspect kiss, which only served to whet her appetite for a more intimate caress. 'Goodnight, Liv,' he said, and quietly left them.

Dressed in Ryan's T-shirt, bringing the subtle odour of his body to tease her senses, Liv lay awake on the same bunk she had had on their trip to Craven Island, wishing that he lay beside her as he had done on that night. She wanted to feel the warmth of his undoubted strength.

In the seven years since the birth of the twins she had never once shirked her responsibilities towards them. And the responsibilities of caring for two small children had not been an easy task for a seventeen-year-old girl who had been so totally disillusioned with life.

Tonight Liv had felt the weight of those responsibilities, a weight she had been unaware she carried, lighten considerably. It was a comforting feeling to know that there was someone else there, that he could be there if she needed him.

Although she had depended a lot on Joel, especially after her father died, she had still basically borne the worries and anxieties by herself, and the urge to give in, to just allow herself to lean on Ryan, swept over her in a surge of longing.

Perhaps she did need him, need someone, to help in the making of decisions where the children were concerned, even more so as they grew older. All she had to do was to go to him now, tell him she wanted . . .

But was that what Ryan wanted? He had said at first that he wanted them with him, but did he realise exactly what he would be taking on? Would the strain of having an instant family have him leaving again? Last week he had said he might leave once the resort got under way. Liv had to think of the effect such a parting might have on the children and on herself. To have Ryan's strength for a short time and then to lose it would be all but unbearable. The break this time would be even more crushing than it had been eight years ago. No, she just couldn't afford to take the chance. She would have to steel herself against him, discipline her traitorous body and remind herself constantly that he was still the same spoilt, irresponsible boy, now an even more dangerous and potent man.

Liv woke early, the darkness only tinged with light, and, gazing out through her porthole at the dusky sky, she could see that the rain had gone. Stretching tiredly, for she had tossed restlessly for part of the night, she climbed out of bed and quietly moved on bare feet into the bathroom. Her face washed in cold water banished some of her fuzzy-headedness and she padded into the galley for a drink of milk.

She was rinsing and drying the glass she had used when a soft sound behind her had her spinning around. Ryan stood leaning in the cabinway, wearing only brief denim shorts, his hair tousled and the dark shadow of a beard on his unshaven jaw.

'I thought I heard a noise out here and I came out in case it was Melly.'

'No. She's still sound asleep.' Liv's heart was in her mouth as she gazed at the tanned firmness of his body.

'So is Luke,' he said, rubbing a hand over his roughened cheek.

'I was just having a glass of milk.'

He nodded, his eyes moving over her body clad in his slightly misshapen T-shirt, lingering on the long length of her legs. 'That shirt definitely looks better on you than it does on me.' His tone was a caress.

Liv could feel the volatile tension rising between them and knew she had to escape from the explosiveness of the atmosphere. 'I'll get back to bed for another hour or so.'

'Did you sleep well?' He had moved closer.

'Yes, thank you. Ryan . . .'

'Aren't you going to ask me how I slept?'

Liv's gaze was drawn to his red-rimmed eyes.

'Well, I didn't—sleep, that is. Something kept disturbing me,' he smiled self-derisively. 'I kept thinking about you, seeing you in that damn shirt, and sleep was the last thing on my mind.'

'Ryan, last night you said . . .' Liv backed away from him, but he followed, although he didn't touch her.

'I know what I said last night. I must have been mad.' He ran a hand through his hair. 'God, do you know what it was like lying up there, knowing you were so near, wanting you like crazy?' His voice was thick and low and his hand moved to cup her cheek. 'I don't suppose you'd care to change your mind about the sleeping arrangements?' he said huskily.

Liv's heart fluttered. Dear God, if he only knew how much she wanted to say yes! But if she gave in to him she would be like putty in his hands. He could mould her, and when the time came for him to leave he would go without a backward glance, as he had done before. She hardened her resolution. 'No, Ryan,' she said firmly.

He drew a deep breath and she could see the conflict in his eyes, in the throb of the pulse in his hair-roughened jaw, before he turned sharply away.

'You'd better get back to bed, then,' he said tightly, 'before I change my mind and decide to help you change yours.'

CHAPTER NINE

RYAN had to go down to Brisbane again, so they didn't see him in the next week, and for that Liv was profoundly grateful. The more she saw of him the more vulnerable she became, and she was in no hurry to put to the test her new resolution to keep herself aloof from him for fear that her resolve broke down and failed her.

However, with Maria's help, she did buy herself a new dress for the dinner. Taking Ryan at his word, she had chosen a very slinky, very exclusive and very expensive creation.

She had tried on a half dozen or more dresses before Maria spied a black one hanging at the far end of the rack and she held it up for Liv almost with reverence.

'This is it, Liv. It's just the dress for you. I can't wait for you to try it on!' And she had Liv zipped into the dress before she could turn around.

And Maria was right. The dress was made for her and didn't need as much as an alteration to the hemline. The neck plunged only low enough in the front to display the beginnings of the rounded swell of her breasts but not deeply enough to be considered in bad taste. Meanwhile the back was scooped to expose her smooth tanned skin.

The fitted bodice moulded her breasts and from the narrowness of her waist it fell to the floor in folds of shimmering black gossamer. It was a perfect foil for her blue eyes and silky fair hair, but the price tag made her gasp.

Maria waved her protests aside, reminding her that Ryan was paying for the dress and that by all accounts he could afford it, and they left the boutique with the sleekly wrapped box under Liv's arm.

And now, as she dressed for the evening, having taken the twins over to Maria's earlier, she was glad of the elegance of the dress, knowing she would be able to gain some confidence from the fact that it suited her and that a little of her nervousness and misgivings would be quelled by that knowledge.

She also felt easier because Ryan would not be calling for her. He had telephoned to make his apologies. He would be tied up for a couple of hours with some unforeseen last-minute preparations for the evening, so it was Joel who would be collecting her at seven-thirty to escort her to the hotel at Airlie Beach.

Her make-up had been applied, a little blue eyeshadow and mascara and some pale pink lipstick, and her hair shone like spun gold. She had decided to let it fall loosely about her face and shoulders in its natural waves after considering piling it up on top of her head in a mass of curls. But she knew she would feel uncomfortable trying to carry off such statuesque sophistication. The only way she could cope with the evening was to try to relax and be herself. To attempt to uphold any other pose would make the evening even more nerve-racking.

Picking up her wristwatch from the dressing table, she saw it was almost time for Joel to arrive and a tiny fluttering of butterflies stirred inside her. She half wished now that she had refused Ryan's invitation, but she had accepted, so now she must see the evening through.

'You know, you're really going to stun everyone tonight, Liv,' Joel remarked, taking her arm as they walked into the lobby of the hotel. 'I've never seen you looking so attractive. Not that you aren't always attractive,' he laughed, 'but tonight—wow!' He touched his fingers to his lips. 'That dress is fantastic, really fantastic!'

'And I'll bet you've been practising that little speech all the way here,' Liv chided him, not unaffected by his obviously genuine compliments. 'The wrapping may be a little more chic, more expensive, a lot more expensive,' she added emphatically, 'but the package inside is still the same old me. I just hope this is the type of outfit Ryan had in mind when he asked me to act as a hostess.'

'Oh, that outfit is what every man has on his mind at some time or other, believe me,' chuckled Joel. 'You'll do wonders for my ego. Every guy will be green with envy when I escort you into the convention room,' he straightened his bow tie, 'including brother Ryan, which won't hurt him for once. What do you say?'

'I say you're ever the romantic, Joel Denison,' said Liv drily, 'with just a dash of the tooth fairy.'

Joel laughed again, stopping before the doorway to smooth the lapels of his jacket. 'Well, here we go. If Ryan's depending on you to sell his ideas to the locals, then it's a foregone conclusion.' He winked at her and patted the hand resting on his arm and they entered the convention centre.

The room was quite large and seemed to be swarming with guests already. Liv recognised most of those

present. There was the mayor and a number of councillors and their wives, the owners and managers of
various local businesses and a sprinkling of profes-
sional people.

They eyed Liv's appearance with Joel with avid
interest, and the couple had only taken a few steps
into the room before they were stopped by friendly
greetings. Of course Joel was popular with everyone
in the district, but Liv wondered rather cynically how
much of the attention they were being afforded was
due to an eagerness to find out whether there had
been a reconciliation between Ryan and herself. Not
that anyone asked any impertinent questions, quite
the contrary. No comment was made, but glances
moved curiously from Liv and Joel to Ryan.

It wasn't long before Ryan excused himself from a
group of people and strode purposefully across towards them. Of course, she had placed him immediately she had entered the room. She seemed to
have some form of sonar system where he was concerned. He wore a dark immaculately cut suit and a
pale shirt with a conservative tie and looked as handsome, as debonair, as he always did. But tonight he
also exuded an air of trustworthiness, of de-
pendability. Yes, he looked as successful as he obviously was, and Liv could sense that most of the guests
were impressed.

As everyone watched surreptitiously he shook
hands with Joel and drew Liv's hand into the crook of
his arm, bringing her close to his side. 'Joel, thanks for
collecting Liv. Come and meet a friend and associate
of mine.'

Joel's quick wink at Liv as they strolled along with

Ryan did nothing for the state of Liv's churning stomach. Ryan's hold blatantly said possession and when Liv went to remove her arm he clasped it firmly to his side, his expression not even flickering.

They rejoined the group of people to whom Ryan had been talking when Joel and Liv arrived and Liv noticed for the first time that D.J. was also part of the group. Roko was there, looking incongruous in a suit, and there was also another Fijian standing between him and D.J.

Ryan's smile was pleasant. 'Kim, meet my brother Joel, and,' he pulled Liv even closer, smiling down at her, setting her senses spinning again, 'Liv, my wife. Darling, this is Kim Sukuna, an associate of mine and a great friend.'

As the men shook hands Liv noticed that Roko was staring at Ryan as though he had gone mad. 'You and Liv are married?'

'Yes. We've spent some time apart, but now we'll be able to see so much more of each other,' Ryan replied easily.

'May I call you Liv?' asked the older man, 'and you must call me Kim.' His teeth flashed white and humorously in his dark face. 'I would have recognised you anywhere, Liv, from the photograph Ryan carries with him. I feel I know you already.'

Liv's eyebrows rose enquiringly.

'Ryan spoke to me of you often over the years,' he said.

Joel caught Liv's eye and he had 'I told you so' written all over his face.

'I believe you have two beautiful children as well,' Kim was saying.

'Yes. Yes, I . . . we do. A boy and a girl,' she said breathlessly.

'Ah, a pigeon pair.' Kim smiled. 'Like my wife and me. We have a daughter a little younger than my son Roko here.' Kim put a hand on Roko's shoulder.

It was Liv's turn to be shocked. 'You scarcely look old enough to be Roko's father, Mr Suk . . . Kim.'

He laughed gaily and Roko joined in. 'Thank you, Liv. My wife complains that she has been given the wrinkles for both of us but, believe me, she doesn't look very much older than our daughter or my niece, Alesi.'

At the mention of Alesi's name Liv cast a quick look around for the other girl and saw her talking to a group of younger people. The Fijian girl looked exceptionally beautiful, her dark skin a perfect contrast to her white hostess dress which had been screen printed with colourful designs of hibiscus flowers. Had Ryan told her that he was married to Liv or was he leaving her to find out in the same manner as Roko? Surely if there was any relationship between them Ryan would find a less painful way of informing Alesi.

'Is your wife with you?' Joel was asking Kim.

'Alas, no. She has had to remain in Suva for a week or two. Our daughter has recently given birth to our first grandchild and my wife felt she must be by her side for a little time.' He turned to D.J. 'It's a good feeling to have a grandchild to follow you in life, don't you think, Mr Denison?'

'Yes.' D.J. looked into the glass of Scotch he was drinking. 'Yes. I'm very proud of my two grandchildren,' he said smiling faintly at Liv.

Was everyone going mad? she asked herself. Never had she seen D.J. so subdued, so complacent.

The meal provided was delicious by any standards, with the number of guests being about two hundred, Liv estimated, and the whole evening appeared to be going off without a hitch. Liv found herself seated between the mayor and another senior councilman who turned out to be an acquaintance of her father's.

It was only after the meal that the business of the evening was mentioned and Ryan and Kim Sukuna outlined the plans they had for the development of Craven Island into a tourist resort. The scheme was to be financed by Ryan and he would have two assistants on the management side of the business. Kim Sukuna was to be in charge of the accommodation and dining sections while a Canadian, Scott Mallory, would supervise the special section devoted especially to children. Ryan apologised for the absence of the Canadian whose aircraft had been held up en route from Vancouver.

Listening intently to Ryan outlining his objectives, Liv had to admit that she was impressed, as impressed as everyone else appeared to be. The resort was to focus on the family, with as much emphasis being placed on providing a holiday that children could enjoy as much as their parents. And the parents could choose to spend their time with their children or without them, knowing in the latter case that their children were under qualified supervision.

While their parents were accommodated in the main complex the children would have the opportunity to camp out, to be instructed in the arts of bushcraft, camp cooking, could go hiking or simply share the other facilities with their parents.

Scott Mallory came well recommended from various positions in summer camps in the United States and Canada and Alesi Sukuna, who Liv learned was a trained nurse, was to be his assistant.

Many positions would be available for the local people to work on the island and all in all the complex could only benefit the community and the area. And the majority of the guests were in favour of the project. Liv could sense their interest and excitement.

However, when Ryan invited questions, a small faction began to put forward reasons against the project and Liv was astounded when she recognised one of the protesters as Martin Wilson. She hadn't seen him or heard from him since the evening Ryan had so blatantly introduced himself and she wasn't even aware that he had been attending the function.

Ryan answered their negative views honestly and knowledgeably and after a time they gave up their attempts to thwart the project. Ryan had done his homework far too well for a few half-hearted protesters to discompose him.

The mayor seemed well pleased with the affair and said as much to Liv. 'You know, Mrs Denison, we need family-orientated amusements and it seems your husband agrees with me on this. Being a family man himself he can stand as a solid recommendation for the project.'

As she watched Ryan as he stood discussing some point raised by one of the councillors a thought struck Liv like a blow. Could that have been the real reason he wanted them back? So that he could show himself as a good example for his family resort? An icy hand clutched her heart. Surely even he couldn't cold-bloodedly go to those lengths to get what he wanted?

Later everyone moved among the maps, plans and models of the proposed development that were on display while Ryan mingled confidently pointing out certain sections to illustrate his proposals.

'Well, Liv, your husband seems to be doing all right for himself tonight.' Martin materialised out of the crowd, looking just a little flushed.

'Yes. He's certainly put a lot of thought and effort into the project,' she said, looking about for an excuse to move on.

'As they say, money speaks all languages,' Martin ran a finger around the inside of his collar, 'and it's a very juicy bait when you're trying to hook the fish.'

'What are you talking about, Martin?' Liv began to suspect he had had too much to drink.

'Well, he's making promises of more money for the business community, more jobs for the local work force and last, but not least, luxury for you.'

'Luxury for . . . Just what are you trying to say to me, Martin?'

'That perhaps a lowly schoolteacher isn't good enough any more. Maybe you have bigger fish to fry?'

'You're being ridiculous, Martin. I never made any promises to you, and you know it,' Liv bit out angrily.

'What seems to be the trouble, Liv?' Joel asked evenly as he joined them, noting Liv's set expression and Martin's flushed face.

'Ah, Joel,' Liv felt like hugging him. 'Martin was just about to move on.' She turned from him. 'Is that a spare glass of champagne?' she asked, taking the glass Joel held out to her.

'What was all that about?' asked Joel as Martin walked stiffly away.

'Oh, nothing much.' Liv took a sip of the bubbly liquid. 'He was being spiteful and—well . . .'

'And you're well rid of him,' grinned Joel as he turned to survey the room. 'Looks like another successful development.'

'I get that feeling, too. Did you doubt it?' she asked drily, taking another steadying sip of her champagne and wrinkling her nose as the bubbles rose to tickle it.

'Not really. I think the ideas are great and, as I said, Ryan used to talk of nothing else years ago. D.J.'s taking it all very well, isn't he? He's most subdued. Do you suppose he's mellowing at last?' Joel grinned. 'Or perhaps Ryan's finally made it into the grown-up world.'

'And what about you, Joel?' Liv smiled.

'Me? I'm still a boy,' he grimaced. 'Don't worry, Liv. I'm quite happy. He's not as rough on me as he was on Ryan. I guess their like personalities repel.'

'Joel, introduce me to this divine creature.'

Neither Joel nor Liv had noticed the young man approaching them until he spoke and Liv flushed under his openly admiring face.

'Hey, Scott! When did you arrive?' Joel shook the other man's hand.

He was as tall as Joel with dark curly hair not quite long enough to be called Afro and he sported a fashionably shaped moustache.

'I made it here about fifteen minutes ago. My plane was late and I missed my connection in

Sydney.' He spoke with a slightly moderated American accent. 'I would have been livid had I known just what I was missing up here,' he turned sparkling brown eyes, the lids slightly red from jet lag, back to Liv.

'You obviously haven't changed much over the years, Scotty. Still masquerading as a playboy?' Joel laughed.

'Enough of that! You'll spoil my image with the most beautiful girl I've ever set eyes on in my life.'

Joel glanced skywards and picked up Liv's left hand, displaying her gold wedding band. 'Sorry to have to be the one to break it to you, mate. Meet my sister-in-law, Liv Denison. This Don Juan is Scott Mallory. Ryan and I met him in Quebec when we were on holiday there ten or eleven years ago.'

Scott gave Liv's ring a rueful glance and shrugged his shoulders. 'Oh well, all's fair in love and war. I'll take advantage of your husband's absence to express my deepest regrets that I didn't meet you before he did.'

Liv laughed easily, not taking offence at his good-natured flirting.

'How did you come to go into this resort with Ryan?' asked Joel.

'I met up with him again in the States two years ago and he sounded me out about giving the idea a try.' He drew his eyes from Liv. 'I liked his proposals and I wanted to see Australia. Besides, Ryan always did mean to go places and he will. This will be a huge success.'

'Sure to be,' agreed Joel as Scott turned back to Liv.

'Tell me, what position will your husband hold, Liv? I guess he's in on this, too.' He frowned. 'You know, I could have sworn Ryan only had one brother.'

'Well, Scott, I see you made it,' Ryan joined them. 'Did I hear my name mentioned?' he asked, shaking hands with the Canadian.

'Yes, you surely did. I was asking Liv which Denison had managed to capture her.'

Joel laughed. 'Shall we put him out of his misery?' His glance took in both Liv and his brother.

Ryan's facial expression barely altered, but his eyes became guarded, watchful. 'Sorry, Scott. Hands off,' he said pleasantly enough. 'Liv happens to be married to me.'

'You? I didn't even know you were married.' Scott Mallory couldn't hide his surprise. 'You have to be newlyweds, then.'

'Eight years, actually,' answered Ryan, his arm moving around Liv's waist in that same gesture of possession.

Liv felt her hackles rise. Here she was standing about like a piece of merchandise, ready to be haggled over.

'As a matter of fact, she married brother Ryan because she couldn't have me,' Joel chuckled. 'Didn't you, Liv?'

She laughed with him, if somewhat wryly. 'My first big mistake, Joel,' she said, and felt Ryan's fingers tighten on her waist.

'I'm afraid I must spirit her away for a moment,' said Ryan. 'See you both later. Joel can introduce you round, Scott.'

With his hand firmly on her arm Liv was soon whisked away into a small alcove off the main room.

'How do you think things are going?' Ryan stood with his hands in his pockets.

'Very well,' Liv replied. 'But then you don't need me to tell you that,' she added, knowing that wasn't what he had brought her here to ask her. His face had that closed look and she could feel he was choosing his words, words she suspected she wouldn't want to hear.

A sudden wave of depression crept over her. He looked so large and attractive standing there and she wished again that things had been different between them, that there had been a mutual bond of love to hold them together instead of this guarded, furtive watching of each other in which they seemed to indulge.

'I gather you're very taken with Scott Mallory?' he said at last.

'He seems very nice,' said Liv, surprised.

'Nice?' His tone changed the meaning of the word considerably.

'Yes. Nice. And very friendly.' Liv's mouth set. 'I've only met him in the last ten minutes or so and I've scarcely exchanged more than a few words with the man, so on that basis I'd say nice and friendly.'

'I'd prefer it if you were to keep him at arm's length, if you don't mind,' Ryan said softly.

'And if I do mind?' Liv raised her chin.

'I don't need any complications of that nature before we even get under way.'

'Complications of what nature in particular?' Liv asked with deceptive calmness.

'You know what I mean. I've known Scott a long time. He's something of a ladies' man, has a girl in every town. I wouldn't want you to get the wrong idea about his attentions,' he said, his eyes narrowed.

'The wrong idea?' she repeated incredulously. 'For heaven's sake, Ryan, credit me with a little common sense! I've managed over the years to get by on my own judgement of a person's character. I can recognise a wolf when I see one and I'd say your friend is one of the likeable and harmless ones.'

Ryan gave a short laugh.

'I assure you, I've come a long way in eight years and I'm not about to fall into his or anyone else's arms.' Her anger rose and she knew a desire to slap his handsome face and was goaded into adding, 'Or is that the whole trouble, Ryan? Sour grapes because I haven't fallen easily into your arms?'

'Liv, you're pushing me and I won't . . .'

'There you are, Ryan.' Roko Sukuna stuck his head into the alcove and Ryan's hand fell from Liv's arm as he turned from her. 'The old lady, Mrs Craven, she wants to see you and Liv now before she leaves.'

'All right, Roko, we're coming.' He stood back for Liv to precede him into the convention room, although he didn't take her arm as they followed Roko across the floor.

Mrs Craven smiled tiredly as they approached and Liv hastily subdued her anger.

'Well, Ryan, you've got everybody on your side at last,' she shook her white head, 'just as you said you would all those years ago.' Her bright alert eyes turned to the girl at Ryan's side. 'You have a very determined husband here, Liv. It must be all of ten years ago that he told me the plans he had for a family resort on Craven Island if I could see my way to sell it to him. And I told him if he came to me with the money and could prove to me that he'd settled down at last then the island was his.' She turned back to Ryan. 'You've realised the first stage of your dream. I'm looking forward to seeing the finished product.'

'Not half as much as I am.' Ryan smiled down at the old woman with that same smile he used with the twins and Liv's heart lurched painfully. He used to smile at her like that once. But no more.

'Well, I must be getting my tired bones home to bed. This is a late night for me and I'm not used to late nights now. I'm happy to see you and Ryan back together again, Liv. You must bring the children to see me one day. As a matter of fact, when Ryan told me you'd patched up your differences—well, it put the seal on our transaction. I'm a firm believer in a good marriage making a good man. Ryan reminds me of my late husband and although he's not here to deny it he needed me to keep him on an even keel,' she laughed, and Ryan smiled as he took her arm to help her up.

'I'll walk you out to your taxi,' he said. 'You'll excuse me, Liv?' His eyes didn't reach hers as she stood speechless.

'Goodnight, my dear,' Mrs Craven patted Liv's arm, unaware of the turmoil in Liv's mind. 'He's a handsome devil, isn't he?' She inclined her head in Ryan's direction. 'If I was forty years younger I'd be giving you a run for your money where this young man is concerned,' she winked at Ryan. 'Remember to come to see me, child, if you have a spare hour or two.'

Liv stood watching Ryan supporting the old lady's

steps through the crowd, his dark hair shining in the artificial lights as he bent to listen to something Mrs Craven was saying. In that moment her whole body felt numb.

So that was the reason Ryan had wanted her here tonight. To prove to the old lady that what he'd told her was the truth, that they had been reconciled. He had manipulated her and the children to cement the sale of the property which countless numbers of developers and speculators had coveted for years. Ryan had taken advantage of her again. She might have guessed as much.

The pain these revelations brought with them touched a raw nerve within her and spread throughout her body until she turned to the table against the wall and breathlessly poured herself a chilled fruit juice in an effort to disguise her agitation. Standing making a pretence of sipping the drink, she prayed that no one would notice her pallor. She couldn't bear an inquisition at this moment.

Although she chided herself angrily for her gullibility it didn't seem to help. The pain was deep and devastating and refused to subside. Inwardly she cursed herself for being all kinds of a fool. Ryan had always been ruthless; why should she have thought he could have changed? Hadn't he always used everyone to get what he wanted? Well, he'd done it again.

She couldn't remain here a minute longer, and to set eyes on Ryan again tonight would only intensify her anger, her hurt. Joel would take her home. Decided, she replaced her barely touched glass of juice on the table and turned to scan the crowded room for her brother-in-law. He was nowhere to be seen. By the time she had walked from one end of the room to the other she was certain he wasn't there. And neither was Scott Mallory or her father-in-law, for that matter. Maybe she'd missed them.

'Lost someone, Olivia?' Martin asked, looking more like his normal self. His anger had cooled and his heightened colour had subsided.

'I can't seem to find Joel. I don't suppose you've seen him, have you?' she asked, frowning.

'He left a couple of minutes ago, apparently to drive your father-in-law home. They had someone else with them, a tall dark bushy-haired fellow.'

'That would be Scott Mallory. Oh, dear, I was going to ask Joel to drive me home. I . . . I seem to have developed a slight headache,' she said, realising she was speaking the truth. She could feel an aching behind her eyes.

'I'll drive you home if you'd like,' Martin offered.

Liv regarded him carefully. Earlier in the evening she had suspected he had been drinking, but he seemed quite sober now. Maybe his anger had been responsible for his slight incoherence. However, she'd better wait for Joel to return.

'Thanks all the same, Martin, I can last out until Joel comes back,' she smiled.

'It's no trouble, Olivia, I was leaving myself anyway.'

'Well—' Liv hesitated before capitulating. 'All right. I'll just tell Kim Sukuna I'm leaving so Joel will know I've had a lift home.'

'Fine. I'll wait for you at the door.'

In the crowd it took Liv several minutes to locate Kim and as she moved back towards Martin a sense of inevitability swept over her as Ryan appeared in the doorway, his eyes moving quickly from Martin to her.

'Ready, Olivia?' Martin asked.

'Yes, Martin.' Liv could feel Ryan's eyes burning over her and she was forced to stop as he stood solidly blocking their exit. As he was looking straight at her she felt obliged to make some explanations. 'I've decided I'll go home now, Ryan. I have a headache. Martin has kindly offered me a lift as Joel is taking your father home.'

'Yes, I know he is. I've been talking to him outside.' His eyes went to Martin. 'If you'll wait a moment I'll take you home.'

'No, no, you can't leave your guests,' Liv tried to smile, 'and Martin doesn't mind, do you, Martin?'

'Of course not. Well, you'll excuse us, Denison?' Martin moved forward and for a moment Liv thought Ryan was going to continue blocking the doorway, but he stepped aside, his face set.

'A successful evening,' Martin remarked. 'No doubt you're pleased.' His tone even set Liv's teeth on edge.

'Yes, quite pleased,' answered Ryan, his mouth tight and his eyes moved back to Liv. 'I'll see you, Liv,' he said ominously, and she shivered as she walked past him almost feeling his anger reach out and touch her.

'I'm sorry I made an exhibition of myself earlier, Olivia,' said Martin as they drove around the bay. 'I really can't understand what came over me. I do hope you'll forgive me.'

Liv sighed, wishing Martin would increase the

speed of the car. She wanted to be home and alone and Martin's sedate crawl was playing on her nerves. 'I've forgotten about it already.'

'That's very generous of you, Olivia. I would like to say that I deeply regret the disruption of our friendship.'

Liv looked up from studying her hands in her lap, straining through the darkness. Yes, there was the bungalow. She almost sighed with relief. 'Thank you, Martin. It was all my fault. I'm afraid I didn't want to discuss my marriage with anyone.'

'That's not hard to understand,' Martin said generously. 'I believe he arrived unexpectedly?'

'Yes, quite unexpectedly.' Liv swung the passenger door open before Martin had a chance to switch off the ignition. 'Thank you for dropping me home. I do appreciate it.' She stepped quickly from the car.

'My pleasure, Olivia.' He paused, trying to decide whether or not to invite himself inside. 'Well, I'll say goodnight. Take a couple of aspirins for that headache.'

Liv almost ran inside and leaned weakly back against the front door expelling a long breath of release. She had been prepared for Martin to expect a cup of coffee and she wanted to avoid that at all costs. She couldn't have borne his questions or his sanctimonious advice.

In her room she wearily kicked off her shoes and sank on to the chair in front of her dressing table, picking up her cream for removing her make-up. She felt she moved with an exaggeratedly slow motion and her face was pale, her eyes large and over-bright.

Lethargically she turned down her bed and her

head throbbed painfully. What she needed was a nice hot cup of tea, and if she forced herself she could summon the energy to make it. She splashed her face with cool water before walking into the kitchen and setting the water to boil, refusing to allow her troubled mind to dwell on the evening or on Ryan's cold face as she left him.

Carrying the steaming cup of tea into the living room, she subsided into her favourite chair and sipped the hot soothing liquid. She supposed she should go to bed, Maria could be returning the children fairly early, but standing up, undressing, showering, demanded an effort and she rested her head back and closed her eyes.

The restrained slam of a car door brought her eyes open again and she almost hoped it was Martin returning, all the while knowing before she reached the window that the silver Mercedes would be there, gleaming mockingly in the moonlight. She had known from the moment she had left him that he would follow her.

But when the knock came on the door she stood transfixed, not making a sound. The doorknob rattled and the knocking became louder.

'Liv, open up!' His voice held so much command that she found herself in the hallway before she realised she had moved.

'Liv, open the door or I swear I'll bust it in!'

'Ryan, it's late. I was about to go to bed——' Liv's voice trembled.

'Liv!' The word was constrainedly quiet and she reluctantly unlocked the door.

He was leaning with one hand against the door

jamb and he had shed his jacket and tie, leaving his shirt partially unbuttoned, and his hair fell forward in disorder.

He straightened and Liv stood aside for him to enter before she closed the door and followed him into the living room. Wishing she had the added advantage of height that her shoes would have given her, she decided to take the offensive, let him see she wasn't to be intimidated.

'Would you mind saying what you have to say and then going. I'm tired and I'm in no mood to swap insults with you.'

He smiled crookedly, his hands on his hips, his shirt straining across his chest. 'I'll say this for you, Liv, you've got spirit, and that didn't show eight years ago.'

'Perhaps you didn't look for it?'

'Maybe. Maybe not.' He regarded her through narrowed eyes. 'I half expected to find Wilson still here. Or has he been and gone?' His tone put a different connotation on the innocent words.

Liv quelled a spurt of anger with no little difficulty. 'Martin drove me home and then left. He knew I was tired,' she said pointedly.

'I guess he's on cloud nine now that he's got a foot back in the door.'

'And just what is that supposed to mean?' she asked tersely.

Shrugging arrogantly, he turned and prowled over to the window. 'Stop kidding yourself about that stuffed shirt. I know you, Liv, and he's not for you. Never in a million years.'

'Is that a studied observation or simply your bruised

ego talking?' she asked disdainfully.

His head went up as he spun back to face her, his eyes glittering dangerously before narrowing to mere slits.

Liv's heart fluttered in fright. She was mesmerised like a small animal cornered by a predator, and she could feel the pulse at the base of her throat beating agitatedly.

He shoved his hands into his pockets with some force, as though he didn't trust himself were they left unrestrained. 'Are you really as brave as your words, Mrs Denison? I wonder.'

'It's rather petty of you to criticise Martin. He's reliable, considerate and a stable person.' Liv wondered if the words sounded as hollow to him as they did to her own ears.

A mocking smile lifted one corner of his mouth. 'All that I'm not, in other words?' The smile left his face. 'But tell me this, Liv. Does he strike as big a spark with you as I do? I mean, we only have to look at each other and it bursts into a thousand flames. Deny that if you can. That's how it's always been with us and always will be. If I touched you now I'd see the truth in your eyes, wouldn't I?'

Liv took a step backwards and that same cynical smile brushed his mouth and died away. 'Have you been to bed with him yet?'

'No, I . . .' Liv's face flamed at the shock his blatant words gave her. 'Why, you . . .' she gulped a breath. 'If I have it's no business of yours. If I chose to take on an entire football team I wouldn't ask your permission!'

As soon as the words were out she felt the horror

spread over her, leaving a bitter taste in her mouth, making her feel unclean and humiliated. She couldn't even feel fear as she watched Ryan's face turn pale with anger as he took one threatening step towards her before he stopped, running a distracted hand through his hair.

'What is it you want, Liv?' he asked angrily. 'Passionate entreaties of undying love? Flowery phrases to please your romantic heart? Well, that's not my scene. I'm not a word man, it's actions with me. And maybe that's what you want, too.'

'Oh, you're so good at that, aren't you?' Liv cried, throwing discretion to the wind. 'That's what it's all about as far as you're concerned. Actions. Take what you want. Well, there's more to it than just the physical side, Ryan. A relationship needs more than sex to keep it alive. And if the bedroom's all you've got on your mind then I'm sorry for you.'

'Oh, that's on my mind, believe me,' he said with feeling. 'Whenever you're around it doesn't leave my mind.' He reached her in one stride, his hands biting into the flesh of her arms, dragging her against him.

'Ryan! Leave me alone!' She turned her head aside from his seeking lips. 'You're driving me insane!'

'And what do you think you're doing to me, every waking moment of the day? And at night, it's worse. You haunt my dreams.' His hand gripped her jaw, turning her face so that he could look into her frightened eyes. 'You're like a virus I've contracted, Liv. Just when I think I've got you out of my system you recur to strike me down again.'

His hand moved around beneath her hair to cup the back of her head, his thumb tracing her jawline, her cheek, her earlobe. Her eyes were fixed on the sensual curve of his lips.

'God, you're more beautiful, more . . . Liv . . .' His mouth descended on hers with a hunger he seemed powerless to control.

His arms crushed her to him, moulding her to the hard contours of his body. Her struggles made little or no impression on him and she could feel the response he was demanding beginning to rise within her. His hands found the zipper at her back and the black dress slid to the floor, left to fall in disarray, with total disregard or respect for its exclusiveness or expense.

'Ryan, please! Stop this now,' Liv made an effort to fight the passion he had kindled and fanned into a raging fire, rising to consume her, 'before I have more reason to despise you!'

'You know something?' he laughed harshly, self-derisively. 'You're going to have to stand in line because I despise myself. But neither can I help myself.' His hands moved over her almost desperately and his lips plundered the softness of her neck. 'I couldn't stop now if the sky fell in,' he murmured thickly, lifting her into his arms as though she was a feather-weight and carrying her into the bedroom.

He deposited her on the bed she had so recently turned down and she lay and watched him. She knew she should have made an effort to get out while he pulled off his shirt, stepped out of his slacks, but she lay and watched him, enmeshed, captured by the burning fire in those blue eyes now black as coal, impaling her.

His hard body moved over hers and then she was lost. And soon she had no desire to escape him at all.

It was as he had said it was, and she burned for him with a fire that matched his own. This night, and that night on the beach all those years ago, became the only reality, and their union was as right as it had been before the outside world had stumbled upon them and their bubble had burst.

CHAPTER TEN

Liv stirred, trying to stretch her aching muscles, her body sending signals to her brain, telling her she was restricted, pinned beneath an unaccustomed weight, and in her semi-wakefulness she moved agitatedly, coming fully alert to stare at the tanned shoulder that lay so close beside her in the narrow bed. Her eyes rose to the dark head and met his slightly guarded blue eyes. For immeasurable moments they stared at each other and a bright blush rose to her cheeks as recollections of the night before surged into her mind. Was it only a few hours ago that they had been lost in each other, oblivious to all else save their lovemaking?

She cringed at her own weakness. How could she have let it happen? she taunted herself, and when Ryan went to draw her into his arms she sprang off the bed and struggled into her terry towelling bathrobe, knotting the belt tightly about her waist.

Ryan lay on the bed, all solid muscle, making no attempt to draw the covers over himself.

'I think you'd better go, Ryan,' she said, turning

her eyes away from that body even now evoking memories which made her shiver inside. She could almost feel the remembered hardness of him plundering her softness.

'What? No breakfast?' he asked drily. 'Even a condemned man gets a meal.'

'I just want you to get dressed and go.' Liv's voice rose higher and she took a deep steadying breath, pulling herself back from the verge of hysteria. 'I never want to see you again!' She moved farther away from him.

'Oh? You never want to see me again?' he repeated levelly, his voice as low and controlled as hers had been high and distraught. 'Because I made love to you, I suppose?'

'Made love? Is that what you call it?' she threw back at him.

'Whatever you want to call it, it was a mutual thing. I didn't have to do much convincing. Be honest with yourself, Liv—you wanted me as much as I wanted you. So what's this outraged, hypocritical act in aid of?' he asked brutally.

'You're hateful!' she cried. 'And for God's sake, get dressed!'

He stood looking at her disdainfully before slowly picking up his clothes and climbing into them. 'You didn't object to our déshabille last night, Mrs Denison.'

'Will you shut up about last night! I don't want to hear any more about it.' Liv put her hands over her ears, biting back the urge to scream at him.

He walked across the room to her, his shirt unbuttoned, and pulled her hands down to her sides, holding them there in an inflexible grip. 'You are one hell of a bitch, Liv.' His eyes raked her figure, settling on the belt of her robe, and for a moment she thought he would wrench it undone, but he smiled with mocking coldness. 'There isn't a piece of cloth in Australia that could keep me from touching you if I wanted you,' he said arrogantly. 'So stop this childishness and let's behave like rational adults.' He let her go and raked a hand through his hair.

'You think you're so irresistible, don't you? The great Ryan Denison! Everyone has to fall in with what you want.'

'We both want the same thing,' he said, and pulled her into his arms, his lips moving over hers arousingly.

When her lips began a trembling response she shoved against him. Ryan released her and his knowing smile was the last straw. Her hand snaked up and stung his cheek, the sound echoing about the bedroom.

His jaw set tightly, the imprint of her hand clearly visible on his face. 'I should give you a hiding for that, but I'm beginning to think you're not worth the effort.' He spun on his heel, sending the bedroom door back against the wall with a crash that rattled the cosmetic bottles on Liv's dressing table. 'You can find me at the yacht when you've come to your senses.'

'You'll have a long wait, Ryan, because if I never see you again it will be too soon!' Her voice rose as she followed him into the hallway.

'Perhaps you're right at that,' he said harshly as he opened the front door. 'It's time I put this place behind me once and for all—and don't expect me back.'

They both stopped when they saw the twins standing on the steps, their young faces stricken as Maria hurried along the path, obviously coming to see what the trouble was. That the twins had heard their raised voices Liv could see in their horrified eyes.

'I'll see you, kids.' Ryan's voice was a little quieter and he strode past them and was roaring away with a spinning of wheels in the loose gravel before any of them could make a move.

Melly's sobs brought Liv back to earth as the little girl wrapped her arms around Liv's waist, pressing her face against her mother.

'Liv, I'm sorry,' Maria began, her face full of concern, 'they were out of the car before I knew . . . before I could stop them.'

'It's not your fault, Maria. We . . . I didn't realise it was so late.' Liv held Melly closely. 'Don't cry, love. There's nothing to cry about. It's all right.'

'Why were you and Daddy yelling like that? Luke and I thought you liked each other and that we'd all be together like a real family,' Melly gulped.

Filled with compassion, Maria's eyes met Liv's.

'Look, Melly. Sometimes adults disagree and they argue, just the way you and Luke often have little disagreements.'

'But, Mummy, you looked so angry, and I don't think Daddy will be coming back,' she sobbed.

'Oh, Melly! Just because Daddy and I have an argument it doesn't mean he's angry with you and Luke,' Liv assured them both.

'But we don't want him to be angry with you either.' Melly's voice caught on a sob.

'Come on, now, no more tears. How about thanking Aunt Maria for taking care of you last night?' Liv tried to put as much cheerfulness into her voice as she could.

'Thank you, Aunt Maria,' they chorused, although Melly still clung to Liv and Luke's troubled gaze rested on his mother.

'Thanks from me, too, Maria,' Liv said brightly. 'It was a successful evening for Ryan.' She almost stumbled over the words.

'That's good. Well, I'll get back if you're sure you're all right. Mike has a short shift today, so we can have a nice family dinner for a change.'

Over breakfast the twins sat morosely pushing their cornflakes about their bowls and, unable to stand the quietness any longer, Liv set her spoon down and looked levelly at them both.

'Luke—Melly—I'm sorry you had to overhear our argument this morning and I want you to try not to let it worry you. You both know that your father and I haven't seen each other for a long time and it takes some time to get to know each other again. Sometimes you find you don't agree about a lot of things.'

The twins looked solemnly back at her.

'But our argument had nothing to do with you two and it doesn't make any difference to the fact that we love you both very much.'

'But you don't love each other, is that it?' asked Luke flatly.

'Perhaps we don't love each other in quite the same way.' Liv's heart felt bruised.

'Won't Daddy be coming to live with us, then?' asked Melly, her lip trembling.

'How can he come and live with us if he's going away?' Luke frowned at his sister and a tear trickled down her cheek. 'I guess there'll just be the three of us, like before?' he sighed.

'I guess so,' said Liv, wishing she could allow her tears to fall like Melly was doing.

Liv stirred awake, looking around for the twins. They had been playing on the beach while she sat on the patio and her draining evening had caught up with her and she had dozed off.

'Melly? Luke?' she called into the quietness. There was no answer. She glanced at her watch and started in surprise. Surely she couldn't have been asleep for an hour and a half? Walking down into the garden, she called a little louder.

Five minutes later she knew there was no sign of them inside or around the house. Her gaze went to the water so close by and her heart almost stopped beating in terror. No! No, they never went into the water alone. That was a rule she enforced with no exceptions. But where would they have gone? She strained her eyes, scanning both ends of the bay, but the beach was deserted.

Maybe they were riding their bicycles. She flew around to the garage and saw that their bicycles had indeed gone. However, her momentary relief was followed by fear again. They never went anywhere without telling her. Perhaps they hadn't wanted to wake her. Her eyes now searched the road, but that was empty, too.

Forcing calmness, she tried to decide where they could have gone. The Costellos'—that was the most logical place. Running inside, she dialled the

number, letting it ring for some time before acknow-
ledging that no one was home.

Twenty minutes later Liv was almost frantic. She
had rung all of their friends that she could recall and
drawn a complete blank. No one had seen them.

Joel. Of course! That was where they'd be. She
picked up the phone again. She would read them
both the riot act when she got hold of them!

'Denison residence.'

'Oh, Thomas, this is Liv. Is Joel there?'

'No, Miss Liv, no one's home. Mr Joel took Mr
Denison and Mr Mallory on a drive about the area.
They left nearly two hours ago.'

'Oh!' Liv's heart sank again. 'You haven't seen the
twins, have you?'

'No, Miss Liv, they're not here.'

Liv dropped the receiver and almost gave way to
panic. What should she do? Who could she . . .?
Ryan. She'd ring him. If he hadn't left already. She
was oblivious of the tears falling down her cheeks as
she dialled the number of the caretaker of the wharf.

'Jim? This is Liv Denison. Is Ryan's yacht still
anchored in the bay?' she asked breathlessly.

'It's in at the wharf here, Liv. He brought her in
this morning.'

'Do you know if Ryan's on board?' she prayed
silently.

'He was earlier on, but he came ashore after lunch
and drove off towards Airlie. Can I give him a message when I see him?'

'Oh. Oh, no, Jim, it doesn't matter.' Liv covered
her face with her hands. She had to do something.
She'd have to get in her car and drive around looking

for them. Her imagination painted colourful pictures of what could have happened to them and she ran out of the front door as though her feet had wings. At the sight of Ryan climbing from the Mercedes Liv's control snapped completely and she flew into his arms on the verge of hysteria.

'Liv, calm down! Calm down and tell me what's wrong.' He shook her firmly.

'I can't find the twins. They've gone,' she said through chattering teeth. 'I've called everyone I can think of and no one's seen them. Oh, Ryan, where can they be?'

'Now, take a hold of yourself. Come inside and we'll work from there.' His calmness steadied her a little. 'Mike and Maria haven't seen them?'

She shook her head. 'I rang them first, but they weren't home.'

'What's their number? I'll try again.'

But there was still no answer and he replaced the receiver. No sooner had he done this than the phone pealed and Liv jumped to her feet, her face pale.

'Ryan Denison here.'

'Jim Ferguson down at the wharf. Glad I caught you, Ryan. Look, one of the boys said he saw two nippers on your boat a few minutes ago and I found two bicycles behind my shed belonging to the twins. I thought I'd check to see if they're supposed to be there or not.'

'Thanks for ringing, Jim. We'll come down right away. Keep your eye on the boat, will you, until we get there?'

'Sure thing, Ryan.'

'Has he found them? Are they all right?'

'They're on the boat.'

'On the boat? Oh, Ryan!' Liv sagged and he grabbed her shoulders. 'Are they alone?'

'So it appears. Do you feel up to coming with me?' He let her stand by herself, dropping his hands to his sides.

'Yes. Yes, I'm all right.'

'Right, let's go.'

There was no sign of life on the yacht, but Jim assured them that no one had left since he phoned. Ryan helped Liv jump on board and he scanned the upper deck. 'Luke? Melly?'

There was no answer and fear clutched at Liv again.

'I'll look below.' Ryan went down into the main cabin with Liv close on his heels. 'Wait here.' He searched the forward cabin and returned, shaking his head as he passed her to go into the stern section. He was longer this time and finally reappeared with the twins held firmly by their arms.

'Thank God!' Liv sank down and drew them both to her. 'Oh, Luke, Melly—I've been nearly out of my mind with worry!' Tears of relief ran down her face and both children burst into distressed sobbing.

'We were scared, Mummy,' wept Melly. 'We thought Daddy would come back, but he didn't, so we hid inside.'

'Why didn't you tell your mother you were coming down here, Luke?' Ryan asked gently but firmly.

'Mum was asleep,' he said chokedly, looking ashamedly at the floor, 'and we—well, we thought if we ran away and hid on your boat and you sailed away when you found us you'd have to bring us back

to Mum and then you wouldn't go away again.'
Luke's voice broke and Ryan put his arms around
him, holding him close until his sobs abated. 'We
didn't mean to make you scared, Mum.'

Walking into the bathroom Ryan returned with a
hand towel. 'Is this big enough to dry all these tears?'
he asked, and Melly gave a halfhearted giggle as he
mopped firstly her face and then Luke's. 'How about
Mummy?' he asked, and putting one hand behind
Liv's head he gently wiped her eyes, letting the soft
towel move down over her damp cheek and across her
lips.

Their eyes met and he was looking at her in such a
way that Liv's knees very nearly gave way beneath
her and her heart skipped erratically. His hand drew
her head against his shoulder and he held her tightly
for a moment before standing back.

'I'll bet you've worked up an appetite,' he turned
to the twins. 'Shall we eat here or go home?'

'If we go home will you come, too?' asked Melly.

Neither Liv nor Ryan spoke.

'Will you?' asked Luke.

Ryan's eyes lifted to Liv with that same devastating wanting in their blue depths. 'Will I, Liv?' he
asked huskily, a note in his voice she hadn't heard
before.

'We'd like you to,' she said at last, and it was as
though a final weight was lifted from her heart and
the bitterness of the years between crumbled away.

It wasn't until much later when the twins were
finally tucked into bed and Liv was making a cup of
coffee that the realisation that they were alone at last
hit her. They had a lot of talking to do and now that

the time had come Liv was loath to begin. She cast a quick glance at him through her lashes to find him watching her.

'I didn't ask how you came to return this afternoon?' she said to cover her flush of embarrassment.

He smiled. 'The excuse I was going to use escaped me the moment you threw yourself into my arms. I thought all my Christmases had come at once.'

She laughed breathlessly. 'Ryan, be serious!'

'Oh, I assure you, I am serious. I've never been more serious in my life.'

He moved across to stand close beside her and she handed him his coffee while her heart thudded deafeningly in her ears. Setting his cup back on the bench, he pulled her into his arms, resting his cheek against her temple.

'Nothing means a thing to me without you,' he said simply, and leant back to look down into her eyes and smiled ruefully. 'Last night when I decried flowery speeches—well, now I'm hoist with my own petard, because that's just what I want to do. Only I can't seem to find the words. All I can say is that I love you—I always have, I always will.'

'Oh, Ryan! I love you, too.' Tears glistened on her lashes as she slid her arms around his waist and leant weakly against him.

They stood together for some time and then Ryan led her outside on to the patio, and sitting in an easy chair, he pulled her on to his knee and sighed appreciatively.

'You've led me one hell of a dance, Mrs Denison. I hope you're suitably ashamed of yourself,' he grinned.

'I led you?' Liv chided him gently. 'You've had me on a string since I was six years old!'

He chuckled. 'You've hidden that fact very well these past few weeks. It was only when I kissed you that I took any heart,' he told her, and proceeded to put his statement to the test, very thoroughly. The kiss deepened and they were both breathless when they drew apart.

'Was I so transparent?' Liv laughed shakily.

'Not in the least,' he said with feeling. 'I was even dead green with jealousy when you looked at Joel.' His eyes probed her face. 'But I can be sure now, can't I?'

Liv nodded and he held her against him tightly.

'I came back this afternoon to ask you to come with me when I left,' he said quietly, 'if you wanted to leave, if there were too many unhappy memories around here. After last night I . . .' he took a deep breath, 'I've spent all day calling myself all kinds of a fool. Selfish, thoughtless, weak—you name it. Liv, I couldn't leave you and the kids behind me again. It was bad enough in the beginning. But now, it would have been impossible for me to have gone and kept my sanity. This afternoon I was going to beg you to let me stay.' He finished on a note of remembered agony.

'You wouldn't have needed to do that,' she told him. 'Oh, Ryan, I was so utterly despondent when you left. I guess as the years went by I allowed myself to grow bitter. Then you turned up without warning and turned my world upside down. I realised I was as attracted to you as I ever was and I was afraid I'd get hurt again. I couldn't face going through the anguish of those first few months once more.'

Ryan closed his eyes. 'If only you knew how much I wanted to take you with me! Why do you think I left without seeing you after the wedding? Because I knew I wouldn't have had the strength to leave you behind if I'd seen you again--and that's the truth.' Some of the torment was there on his face.

'But why didn't you ask me to go with you? You must have known I was crazy about you.'

'I thought you were too young and that you simply had a teenage crush on me and it wasn't hard for D.J. and your father to convince me I was right about that. I already despised myself for losing my self-control and causing you the humiliation of that night. They didn't have any trouble persuading me I was irresponsible and that it would be best if I left you to pick up the threads of your life without me. I half believed it before they started.'

'Oh, Ryan, I wish someone had asked me what I wanted. Where did you go? No one ever mentioned you to me.'

'Just about everywhere. I'm not proud of those first two years. I was bitter and I believed I was all the things our fathers called me, and I'm afraid I acted accordingly, living hard, playing hard. I did a good job of being decadent. Drinking, gambling—you name it. And I tried my level best to forget you, too, but that was an impossibility. I had you in my blood, in every living breath I took.' His hand moved gently on her arm.

'All my money slipped through my fingers and then I had one stroke of luck. I won a stack of money in a poker game. How I did it I don't know to this day.

I was pretty drunk at the time and while I was making my way back to my hotel some of the losers tried to get even with me. That's where I met Kim Sukuna. He happened to be passing the alley with Roko and they came to my aid, saved my skin and the money.'

Liv was horrified. 'Were you hurt?'

'No more than I deserved to be,' he said self-derogatorily. 'I spent some time talking to Kim and then I decided to come home.'

'You came back here? But . . . no one told me,' Liv looked at him in surprise. 'You didn't come to see me,' she said flatly.

'You were the reason I did come back,' he said definitely. 'I came to take you with me, to share my exile.' He laughed mirthlessly and shook his head. 'But fortunately the first person I met when I arrived from the airport was Joel. And my first shock was reading the horror in his eyes. I must have been a degrading sight—rumpled suit, unshaven, long hair. Before I knew where I was he'd whisked me away and cleaned me up.'

'Joel should have told me,' Liv began, but Ryan put a finger to her lips.

'No, Liv, he shouldn't have. You don't know how bad a state I was in. We talked, and he gave me a tongue-lashing that would have done D.J. proud. He really pulled out the stops, and with good reason. At one stage he threatened to tie me up and toss me in the harbour before he'd let me get near you as I was then.'

'I just can't believe it.' Liv shook her head. 'Joel never once let anything slip. I suppose it was Joel who told you about the twins?'

Ryan looked a little sheepish. 'Do you remember the couple of afternoons you left the twins with Joel while you visited Maria when she was in hospital with appendicitis?'

Liv nodded.

'Joel asked me over and presented me with the twins in person. I was staggered. If anything sobered me up once and for all, that did. I watched you arriving and leaving the house and—well, I left my heart here with you.' He paused. 'They're beaut kids, Liv,' he said huskily.

'I know,' she laughed shakily. 'Do you suppose we could try for triplets next time?'

'That sounds remarkably like a proposition, Mrs Denison,' Ryan chuckled.

'It is, Mr Denison.' Liv's arms went around his neck.

'Oh, Liv! If you look at me like that I'll never get to tell you all that needs to be said.' He crushed her to him before continuing. 'Seeing the twins finally convinced me. I knew I had to go and not come back until I had myself together. I felt such a heel.' He ran a gentle finger down her cheek. 'Can you forgive me for putting you through all that? Leaving you to face it alone?'

'I never once regretted having the twins or marrying you. All I ever wanted was to be with you, and having the twins—well, it was my compensation.' She saw the pain in his eyes.

'Joel told me how upset you were when I left and I didn't want to rake it up again for you, so I left as suddenly as I arrived, and from that moment I made myself a promise. I remembered Craven Island, all my old ideas for it, and I've worked towards that these past six years. I was beginning to think I'd taken too long,' he finished softly.

'I've been so miserable, thinking you'd bought the island to get back at D.J. and imagining you wanted us back to clinch the deal with Mrs Craven.' Liv sighed. 'I was so afraid to let myself trust you, and my fear turned to anger, directed mostly at myself. I . . . I wanted you to suffer some of the anguish I did without you, thinking you didn't care. My pride rose and stopped me doing what I desperately wanted to do.'

'And what was that?' A small smile played around the corners of his mouth as he settled her more comfortably on his lap.

'To fall into your arms.'

'What a coincidence,' he chuckled. 'I desperately wanted the chance to catch you, too.' He touched a kiss to the tip of her nose. 'That block of land up on the hill that I bought from Mrs Craven—would you like to live there? I hoped we could design and build our home together, up there overlooking the Whitsundays. What do you say?'

'I say anywhere as long as I'm with you,' she said truthfully.

'Those words are music to my ears, my love.' The expression in his eyes belied the humour of his words and he lifted her hand, touching his lips softly to her palm. 'Now I've got you in my arms, Liv, I'll never let you go again.' His lips claimed hers and they clung together ardently, each knowing how close they had come to losing each other.

Ryan took a deep steadying breath. 'Are you going to send me home tonight?' he asked, his eyes ignited by the flame of their spiralling senses. 'I mean, do you suppose Melly would be outraged to find me in your bed in the morning?'

'There's a divan in my studio,' she told him, a smile teasing the corners of her mouth, 'you could sleep there.'

'Could I now?' He nuzzled her earlobe. 'You're a hard woman, Liv Denison. But I think I'm going to enjoy talking you into sharing that divan with me,' he said, and proceeded to do just that.

Harlequin Plus
SAY IT WITH FLOWERS!

In times long past, flowers were often used to convey silent messages—messages that, though unspoken, were just as meaningful as whispered endearments. Today flowers are still sent, but usually just as general, albeit beautiful expressions of caring and thoughtfulness. Many of the old, more specific meanings have been forgotten.

We thought perhaps you would be interested in becoming acquainted with these meanings; sometime you may want to convey one of them and may feel the subtle approach of flowers is just the thing! So following is a list of blooms and the sentiments they once expressed.

acacia	friendship
clematis	beauty of mind
daisy	fidelity
forget-me-not	faithfulness
geranium	comfort
heliotrope	eternal love
lily of the valley	happiness
marigold	unrequited love
pansy	thinking of you
pink	boldness
purple hyacinth	sorrow
tulip	declaration of love
violet	loyalty
white violet	modesty and innocence
yellow rose	jealousy
zinnia	missing you

FREE!

A hardcover Romance Treasury volume containing 3 treasured works of romance by 3 outstanding Harlequin authors...

...as your introduction to Harlequin's Romance Treasury subscription plan!

Romance Treasury

...almost 600 pages of exciting romance reading every month at the low cost of $6.97 a volume!

A wonderful way to collect many of Harlequin's most beautiful love stories, all originally published in the late '60s and early '70s. Each value-packed volume, bound in a distinctive gold-embossed leatherette case and wrapped in a colorfully illustrated dust jacket, contains...

- 3 full-length novels by 3 world-famous authors of romance fiction
- a unique illustration for every novel
- the elegant touch of a delicate bound-in ribbon bookmark... and much, much more!

Romance Treasury

...for a library of romance you'll treasure forever!

Complete and mail today the FREE gift certificate and subscription reservation on the following page.

Romance Treasury

An exciting opportunity to collect treasured works of romance! Almost 600 pages of exciting romance reading in each beautifully bound hardcover volume!

You may cancel your subscription whenever you wish! You don't have to buy any minimum number of volumes. Whenever you decide to stop your subscription just drop us a line and we'll cancel all further shipments.